KB048198

슬픔이 역류하여 강이 되다

# 슬픔이 역류하여 강이 되다

귀징밍 지음 · 김남희 옮김

잔

# 차례

# 프롤로그

이렇게 끝없이 펼쳐진
달빛 아래 물가를 꿈꾼 적 있니?

소리 없는 검은 파도가 일렁이는, 지평선 위로 터져 나오는
침묵의 힘이 느껴지는 곳을 꿈꾼 적 있니?
발바닥이 축축이 젖어 오는가 싶더니
이내 발등을 덮고 종아리까지 차오르도록
한 걸음 한 걸음 차갑고 고요한 심연으로 다가서지.

이런 소리를 들은 적 있니?
아주 멀고도 또 가까운 곳에서 울리는.
작디작은 벌레가 귓속으로 들어와 윙윙 날갯짓을 하는.
그러다 관자놀이에서 튀어 오르는 것 같은 소리를.

시선 안으로 긴 선을 그리는 흐릿한 흰색 빛줄기.
또 무언가.

긴긴 시간은 어둡고 축축한 동굴 속 같고,
청춘은 마치 머리 위에 매달린 링거 같아.
텅 빌 때까지 한 방울 한 방울 흘러내리는.

창밖은 여전히 햇살 눈부신 밝은 세상인데.
그냥 이런 것이겠지.

# 1장

이제는 기억하기도 쉽지 않은 그 일들은
창백하고 적요한 어느 겨울날 시작되었다.
바로 이런 날.
눈앞에 겹쳐진 단면은 뒤늦은 미래를 볼 수 있을 뿐이었다.

# 1

골목 안으로 가득 찬 새벽안개가 조금씩 밝아 오는 등불에 흐릿한 덩어리를 만들어 내고 있었다.

아직 완전히 밝지 않은 새벽, 차갑게 푸른 하늘 위로 여전히 남아 있는 별빛이 보였다.

며칠 사이 기온이 빠르게 떨어졌다. 입김이 뿜어져 나오고, 곳곳에 두꺼운 얼음이 보이기 시작했다. 하지만 기억 속에 멈춰 있는 곳은 멀고먼 햇살 아래 밝은 세상이었다.


# 2

"치밍, 우유 가지고 가거라." 막 문을 열고 나가려는 참에 엄마가 거실에서 따라 나왔다. 손에는 전기밥솥에 데운 우유 팩이 따끈한 김을 피우고 있었다. "사내애들은 우유를 많이 마셔야 해. 특히 너처럼 고등학교에 입학한 나이에는. 이것도 안 먹고 어떻게 버틴다니." 당부와 함께 치밍이 메고 있는 책가방의 지퍼를 열고 우유를 쑤셔 넣었다. 아들보다 한참 작은 키에 까치발을 하고 종종거리며 우유를 집어넣고는 치밍의 팔을 꼬집으며 또 잔소리를 시작했다. "어머나, 이 겨울에 이것만 입은 거야? 사내자식이 꾸미는 데만 정신이 팔려서 어째?"

"괜찮아요." 치밍은 나지막이 대답하고는 문을 열었다. "학교 늦겠어요."

무거운 안개가 집 안으로 밀려들었다.

머리 위로 한겨울의 쓸쓸한 공기가 맴돌았다. 아직 이른 아침, 기다란 골목 안까지는 빛이 들지 않았다. 골목 양쪽으로 쌓인 상자며 밥솥, 쓰레기통이 안개 속에서 흐릿한 잿빛 윤곽만 드러낼 뿐이었다.

치밍은 문을 닫았다. "수업 마치면 일찌감치……." 미처 가두지 못한 엄마의 잔소리 한마디가 흘러나왔지만 겨울의 한기가 모든 것을 가로막았다.

치밍은 가방을 둘러메고 하얀 입김을 내뿜으며 어깨를 으쓱하고는 골목으로 향했다.

몇 걸음 떼기도 전에 비틀거리며 집에서 뛰어나오는 이야오와 하마터면 부딪칠 뻔했다. 치밍이 아침 인사를 하려는 순간, 집 안에서 여자의 날카로운 고함소리가 들렸다.

"나가라, 나가. 어디 가서 다시 태어나든 말든. 차라리 죽어버리지 그러냐! 어디 내놓지도 못할 거!"

이야오가 고개를 들자 난처한 표정의 치밍이 눈에 들어왔다. 하지만 치밍은 겨울 아침의 어렴풋한 빛줄기에 비친 이야오의 표정을 정확히 읽을 수가 없었다.

치밍의 기억 속에는 이야오가 자신을 바라보던 그 표정이 한 세기만큼이나 긴 슬로모션으로 남아 있었다.


3


"또 엄마랑 싸운 거야?"

"음."

"무슨 일로?"

"됐어. 말도 마."

이야오는 팔에 남아 있는 멍자국을 문질렀다. 전날 엄마에게 꼬집힌 자리였다.

"너도 우리 엄마 알잖아. 완전히 미쳤어. 나도 이제 질렸다."

"음…… 괜찮은 거지?"

"응. 괜찮아."


한겨울 새벽의 골목은 아직 조용했다. 짙은 안개 속에 묻혀버린 듯 작은 소리조차 들리지 않았다.

토요일이라 어른들은 출근하지 않지만 고등학생은 보충수업을 해야 했다. 그래서인지 치밍과 이야오 두 사람만이 텅 빈 골목을 빠르지도 느리지도 않게 걷고 있었다.

치밍은 갑자기 생각난 듯 어깨에 멘 가방을 가슴 앞으로 당겨 우유를 꺼냈다.

"자."

이야오는 코를 한 번 훌쩍이고는 치밍이 건넨 우유를 받아
들었다. 두 사람은 해가 비치는 골목 어귀를 향해 뿌연 안개
속으로 사라졌다.


4


내가 있는 이 세계를 어떻게 표현해야 할까.

머리 위로는 전선이 이리저리 엉켜 밝지도 어둡지도 않은
하늘을 갈라놓았다. 기다랗게 조각난 하늘 위로 연회색 조각
구름이 골목을 따라 낮게 흐르며 각기 다른 밝기로 빛나고 있
었다.

매일 학교를 오갈 때면 반드시 이 시간의 회랑 같은 좁은
골목을 지나야 했다. 머리 위로 여러 집에서 내건 빨래는 장
마철이면 도무지 마를 것 같지 않은데도 여전히 널려 있었다.
어려서부터 어른들은 여자 바지 밑으로 지나가면 재수가 없
다고 했다.

골목 양편으로 가지각색의 물건이 점점 쌓여 가면서 안 그
래도 넓지 않은 공간을 잠식하고, 공용 주방에서는 날마다 싸
움이 일어났다.

"세상에, 왜 우리 집 물을 멋대로 써요?"

그러면 뒷덜미가 잡힌 사람은 겸연쩍게 웃으며 둘러댔다.
"아유, 미안하게 됐어. 깜빡 잘못 알고."

습기 찬 바닥과 벽 그리고 빛이 거의 들지 않는 작은 창문.
커튼을 한쪽으로 밀면 그나마 빛이 좀 더 들어와 집 안이 살
짝 밝아졌다.

이런 세계였다. 이곳에서 16년을 살았다. 그저 마음에 걸
리는 것 없이 분수에 맞는 편안한 생활이었다. 값나가는 것은
아니지만 쌀쌀한 날씨에는 의지가 되는 보온 내의 같다고 할
까. 겨울에 입으면 폼이 나지 않아 남학생들은 좋아하지 않지
만, 그래도 가을이 되면 정신이 나갈 만큼 더운 날씨에도 엄
마는 일찌감치 챙겨 둔 내의를 꺼내 들고 얼른 입으라고 잔소
리를 늘어놓는 것이었다.

이렇게 16년을 살아온 세계였다. 하지만 이것도 곧 끝이
날 것이다.

4년 전 아빠는 다니던 직장을 그만두고 장사를 시작해 지
금은 번듯한 식당의 사장이 되었다. 손님이 끊이지 않아 장사
는 놀라울 만큼 순조로웠다. 예약 전화라도 올라치면 잔뜩 힘
이 들어간 목소리로 "죄송합니다. 저희 업소는 예약을 받지
않습니다."라고 말해도 되는 정도였다.

새로 산 집은 고급 주택가에 있었다. 멋진 리버 뷰를 자랑
하는 고층 아파트였다.

돌아오는 여름에 지금 살고 있는 집을 처분하면 좁고 습한 이 골목을 떠날 수 있게 된다. '도망친다'는 말을 써도 좋을 것 같다. 진흙 구덩이에 빠진 발을 깨끗이 빼내는 것이나 마찬가지였다.

 엄마의 말투는 이 기다림 속에서 갈수록 거만해졌다. 이웃과 수다를 떨다가도 끝에 가서는 "아유, 이사 가면 이 관절염도 좀 나아지려나. 이 집이 좀 습해야지. 그리고 벌레는 좀 많아?"라고 하거나 "자기도 그러지 말고 얼른 집을 옮겨 버려."라고 맺는 식이었다.

 이런 대화는 대개는 부러움과 맞장구를 얻어 냈고 끝에 가서는 꼭 한마디가 더 붙었다. "자기는 정말 살맛 나겠어. 남편이 돈 잘 벌어다 줘, 잘난 아들은 시험만 봤다 하면 일등이니. 우리 집구석이랑 비할 바가 아니지."

 대화가 오가는 동안 치밍은 창문 앞에서 말없이 이런 말들을 들으며 문제집을 풀었다. 어쩌다 고개를 들면 유행 지난 파마머리를 한 여자들 가운데 앉아 득의양양한 표정을 감추지 못하는 엄마가 보였다.

 사실 치밍은 집으로 돌아오는 길에 뒤에서 쑥덕거리는 소리를 몇 차례 들은 적이 있었다.

 "그 여편네 아주 좋아 죽으려고 하더라고. 그러다 조만간 제대로 자빠져서 큰코다치지."

 "그러게 말이야. 남자는 돈이 생기면 못된 것부터 배운다잖아. 지금은 그렇게 설치고 다니는데, 누가 알겠어, 나중에는 허구한 날 남편한테 쥐어 터져서 눈탱이가 밤탱이가 돼서 다닐지."

"그 여편네는 전생에 무슨 덕을 쌓아서 그런 아들을 봤나 몰라."

"학교 들어가자마자 전국수학대회에서 일등을 했다대."

이런 세계였다. 매일매일 실을 뽑아내듯 토해 낸 것들이 투명한 고치를 짓고 있었다. 허영과 질투가 만들어 낸 심장 속으로 날마다 끈적한 먹물이 채워졌다.

악취가 났다.

치밍은 날마다 이런 좁은 골목을 지나다녔다.

5

이야오네 집 앞을 지날 때면 그녀가 앞치마를 두르고 주방에서 밥하는 모습이 보였다. 그녀의 엄마 린화평은 오후가 되면 문 앞에 앉아 해바라기씨를 까먹거나 신문을 뒤적였다.

치밍은 주방 창문을 통해 노트를 들이밀었다. "자, 너 보라고 적어 왔어."

이야오는 고개를 들고 이마에 흐르는 땀을 닦았다. "고마

위. 그런데 지금 내 손이 지저분하니까 우리 엄마한테 좀 맡겨 줘."

치밍이 노트를 이야오 엄마에게 건네주자 그녀는 받아 든 노트를 집 안으로 아무렇게나 집어던졌다. 털썩 하고 물건 떨어지는 소리가 치밍의 귀에도 들렸다.

이야오의 집에서 몇 걸음만 더 가면 바로 맞은편이 치밍의 집이었다.

열쇠를 꽂기도 전에 엄마가 문을 열고 나와 치밍이 멘 가방을 받아 들고는 밥을 먹으라며 잡아끌었다.

반쯤 먹었을 때 밖에서 이야오의 목소리가 들렸다. "엄마, 밥 다 됐어요."

한동안 매일같이 식사 시간이면 TV에서 연속극《엄마, 나를 다시 사랑해 줘요》가 나왔다. 한때 유명했던 영화를 리메이크한 것이라고 했다. 엄마는 밥을 먹는 동안에도 쉬지 않고 한숨을 내뱉으며 희생적인 모성애가 만들어 주는 감동의 세계에 완전히 빠져들었다. 드라마가 방영되는 동안 엄마는 잘 보이지도 않는 눈물을 훔치는 듯 눈언저리를 연신 찍어 대며 치밍에게 모성애가 얼마나 위대한 것인지 설파했다.

치밍은 말없이 밥을 먹으며 간간이 짧게 대답했다. 혈관에 목화솜이라도 끼어 있는 것처럼 피가 통하지 않는 느낌이었다. 이러다 온몸의 피가 덩어리로 굳어 버릴 거야. 가슴속이

압박감으로 차올랐다. 이대로 가다가는 언젠가 혈관에서 피가 굳어 생긴 바늘 하나가 살갗을 뚫고 튀어나와 공기 속으로 터져 버릴 것이다.

엄마가 요란스러운 몸짓으로 눈물을 훔칠 때마다 혈관의 따끔거림이 심해졌다.

그저 잠시 그런 생각이 드는 것뿐이었다. 누구나 어머니에게 느끼는 혐오를 태연하게 받아들일 수 있는 것은 아니다. 인륜과 도덕에 어긋나는 일이므로. 그래서 이런 생각은 어쩌다 한 번씩 마음속 저 밑에서 거품처럼 솟아났다가 수면 위로 떠오르면 순식간에 팍 하고 터져 버렸다. 그러고는 아주 작은 물방울이 되었다.

이야오는 그렇지 않았다.

이야오의 미움은 결코 숨기는 법 없이 노골적이었다.

열세 살 어느 여름날 우연히 만난 치밍과 이야오는 이런 이야기를 나눈 적이 있었다.

"우리 엄마는 선생님이야. 맨날 잔소리만 해. 정말이지 지겨워. 너희 엄마는 어때서?"

치밍이 묻자 이야오가 돌아보며 대답했다. "린화평 말이야? 창녀고 아주 헤픈 여자야. 정말 미운데, 어떤 때는 사랑하는 것 같아."

열세 살 이야오의 얼굴은 한여름의 내리쬐는 햇볕을 아무런 동요 없이 받아내고 있었다. 투명한 피부의 질감은 붉은 모세혈관이 보일 것만 같았다.

'정말 미운데, 어떤 때는 사랑하는 것 같아.'

창녀. 헤픈 여자. 열세 살 어느 여름날, 이야오의 이 몇 마디는 밀물처럼 젊은 생명을 뒤덮어 버렸다. 치밍의 열세 살 심장에 가시나무 씨앗이 한 줌 뿌려진 것 같았다.

식사를 마치고 일어나 그릇을 치우려는데 엄마가 허둥대며 치밍을 떠밀었다. 얼른 방에 들어가 공부를 하라는 것이었다. "이런 데 시간을 낭비하면 되겠니." 사실 치밍은 엄마가 이렇게 수선을 떠는 것이 싫었다.

그는 젓가락을 놓고 소파에 놓인 가방을 집어 방으로 갔다. 방에 들어와 문틈으로 보니 엄마는 아주 뿌듯한 얼굴로 그릇을 들고 주방으로 향하고 있었다.

문을 닫는 순간, 벽 너머로 이야오의 목소리가 들렸다.

"엄마, 밥 먹을 거야, 말 거야?"

"내가 먹든 말든 무슨 상관이야!"

"안 먹을 거면 괜히 고생이나 시키지 말든지……."

이야오의 말이 채 끝나기도 전에 접시가 바닥에 나동그라지는 소리가 들렸다.

"고생? 저녁밥 좀 한 게 고생이야? 네가 무슨 귀한 집 아가씨라도 되는 줄 알아?"

"접시는 던지지 마." 이야오의 목소리에는 감정이 없었다. "깨지면 또 사야 되잖아. 집에 돈도 없는데."

"이제 돈타령이야? 네가 무슨 자격으로 돈 이야기를 해!"

치밍은 자리에서 일어나 창문을 닫았다. 다음 말소리는 잘 들리지 않았다. 그저 여자의 날카로운 말소리가 계속해서 터져 나왔다. 잠시 후 맞은편 주방의 등이 켜졌다. 누런 불빛 아래로 이야오의 뒷모습이 보였다. 치밍은 다시 창문을 열었다. 맞은편 주방에서 쏴아쏴아 물소리가 들렸다. 한참 후 또 한 차례 접시 깨지는 소리가 들렸다. 누가 던진 것인지는 알 수 없었다.

치밍은 책상 스탠드를 켜고 연습장에 빽빽하게 숫자를 채워 가기 시작했다. 아주 빽빽하게. 마음까지 채워질 수 있도록. 한 장을 채웠다. 조금의 빈틈도 없었다. 숨이 막힐 듯했다.


맞은편에서 낮은 음성이 울렸다. "너 같은 게 왜 빨리 죽지도 않고."

주위는 다시 조용해졌다.




6



두 개의 점을 곧게 이은 선이 선분이라면 하나의 점에서 비스듬하게 그려지는 건 사선이다. 직선은 점이 없이 이어질 뿐. 치밍과 이야오는 하나의 점에서 뻗어 나온 두 개의 사선처럼 서로 다른 방향을 향하고 있었다. 그래서 점점 더, 점점 더 멀어졌다.

하루하루가 그 전날과 또 달랐다. 삶이란 대충 휘갈긴 것과 정성 들여 쓴 것 두 개의 버전이 있다. 그리고 시간 속에 빛이 바랜다. 알아보기 힘들 만큼.


열두 살 이전의 삶은 같은 점 위에 뭉쳐 있었던 것 같다.

치밍과 이야오는 좁고 긴 골목 안에서 함께 자랐다. 같은 해에 빨간 삼각건(紅領巾, 중국소년선봉대 대원이 착용하는 붉은 삼각건-옮긴이)을 둘렀다. 저녁때면 만화를 즐겨 보았다. 그때는 치밍의 집도 그저 평범한 가정이었다. 아빠의 수입도 200만 위안짜리 고급 아파트를 살 만큼 많지 않았다. 햇빛은 똑같은 각도로 어둠 속에서 왕성하게 자라나는 생명을 비춰 주었다.

그런데 열두 살이 되는 해, 삶은 두 방향으로 갈라지고 빠르게 서로 빗겨 가기 시작했다. 치밍의 기억 속에서 그해 여름 어느 저녁, 이야오의 아빠가 무거워 보이는 캐리어를 끌고 이 골목을 떠났다. 가기 전에 쪼그려 앉아 이야오를 안아 주었다. 치밍은 창가에 기댄 채 그의 눈가에 눈물이 맺히는 것을 바라보았다.

열세 살 때는 이야오가 우리 엄마는 창녀고 아주 헤픈 여자라고 말하는 것을 들었다.

모든 생명은 충실하고 달콤한 열매와도 같다. 다만 몇몇 생명은 너무 일찍 상처를 입어 안에 있는 주름지고 단단한 씨앗이 드러나 버리고 만다.


7


주름지고 단단한 씨앗 같아.

이야오는 어둠 속에 누워 생각했다.

창밖은 한겨울의 매서운 추위가 기승을 부리고 있었다. 잔뜩 흐린 하늘은 큼직큼직한 연회색 구름이 무겁게 움직였다. 달빛을 가린 채.

하지만 제대로 이야기하자면 달은 애초에 없었다. 맞은편 치밍의 스탠드만 불을 밝히고 있을 뿐이었다. 그의 창문에서 비추는 불빛이 커튼으로 어스름하게 일렁였다.

아직 책을 읽고 있겠지. 옆에는 뜨거운 커피나 밀크티를 두고. 어쩌면 이제 막 끓여 내온 훈툰(餛飩, 밀가루 피로 고기 소를 싸서 찌거나 끓여 먹는 음식-옮긴이)이 놓여 있을지도 몰라. 어쨌거나 나랑은 다른 사람이니까.


열일곱 살의 치밍은 금방이라도 광채가 뿜어져 나올 듯

한 청춘의 얼굴을 하고 있었다. 새하얀 셔츠와 검은 교복을 나날이 단단해져 가는 골격과 근육이 받쳐 주었다. 남학생의 열일곱은 철컥철컥 키 자라는 소리가 들릴 것만 같은 나이였다.

전교 일등. 반장. 시내 육상 단거리 시합에서 전날 다리를 다치고도 준우승. 평범한 가정이지만 곧 이 골목을 떠나 강이 내려다보이는 고급 아파트로 입주할 예정.

단정하게 차려입은 교복. 머리를 염색하거나 귀를 뚫는 일도, 다른 남학생들처럼 멋있게 보이려고 교복 재킷 안에 셔츠 대신 티셔츠를 입는 일도 없는 학생. 좋아하는 과목은 생물. 그리고 유럽문예사. 입학과 동시에 각 학년 학생들의 연애편지가 쏟아졌지만, 아무리 많은 편지를 받아도 받을 때마다 얼굴을 붉히는 아이.

그런데 나는?

약간은 악의가 섞인 엄마의 말에 따르면 음기가 강하고 언제나 죽을상에 집에만 처박혀 있으니 몸에서 벌레가 나올 거 같다고 한다.

이런 내가 매일 아침 골목에서 나오는 완전히 다른 치밍을 만나는 것이다. 그리고 빛이 쏟아져 들어오는 골목 입구로 함께 걸어간다.

빛이 들어오는 입구로.

이 얼마나 가슴 아픈 은유인가.

8

이야오는 변기에 걸터앉았다. 가슴이 서늘해졌다.

지금 몇 주째 없는 거지? 3주, 아니 거의 한 달인가?

말 못 할 공포 속에 꼭 움켜쥔 손이 하얗게 변했다. 엄마가
사납게 문을 두드리는 소리에 그녀는 비로소 바지를 추스르
고 문을 열었다.

엄마의 반응은 예상대로였다. "이렇게 오래 문을 잠가 놓
고, 뭐, 이 안에서 죽으려고 한 거야!"

'죽을 수 있으면 좋겠어.' 이야오는 속으로 대답했다.

학교 식당은 언제나 만원이었다.

도시락을 들고 한참을 돌고서야 치밍은 두 사람 자리를 찾
을 수 있었다. 그는 멀찍이 떨어져 있는 이야오를 향해 와서
앉으라는 손짓을 했다.

이야오는 언제나 밥을 천천히 먹었다. 치밍이 볼 때마다 그
녀는 젓가락을 손에 든 채 도시락에서 무슨 꽃이라도 피어나
는 양 가만히 들여다보고 있었다. 참다못한 치밍이 젓가락으

로 도시락 모서리를 탁탁 두드리고 나서야 정신이 돌아온 듯 가만히 웃어 보였다.

학생들이 거의 다 식당을 나가고 난 후 두 사람은 식사를 마치고 자리에서 일어났다.

식당 뒤편에 있는 세면대도 이미 텅 비어 있었다.

일렬로 늘어선 수도꼭지는 간혹 물방울이 떨어지는 것도 있었다.

치밍은 소매를 걷고 도시락을 수도꼭지 아래에 놓았다. 물을 틀자 냉기가 손을 파고들었다. 자기도 모르게 "앗!" 하고 소리를 내며 손을 움츠렸다.

이야오가 팔을 뻗어 그의 도시락을 가져다 대신 씻기 시작했다.

치밍은 도시락을 씻는 그녀의 손을 바라보았다. 다른 여학생들처럼 손톱을 기르지도 않고 정성 들여 가꾼 하얀 손도 아니었다. 새끼손가락은 벌겋게 동상을 입어 상처가 갈라져 있었다.

자기의 스테인리스스틸 도시락을 씻는 그녀를 보고 있자니, 가슴속 어딘지 모를 곳으로 바위가 굴러 들어와 한쪽 구석에 박힌 느낌이었다. 그리고 가슴 깊은 어둠 속에서 아주 작은 소리가 울렸다.

그는 자기도 모르게 손을 들어 약간 숙인 그녀의 머리를 쓰다듬었다.

"이런 식으로 손에 묻은 기름을 내 머리에 닦는다 이거지?" 이야오는 고개를 돌리며 싱긋 웃었다.

"너 이럴 때는 정말 ……." 치밍은 조금 화가 나서 미간을 찌푸렸다.

"정말 뭐?" 다시 고개를 돌린 그녀는 차가운 얼굴로 물었다. "우리 엄마 같다고?"

수도꼭지에서는 쏴아쏴아 물소리가 이어졌다.

갑자기 밸브가 열린 것처럼, 누가 잠그지만 않으면 쉬지 않고 밖으로 쏟아 낼 기세였다. 채워져 있는 모든 것이 완전히 비어 버릴 때까지.

식당에서 교실로 돌아가는 길은 조용한 숲길이었다. 양쪽에 늘어선 오동나무는 겨울 동안 벌거벗은 가지만 남겨 두고 있었다.

길에는 온통 낙엽이 깔려 있었다. 노란색, 빨간색. 전날 내린 비에 천천히 물러지는 중이었다. 공기 중에는 나뭇잎 냄새가 가만히 떠돌았다.

"어디서 썩는 냄새가 나는 것 같아." 이야오는 발밑의 낙엽을 밟으며 엉뚱한 소리를 했다. 치밍은 대답하지 않았다. 그냥 앞을 보며 걸었다. 문득 옆에서 아무 소리가 들리지 않는다는 것을 깨닫고 뒤를 돌아보니 3~4미터쯤 뒤에 이야오가 가만히 서 있었다.

"왜?" 치밍이 눈썹을 치켜세웠다.

"오후에 뭐 좀 사다 줄 수 있어?"

"그래. 뭔데?"

"임신 테스트기."


9


머리 위로 새 한 마리가 지나가며 남긴 날카로운 울음소리가 공기 중에 투명한 틈을 만들었다. 방금 물에 닿은 손이 바람을 맞자 감각조차 사라져 버렸다.

두 사람은 마주 선 채였다. 누구도 입을 열지 않았다. 바람은 하늘에 떠 있는 구름을 모두 흩어 버릴 듯 불었다.

겨울의 하늘은 언제나 이렇듯 쨍하게 높고도 멀다. 겨우내 바람이 불었다. 아무것도 남기지 않으려는 듯 불어 댔다. 그저 창백한 햇살만 우직하게 내리쬐었다.


"리저야?"

"걔 말고 누가 있어."

"너네…… 정말 했어?"

"했어."

다른 해석이라고는 생길 수 없을 만큼 간단한 대화였다. 너무나 간단해서 오해나 착오도 있을 수 없었다. 치밍은 가슴에 파도처럼 밀려오는 통증을 느꼈다. 마치 제대로 감싸지 못한 상처처럼, 오히려 상처를 덮은 거즈가 움직일 때마다 더 아프게 하는 것처럼. 은근하면서 반복되는, 둔탁한 통증이었다.

치밍은 자전거에서 한쪽 발을 떼어 바닥을 짚고 섰다. 앞은 빨간 불이었다. 차들이 모두 멈춰 섰다.

처음 그녀가 리저와 사귀기로 했을 때, 치밍도 그 사실을 알고 있었다.

이야오의 이유는 우스울 정도로 간단했다. "나를 위해 싸울 줄 알고 잘생겼어. 방과 후에는 교문에서 기다렸다가 집에 데려다 주고."

그때 치밍은 낮은 목소리로 투덜거렸다. "그런 건 나도 똑같이 할 수 있는데." 왕성한 젊은 혈기가 가슴을 채웠고, 눈썹을 찌푸리며 내뱉는 말에는 약간의 분노가 묻어났다. "생물이라면 다 본능이라는 게 있어. 생명에 해가 되는 건 피하고 유리한 곳으로 가는 거야. 염도가 높은 물속에 있는 미생물이 스스로 염도가 낮은 쪽으로 옮겨 가는 것처럼, 사람들은 문제가 될 만한 건 피하게 마련이라고."

이야오의 얼굴에 차가운 웃음이 떠올랐다. "내가 바로 그

문제야."

그 후 교문에서 이야오를 기다리는 리저를 볼 때마다, 이야
오가 꽃을 받는 걸 볼 때마다, 이야오가 리저를 찾느라 수업
까지 빼먹는 것을 볼 때마다 치밍은 누군가 자신의 몸에 기
다란 주사기를 꽂아 놓고 안에 있는 걸 조금씩 뽑아 가는 것
만 같았다.

영원히 채울 수 없는 공허함이 남았다.


치밍은 페달을 밟을 때마다 자신에게 바람을 불어넣는 느
낌이었다. 풍선이 된 것처럼 몸속에 바람을 채워 넣어 부풀리
고, 터질 때까지 계속해서 펌프질을 하는 것 같았다.

한 시간을 달려 시내 언저리에 닿았다. 이곳이라면 자기를
알아보는 사람이 없을 거라고 생각했다. 자전거를 세우고 눈
에 띄는 약국으로 들어갔다. 출산용품 진열대로 가서 살펴보
다 유리판을 손가락으로 가리키며 말했다. "임신 테스트기
하나 주세요."

진열대 앞에 서 있는 중년 여자의 표정이 복잡해졌다. 입
가에 조소가 떠올랐다. 상자 하나를 집어 진열대 위로 던지
듯 내려놓고는 오른쪽 수납대를 가리켰다. "저기 가서 돈 내
거라."

치밍은 돈을 지불하고 물건을 가방에 집어넣었다. 돌아서
서 문을 열고 나가려는 순간, 뒤에서 건조한 말소리가 들렸

다. "요즘 계집애들은 하여간, 쯧쯧, 얼굴 좀 멀끔한 녀석만 보이면 아주 정신을 못 차리는 모양이야."

치밍은 자전거 앞 바구니에 가방을 던져 넣고 팔을 들어 차오르는 눈물을 닦았다.

자전거를 타고 망망한 황혼 속을 달렸다. 밀려오는 자동차의 물결이 곧 검은 교복을 입은 그림자를 집어삼켰고, 해는 금세 하늘에서 모습을 감췄다.

자전거를 끌고 골목을 들어설 때쯤 되자 주위가 완전히 어두워졌다. 골목 안 창문에서 새어 나오는 노란 불빛이 한겨울의 매서운 한기를 덜어 주었다.

치밍은 이야오네 집 주방 앞에 섰다. 마침 창문 너머로 피어오르는 연기에 입을 가리고 콜록거리는 이야오가 보였다.

노트를 건넸다. "자, 부탁한 거."

뒤집개를 들고 있는 이야오의 손이 멈췄다. 이야오가 들고 있는 걸 내려놓고 앞치마에 손을 닦은 뒤 팔을 내밀어 창을 통해 노트를 받아 들자 치밍은 말없이 자전거를 끌고 집으로 향했다.

노트를 펼치자 임신 테스트기가 나왔다. 이야오는 그것을 바지 주머니에 찔러 넣었다.

여자아이들의 삶에는 이런 남자아이가 있다. 사랑을 느끼는 것도 아니고 남자친구도 아니다. 하지만 가장 가까운 곳에서 일정한 자리를 차지하고 있다.

예쁜 것을 보면 보여 주고 싶다. 좋은 노래를 들으면 MP3 음원 파일을 보내 준다. 귀여운 노트를 보면 두 권을 사서 한 권을 준다. 그가 핑크색 딸기 무늬를 좋아하지 않는다고 해도. 울고 싶을 때면 가장 먼저 그에게 메시지를 보낸다. 남자친구와 싸웠을 때도 가장 먼저 그를 찾는다.

언제일지 몰라도 그는 언젠가 자신의 삶에서 사라지고 다른 여자아이의 왕자님이 될 수도 있다. 그녀 역시 자연스레 공주가 될 것이다. 하지만 그는 여전히 가장 가까운 거리 안에 머문다. 여자아이들은 온 힘을 다해 그와 그가 가진 모든 것을 탐욕스럽게 누리고 소모한 뒤 끝내는 텅 비워 버릴 것이다.

여자아이들은 잘생기고 자상한 이런 남자아이에게 언제나 부드럽게 대한다. 시간이 흘러 완벽해진 자신은 이미 이 남자아이와 아무런 관계도 없을지라도.

하지만 그 감정은 영원히 사랑을 초월한다. 이야오에게 치밍은 사랑을 초월하는 존재였다.


눈물이 후드득 떨어졌다. 잠그는 걸 잊은 수도꼭지 같았다.

한 방울 한 방울 프라이팬에서 달궈진 기름으로 떨어져 사방으로 튀더니 팔뚝에도 튀었다. 물을 틀어 팔을 갖다 댔다. 차가운 물속에서 팔뚝 전체가 마비되는 듯 얼얼했다. 하지만 눈물은 여전히 그치지 않았다.


11


광화단지 9동 205호. 눈을 감아도 떠오르는 익숙한 주소였다. 단지 입구의 나이 지긋한 경비 아저씨와도 인사를 나누곤 했다.

치밍은 아파트 현관에서 걸음을 멈췄다. 고개를 들어 이야오에게 자기는 올라가지 않고 아래에서 기다리겠다고 말했다. 이야오는 고개를 끄덕이곤 아무 말 없이 건물로 들어갔다. 그녀가 엘리베이터로 꺾어 들어가는 것을 바라보면서 치밍은 은근한 불안감이 일었다.

치밍은 건물 아래에 서 있었다. 이내 황혼도 사라지고 주위는 온통 저녁 빛에 잠겼다.

잠깐 사이 다른 건물들도 겨우 윤곽만 보일 정도로 어두워졌다. 몽롱한 회색으로 휩싸인 채 여기저기서 다양한 색의 등불이 밝혀지기 시작했다. 주방은 노란색, 거실은 흰색이었다. 침실은 보랏빛이 돌았다. 단지 내 색색의 등불이 깊은 바닷속에서 노니는 물고기처럼 밤공기 중에 떠올랐다.

하지만 2층은 불이 켜지지 않았다. 갑자기 심장이 빠르게 뛰었다. 억누를 수 없는 당혹감에 치밍은 저도 모르게 위층으로 향했다. 치밍은 복도를 빠르게 꺾어 들어갔다. 복도 끝에서 누군가의 목소리가 메아리처럼 울렸다.

"어쩌다 임신이 된 거야?"

"이 여자애는 누구야?"

"그건 네가 상관할 바 아니잖아. 얘가 누구든 너랑 무슨 상관이야. 그런데 너, 이제 어쩔 건데?"

"누구냐고!"

"이게 미쳤나. 지금 뭐가 중요한지 모르겠어? 이거 진짜야? 뻥 아니고?"

"……진짜야. 네 아이야."

"하아, 똥 밟았네. 좋다고 달려들길래 뭐 많이 해 본 줄 알았더니, 피임도 안 한 거야?"

"나는……."

"그래서 어쩔 거냐고."

리저는 웃통을 드러낸 채 문에 반쯤 기대고 서 있었다. 그를 마주 보고 선 이야오의 표정은 볼 수가 없었다. 뒷모습만 보일 뿐이었다.


눈앞에서 그림자가 튀어나오며 리저가 제대로 알아차리기

도 전에 주먹이 날아들었다. 리저가 콰당 하고 방 안으로 쓰러지며 탁자가 한쪽으로 밀려났다.

방 안에 있던 여자아이가 비명을 질렀다. 이야오는 갑자기 가슴속에서 불길이 솟구치는 것 같았다. 냅다 방 안으로 뛰어 들어가 여자아이의 머리채를 낚아채 그대로 탁자에 머리를 짓찧었다. 유리판이 박살이 났다. 여자아이는 비명을 그치지 않았다. 이야오는 컴퓨터 키보드를 잡아 들고 외쳤다. "왜 시끄럽게 악을 쓰고 난리야! 썅!" 그러고는 여자이아를 향해 집어던졌다.


12


가로등이 어둠 속에 구멍을 냈다. 아주 작은 구멍 만큼만 비추고 있었다.

몇 미터를 걷고 나니 다시 어둠 속이었다. 어둠은 다음 가로등이 나올 때까지 이어졌다. 간간이 나뭇잎이 불빛 속으로 날아오는가 싶더니 이내 바람에 날려 끝없는 어둠 속으로 사라졌다.

이야오가 갑자기 걸음을 멈췄다. "나 아기 지울래."

치밍이 고개를 돌렸다. 그녀는 얼굴을 들어 그를 마주 보았다.

"그런데 돈이 없어. 애 지울 돈이 없는데, 그렇다고 낳을 돈
도 없어."

어둠 속에서 갑자기 세찬 바람이 일었다. 한순간 남아 있던
온기마저 모두 쓸어가 버린 듯했다.

빙하기와도 같은 한기가 몰려왔다. 그리고 어느 순간 빛은
다시 사라져 버렸다.


13


이야오가 식탁의 그릇을 정리하는 동안 엄마는 소파에 기
대앉아 TV에서 흘러나오는 드라마를 보고 있었다. 눈은 TV
에 꽂혀 있으면서 손으로는 연신 해바라기씨를 까먹었다. 발
옆으로 해바라기씨 껍질이 수북이 쌓여 갔다.

이야오는 설거지를 마치고 빗자루를 들고 나왔다. 엄마에
게 돈 이야기를 꺼낼 일이 걱정이었다. 돈을 달라는 말이 이
집에서는 선전포고나 다름없었다.

빗자루가 발 옆에 오자 엄마는 마지못해 발을 들었다. 이야
오가 TV 보는 걸 방해하고 있다는 듯이.

이야오는 비질을 몇 번하고는 숨을 들이마시고 힘들게 입
을 열었다. "엄마, 집에 여윳돈 좀 없을까……?"

"여윳돈이 다 뭐냐. 돈이 아무리 많다 한들 여유가 있을까."
전형적인 린화평의 말투였다. 야유. 비꼼. 정나미가 떨어질
만큼 매몰찼다.

이야오는 끓어오르는 화를 억눌렀다. 해바라기씨 껍질이
탁자 다리와 바닥 틈새에 끼어 아무리 비질을 해도 빠져나올
줄을 몰랐다.

"잘 좀 먹으면 안 돼? 사방팔방에 다 흘려 놓고. 엄마가 비
질할 것도 아니면서 식탁에 버리면 안 되냐고."

"비질해서 화가 나셨어? 아이구, 내가 힘들게 해 드렸나 보
네. 아주 그냥 지가 뭐라도 되는 줄 아나 봐? 하는 것도 없이
먹여 주고 재워 주고 키워 줬으면 비질이 아니라 바닥을 핥으
라고 해도 할 말이 없어야지."

"말은 똑바로 해. 엄마가 먹여 주고 키워 준 게 뭐가 있어?
학비는 아빠가 내는 거고 매달 생활비도 보내 주잖아. 게다가
엄마 먹고 마시는 거 전부 내가 수발들잖아. 사람을 써도 돈
을 줘야 하는데 나는……."

말이 채 끝나기도 전에 얼굴로 해바라기씨 한 주먹이 날아
들었다. 머리카락이며 옷자락이 온통 씨앗투성이가 되었다.
작고 가벼워 얼굴에 맞았다고 해도 별 느낌 없지만 저 속 어
딘가에서는 지독한 통증이 느껴졌다.

이야오는 빗자루를 놓고 머리에 붙은 씨앗 조각을 털어 냈
다. "그냥 묻는 말에 대답이나 해. 집에 돈 있어, 없어? 있으면

좀 주고, 없으면 관두고.”

“집에 뭐 값나가는 거 있으면 네가 가지고 나가서 팔아라. 나까지 팔아 주면 더 좋고!”

이야오는 차갑게 웃어 보이고는 세차게 방문을 닫으며 외쳤다. “엄마는 알아서 팔고 있잖아!”

탕! 하고 문이 닫히자 컵 하나가 닫힌 문으로 날아와 산산조각이 났다.


14


사람은 어둠 속에서 약해진다. 쉽게 화를 내고 쉽게 몸을 떤다. 린화펑이 지금 그런 상태였다.

닫힌 문 안에서는 아무 소리도 들리지 않는다. 온 집 안이 죽은 듯 고요하다.

그녀는 소파에서 일어나 방금 흘러내린, 약간은 회백색을 띠는 머리카락을 쓸어 올렸다. 그리고 조용히 방으로 갔다. 방문 손잡이를 돌리는 손등으로 눈물이 떨어졌다. 기억 속 그 어느 때보다도 뜨거웠다.


가슴에 칼이 꽂혀 있는 것 같았다. 어둠 속에서 누군가 칼의 손잡이를 잡고 심장 여기저기를 쑤셔 대는 것 같았다. 금방이라도 숨이 멎을 듯 아파 왔다.

생활비라니. 학비라니. 빌어먹을 네 아비는 진작 우리를 버렸단다.

린화평의 손이 떨렸다. 요 몇 년 새 점점 더 심해졌다.

"엄마는 알아서 팔고 있잖아!"

그래, 팔고 있지.

하지만 그녀가 남자 몸 아래 누워 있는 동안 마음속으로 생각하는 것은 따로 있었다.

이야오, 네 학비는 해결됐구나. 너에게 해 줄 수 있는 건 다했다.

이야오에게 내뱉은 아빠에 대한 거짓말들은 이제 그녀 자신도 분간할 수가 없었다. 이야오를 속이기 위한 것인지, 아니면 스스로를 속이려는 것인지.


불을 켜지 않았지만 창밖에서 새어 들어온 불빛으로 방 안의 윤곽이 대충은 보였다.

옷장 문을 열어 봉투 하나를 꺼냈다. 봉투 안에는 580위안이 들어 있었다. 수도요금과 전기요금을 빼고 생활비를 대충 빼고 나니 350위안이 남았다. 린화평은 100위안짜리 세 장을 꺼내어 움켜쥐고 옷장 문을 닫았다.

"문 열어." 그녀는 거칠게 이야오의 방문을 두드렸다. "당장 문 열라고!"

이야오가 문을 열었다. 엄마를 제대로 보기도 전에 100위안 지폐 세 장이 얼굴을 때렸다. "가져가. 내가 전생에 진 빚 갚는 셈 친다!"

이야오는 천천히 쭈그려 앉아 돈을 주워 들었다. "빚진 거 없어. 갚을 것도 없고!"

이야오는 손에 쥔 돈을 다시 엄마의 얼굴에 뿌리고는 쾅 하고 문을 닫았다.

어둠 속에서 두 사람은 서로의 눈물을 볼 수 없었다.

문밖에서 엄마는 줄이 끊어진 마리오네트처럼 꼼짝도 않고 서 있었다. 움직임도 소리도 무엇 하나 남지 않고 사라지고 없었다. 뜨거운 눈물만이 얼굴 위로 멈출 줄 모르고 흐를 뿐이었다.


15


어느 날 집으로 돌아오는 길이었다. 골목 앞 건널목에서 건너편에 있는 린화핑을 보았다. 어느 노점 앞에 서서 치마 하나를 들고 만지작거리다가 결국에는 한숨을 쉬며 내려놓고 있었다.

노점 앞에 내걸린 '무조건 20위안'이라는 팻말이 석양 속에서 이야오의 눈을 찔렀다.

그날 저녁 식사를 마치고 이야오는 다음 날 학교에서 봄 소 풍을 가는데 소풍비로 50위안을 내야 한다는 걸 말하지 않았 다. 그리고 날이 밝자 평상시와 마찬가지로 가방을 메고 아침 일찍 등교했다.

사람 하나 없는 학교는 초겨울 새하얀 햇빛 아래 버려진 병 원처럼 보였다. 깨끗하고 적막했다.

이야오는 운동장 가장자리의 높다란 계단에 앉아 고개를 치켜들었다. 머리 위로 출렁이며 지나가는 것은 열여섯 살 연 한 회색 구름이었다.


16


무릇 학교란 험담과 뜬소문의 온상이다. 온갖 소문이 빛의 속도로 퍼져 나간다. 게다가 소문이 퍼질 때면 그것은 핵폭발 처럼 방사상으로 뻗으며 추한 모습을 더해 갔다.

오전 2교시 수업이 끝나면 학교 일과 중 가장 긴 휴식 시간 이었다. 이 시간에는 방송 체조를 마치고도 15분 동안 빈둥 거릴 수 있었다.

치밍은 화장실에 갔다가 밖에서 남학생 둘이 수군거리는 소리를 들었다.

"우리 반 이야오라는 애 알아?"

"들어 봤어. 콧대가 엄청 세다던데?"

"세긴. 걔가 알고 보니까 교복만 입었지 창녀더라니까. 애들이 그러는데, 걔가 요즘 돈이 궁해서 100위안이면 한 번 자준다는 거야. 그리고 뭐까지 해 주냐 하면……." 다음 이야기는 목소리를 더욱 낮췄지만 몇몇 단어의 천박함과 더러움까지는 숨기지 못했다.

치밍은 문을 열고 나왔다. 같은 반 여우카이와 다른 반 남학생이 소변을 보고 있었다. 여우카이는 고개를 돌려 치밍을 발견하고는 입을 다물었다. 일을 마치고 소변기 앞에서 몸을 몇 번 흔들더니 친구를 데리고 나가 버렸다.

치밍은 아무런 표정 없이 세면대에서 손을 씻었다. 두 손이 온통 새빨개지도록 오랫동안 문질렀다.


창밖의 하늘이 유난히 낮아 보였다. 구름이 천천히 흘러가고 있었다. 나뭇가지가 이리저리 교차하며 하늘을 향해 뻗어 나갔다.

"수많은 아귀가 손을 뻗어 밥을 구걸하는 것 같아." 이야오는 그 모습을 이렇게 비유했다.


한겨울의 건조한 공기가 이어졌다. 얼굴의 피부가 질 나쁜 석회벽처럼 손으로 문지르면 허연 회벽이 층층이 떨어져 내릴 것만 같았다.

치밍은 종이에 이것저것 끼적거려 보았다. 숫자나 도형, 영
어 단어를 닥치는 대로 쓰다가 'bitch'라는 단어가 나왔다. 마
지막 h에 너무 힘을 준 나머지 펜촉이 종이를 파고들었다. 아
래 몇 장이 찢어지며 먹물이 번졌다. 그리고 여러 장의 종이
가 찢어지는 것과 비슷한 통증이 가슴을 덮쳤다.

Bitch. 창녀.


17


식당 뒤편 세면대에는 여전히 사람이 없었다.

이야오와 치밍은 각자 도시락을 씻었다. 머리 위로는 연회
색 구름이 천천히 움직였다. 금방이라도 비가 올 것 같았다.

"저기……." 치밍이 수도꼭지를 잠그고 천천히 도시락 뚜
껑을 덮으며 입을 열었다. "물어볼 게 있어."

"물어봐." 이야오는 가지고 온 통에서 세제를 짜냈다. 도시
락에서 거품이 일었다.

"너 요즘 돈 필요하지……?"

"알면서 뭘 물어봐." 이야오는 고개조차 돌리지 않았다.

"돈 때문이면 뭐든 해도 괜찮아?" 목소리의 떨림은 숨길 수
없었다.

이야오는 수도꼭지를 잠그고 허리를 곧추세우며 치밍을

쏘아보았다. "그 말, 무슨 뜻이야?"

"아무 뜻 없어. 그냥 물어본 거야."

"무슨 뜻이냐고 묻잖아." 도시락을 든 이야오의 손은 조금도 떨리지 않았다.

소문을 들은 것은 치밍 한 사람만이 아니었다. 이야오도 이미 들은 터였다.

하지만 그녀는 신경 쓰지 않았다. 치밍이 듣는다 해도 신경 쓰지 않을 것이다. 다만 마음에 걸리는 것은 치밍이 듣고 그대로 믿는다는 사실이었다.

"내 말은……."

"더 말할 것 없어. 무슨 말인지 알았으니까." 이야오는 돌아서서 자리를 떴다.

몇 걸음 가다가 돌아선 그녀는 도시락 안에 남은 물을 치밍의 얼굴에 뿌렸다.

"내가 우리 엄마랑 똑같다고 생각하는 거잖아!"


18


너의 마음속에는 여자아이가 하나 있다. 너는 기꺼이 그녀에게 아침의 우유를 양보한다. 너는 기꺼이 그녀를 위해 한 시간 동안 자전거를 달려 임신 테스트기를 사 온다. 너는 기꺼이 그녀 대신 노트 정리를 하고 그것을 집으로 가져다준다. 그리고 마찬가지로 너는 기꺼이 낯선 이들의 말을 믿고 그녀를 믿지 않는다.

그런데 네가 믿는 그 말이란 그녀가 창녀라는 것이다.


## 19

이야오는 자전거를 끌고 집으로 갔다.

거리의 화려함과 시끌벅적한 분위기가 한데 엉켜 마치 영화 속 배경처럼 지나온 길 뒤로 휩쓸려 갔다. 공항의 무빙워크에 서 있는 것처럼 움직이는 땅바닥에 휩쓸려 앞으로 나아갔다.


수도꼭지를 쥐었던 손은 너무 힘을 준 나머지 하얗게 변해 있었다.

갑자기 엄마가 툭하면 하던 말이 떠올랐다. "얼른 죽어 버리지!" "왜 아직도 안 죽고!" 같은 말들. 정말 그런 일이 벌어진다면 차라리 괴로움에서 벗어날 수 있을 것이다. 하지만 지금은, 죽기 전에는 엄마와 같은 평판을 짊어져야 한다. 이런 생각이 이야오의 마음을 짓눌렀다. 그리고 점점 눈덩이처럼 불어나 심장이 뛰지 못할 정도로 무겁게 내리눌렀다.

혈액이 온몸을 돌고 돌다 심장으로 돌아가지 못해 산소가 부족한 것처럼 허공에 떠올랐다. 내려갈 수가 없었다. 땅바닥에 발을 딛고 제대로 서 있을 수가 없었다. 관절 하나하나가 반짝이는 명주실에 꽁꽁 묶인 듯했다. 마리오네트처럼 누군가 관절을 이리저리 잡아끌면 움직이는 시체처럼 앞으로 걸어갔다.

눈물이 하염없이 흘렀다. 무슨 스위치가 켜진 것처럼 도무지 멈춰지지 않았다. 몸속의 수분이 모조리 눈물이 되어 빠져나올 모양이었다. 하지만 골목 입구에 이르러 어둑어둑한 황혼 속에서 길가에 앉은 치밍을 발견하자마자 눈물이 순식간에 그쳤다. 누군가 켜 놓은 스위치가 제자리를 찾았다.

치밍이 그녀 앞에 섰다. 골목 입구의 가로등이 그의 얼굴을 비췄다. 그는 벌게진 눈가를 문질렀다.

"이야오, 나는 걔들이 하는 말 안 믿어."

어둠 속에서 다시 스위치가 켜지고 눈물이 쏟아졌다.

이야오는 아무 말도 하지 않았다. 말없이 자전거 바구니에 있던 가방을 잡아채서는 치밍을 향해 마구 휘둘렀다. 그것도 모자라 필통, 교과서, 노트, 휴대폰 등 가방에 있던 것을 모조리 꺼내 치밍을 때리고 또 때렸다. 펜 한 자루가 치밍의 얼굴을 스치며 한 줄기 핏자국을 남겼다.

치밍은 꼼짝도 하지 않았다.

또 한 차례.

그렇게 계속되다가 빈 가방만 남자 이번에는 부드러운 면의 질감이 그를 때렸다. 치밍은 여전히 가만히 있었다. 하지만 전보다 더 아픈 것 같았다.

이번에는 바닥에 떨어진 물건을 하나씩 주워 치밍을 향해 던졌다. 그러는 사이 몸 어딘가에 작은 구멍이 뚫려 그 구멍으로 힘이 빠져나가는 것만 같았다. 온몸의 피가 뽑혀 나간 것처럼 이야오는 바닥에 털썩 주저앉았다. 울고 있었지만 소리조차 나지 않았다. 어깨만 들썩이며 떨고 있을 뿐이었다.

치밍은 쭈그리고 앉아 그녀를 안았다. 품 안으로 힘껏 끌어당겼다. 속이 텅 빈 장난감 인형을 안고 있는 것 같았다.

"네가 나 살래? 돈 주면…… 너랑 잘게. 나 너랑 잘 수 있어. 돈만 주면."

이야오의 울음 섞인 한마디 한마디가 날카로운 비수가 되어 치밍의 가슴에 꽂혔다.

"나는 엄마랑 달라! 나를 우리 엄마랑 똑같이 보지 마! 난 엄마랑 다르단 말이야!"

그녀의 외침에 치밍은 크게 고개를 끄덕였다.

가로등이 두 사람을 비췄다. 소년의 교복은 일렁이는 밤빛과도 같았다. 말끔한 얼굴에 생긴 상처에 맺힌 피는 이미 굳어 있었다.

사방에 흩어진 필통이며 펜, 교과서가 고장나 해체된 기계

부품처럼 보였다. 그렇다면 눈앞에서 울고 있는 이 장난감 인형은 누가 부순 것일까?

골목 안에서는 린화펑이 어둠 속을 지키고 있었다.

"나는 엄마랑 달라!"라고 외치는 한마디 한마디에 숨이 막혔다.

그녀는 가슴을 움켜쥐었다. 얼음조각을 가슴속에 쑤셔 넣은 것처럼 찌를 듯한 통증이 느껴졌다. 한여름에 갑자기 아이스크림을 한 입 베어 물었다가 너무 차가워서 도로 뱉어 낼 때 느끼는 통증 같은 거였다.

그런데 가슴속에 박힌 얼음은 어떻게 뱉어 낼 수 있을까?

20

오늘도 마찬가지였다. 열쇠를 구멍에 넣자마자 기다렸다는 듯이 와락 문이 열렸다.

엄마의 잔소리는 "학교에 남아서 선생님께 모르는 문제를 여쭤 보느라 늦었어요."라는 치밍의 말 한마디에 조용해졌다.

식탁에는 세 명분의 그릇과 숟가락, 젓가락이 놓여 있었다.

"아빠 오셨어요?"

"그래. 아빠도 이제 막 들어와서 씻고 계셔. 샤워 끝나면…… 어머나! 너 얼굴 왜 이러니?"

"아무것도 아니에요." 치밍은 고개를 돌렸다. "자전거 타다가 나뭇가지에 긁혔어요."

"이걸 어째! 상처가 제법 깊잖아!" 엄마는 여전히 호들갑이었다. "약상자 가지고 올게."

엄마는 침실로 들어가 옷장을 뒤지기 시작했다.

욕실에서는 아빠가 샤워하는 소리가 들려왔다. 물이 튀는 소리가 유난히 컸다.

엄마는 알코올과 거즈를 찾아 꺼내 들었다.

탁자에는 아빠의 지갑이 얌전히 놓여 있었다. 지갑 속 두툼한 지폐가 분명히 보였다.

치밍은 고개를 푹 숙였다. 얼굴의 상처가 화끈거리며 얼얼한 통증이 느껴졌다.

# 2장

예전 세상은 현의 울림처럼 고요했던가.

기억이 나지 않아.

# 1

사람 사이를 갈라 놓은 틈은 어느새 더 깊은 골짜기를 만들어 놓는다. 그리고 비가 오면 물이 흘러 다시는 건널 수 없어진다. 그 위로 짙은 안개까지 낀다면…….

열네 살의 치밍이 첫 몽정으로 팬티를 적신 날, 그는 아침에 일어나 속옷을 베개 밑에 쑤셔 박고 학교에 갔다. 저녁에 집에 돌아오자마자 샤워를 하고는 몰래 속옷을 챙겨 화장실로 갔다. 엄마와 마주치자 저도 모르게 얼굴이 붉어졌다.

아들의 손에 들린 팬티를 보고 엄마는 습관적으로 손을 내밀었다. 뜻밖에 아들은 고개를 저었다.

"네가 무슨 속옷 빨래를 한다고 그래. 원래 엄마가 하던 일인데. 오늘 얘가 뭘 잘못 먹었나." 엄마가 손을 내밀었다. "이리 내. 너는 가서 공부나 하고."

치밍을 몸을 틀었다. 얼굴이 화끈거렸다. "됐어요. 제가 할게요." 엄마를 피해 얼른 화장실로 들어가 문을 잠갔다.

엄마는 문 앞에 서서 쏴아쏴아 수돗물 쏟아지는 소리를 들으며 묘한 미소를 지었다.

치밍은 손을 털며 화장실을 나와 수건에 손을 닦았다. 거실에서 웃고 있던 엄마와 눈이 마주쳤다.

"아들, 엄마가 모를 것 같아?"

불편한 느낌이 혈관을 타고 심장까지 흘러 들어왔다. 단맛이 너무 강한 설탕물을 마시고 목구멍이 가려운 느낌, 아니면 모기가 목구멍을 물어 부어오른 느낌이었다.

"아무것도 아니에요. 가서 책이나 볼래요." 치밍은 화끈거리는 얼굴을 문질렀다.

"참 나, 엄마한테 부끄러울 게 뭐가 있어. 다음부턴 엄마가 빨아 줄게, 말 들어. 이제 총각이 다 됐네. 하하!"

치밍은 방문을 닫고 침대로 쓰러졌다. 이불을 머리끝까지 덮었지만 문밖에서 엄마가 귀에 또렷하게 박히는 하이톤으로 통화하는 소리가 들렸다.

"여보세요. 어, 여보, 우리 아들이 이제 다 컸지 뭐야. 하하. 오늘 있잖아……."

치밍은 침대에 누워 이불을 뒤집어쓴 채 팔을 뻗어 벽에 있는 전등 스위치를 찾았다. 불을 켰다 끄고, 켰다가 다시 껐다. 불빛이 이불 속까지 닿지는 않았다. 그저 은근한 빛이 생겼다 사라지는 것 정도가 느껴질 뿐이었다.

마음속에 회색 막이 덮여 그 안으로 날이 저물어 가는 골목의 어스름한 공기에 후끈한 기름 연기와 냄새가 더해진 것처럼 답답했다.

며칠 후 등굣길에 마침 문 앞에서 이야기를 나누는 엄마와 아주머니들을 마주쳤다. 치밍은 가방을 바짝 당겨 메고 옆을 지나며 낮은 목소리로 인사를 건넸다. "학교 다녀오겠습니다."

몇 걸음 가지 않아 뒤통수로 수군거림이 들렸다.

"그 댁 아들 얘기 나도 들었어." 알 수 없는 웃음이었다.

"아이 참, 이 여편네는 뭐 대단한 일이라고 떠들어 대." 엄마는 짐짓 나무라듯 말했다. 하지만 목소리는 여전히 웃음을 머금고 있었다.

"아유, 좋은 일이지. 곧 손자 보게 생겼는데 좋은 일 아니고 뭐야." 밉살맞은 웃음.

"요즘 애들은 정말이지 영양 상태가 좋다니까. 우리 애는 열여섯 살 때였는데!" 연배가 조금 높은 여자인 듯했다.

치밍은 보관소에서 자전거를 꺼내려다 그만 너무 힘을 준 나머지 골목 입구까지 늘어선 자전거 한 줄을 전부 쓰러뜨리고 말았다.

"저런, 부끄러운가 보네! 저렇게 숫기가 없어서 나중에 구실이나 제대로 하겠어?"

"구실은 무슨! 나이도 먹을 만치 먹어 가지고 말하는 거 하고는." 엄마는 여전히 웃고 있었다.

골목에 폭탄이 하나 떨어져 세상이 태평해졌으면 하는 마음이었다.


골목을 나서서 자전거에 올라타려는데 앞에 이야오가 보였다. 고개를 돌린 채 뒤에 오는 치밍을 기다리고 있었다. "너의 빛나는 업적이 내 귀까지 들리더라."

치밍은 차가운 공기를 깊이 들이마시며 옆으로 다가서다 하마터면 아침거리를 사서 돌아가는 아주머니와 부딪칠 뻔했다. "아이구, 이러다 다치겠다. 조심해!"

이야오는 웃음을 참지 못하는 얼굴이었다. "너희 엄마가 대단하다고밖에 못 하겠다. 그런 것도 얘깃거리로 삼으니 말이야. 그래도 뭐 어쩌겠어. 아줌마들이 그렇지."

"너희 엄마는 안 그러잖아." 치밍은 불만스러운 듯 볼이 퉁퉁 부어 있었다.

"린화평?" 이야오가 치밍을 살짝 흘겨봤다. "관두라고 해."

"너희 엄마는 아무 말도 안 했을 거 아냐. 너 처음…… 그랬을 때." 열네 살이지만 학교 생리 수업 시간에 다 배운 것들이었다.

"내가 처음 한 게 수업 끝나고 집에 가는 길이었는데, 갑자기 '망했다!' 싶더라고. 자전거를 엄청 빨리 달려서 집으로 갔지. 도둑이라도 된 것 같더라. 세상 사람들 모두가 나만 보는 것 같고, 다들 저 자전거 타는 아이가 그날이구나 하고 생각할 것 같았어. 그렇게 집에 와서 옷을 갈아입고 엄마한테 이야기했더니 말 한마디 없이 한 번 째려보고는 옷장 서랍에서 생리대 한 봉지를 툭 던져 주는 거야. 딱 한마디 한 거라고는 '조심해. 침대 시트 더럽히지 말고. 그리고 갈아입은 팬티는 그때그때 빨아. 냄새나니까.'가 전부였어." 이야오는 신호등 앞에서 자전거를 세우고 치밍을 돌아보았다. "적어도 너희 엄마는 팬티라도 빨아 주잖아. 행복한 줄 아세요, 도련님."

남자아이가 줄곧 얼굴을 붉혔다는 걸 이야오는 알지 못했다. 무심코 꺼낸 이야기였는데 생각지도 못하게 민감한 이야기를 털어놓은 것이었다. 아직은 미묘한 시기였다. 교실에서 남녀 간에 손만 닿아도 환호성이 터져 나오는 나이였다.

"뭣 하러 나한테 그런 이야기를 해……." 치밍의 얼굴이 신호등의 빨간 불 같았다.

"어디 아픈 거 아냐? 네가 물어봤잖아." 이야오는 미간을 찌푸렸다. "알려 줘도 난리냐. 너 진짜 찌질하다."

"너!" 남자아이는 화가 난 나머지 얼굴이 하얗게 질렸다. "흥! 너도 조만간 너희 엄마처럼 되겠구나. 독한 마흔 살 아줌마!"

이야오는 자전거 바구니에 있는 가방을 꺼내서 남자아이를 향해 힘껏 집어던졌다.

2

강이 있는 것 같았다.

열네 살과 열일곱 살 사이에 가로놓인 강. 1095일은 수심

54

1095미터가 되어 둘 사이에 놓여 있었다.

치밍은 수도 없이 생각했다. 많은 강이 그렇듯이 흘러 내려 온 모래가 쌓여 강바닥이 상승하고 우연한 몇 차례의 가뭄을 겪고 나면 강바닥이 모습을 드러내고, 그렇게 된 후에야 맞은편에 있는 엄마가 천천히 자신을 향해 다가올 수 있을 것이라고.

하지만 현실은 달랐다. 자신인지 엄마인지, 그것도 아니라면 다른 어떤 손이 날마다 강바닥을 파내고 모래를 치워서 더 많은 물길을 내 버렸다. 하루가 다르게 점점 깊어지는 참호처럼, 발을 내디뎌 나아가다 보면 순식간에 머리까지 잠기고 마는 것이었다.

이날 아침 치밍과 엄마가 식탁에 앉아 밥을 먹을 때처럼. 엄마는 평상시와 마찬가지로 TV 아침 뉴스에서 흘러나오는 모든 소식을 하나하나 평가했고, 치밍은 묵묵히 입 안으로 밥을 밀어 넣을 뿐이었다.

"다 먹었어요." 책가방을 들고 신발을 신으려는 치밍의 눈에 현관 앞 선반에 놓인 아버지의 지갑이 들어왔다. 목 위로 혈관이 투두둑 솟아올랐다.

"어머, 옷 하나 더 걸치고 가. 그것만 입고 추워서 어쩌려고." 엄마는 밥그릇을 놓고 방금 전까지 소리 높여 비판하던 뉴스를 뒤로한 채 옷을 가지러 방으로 갔다.

치밍은 선반 앞으로 다가섰다. 지갑에서 100위안 지폐 여섯 장을 꺼내 재빨리 주머니에 쑤셔 넣었다.

치밍은 문을 열고 나서며 외쳤다. "엄마, 그냥 두세요. 안 추워요. 학교 다녀올게요."

"잠깐만!"

"정말 안 추워요!" 치밍은 문을 열고 발을 내디뎠다.

"기다리라니까! 너 주머니에 있는 거 뭐야!"


집 밖의 빛이 갑자기 쏟아져 들어와 눈앞이 아찔했다. 주머니 안에 넣은 손은 여전히 방금 꺼내 온 600위안을 꼭 쥐고 있었고, 문고리를 잡은 손은 그대로 굳어 버렸다.

세면대의 마개를 뽑아 버린 것처럼, 목소리는 소용돌이에 휩쓸려 어딘가 보이지 않는 곳으로 사라져 버리고 없었다.

남은 것은 적막뿐이었다. 가득 찬 물이 모두 비워진 후의 적막. 적막 속에는 엄마의 거친 호흡과 붉게 상기된 얼굴 그리고 질식할 것만 같은 심장 박동만 남아 있었다.


3


"주머니 안에 뭐가 있어요?" 치밍은 돌아서서 엄마를 바라보았다.

"네 주머니 안에 있는 거 뭐냐고!" 엄마는 요동치는 가슴과 억눌린 분노를 평온한 표정 아래 감추려 애쓰고 있었다.

"아무것도 없어요." 치밍은 주머니에서 손을 빼 엄마 앞에 펼쳐 보였다.

"이 주머니 말이야!" 엄마가 내민 손에는 치밍이 갈아입은 옷이 들려 있었다. 엄마는 식탁에 종이 한 장을 집어던졌다.

안도의 한숨이 새어 나왔다. 금방이라도 끊어질 듯 팽팽하던 현이 갑자기 느슨해진 것 같았다. 하지만 시선이 종이에 닿자마자 피가 머리끝까지 솟구쳤다. 임신 테스트기를 사고 받은 약국 영수증이었다.


1분 전만 해도 운동장은 비행기 한 대는 너끈히 세워 둘 만큼 텅 비어 있었다. 그런데 1분 사이에 냄새에 이끌린 개미 떼처럼 교실에서 밀려 나온 학생들이 운동장을 새까맣게 채워 버렸다.

방송에서 흘러나오는 음악이 겨울의 창백한 공기 속에서 바람에 이리저리 일렁거렸다. 전류의 영향을 받은 음악에는 탁, 탁, 잡음이 섞였다. 방송에서 구령을 맞추는 여자의 목소리는 활력이라곤 찾아볼 수가 없었다. 오히려 병색이 완연해 금방이라도 숨이 멎을 것 같았다.

"목소리가 콧물 같아. 진짜 거슬리네."

치밍은 목소리를 따라 고개를 돌렸다. 이야오의 입에서 나온 특이한 비유였다.

이야오는 학생들 사이에 서 있었다. 남학생 한 줄, 여학생 한 줄로 1미터 정도 간격을 두고 있었다. 치밍은 배운 대로 양손을 맞잡았다. 음악이 2절로 넘어가자 치밍은 더욱 우스 꽝스러운 자세로 하늘을 향해 팔을 뻗었다.

"엄마한테는 뭐라고 이야기한 거야? 너희 엄마라면 주방 에서 칼을 가져다 네 얼굴에 날리고도 남았을 텐데." 이야오 는 고개를 돌린 채 계속 치밍에게 말을 걸었다.

"생리 수업 시간에 선생님이 사용하는 거라고 했지. 내가 반장이라서 사 온 후에 영수증을 제출해야 한다고." 3절이 시 작되고 치밍은 제자리에 쭈그리고 앉았다.

"하!" 이야오의 얼굴에 놀라움인지 비웃음인지 모를 표정 이 떠올랐다. "제법인데. 너희 엄마가 믿어?"

"음." 치밍은 무표정하게 고개를 숙이며 대답했다. "듣더니 걸상에 주저앉아서 한숨을 내쉬더라. 그러더니 '이놈 자식아, 너 때문에 숨넘어가는 줄 알았다.' 하고는 학교 늦겠다면서 내쫓았어."

"평상시 너희 엄마의 연기력으로 보자면 그 자리에서 너를 끌어안고 한바탕 통곡한 다음에 온 동네 사람들한테 이야기 해야 하는 거 아냐?" 놀림이 시작됐다.

"정말 거의 우실 뻔했어." 목소리를 낮춰 이야기하는 치밍 의 마음은 뭐라 표현하기 어려운 기분이었다. "그런데 너는 어떻게 그렇게 아무 상관도 없는 것처럼 구냐? 어쨌거나 이건 너랑 관련된 일 아냐?"

이야오는 고개를 돌렸다. 치밍의 눈에는 까만 뒤통수만 남았다. 그녀는 여전히 앞을 보면서 말했다. "치밍, 넌 나한테 너무 잘해 줘. 어떨 때는 네가 뭘 하든 당연하게 느껴질 정도야. 언젠간 네가 내 앞에 심장을 꺼내 놓는데도 나는 아무렇지 않을지도 몰라. 그걸 밟아 버릴지도 모르지. 그러니까 나한테 잘해 주지 마. 여자는 다 그래. 네가 잘해 줄수록 너의 감정은 값싼 것이 되어 버려. 진짜야. 여자들이 그래서 못된 거야."

이야오는 시선을 앞에 둔 채 꼼짝도 하지 않았다. 음악은 그녀의 머리 위를 흐르고 있건만, 그녀는 아무것도 듣지 못하는 것처럼 미동도 없이 서 있었다. 전원이 뽑힌 전동 장난감 같았다. 그녀의 눈이 물방울을 떨어뜨린 것처럼 젖어 왔다. 이야오는 입을 벌려 뭐라고 말을 했다. 목소리는 나오지 않았지만, 치밍은 그녀가 뭐라고 하는지 알 수 있었다. 하나같이 못됐어.


"뒷줄 여학생! 왜 체조 안 해! 불량하게 남학생이랑 노닥거리기나 하고! 너 말이야, 너!"

대열 앞을 지나가던 학년주임이 멍하니 서 있는 이야오를 발견하고는 지저분한 홍기(紅旗)를 휘두르며 고함쳤다.

이야오는 퍼뜩 정신을 차리고 어색하게 팔을 움직였다. 이제 음악은 6절, 전신운동이었다.

"있잖아." 주임이 멀어지자 이야오는 고개를 돌려 치밍을 바라보았다. 웃음을 감추지 못하는 표정이었다. "내가 너랑 이야기하는 것만 보고도 '불량하다'고 하는데, 내 뱃속에 아기가 있는 걸 알면 그 자리에서 충격받고 쓰러지겠다."

짓궂은 아이 같았다. 제 딴에는 재미있는 농담이었는지 가늘게 웃는 눈이 유난히 빛났다. 하지만 치밍의 마음에는 깨진 유리 조각처럼 날아와서 박혔다. 갈래갈래 찢어진 심장의 표면으로 실을 꿴 바늘이 지나가는 것처럼 슬픔이 채워졌다.

치밍은 고개를 들었다. 몇 번의 겨울을 이렇게 보냈는지 알 수 없었다.

음악 소리에 맞춰 모두가 창백한 얼굴을 하고 그보다 더 창백한 하늘 아래서 틀에 박힌 듯 말없이 아직 멀리 있는 봄을 기다렸다.

땅속 깊은 곳에 스며 있는 슬픔이 발바닥을 타고 올라와 전기가 연결된 회로처럼 사지로 퍼져 나갔다. 차가운 하늘을 향해 팔을 쭉 뻗었다. 몸으로 퍼진 슬픔이 점점 위로 솟구쳐 눈언저리로 모여들었다. 금방이라도 흘러내릴 것 같았다.

드넓은 운동장. 그녀와 그는 1미터 거리에 있다.

그녀가 고개를 들고 눈을 감았다. "빨리 여기를 떠나면 좋겠다."

그도 고개를 들었다. "나도. 얼른 먼 곳으로 가 버리면 좋겠어."

이야오가 고개를 돌렸다. 비웃는 얼굴이었다. "야, 이 지겨운 체조도 아직 안 끝났다. 나는 너처럼 먼 곳 타령할 만큼 감정이 풍부하지 못해서 말이야. 그냥 이 학교에서 죽어 버릴 것 같아."

치밍이 고개를 돌리자 이야오의 얼굴에서 비웃음이 사라졌다. 눈에 맺힌 눈물을 보니 말문이 막혔다.

겨울날 지는 해처럼, 심장은 한껏 처진 치밍의 입술을 따라 내려앉았다.


빨리 여길 떠나고 싶어.

얼른 먼 곳으로 가고 싶어.

하지만 너 혼자 아니면 나랑 같이?


4


오후 네다섯 시면 날이 어두워졌고, 저녁 빛은 공기 중에 쏟아진 먹물처럼 무엇보다도 빠르게 번졌다.

치밍은 주머니에서 하루 종일 주물럭거리던 지폐 여섯 장을 꺼내 이야오에게 건넸다. "자."

매일 아침 가방에서 우유를 꺼내 줄 때처럼 차분하고 따뜻한 목소리였다. 지나치는 자동차 불빛에 비친 서글픈 윤곽이 몽롱하게 시선에 박혔다.

"어디서 난 돈이야?" 이야오가 걸음을 멈췄다.

"알 것 없어. 그냥 받아. 얼마가 필요한지 모르겠지만, 일단 받아 둬." 치밍은 자전거에 올라타 고개를 숙였다.

신호등의 빨간 불이 켜졌다.

"어디서 났냐고 묻잖아!" 이야오의 표정에 치밍은 흠칫 놀랐다.

"아빠 돈이야. 몰래 가지고 왔어." 치밍은 다시 고개를 숙였다.

"도로 가져가. 저녁에 제자리에 갖다 놔." 이야오는 숨을 깊이 들이마셨다. "내가 뭘 훔치는 건 괜찮지만, 너는 온 세상 사람들이 떠받드는 착한 도련님이잖아. 네가 나 때문에 나쁜 물이 들면 다들 날 죽이려 들 거야."

빨간 불이 초록 불로 바뀌었다. 이야오는 손을 들어 눈에 고인 눈물을 닦아 낸 뒤 자전거를 타고 길을 건너갔다. 치밍은 점점 작아지는 이야오의 뒷모습을 보면서 목구멍으로 물이 차오르는 것만 같았다. 왜인지는 알 수 없지만, 이야오가 이렇게 사람들 사이로 사라지면 다시는 찾을 수 없을 것 같은 생각이 들었다.

치밍은 힘껏 페달을 밟았다. 그때 체인이 어딘가에 턱하고 걸리는가 싶더니 톱니바퀴에서 빠져 죽은 뱀처럼 땅바닥에 떨어졌다.

이야오를 부르려고 고개를 들었지만 이미 사라진 후였다.

시커먼 구름이 덩어리지어 지나가고 있었다. 검은 추도사처럼 무거웠다.

집까지 자전거를 끌고 가는 수밖에 없었다. 체인이 땅바닥에 질질 끌리면서 내는 금속 마찰음이 불규칙하게 귀를 울렸고, 골목 입구까지 와서야 이야오가 길가에 앉아 있는 것이 보였다.

"왜 이렇게 늦었어?" 이야오가 일어나 저려 오는 다리를 주물렀다.

"체인이 빠졌어." 치밍은 자전거를 가리켰다. "왜 안 들어가고. 나 기다린 거야?"

"음." 이야오는 그를 바라보았다. "이따가 너 안 혼나게 해주려고."


5


식탁 가득 차려 놓은 음식에서 모락모락 김이 피어오르고 있었다. 맞은편에 자리를 내주는 엄마의 얼굴이 잘 보이지 않았다. 하지만 보이지 않아도 지금 엄마의 표정이 좋지 않다는 것을 알 수 있었다.

옆에 앉은 아빠의 얼굴은 더 어두웠다. 몇 차례 아빠가 무슨 말을 하려고 했지만 그때마다 엄마가 식탁 아래로 발길질을 해 입을 막았다. 아빠는 아무 말 없이 고개를 숙이고 밥을 먹었다. 침울하게 오가는 젓가락질만이 불편한 마음을 대신할 뿐이었다.

치밍은 못 본 척 태연하게 국을 먹었다.

"치밍." 가느다란 목소리가 엄마의 목구멍에서 겨우 비어져 나왔다. "요즘 용돈은 넉넉하니?"

"충분해요." 치밍은 국물을 입에 머금은 채로 웅얼거리며 답했다. 뭘 이렇게 빙빙 돌려서 말하나 싶었다.

"아…… 그게……." 엄마는 아빠를 흘깃 돌아보았다. 영 난처한 기색이었다. "그러면 너 혹시……." 적당한 말이 떠오르지 않았다. 그렇게 대화는 어색하게 끊긴 채 공기 중을 떠돌았다. 뭐라고 해야 하나. '너 혹시 집에서 돈 훔쳤니?'라는 말은 도저히 입 밖으로 나오지 않았다.

치밍은 마음속 한 부분이 내려앉는 거 같았다. 애써 평온한 표정을 지어 보이며 주머니에서 600위안을 꺼내 엄마 앞에 내밀었다. "참, 오늘 적당한 게 없어서 못 사고 돈 도로 가져왔어요."

아빠 엄마의 놀란 표정은 치밍이 이미 예상한 대로였다. 대

수룹지 않은 듯 식사를 계속했다. 조금 먹다가 다시 고개를 들어 보니 두 사람은 여전히 어리둥절한 얼굴을 하고 있었다. 치밍은 짐짓 머리를 긁적이며 말했다. "왜요? 아침에 어학용 재생기 값 600위안 가지고 간다고 메모 남겼는데요. 오후에 친구랑 가 보니까 마음에 드는 게 없어서 못 샀어요. 그래서 좀 늦었고요."

치밍은 설명하면서 선반 쪽으로 가서 뭔가를 찾는 듯하더니 쭈그리고 앉아 종잇조각을 주워 들었다. "아, 떨어졌네."

엄마가 받아 든 종이에는 아들의 익숙하고도 단정한 글씨가 쓰여 있었다.

'재생기 값 600위안 가져가요. 조금 늦을 거예요. 치밍.'

엄마의 어깨가 갑자기 내려앉았다. 마치 전신을 꽁꽁 싸맨 붕대가 한순간에 풀려 버린 것 같았다. "아휴, 그랬구나. 난 또……."

"왜요?" 치밍의 목소리가 높아졌다. 깔끔한 반격이었다.

"아……." 엄마는 다시 난처한 얼굴이 되었다. 아빠를 돌아봤지만 아빠는 아무 말 없이 고개를 숙인 채 연신 입으로 국물을 떠 넣을 뿐이었다. '네가 훔쳐 간 줄 알았지.'라는 말을 어떻게 꺼낼 수 있을까. 그것은 부모로서 창피한 일이었다.

"잘 먹었습니다." 치밍은 그릇을 놓고 어찌할 줄 모르는 부모 두 사람을 남겨 둔 채 방으로 들어갔다.

불을 끄고 침대에 쓰러지듯 누웠다. 문밖에서는 소곤대며 서로를 탓하는 소리가 들렸다. 그나마 뚜렷하게 들리는 소리도 있었다. "당신 탓이야! 안 혼냈기에 망정이지, 제 자식을 못 믿으면 어쩌잔 거야!"

다음 말은 더 분명하게 들렸다. "그만 해. 오후에 울고불고 죽겠다고 난리 친 사람이 누군데. 나는 그냥 600위안이 없어졌다고 했지 치밍이 가져갔다고 한 적 없어."

그 후로는 잘 들리지 않았다.

치밍은 이불을 끌어당겼다. 어둠이 머리 위에서부터 짓눌러 왔다.


이야오는 빈 그릇을 정리하고 있었다.

주방으로 가려는데 주머니에 있는 휴대폰이 울렸다. 치밍이 보낸 메시지였다.

'너 되게 똑똑한 듯. 집에 가기 전에 쪽지를 써서 다행이었어.'

이야오는 피식 웃고는 휴대폰을 닫았다. 쟁반을 챙겨 들고 주방으로 갔다.

수도꼭지를 틀자 쏴아 하고 물이 쏟아졌다. 창밖의 골목을 보니 집집마다 따뜻한 노란 등불이 켜졌다.

지금 이야오는 다른 일을 생각하고 있었다.

# 6

138로 시작해 414로 끝나는 숫자 조합. 휴대폰에 줄곧 저장되어 있으면서도 외우기는커녕 익숙해지지도 않는다. 이 숫자에는 이름도 붙어 있다. 이자옌.

언제 '아빠'를 '이자옌'으로 바꿨는지도 기억나지 않는다. 한때는 매일 수도 없이 불렀을 이 단어가 이유 없이 삶에서 사라져 버렸다. 교과서를 읽거나 책을 읽지 않으면 '아빠'라는 단어를 마주할 일이 없었다. 삶 속에서 갑자기 비어 버린 공백은 사라진 이 두 글자의 모양을 하고 있었다.

극장에서 잠시 졸다가 깨어 보니 줄거리의 일부를 놓쳐서 옆 사람들은 모두 흥미진진하게 보는 것을 혼자만 쫓아가지 못하는 상황이랄까. 그래도 잠이 덜 깬 상태에서 계속 쫓아가다 보면 놓친 부분이 그 이후의 줄거리에는 별 영향을 주지 않는 것을 알게 된다. 또는 시험에 나온, 도무지 풀지 못하는 방정식 같기도 하다. 절실한 공허함이 느껴진다. 마음속 어딘가를 돋우어 애써 보지만, 그래도 빈 곳은 절대 채워지지 않는다.

이야오는 방문을 열었다. 거실이 칠흑처럼 어두웠다. 엄마는 이미 잠자리에 들었다.

시계를 보니 9시 반이었다. 외투를 걸치고 밖으로 나왔다.

치밍의 방을 지나가는 동안 노란 불빛이 그녀의 얼굴을 비췄다. 갑자기 어디에서 연유한 것인지 모를 슬픔이 밀려왔다.

주소는 엄마가 별 생각 없이 이야기한 거였다. 그것이 머릿속 한구석에 남아 줄곧 잠재 의식처럼 가라앉아 있었나 보다. 실제로 찾으려면 복잡할 줄 알았는데, 뜻밖에 쉽게 찾을 수 있었다. 게다가 1층에서 만난 노인이 확인까지 해 주었다. "응? 이 선생 말이지? 그래, 504호에 살지."

문 앞에 서서 초인종에 손을 갖다 댔지만, 차마 누를 용기가 나지 않았다. 이야오는 복도에 서 있었다. 머리 위에서 비추는 차가운 조명에 멀미가 났다.

손에 든 휴대폰을 만지작거리며 아빠에게 먼저 전화를 하는 것이 나을까 생각했다. 휴대폰을 켜는 순간 띵 하는 소리와 함께 엘리베이터 문이 열렸다. 고개를 돌려 보니 적지 않은 나이에 곱게 화장한 여자가 여자아이의 손을 잡고 걸어나왔다. 그 뒤로 두 손에 커다란 쇼핑백을 든 남자가 따라 나왔다.

고개를 들어 이야오를 발견한 남자의 눈에 놀람과 동요가 스쳐 갔다. 입을 벌렸지만 아무 소리도 나오지 않았다. 눈앞의 이 상황에 어떻게 대처해야 할지 모르는 것 같았다.

이야오가 막 입을 떼려는 순간, 여자아이의 카랑카랑한 목소리가 들렸다. "아빠, 빨리!"

이야오의 입속에서 맴돌던 '아빠'라는 소리는 그대로 다시 목구멍 속으로 삼켜졌다. 칼날 조각을 삼킨 것처럼 온 가슴이 베인 듯 아팠다.

7

단출한 거실이었다. 단순한 모양의 소파와 유리 탁자 하나가 놓여 있었다. 평범한 아파트지만 골목에 있는 집보다는 훨씬 깨끗했다.

이야오는 소파로 가서 앉았다. 아빠와 결혼한 여자는 반대편 끝으로 갔다. 리모컨을 손에 들고 채널을 이리저리 돌리며 짜증스러운 표정을 감추지 않았다.

이야오는 아빠가 준 물잔을 손에 쥐고 아빠가 여자아이를 재우길 기다렸다. 잔에 든 물이 점점 식어 갔다. 더 이상 쥐고 있는 게 의미가 없을 정도로 식었을 때, 이야오는 천천히 물잔을 탁자에 내려놓았다.

허리를 숙이자 침실의 일부가 눈에 들어왔다. 살짝 열린 문틈으로 알록달록한 동화책을 소리내 읽는 아빠가 보였다. 옆에 누운 여자아이는 이미 잠든 후였다.

어렸을 때 저녁이면 아빠가 저렇게 책을 읽어 주곤 했다.

그렇게 동화를 들으며 잠이 들었다. 그때의 자신은 한 번도 악몽을 꿔 본 적이 없었다. 생각이 여기에 미치자 갑자기 눈물이 솟구쳤다. 뱃속 가득 온갖 슬픔이 채워진 것처럼 목이 꽉 메었다. 잔이 손에서 미끄러져 하마터면 떨어질 뻔했다. 살짝 넘친 물이 탁자로 쏟아졌다. 주변을 둘러봐도 화장지가 보이지 않아 얼른 소매로 물을 닦아 냈다.

눈물이 손등으로 떨어졌다. 옆에 앉은 여자가 힐끔 쳐다보더니 비웃듯 흥 하고 콧소리를 냈다.

이야오는 눈물을 멈췄다. 저 여자가 보기에 지금 자신의 모습은 분명 가식적이고 동정을 구하는 것처럼 보일 것이다. 자기라면 콧소리에 그치지 않고 한마디를 덧붙였을 것이다. 적당히 하셔.

이야오는 얼른 눈물을 닦고 자세를 고쳐 앉았다.


10여 분이 흘렀다. 아빠가 나왔다. 맞은편에 앉아 난처한 얼굴로 이야오와 여자를 번갈아 쳐다보았다.

그런 아빠를 보고 있자니 이야오는 서러움이 솟구쳤다. 기억 속의 아빠는 자기를 떠나던 그날조차도 골목에 선 뒷모습이 높고도 컸다. 그런데 이제는 머리가 반은 하얗게 셌다. 이야오는 애써 침착하게 말했다. "아빠, 잘 지내세요?"

아빠는 현재의 아내를 힐끗 보고는 어색하게 고개를 끄덕였다. "음, 잘 지내지." 여자는 더욱 부지런히 채널을 바꿨다.

리모컨을 꾹꾹 누르는 얼굴에 성가신 기색이 역력했다.

이야오는 콧물을 한 번 들이마셨다. "아빠, 그동안 학비를 대 주셔서 감사해요. 힘드셨을 텐데, 저……."

"뭐라고?" 여자가 홱하고 고개를 돌렸다. "당신이 학비를 대 줬다고?"

"이야오, 지금 그게 무슨 소리냐." 아빠는 당황한 얼굴이었다. "내가 학비 대 줄 돈이 어디 있냐. 아무 말이나 하는 거 아니다." 이야오에게 하는 말이 아닌 게 분명했다. 아빠의 얼굴에 떠오른 비굴한 웃음을 보자 그대로 마음이 내려앉았다.

"쇼 좀 작작해." 여자 목소리가 째질 듯 울렸다. "저쪽에 돈 보내고 있을 줄 알았어! 당신 아주 능력 있는 사람이었네!"

"내가 무슨 능력이 있어!" 아빠는 애써 화를 억누르는 목소리였다. "내 주머니 사정이야 당신도 다 알잖아. 매달 월급도 당신한테 가는데 내가 어디서 돈이 나오겠냐고!"

여자는 잠깐 생각하더니 더는 말이 없었다. 다시 자리에 앉아 리모컨을 주워 들었다. 하지만 기어코 한마디를 덧붙였다. "왜 나한테 소리를 지르고 난리래."

아빠는 이야오 쪽으로 고개를 돌렸다. "네 엄마가 그렇게 이야기하든?"

이야오는 대답하지 않았다. 손톱으로 손바닥을 꽉 눌렀다.

다투는 소리에 깼는지 방 안에서 여자아이의 목소리가 들렸다. "아빠"

여자는 아빠를 흘겨보며 말했다. "얼른 안 들어가 보고 뭐 해. 뭐 한다고 애까지 깨우고."

아빠는 크게 숨을 들이쉬고는 침실로 들어갔다.

이야오는 자리에서 일어났다. 아무 말 없이 문 쪽으로 몸을 돌렸다. 오지 말았어야 했어.

문을 열자 여자가 문 쪽으로 고개를 돌리며 외쳤다. "나가는 길에 문 앞에 있는 쓰레기 좀 버려 주렴."


건물 밖으로 나오자 차가운 바람이 세차게 얼굴을 때렸다. 눈물은 바람 속에서 순식간에 온기를 잃었다. 두 줄기 얼음이 지나간 듯한 흔적이 얼굴에 남았다.

이야오는 허리를 굽혀 자전거 자물쇠에 열쇠를 꽂았다. 몇 번을 해 봐도 열쇠가 제대로 들어가지 않았다. 끙끙대며 힘을 주다가 벌떡 일어나 자전거를 걷어찼다. 그리고 쓰러진 자전거 옆에 주저앉아 울음을 터뜨렸다.

잠시 후 일어나 자전거를 일으켜 세웠다. 집으로 가야겠다고 생각하며 막 떠나려는 순간, 건물 안에서 발자국 소리가 들렸다. 고개를 돌려 보니 그녀를 쫓아 나온 아빠였다. 외투를 입지 않은 탓에 더욱 위축되어 보였다.

"나오실 것 없어요. 집에 갈게요."

"이야오……."

"아빠, 알아요. 아무 말씀 마세요."

"네가 오늘 무슨 일로 찾아왔는지 묻지도 못했구나." 아빠는 떨고 있었다. 입을 열 때마다 허연 입김이 뿜어져 나왔다. 가로등 아래서 보니 작은 구름이 눈앞에서 떠 가는 것처럼 보였다.

"……아빠, 돈 좀 빌려 주실 수 있을까 해서요……."

아빠는 고개를 숙였다. 주머니에 손을 넣어 돈을 한 움큼 꺼냈다. 100위안짜리, 10위안짜리 할 것 없이 뒤섞여 있었다. 그는 100위안짜리 네 장을 골라냈다. "이야오, 여기 400위안이다. 가지고 가거라……."

마음속으로 따뜻한 물이 흘러 들어오는 것 같았다. 이미 죽어 버린 사지와 뼈로 온기가 조금씩 퍼져 갔다.

"사실은……."

"아무 말 마라. 400위안뿐이야. 더는 없어!" 단호하고 짜증이 섞인 말투였다.

가로등이 꺼졌는지, 순간 주변이 온통 칠흑 같은 어둠에 휩싸였다.


8


이야오가 어렸을 때, 학교 선생님이 어려운 수학 문제를 내준 적이 있다. 초등학교 4학년 학생에게는 아주 어려운 문제였다. 그런데 반에서 이야오 혼자만 답을 맞혔다. 이야오는 자랑스럽게 집으로 돌아왔다. 곧바로 아빠에게 자랑하고 싶었지만 괜히 장난치고 싶은 마음에 엉뚱한 행동을 했다. 그녀는 문제를 아빠에게 보여 주었다. "아빠, 이 문제 못 풀겠어요. 가르쳐 주세요."

자기가 아빠보다 똑똑하다는 걸 보여 주고 싶었거나, 아니면 아빠에게 자기가 똑똑하다는 알려 주고 싶었을 것이다.

그날 저녁 아빠는 내내 그 문제에 매달렸다. 이야오가 자다 일어나 화장실에 다녀올 때까지도 아빠는 여전히 돋보기안경을 쓰고 탁자 앞에 앉아 있었다. 그것이 이야오가 처음으로 본 돋보기안경을 쓴 아빠의 모습이었다. 이야오는 그만 울음을 터뜨렸다. 너무 늙어 버린 아빠를 보았기 때문이다. 아빠가 이대로 늙어 버릴까 봐 무서웠다. 아빠는 늙으면 안 돼. 아빠는 내 영웅이니까.

잠옷 차림의 이야오가 침실 앞에서 울음을 터뜨리자 아빠는 안경을 벗고 다가와 그녀를 안아 주었다. 아빠의 어깨는 여전히 단단하고 믿음직스러웠다. "야오야오, 이 문제는 아빠가 못 풀겠다. 내일 알려 줄게. 착하지. 얼른 자거라."

이야오는 눈물을 글썽이며 아빠는 영원히 늙지 않는 영웅이라고 생각했다.

그보다 더 어린 어느 해 어린이날이었다. 학교에서는 학생들을 데리고 광장에서 공연을 보기로 했다. 광장에는 사람들이 빼곡히 들어차 있었다. 목을 한껏 빼도 무대 위 연기자의 머리밖에 보이지 않았다. 그러자 아빠가 이야오를 안아 올려 목마를 태워 주었다. 순간 무대가 훤히 보였다. 주위 사람들도 하나둘 아빠를 따라 자기 아이를 목에 태웠다.

이야오는 아빠의 어깨에 앉아 아빠의 머리카락을 만졌다. 뻣뻣했다. 아빠는 두 손으로 이야오의 발목을 꼭 잡아 주었다. 아빠는 주변에 있는 모든 아빠 중에서 가장 컸다.

초등학교 6학년 때는 이야오가 시내 노래 대회에서 일등을 했다. 시립문화센터에서 상을 받던 날, 아빠는 정장을 입었다. 당시 정장은 보기 드문 옷이었다. 이야오는 이날 아빠가 유난히 멋지다고 생각했다.

시상대에 오른 이야오는 조명 불빛을 마주한 채 관중석을 내려다보았다. 아빠가 연신 눈물을 훔치다 힘차게 손뼉을 치는 것이 보였다. 이야오는 무대에 서서 울음을 터뜨렸다.

그리고.

그리고 아주 많다. 아주 아주 아주 많이 있다. 하지만 이런 것들은 이미 자신과 아무 상관도 없는 일이 되었다. 저 먼 황혼처럼 멀어졌다. 그런데 바다를 향해 물결치는 파도에 백골의 잔해를 드러내고야 마는 백사장처럼 뭔가 하나씩 튀어나오는 거였다.

어둠 속에서 이야오는 400위안을 움켜쥐었다.

가로등 불빛 아래 그림자가 비스듬히 기울어 있었다.

이야오는 흘러내리는 머리를 귀 뒤로 꽂으며 고개를 들었다. "아빠, 갈게요. 이 돈은 가능한 한 빨리 갚을게요."

몸을 돌려 자전거를 끌고 걸음을 옮기려는데 다시 눈물이 흘렀다.

"이야오." 뒤에서 아빠가 그녀를 불러 세웠다.

고개를 돌려 빛을 등지고 선 아빠를 바라보았다. "더 하실 말씀 있어요?"

"앞으로 별일 없으면 찾아오지 마라. 아줌마가 별로 좋아하지 않아……. 나도 이제 가정이 있잖니. 혹시 무슨 일이 있으면 전화로 이야기하고. 알았지?"

주위가 조용해졌다. 머리 위로 눈송이 한두 개가 떨어졌다. 앞으로도 슬픈 일이 더 있을까? 차라리 지금 한꺼번에 오면 좋을 텐데.

이제는 눈물조차 나오지 않았다. 눈가가 말라붙은 동굴 같았다. 눈뭉치를 쑤셔 넣으면 녹은 눈을 슬픔의 눈물인 척 흘릴 수 있을 텐데.

이야오는 가만히 서 있었다. 분노가 발아래로 뿌리를 내리고 있었다. 마음속에 차곡차곡 포개 놓은 따뜻한 아빠의 기억이 수천수만 조각으로 찢겨 너덜너덜해졌다. 깨진 유리 파편이 하수도에 막혀 흘러 내려가지 못하고 온갖 악취와 함께 일렁이고 있었다.

역겨운 냄새.

더러운 찌꺼기.

여전히 남아 있는 감정.

미움으로 바뀌었다. 아픔으로 바뀌었다. 그리고 굴욕이 되었다. 온통 가시로 뒤덮인 등나무 덩굴이 되어 심장의 세포 하나하나를 찌르고 동충하초처럼 몸 전체를 한입에 집어삼켰다.


나는 한때 당신 품에 안긴 아기였다. 나는 한때 모두가 침이 마르도록 칭찬하는 귀염둥이였다. 당신 역시 잠들기 전이면 그렇게 이야기했다. 그런데 왜 이제는 필요 없는 것, 더럽고 위험한 것처럼 나를 피하는 거지? 나와 닿으면 죽기라도 한단 말이야? 내가 병균이라도 된다는 거야?

이야오는 손 안의 돈을 꽉 쥐었다. 그의 얼굴에 던지지 못하는 게 화가 날 뿐이었다.

"이자옌 씨, 잘 들어요. 나는 당신이 낳은 아이예요. 그러니까 나한테서 도망칠 생각일랑 하지 마세요. 엄마도 마찬가지거든요. 나한테서 도망치고 싶은 나머지 차라리 내가 죽었으면 하죠. 하지만 분명히 말할게요. 당신이 그녀와 함께 나를 낳았잖아요. 그러니까 두 사람 다 나한테서 도망갈 수 없어요." 이야오는 자전거 페달을 차올렸다. "평생 안 돼요!"

이야오의 말에 아빠의 얼굴이 순식간에 붉게 달아올랐다. 조금은 떨고 있었다. "이야오! 어쩌다 이렇게 변한 거니!"

이야오는 차갑게 웃었다. "더할 때도 있어요. 당신이 본 적이 없어서 그렇지. 언제 저랑 엄마 보러 한번 오세요. 그러면 제가 어떻게 변했는지 확실히 알 수 있을 테니까."

자전거에 올라타 몇 미터를 가다가 갑자기 자전거를 세웠다. 바닥에 바큇자국이 길게 남았다. 이야오는 고개를 돌렸다. "어쩌다 변했냐니……. 그건 당신이 가장 잘 알 거 아냐. 스스로한테 물어봐야 하잖아."


10


중학교 1학년 때, 교문 앞에 양꼬치를 파는 노점이 있었다. 신장(新疆, 중국의 신장위구르자치구. 중국 북서쪽에 위치하며 이슬람권의 영향을 많이 받았다.-옮긴이) 지역 특유의 모자를 쓴 남자가 매일 거기에 있었다.

여자아이들은 거의 모두 그곳에서 양꼬치를 사 먹었다. 하지만 이야오는 먹지 않았다. 용돈이 없었기 때문이다. 그래도 엄마에게 용돈을 달라고 하지 않았다.

어느 날 이야오는 길에서 5위안을 주웠다. 다른 친구들이 모두 집으로 돌아가고 난 뒤 몰래 혼자서 양꼬치 다섯 개를 샀다. 하나를 입에 넣고 씹는 순간, 그녀는 입을 막고 울음을 터뜨렸다.

기억 속 저 멀리로 사라진 일이었다. 그런데 집으로 돌아가는 길에 다시 생각났다. 바로 지금, 그때의 아픔이 너무나도 강렬하게 심장으로 돌아왔다.

눈발이 점점 거세졌다. 얼마 지나지 않아 눈에 보이는 곳마다 온통 새하얗게 변했다. 이야오는 저도 모르게 속도를 높이고 눈길에서 이리저리 미끄러지며 집으로 향했다.

얼굴은 눈인지 눈물인지 모를 것으로 엉망이었다. 이야오는 손으로 얼굴을 닦았다. 기분 나쁘게 끈적거렸다.

자전거를 골목 입구에 던지듯 세워 두고 집을 향해 달렸다. 바들바들 떨리는 손으로 열쇠를 꺼내 열쇠구멍에 꽂았다. 문을 열고 들어간 집 안은 캄캄했다.

이야오는 한숨을 돌리고 문을 잠갔다. 그리고 돌아서는 순간, 어둠 속에서 튀어나온 무언가가 뺨을 세차게 때렸다.

"집이라고 기어 들어온 거야? 그냥 밖에서 뒈져 버리지 그랬어!"

어둠 속에서 이야오는 꼼짝도 하지 않았다. 숨소리조차 내지 않았다.

린화펑이 불을 켰다. 불빛 아래 이야오의 뺨에 난 붉은 손자국이 선명했다.

"벙어리가 됐어? 말을 하라고!" 또 한차례 손이 날아들었다.

이야오는 중심을 잃고 문 쪽으로 쓰러졌다. 한동안 꼼짝 않던 이야오의 어깨가 가볍게 떨렸다. "엄마, 내가 또 안 보이면 찾으러 나갈 거야?"

"널 찾아?" 린화펑의 목소리가 한층 더 높아졌다. "신경 안 쓰이게 어디 나가서 죽어 버렸으면 좋겠다. 너 역시 죽게 생겼어도 나 찾지 말고!"

가슴속의 아픔이 머리끝까지 뻗어 갔고, 쓰러지면서 부딪친 곳에서도 묵직한 통증이 퍼졌다. 겨우 한 시간 사이에 아빠한테서는 찾아오지 말라는 말을, 엄마한테서는 죽게 생겼어도 찾지 말라는 말을 들었다.

이야오는 가만히 배를 문지르며 마음속으로 중얼거렸다. 바보야, 왜 이런 날 찾아왔니.

이야오는 벽을 잡고 일어섰다. 머리 위에 남은 눈이 녹아 흘러내렸다. 팔을 들어 닦고 보니 눈이 아니었다. 그제야 피가 눈에 들어왔다.

"엄마, 난 아무도 찾지 않을 거야. 엄마도 아빠도 안 찾아. 죽든 살든 알아서 할게."

"네 아빠를 찾아간 거야?" 린화펑의 눈빛이 갑자기 불어온 바람에 꺼진 촛불처럼 까매졌다.

"응." 이야오는 짧게 대답하고 고개를 들었다. 뭔가가 눈에 들어오기도 전에 린화펑이 미친 듯이 달려들어 이야오의 머리카락을 움켜쥐고는 벽에 머리를 찧었다.

치밍은 불을 켜고 침대에 일어나 앉았다.

창을 통해 이야오네 집에서 나는 소리가 들렸다. 창을 열자 한기가 폭풍처럼 들이닥쳐 방 안을 채웠다. 그리고 찢어질 듯 악을 쓰는 린화펑의 목소리가 좁은 골목에 울렸다.

"이런 쌍년! 누굴 찾아가! 너를 받아 줄 줄 알았어! 이 멍청한 것아! 그놈이 뭘 해 줬다고! 어? 나가! 나가 버려! 그놈한테 가 버리지 뭐 하러 기어 들어와!"

이야오의 목소리가 들렸다. 그리고 울음 섞인 두 음절이 이어졌다. 슬픔과 고통, 분노와 애원이 한데 뒤섞인 외침이었다. "엄마!"

치밍은 다시 침대로 돌아와 앉았다. 바늘로 찌르는 것처럼 관자놀이가 따끔거렸다.

밤이 아무리 길고 차가워도 빛과 일출, 새벽안개는 여느 때와 같이 찾아왔다.

이런 세계였다. 머리 위로 교차하는 안테나도 비좁은 골목도 여전했다.

공용 주방의 수도꼭지는 언제나 제대로 잠기지 않은 채였고, 기름 연기와 떠우장(豆漿, 주로 아침에 먹는 콩국—옮긴이) 냄새는 나이테 속에 생생하게 박혀 삶의 흔적으로 성장하고 있었다.

매일 아침 치밍이 이야오와 마주치는 것처럼.

그녀의 이마와 얼굴에 남은 상처를 보면서 그의 마음은 엎질러진 물처럼 동요했다. 흘러내린 물은 심장과 가슴에서 넘쳐 그의 몸 낮은 곳으로 흐르고, 그곳에 웅덩이를 만들었다. 그 위로 작은 고통들이 비쳤다.


가방에서 우유를 꺼내 이야오에게 건넸다.

하지만 우유를 받아 주는 손이 없었다. 치밍이 고개를 들자 눈앞에 서 있던 이야오가 갑자기 여름비에 무너져 내리는 산처럼 중심을 잃고 쓰러졌다.

그 와중에 벽에 부딪치며 얼굴이 거친 벽돌에 쓸리고, 긁힌 상처에서 난 피가 뚜렷한 붉은 선을 남겼다.

아침의 햇살이 골목 입구부터 쏟아져 들어와 쓰러진 소녀
와 그대로 정지된 소년을 비쳤다.

현의 떨림처럼 세상은 고요했다.


앞으로 아무도 찾지 않을 거야.

당신도 아빠도 찾지 않을 거야.

혼자서 살다가 사라질 거야.

# 3장

무리를 이끄는 개미가 심장 가장 높은 곳으로 올라갔다.
그리고 발아래 부드럽게 뛰는 곳에 힘껏 깃발을 꽂았다.
하, 점령했다!

# 1

어디서부터 오는 것인지 알 수 없는 종소리가 계속해서 울렸다. 시구의 표현 같은 아득함과 비감함은 없었다. 그저 건조하고 답답한 소리가 규칙적으로 들려올 뿐이었다. 소리가 고막을 때릴 때마다 둔중한 통증이 머리를 울렸다.

눈을 떴다. 제대로 닫지 않은 커튼 틈으로 가느다란 빛이 새어 들어왔다. 주변의 모든 사물이 하얗고 모호한 윤곽으로 보였다. 정오가 가까워진 듯했다.

시간에 걸맞지 않게 눈꺼풀이 무겁게 느껴졌다. 목화솜에 눌린 듯 눈을 뜰 수가 없었다. 그렇다고 감고 있자니 까슬까슬 아팠다. 새어 들어온 빛이 눈 위를 문지르는 거친 솔이라도 된 듯했다. 몇 번 깜빡이자 눈물이 흘러나왔다.

이야오는 몸을 뒤틀었다. 왼쪽 관자놀이가 따끔거렸다.

"벗겨졌나 보네."

아픈 곳을 만져 보려고 오른손을 드는데 뭔가가 부자연스럽게 걸리적거렸다. 손등에 하얀 반창고가 겹겹이 붙어 있고 그 아래로 바늘이 꽂혀 있었다. 바늘을 통해 차가운 액체가 몸속으로 들어가는 중이었다. 이 바늘이 혈관 속에 단단히 꽂혀 있음을 분명히 느낄 수 있었다. 손등을 구부리면 손등으로 튀어나올지도 모른다.

손등에서 시작한 플라스틱 관이 어디서 불어오는지 모를 바람에 가볍게 흔들렸다. 관은 거꾸로 걸린 링거병 속 3분의 1 정도 남은 액체로 이어졌다. 병 입구에서는 느리지만 규칙적으로 기포가 하나씩 올라오고 있었다.

올라온다. 폭. 터졌다.

오른쪽에 선 소년의 그림자가 햇살 속에서 조용히 소녀를 향해 있었다. 그의 따뜻한 목소리는 섭씨 37도 되는 연못 물 같았다. "깨어났구나."

섭씨 37도의 물에 손을 넣으면 따뜻함을 느낄 수 있다고 한다. 온도가 체온과 같다고 해서 무감각해지지는 않는다는 것이다.

이야오가 고개를 들어 보니 치밍이 물리 교과서를 손에 든 채 허리를 굽혀 자신의 손등을 보고 있었다. 부어오르지는 않았는지 살펴보는 중이었다.

그 눈빛이 마치 창밖의 적막한 겨울 같았다. 차가운 바람 소리가 섞인 하얀 빛. 한기 속에서도 조금은 따뜻한 느낌이 새어 나와 한 겹 한 겹 몸을 덮어 주었다.

"의사 선생님 말씀이 영양 상태가 좋지 않대. 저혈당도 있고." 치밍이 자리에서 일어나 병실 구석의 탁자 앞에 섰다. 보온병을 들어 잔에 물을 따르자 따뜻한 김이 피어올라 그의 눈빛을 따라 흩어졌다. "그래서 쓰러진 거래. 하지만 심각한 문제가 있는 건 아니고. 이 포도당만 다 맞으면 집에 가도 된대."

치밍은 물컵을 들고 다가왔다. 커튼 사이로 들어온 몇 줄기 빛이 몸 위로 흔들렸다. 그는 물컵을 들어 입으로 몇 번 불고 나서 이야오에게 건넸다. "엄마랑 또 싸운 거야?"

이야오는 내키지 않는 듯 일어나 치밍의 물음에 대답도 없이 손에서 느껴지는 불편함을 참으며 물컵을 받아 들었다. 그러고는 고개를 푹 숙인 채 말없이 물을 마셨다. 치밍도 더 묻지 않았다.

"우선 마시고 있어. 나는 화장실 좀 다녀올게." 치밍은 병실을 나섰다.

문이 닫히고 다시 주변이 어두워졌다. 불 켜는 걸 잊은 것이다. 어쩌면 일부러 꺼 둔 것인지도 모른다. 사실 별다를 것 없었다.


병실에는 사물의 회색 윤곽만 남았다. 숨을 쉴 때마다 물컵에서 따뜻하고 습한 기운이 얼굴에 번졌다. 얇고 고르게 펼쳐진 눈물 같았다.

손등의 혈관에 꽂힌 바늘이 의심의 여지 없는 딱딱한 존재감을 드러내며 피부 위로 도드라져 있었다. 이야오는 자꾸만 손가락을 구부려 자학하듯 바늘이 혈관에 가하는 통증 섞인 자극을 느꼈다. 실제로 느껴지는 아픔이 꼭 꿈속 같았다.

안개와 눈물. 사실 별다를 것도 없었다.


2


화장실에서 볼일을 마친 치밍은 주머니에서 진료 영수증을 꺼내 들고 수납처를 찾았다. 한참을 돈 끝에 1층 구석에서 '수납처'라는 세 글자가 적힌 빛바랜 팻말을 발견할 수 있었다.

벽에 난 구멍 같은 곳에 영수증을 들이미니 창백한 손이 기다란 소매에서 뻗어 나왔다. 영수증이 구멍 안으로 사라지고 탁탁 힘없이 도장을 찍는 소리가 들렸다. "370위안." 사람의 모습은 보이지 않고, 기운이라고는 하나도 없는 여자 목소리가 안에서 들려왔다.

"그렇게 비싸요? 포도당 한 병이랑 작은 병에 든 약뿐인데요." 치밍은 주머니 안의 돈을 뒤적거리며 중얼거리듯 물었다.

"의사한테 가서 물어봐. 나한테 물어보면 아니? 내가 준 것도 아닌데. 별 이상한 애를 다 보겠네. 얼른 돈이나 내! 뒤에 기다리잖아." 앙칼진 여자의 목소리가 린화펑과 조금 비슷한 것도 같았다.

치밍은 미간을 찌푸렸다. 줄 서 있는 사람은 하나도 없다고 말해 주고 싶었지만 우선은 참고 돈을 냈다. 구멍에서 영수증과 거스름돈이 한데 섞여 나왔다. 동전끼리 부딪치며 금속성 소음을 냈다.

치밍은 돈을 챙겨 조심스럽게 주머니에 넣었다. 그리고 두어 걸음 가다가 고개를 돌려 창구를 향해 외쳤다. "내 뒤에 줄 선 사람 없어요. 나뿐이라고요." 말을 마치자마자 돌아서서 걸음을 옮겼다. 침착한 표정이 수묵화처럼 어두운 복도 위로 번졌다.

뒤에서 여자의 날카로운 목소리가 울렸다. "미친 거 아냐!"

의사가 있는 진료실은 문이 살짝 열려 있었다. 치밍이 문 앞으로 다가서자 안에서 의사 둘이 이야기하는 소리가 들렸다. 약간은 건들거리는 말투로 여자가 어떻다는 둥 하는 잡다한 이야기였다. 간간이 터져 나오는 웃음소리에 목에 가래가 낀 듯한 소리가 섞여 나왔다.

치밍이 눈살을 찌푸리자 그림자 진 눈이 더 입체적으로 보였다. 움푹 들어간 눈을 비추는 빛은 검은 연못 위로 떨어진 것처럼 조금도 반사되지 않고 까만 동굴 속으로 그대로 흡수되었다.

"선생님, 이야오…… 외래 진료로 지금 링거를 맞고 있는 여학생 말인데요, 무슨 약이 처방된 건가요? 조금 비싸던데요." 밝은 진료실 가운데에 선 치밍은 한 덩어리로 보일 만큼 윤곽이 모호하게 빛났다.

처방을 해 준 의사가 말을 멈추고 고개를 돌려 치밍을 쳐다보았다. 웃음기가 묘한 호를 그리며 입가에 멈췄다. "학생, 영양 수액 한 병이 260위안이야. 거기에 기타 비용하고 진료비가 더해진 건데 비싸다고는 못하지." 그는 잠시 말을 멈췄다. 그의 웃음은 사람을 불편하게 하는 냉소로 바뀌어 있었다. "게다가 환자는 지금 한창 영양이 필요한 때인데, 그 정도 돈을 아까워하면 되나. 앞으로 돈 들어갈 일이 얼마나 많은데. 지금 저 상태로는 버티기 힘들 거야."

치밍은 깜짝 놀라 고개를 들었다. 의미심장한 의사의 눈빛 속에서 그가 하려는 말을 충분히 읽을 수 있었다.

알아들은 듯한 그의 표정에 의사는 더 이상 돌려 말하지 않았다. 눈썹을 치켜올리며 자못 흥미로운 듯 그를 아래위로 훑어보았다. "네 애냐?"

치밍은 말없이 돌아서서 문을 열고 나왔다. 뒤에서 의사가 소리쳤다. "이봐, 아직 나이도 어린데 조심했어야지. 우리 병원에서도 해 주니까 딴 데 가지 말고 여기로 오라고. 내가 도와주는 셈 치고 산부인과에 소개해 줄게."

치밍은 서둘러 걸음을 옮겼다. 텅 빈 복도에는 걸레질을 하는 아주머니 한 명뿐이었다.

뒤에서 두 의사의 낮은 웃음소리가 들렸다.

치밍은 한쪽으로 비켜서며 아주머니를 피해 걸레를 넘어

갔다. 그리고 "실례합니다."라고 말하기 위해 고개를 들었다
가 뜻밖에 자신을 흘겨보는 눈과 부딪쳤다.

"아이 참, 환장하겠네. 방금 닦았는데."

축축한 바닥에 짙은 소독약 냄새가 퍼졌다.


3


네 애냐?


4


치밍이 병실로 돌아왔을 때, 마침 간호사가 이야오의 손등
에 꽂힌 바늘을 빼고 있었다. 무심하게 반창고를 뜯는 통에
바늘이 피부 속에서 움직이는 듯 이야오는 얼굴을 찡그렸다.

"살살 좀." 다가서던 치밍은 말투가 딱딱하다고 느껴져 한
마디를 덧붙였다. "해 주세요."

간호사는 그에게 눈길도 주지 않은 채 바늘을 뽑고는 소독
솜으로 바늘이 꽂혔던 혈관을 눌렀다. 기계적으로 움직이던
그녀는 차가운 목소리로 "어리광은." 하고는 치밍에게 말했
다. "여기를 눌러 줘요."

치밍은 다가가서 면봉을 받아 눌렀다.

"좀 있다 피가 멎으면 가세요. 물건 잊지 말고." 플라스틱 주사기며 링거병을 정리한 간호사는 총총히 병실을 나갔다.

이야오가 팔을 뻗었다. "내가 할게."

치밍은 고개를 끄덕였다. "그러면 짐은 내가 챙길게." 침대 머리맡에 있는 물리책을 가방에 넣고 이야오의 책가방도 챙겼다. 넘어질 때 묻은 먼지가 그대로 있었다. 치밍은 먼지를 털었다. 희미한 몇 줄기 빛 속으로 먼지가 일어 조용히 떠다녔다.


"돈 많이 쓴 거 아냐?" 이야오는 손을 문지르며 소독솜을 떼어 냈다. 피는 더 이상 나오지 않는 것 같았다. 손등이 약간 부어오른 듯 얼얼하고 핏기가 하나도 없었다.

"그럭저럭. 아주 비싸진 않았어." 치밍은 의자에 놓아둔 외투를 입고 두 사람의 가방을 모두 어깨에 멨다. "충분히 쉬고 가자."

이야오는 고개를 숙인 채 손을 문질렀다. 역광 속 얼굴은 표정이 보이지 않았다. "어떻게든 갚을게."

치밍은 대답하지 않았다. 한참을 가만히 서 있다가 겨우 한마디를 했다. "그래. 편할 대로 해."

바늘을 꽂았던 자리에 피가 한 방울 맺혔다. 이야오는 손으로 문질러 닦았다. 손등에 연한 노란색 자국이 남았다.

곧바로 피가 더 많이 배어 나왔다. 이야오는 다시 소독솜으로 혈관을 눌렀다.

5

정오가 되자 도시락통을 든 의사와 간호사들이 분주히 오갔고, 병실에는 각종 반찬 냄새가 가득 찼다.

이야오는 병원 문을 나와 천천히 계단을 내려갔다. 치밍이 몇 걸음 앞에서 걷고 있었다. 고개를 숙이고 어깨에 두 개의 가방을 멘 채였다. 이따금 발을 멈추고 햇빛 속에서 가만히 이야오를 바라보다 곧 다시 고개를 돌렸다.

그런 뒷모습을 한입에 집어삼키기라도 할 듯 햇살이 내리쬐었고 그의 검은 윤곽이 슬프게 내려앉았다.

이야오는 하늘을 올려다보았다. 외로운 구름 몇 조각이 하늘에 멈춰 서서 꼼짝도 하지 않았다.

6

학교로 돌아오니 이제 막 낮잠 시간이 시작된 터였다. 학생들은 대부분 책상에 엎드려 잠을 잤다. 창문은 꼭 닫혀 있었다. 다만 며칠 전 교실에서 공을 차던 남학생이 깨뜨린 유리창을 통해 찬바람이 맹렬하게 들어왔다. 창문 근처의 학생들은 하나둘 다른 자리를 찾아 잠을 청했다. 띄엄띄엄 모여 있는 아이들은 하나같이 머리끝까지 오리털 파카를 뒤집어썼다.

이야오의 자리가 바로 유리창이 빠진 창문 옆이었다. 그녀는 교실로 들어가서 곧장 자기 자리로 갔다. 4분의 1이 비어 있는 창틀을 통해 올려다본 하늘은 유난히 아득하고 싸늘했다. 가방을 책상 아래 쑤셔 넣고 고개를 드니 물컵을 들고 교실을 나서는 치밍의 뒷모습이 보였다.

이야오가 자리에 앉자 여학생 몇이 다가왔다. 텅 비어 있던 공간이 모여든 여학생들로 채워졌다.

화학반 반장 탕샤오미가 핑크색 노트를 이야오의 책상에 놓으며 생긋 웃었다. "자, 아침 화학 수업 필기한 거야. 꽤 많으니까 빨리 베껴."

이야오는 고개를 들고 친근하게 웃어 보였다. "고마워."

"괜찮아." 탕샤오미는 의자를 끌고 와서 이야오 맞은편에 턱을 괴고 앉았다. "그런데 너 어디 아팠어?"

"응. 아침에 머리가 어지러워서 링거 맞고 왔어."

"아…… 치밍이 너랑 같이 간 거야?" 별 뜻 없이 묻는다는 듯 무심한 말투였다.

이야오는 눈을 가늘게 뜨고 웃었다. '그게 이 대화의 주제이
자 나한테 노트를 빌려 주는 이유인 거지?' 마음속으로만 생
각할 뿐 입 밖으로 내진 않았다. 그저 다른 설명을 덧붙였다.

"응? 아니. 치밍도 수업 안 나왔어?"

"음, 안 나왔어." 탕샤오미는 고개를 들고 미심쩍은 듯 그녀
를 바라보았다.

주변을 둘러싼 여자아이들의 눈빛이 어둠 속에서 이야오
를 찌르려 하는 심해어의 주둥이 같았다. 어딘가 빈틈이 보
이면 곧바로 찌르고 들어와 미심쩍은 부분과 소문거리를 찾
아내고는 남의 불행과 헛소문으로 사용될 원료를 잔뜩 채울
것이다.

"뭐, 그 애는 모범생이니까. 한 사흘 빠져도 선생님은 상관
도 안 할걸." 이야오는 탕샤오미에게 노트를 흔들어 보였다.
얼굴에 '사양한다'는 표정이 드러났다.

그때 막 교실로 들어서는 치밍이 보였다.

앞문으로 들어와 교실 뒤쪽에 있는 이야오의 자리까지, 치
밍은 책상들을 이리저리 피해 가며 다가왔다. 하얀 파카가 겨
울의 하얀 햇살을 받으니 그의 모습이 더욱 수척해 보였다.

치밍은 곧장 이야오 앞으로 와서 손에 든 물컵을 책상에 내
려놓았다. "설탕물 좀 마셔. 의사 선생님이 너 혈당이 낮다고
했잖아."

주변에 둘러선 여자아이들의 눈이 반짝 빛났다. 심해 바

닥에 엎드려 있던 해파리가 갑자기 촉수를 활짝 펴고 헤엄쳐 오르는 것처럼 아이들은 너도나도 이야오 옆으로 모여들었다.

이야오는 앞에 선 치밍에게 시선을 둔 채 입을 다물었다. 치밍이 당황한 사이 그녀는 그대로 고개를 숙이고 천천히 컵을 들어 물을 마셨다.

순식간에 눈앞이 흐려졌다. 겨울의 한기 속에서 아주 작은 바늘로 찌르는 듯한 통증이 느껴졌다.


7


"그거……." 탕샤오미가 일어나며 이야오 손에 들린 노트를 가리켰다. "오후 수업 시간에 써야 하니까 빨리 베끼고 돌려줘."

이야오는 팔을 들어 시계를 확인했다. 수업 시간까지는 30분이 남아 있었다. 다 베끼기에는 턱없이 부족했다. 게다가 오후 수업은 화학이 아니라 수학과 물리였다.

그녀는 노트를 탁 덮고 탕샤오미에게 도로 건넸다. 그리고 치밍을 돌아보았다. "오전에 빼먹은 수업 필기 어쩌지?"

치밍이 문제없다는 듯 고개를 끄덕였다. "내 짝한테 빌렸어. 먼저 베끼고 보여 줄게."

이야오는 다시 고개를 돌려 얼굴이 벌겋게 달아오른 탕샤오미를 바라보았다. 서로의 눈빛이 부딪쳤다. 한 덩어리 실처럼 마구 얽히는가 싶더니 다시 팽팽한 직선을 그렸다.

누구도 먼저 눈빛을 거둘 생각이 없었다. 탕샤오미의 눈에 눈물이 고이자 이야오의 입가가 가볍게 올라갔다.

마음속에서 목소리가 들렸다. 내가 이겼어.


8


상냥하다, 착하다, 예의바르다, 성적이 우수하다, 단정하다. 이런 어휘를 한데 모은 소년이 텅 빈 관람석에 멍하니 서 있든, 이어폰을 낀 채 자전거를 타고 사람들 속에서 수많은 신호등을 지나가든, 아니면 하얀 조끼를 입고 노을의 서글픈 빛이 아직 남아 있는 운동장을 달리든 그의 주변에는 언제나 수많은 시선이 밀물처럼 밀려왔다가 그의 하얀 파카에 부딪쳐 반사되곤 했다. 하고많은 주파수 중에서 오로지 그와 같은 주파수를 맞출 수 있기를, 그리고 그의 심장 속으로 전할 수 있기를 바라는 것 같았다.

그런데 그가 어느 한 사람을 향할 때면 이 주파수들은 순식간에 치명적인 방사선이 되어 그가 향하는 사람에게 몰려드는 것이다.

이야오는 자신을 향해 밀려드는 수많은 눈빛을 느낄 수 있었다. 마치 하나하나가 부드러운 촉수가 되어 자신의 뺨을 세차게 갈기는 것만 같았다.


포위되었다.

집어삼켜졌다.

미움을 받는다.

그의 관심을 받기 때문에.

그는 멀리서부터 바라보다가 멀리서부터 길고도 부드러운 인사를 건네 온다. "야, 쭉 보고 있었어."

언제나 그랬다.


아득하고 망망한 인파 속에서 자전거를 끌던 소년이 고개를 돌려 낮은 목소리로 말한다. "집에 같이 갈래?"

무한히 긴 시간 속의 따뜻함.

무한한 따뜻함 속의 긴 시간.

언제나 그랬다.


9


방과 후 여학생들은 모두 학교에 남았다. 새 교복의 치수를 재야 했다. 남학생들은 전날 남아 치수를 쟀고, 이번에는 여학생 차례였다.

남학생들은 환호성을 지르며 교실을 뛰쳐나갔다. 교실에 남은 여학생들에게 고것 참 쌤통이다 하는 표정을 지어 보이는 녀석도 있었다.

물론 모두 그런 것은 아니었다. 몇몇 남학생은 복도 벤치에 앉아 책을 뒤적이거나 MP3를 듣고 있었다. 교실에 남아 있는 어느 여학생을 기다리는 것이었다.

두툼한 외투 위로 내리쬐는 햇살에 치밍의 머리카락이 반짝거렸다. 그는 책을 꺼내 펼쳤다. 책을 읽는 사이사이 눈을 가늘게 뜨고 햇살을 따라 교실 안으로 시선을 옮겼다.

주머니에서 휴대폰의 진동이 느껴졌다. 폴더를 열어 보니 이야오가 보낸 메시지였다.

'기다릴 필요 없어. 먼저 가. 난 끝나고 할 일이 있어.'

치밍은 휴대폰을 덮고 일어나 창가로 갔다. 이야오는 고개를 숙인 채 누군가에게 빌린 줄자로 자기 허리둘레를 재고 있었다. 한껏 목을 구부려 숫자를 확인하는 모습이 오후의 햇살 속에 치밍의 시선으로 들어왔다.

치밍은 책을 가방에 넣고 자전거를 가지러 아래층으로 내려갔다.

현관문을 여는데 웬일인지 오늘은 엄마가 웃으며 맞아 주지 않고 TV에서 눈을 떼지 않은 채 소파에 앉아 있었다. 하지만 제대로 보고 있지 않은 게 분명했다. TV에서 나오는 내용은 국제 뉴스였다.

엄마의 관심은 불치의 병에 걸린 여자가 멋지고 잘생긴 남자를 만나 세상에 다시 없을 사랑을 불태우는 한국 드라마였다. 세계 어디에 폭탄이 떨어졌는지, 어느 나라가 기아에 시달리는지는 전혀 관심이 없었다.

하루는 온 가족이 식사를 하고 함께 TV를 보고 있었다. 뉴스에서 홍수 피해가 심각하다는 소식을 전하자 엄마는 귀찮은 파리라도 쫓는 말투로 투덜거렸다. "또 시작이네, 또 시작이야. 하여간 끝나는 법이 없어. 또 우리더러 성금 내라는 거 아냐? 저 사람들이 불쌍하면 우리는 뭐 안 불쌍해!"

말을 마치고는 드라마로 채널을 돌렸다. 실연당한 남자 주인공이 구슬프게 울고 있었다. 엄마는 곧바로 코를 훌쩍이기 시작했다. "세상에나, 가엾기도 하지."

치밍은 도무지 알 수 없다는 표정으로 그녀를 바라보았다.

여전히 솜덩이가 혈관을 가로막고 있는 듯했다.


치밍은 신발을 갈아 신고 소파로 다가갔다. "엄마, 무슨 일

있어요?"

엄마가 리모컨을 내려놓았다. "오늘 아침에 선생님이 전화했다."

"왜요?" 치밍은 테이블에 놓인 물컵을 집어 들었다.

"왜냐니?" 심상한 아들의 말투가 거슬렸는지, 엄마의 목소리는 사뭇 격앙되었다. "오전 내내 학교에 안 갔다면서?"

"아침에 이야오가 쓰러져서 제가 병원에 데려다 줬어요. 링거액을 맞는데 혼자 둘 수가 없어서 학교에 연락하고 늦게 간 거예요." 치밍은 물을 한 모금 마시고 잠시 말을 멈췄다. "말씀드렸는데도 전화를 했네요. 그러실 것 없었는데."

엄마의 말투는 누그러졌지만 내용은 오히려 더 험해졌다. "세상에, 하여간 내가 너 때문에 마음 편할 날이 없다. 나는 얘가 오전 내내 어딜 갔나 얼마나 걱정을 했는지. 그나저나 개가 쓰러진 거랑 네가 무슨 상관이 있다고 그런 거니! 개 엄마도 내버려두는 애를 네가 뭐라고 챙겨. 괜히 그 집이랑 얽히지 마라."

치밍은 미간을 찌푸리며 돌아섰다. "들어가서 공부할게요."

엄마는 얼른 주방으로 가서 밥을 차리려다 뭔가 생각난 듯 돌아섰다. "치밍, 네가 병원비까지 낸 건 아니지?"

치밍은 고개도 돌리지 않고 대답했다. "제가 냈어요."

엄마의 목소리가 다시 높아졌다. "네가 냈다고? 뭣 하러 그래? 개가 뭐 내 며느리라도 된다니?"

치밍은 손을 내저으며 더 말하고 싶지 않다는 표정을 지었다. 그리고 툭 한마디를 뱉고 방으로 향했다. "며느리처럼 생각해 주시면 좋겠어요."

엄마는 말을 멈추고 가슴이 한껏 솟아오를 정도로 크게 숨을 들이마셨다.


## 11


린화펑은 오후 내내 침대에 누워 있었다. 이유를 알 수 없는 두통 때문에 마치 누군가 송곳으로 관자놀이를 계속해서 쪼아 대는 것만 같았다. 마침내 그토록 날카롭게 태양혈을 자극하던 것이 환각 속의 통증이 아니라 밖에서 요란스레 두드려 대는 문소리였음을 알게 되자 그녀는 한순간에 분노로 불타올랐다.

린화펑은 겉옷도 입지 않고 밖으로 튀어 나갔다.

"또 열쇠 두고 갔지! 망할 년!"

막 소리를 지르려는 순간 문 앞에 서 있는 치밍네 모자가 눈에 들어왔다.

"어머나! 옷 좀 걸쳐 입어요, 좀! 창피한 건 둘째 치고라도 겨울에 춥지도 않나, 원!"

치밍 엄마는 꽥하고 소리를 지르며 얼른 팔을 뻗어 치밍의 눈을 가렸다.

린화펑은 쾅 하고 문을 닫더니 잠시 후 오래되어 색을 알
수 없는 잠옷을 입고 다시 문을 열었다.


12


짧은 겨울 해가 지고 하늘은 진작 어두워진 후였다. 뭉게
구름이 덩어리져 암홍색 윤곽이 검은 하늘을 천천히 흘렀다.

학교에서 멀지 않은 곳에 강이 있었다. 화물선에서 울리는
뱃고동 소리가 바람에 날려 흘러오면 수많은 잡다한 소리 속
에서도 구별해 낼 수 있었다. 조금은 슬프게 들리는 소리였다.

멀리 고층 건물 위로는 비행기의 점멸등이 일정하게 깜빡
이며 밤하늘을 가로질렀다. 유난히도 외로워 보였다.

이야오는 자전거를 타고 빌딩숲을 지나 집이 있는 긴 골목
으로 향했다.


교복 치수를 적은 표를 부반장에게 건넸을 때, 이야오는 부
반장이 몸을 돌려 자기의 표를 얼른 고쳐 쓰는 것을 분명히
보았다. 하지만 이야오는 가만히 그녀 뒤에 서 있었다. 아무
말도 하지 않았다. 손에 든 펜의 뚜껑을 열었다가 닫았다. 그
리고 또 열었다가 다시 닫았다. 눈빛이 비수가 될 수 있다면,

이야오는 분명 그녀의 등을 힘껏 찔렀을 것이다.


비행기가 점멸등을 깜빡이며 천천히 하늘 언저리로 사라졌다. 밤하늘에서는 호흡조차도 무겁게 느껴진다. 승무원이 통로를 따라 걸으며 탑승객의 머리를 비추는 황색 독서등을 하나씩 끈다. 야간 비행을 하는 사람은 그렇게 망망한 세계 속에서 잠이 든다. 마음속에 이런저런 복잡한 퍼즐을 담은 채 고독이랄 것도 적막이랄 것도 없이. 그저 단순히 어느 날 밤 서로 다른 생각에 잠겨 같은 곳으로 날아가는 것뿐이다.

사실 나는 얼마나 그렇게 하고 싶었던가. 외롭게 빛을 깜빡이며 혼자서 새까만 하늘 저편으로 날아가고 싶었다. 잡초가 무성하든, 파도 소리로 뒤덮여 있든, 바람에 젊은 모습이 휩쓸려 가든 어디든 누구도 찾을 수 없는 곳으로.

그럴 수 없을까. 누구도 나를 알지 못하는 세상에서, 시간에 의해 허무 속으로 버려질 수는 없을까.

그럴 수…… 있을까?


13


골목 입구의 가로등이 모르는 사이에 더 밝은 전구로 바뀌었다. 너무나 밝은 빛에 이야오는 잠시 눈을 감았다.

밝은 빛은 더 짙은 그림자를 드리웠다. 한곳에 뭉쳐 있는 먹물 같았다.

허리를 굽혀 자전거 자물쇠를 잠근 뒤 고개를 들자 벽에 묻은 핏자국이 눈에 들어왔다. 손을 들어 왼쪽 얼굴을 만져 보니 관자놀이 부근이 제법 많이 까진 것을 알 수 있었다.

이야오는 이미 검게 굳기 시작한 핏자국을 멍하니 바라보았다. "좀 비켜라. 이러고 서 있으면 어떻게 지나가라고." 이웃사람이 재촉하는 소리에 비로소 정신이 들었다.

무엇이 되었건 이 핏자국과 같을 것이다. 무정한 시간의 흐름 속에서 선명한 붉은빛이 검게 변색되고 결국은 그저 가루가 되어 바람에 날려 흔적도 없이 사라지겠지.

젊은 몸과 죽음의 부패. 단지 그렇게 시간이 흘러가는 것이다.

긴 시간을 두고 흘러간다.

그렇게 생각하자 넘기지 못할 것도 없겠다는 생각이 들었다.

이야오는 자전거를 세우고 골목 안으로 들어섰다.

몇 걸음 떼지 않아 골목 안에서 싸우는 소리가 들렸다. 몇 걸음을 더 가니 치밍과 그의 엄마가 집 앞에 서 있는 것이 보였다. 린화펑은 아무리 빨아도 곰팡이가 핀 것처럼 보이는 잠옷을 입고 문 앞을 지키고 있었다.

주변에 둘러선 사람들은 각자 자기 일을 하는 것처럼 보이지만 그들의 시선은 모두 두 여자를 향하고 있었다. 이야오는 심장이 내려앉는 것 같았다.

그때 치밍 엄마가 몇 걸음 밖에 떨어져 있는 이야오를 발견했다. 시뻘겋게 달아오른 그녀의 얼굴에 승리자의 미소가 떠올랐다. 얼굴 가득 이제 어떻게 나올지 좀 보자, 하는 표정이었다.

이야오는 뒤쪽에 서 있는 치밍에게 눈을 돌렸다. 창문과 문에서 새어 나오는 불빛에도 그의 표정은 자세히 보이지 않았다. 그의 얼굴은 어둠 속에 묻혀 있었다. 밝게 빛나는 눈빛만 드러날 뿐이었다.


야간 비행을 하는 비행기는 일정하게 빛을 깜빡거리며 외롭게 밤하늘을 가로지른다.

이야오는 다가가 낮은 목소리로 말했다. "엄마, 나 왔어."


14


"마침 잘됐다. 너 왔구나." 치밍 엄마의 얼굴에 참을 수 없는 득의양양함이 드러났다. "너희 엄마한테 말 좀 해 봐라. 오늘 우리 치밍이 네 병원비 내준 거 맞지?"

이야오는 고개를 숙인 채 말이 없었다. 고개를 들어 치밍을 보지도 않았다. 지금 자기 엄마 뒤에 서 있는 치밍이 어떤 표정일지 알 수가 없었다. 온화한 슬픔일지, 아니면 자신을 망연히 바라보고 있을지.

"이야오, 말을 하라고!" 치밍 엄마가 재촉했다.

"왜 애한테 소리를 질러!" 린화펑이 목소리를 높였다. "리완신, 큰소리치고 싶으면 당신 집에 가서 당신 아들한테나 해. 남의 집 딸한테 이러지 말고."

치밍 엄마는 울그락불그락하는 얼굴로 애써 화를 누르며 이야오를 다그쳤다. "이야오, 사람이 양심이 있어야지. 우리 애가 착해서 쓰러진 널 내버려 두지 못하고 병원 데리고 가, 병원비 내 줘, 그랬으면 너는……." 다음 말인 "네 엄마처럼 하면 안 돼."를 리완신은 차마 입 밖에 내지 못하고 다른 말로 받았다. "누구처럼 하면 안 되는 거야. 알겠어? 너는 어쨌거나 학교에서 배운 게 있잖니!"

"쌍년이, 지금 뭐라는 거야?!" 린화펑은 팔을 휘두르며 달려들었다.

"엄마……." 이야오는 그녀의 옷을 잡아끌며 고개를 숙였다. "아침에 링거 맞았어. 병원비는 치밍이 빌려 줬고……."

린화펑의 팔이 잠시 허공에 멈췄다.

이야오가 고개를 드는 순간, 바람을 가르는 손이 뺨으로 날아들었다.

어둠 속의 눈빛. 깜박거림.

찰랑찰랑 물이 찬 호수면 같았다.

저 멀리에 있는 호수.

혹은 날수록 멀어지는 밤 비행기.

결국은 어둠 속으로 사라졌다.

멀리멀리 도망가 버렸다.


"됐어, 됐어. 알았으면 됐지. 얼마 되지도 않는 돈인데." 치밍 엄마는 분노로 부들부들 떨고 있는 린화평 앞에서 득의만만한 표정을 감출 수가 없었다. "친구끼리 도와주는 거지, 뭐. 우리 치밍이야 공부도 공부지만 워낙에 반듯한 아이잖아. 친구 일이라면 응당 도와주는 게 맞지."

치밍네 정도면 몇 백 위안쯤은 분명 대단치 않은 액수였다. 처음부터 리완신이 원한 것은 자기 낯을 확실히 세우는 것이었다.

"꼴값 떨지 마!" 린화평이 돌아보며 악을 썼다. "돈 좀 있으면 남의 집 앞에서 이렇게 난리를 쳐도 되는 거야? 돈은 금방 돌려줄 테니 여기서 꺼져!"

말을 마치자마자 이야오를 끌고 들어가며 세차게 문을 닫았다. 쾅! 하는 소리가 한 번 울리고 골목 안은 이내 숨소리조

차 나지 않았다. 그리고 문 안에서 뺨 맞는 소리가 아까보다
더 선명하게 울렸다.


## 16


이야오는 식사 준비를 마쳤다. 주방 환풍기를 끄고 반찬 두
가지를 식탁으로 옮겼다. 그리고 엄마 방 앞으로 가서 나지막
이 불렀다. "엄마, 밥 다 됐어."

아무 대답이 없었다. 문이 열린 채 불을 켜지 않은 방 안은
캄캄했다. 어둠 속에서도 엄마가 자기에서 등을 돌리고 누워
있음을 알 수 있었다.

"엄마……." 다시 한번 엄마를 부르자 베개가 날아와 얼굴
을 정통으로 때렸다.

"안 먹어! 너나 먹어! 너 혼자 다 처먹으라고! 그리고 다시
는 어디 가서 픽픽 쓰러지지 마. 안 그래도 돈도 없는데, 내가
전생에 너한테 무슨 빚을 졌길래!"

이야오는 그릇을 들고 입 안으로 밥을 욱여넣었다.

방에서 엄마의 목소리가 계속 흘러나왔다. "왜 죽지도 않
고." "죽으면 그만이지." 귀로 흘러 들어온 말들은 뜨끈하고
자극적인 액체처럼 빠르게 심장으로 흘러갔다.

식탁에 놓인 반찬에는 거의 손도 대지 않아 이미 차게 식어

버렸다. 겨울이라 더 빨리 식었다.

이야오는 화끈거리는 얼굴에 손을 대 보았다. 끈적한 피가 만져졌다. 엄마의 두 차례 손찌검에 아침에 생긴 상처에서 다시 피가 흘렀다.

이야오는 화장실로 가서 깨끗한 거즈를 찾았다. 따뜻한 물로 거즈를 적셔 얼굴에 묻은 피를 천천히 닦았다. 눈 주변이 후끈해졌다.

손으로 눈을 문질렀다. 눈언저리에서 콧등으로 천천히 문지를수록 뜨거운 눈물이 하염없이 흘러내렸다.


17


치밍은 침대에 앉아 벽에 등을 기댔다. 불을 켜지 않았지만 어둠 속 희미한 빛에 눈이 적응하자 방 안 물건의 윤곽이 점차 눈에 들어왔다.

주먹을 너무 꽉 쥐고 있다 보니 힘이 쭉 빠져 버렸다.

치밍은 주먹을 펴고 머리를 힘껏 뒤로 젖혀 벽에 부딪쳤다. 아프지 않았다.


사랑하기에 아픈 걸까, 아프니까 사랑하는 걸까?

사랑하는 마음과 아픈 마음, 그게 서로 다른 걸까?

어둠 속에서 고개를 숙인 이야오가 보였다. 다시 고개를 들자마자 따귀를 맞는 그녀의 모습이 수많은 조각으로 갈라졌다.

아픈 걸까?

오후의 마지막 햇살이 교실 안으로 비스듬히 내리쬐고, 기울어 가는 해가 남긴 빛줄기 속에서 이야오는 고개를 숙인 채 줄자의 숫자를 확인하고 있었다. 그 모습을 창밖에서 바라보는 소년이 있었다.

사랑하는 걸까?


18


겨울이 영원히 끝나지 않을 것 같았다. 말할 때마다 하얀 입김이 나왔다. 복도 끝에 있는 온수대 앞에는 언제나 긴 줄이 늘어서 있었다. 체육 시간이면 너도나도 핑계를 대고 나가지 않으려 했다.

하늘은 언제나 창백한 빛으로 가득하고, 구름은 얼어붙은 듯 저 먼 창공에서 움직일 줄을 몰랐다.

방송에서 흘러나오는 목소리는 끈적한 가래처럼 불쾌했다.

이런 시간들이 가장 아름다운 시간의 비단에 새겨지고 있었다.

새 교복을 입은 남녀 학생들이 운동장으로 쏟아져 나왔다. 젊은 생명들은 차가운 햇빛 아래에서 그 모습을 고스란히 드러냈다.

치밍은 자기 앞에서 달려가는 이야오를 바라보았다. 바지가 이상하게 커 보였다. 언뜻 보기에도 헐렁한 허리를 허리띠로 대충 묶어 놓았다. 바지가 크다 보니 자꾸만 신발에 밟혀 새 교복인데도 흙먼지가 잔뜩 묻었다.

치밍은 눈을 비볐다. 흘러나오는 숨을 목구멍으로 밀어 넣었다.

앞서 가던 이야오가 갑자기 고개를 돌렸다. 헐거운 바지를 입은 채 매서운 겨울 햇빛 아래 치밍을 바라보았다. 붉게 물든 치밍의 눈을 본 이야오의 얼굴에 천천히 웃음이 번졌다. 그녀의 미소는 "야, 이것도 괜찮아."라고 말하는 듯했다.


겨울에 핀 꽃은 빨리 시들까?
야, 그것도 괜찮아.


19


이야오는 침대에 누웠다. 두꺼운 이불을 두 겹으로 덮었다. 창문이 제대로 닫히지 않아 바람에 덜컹덜컹 흔들렸다. 하지만 일어나기 싫었다. 아무리 강한 찬바람이라도 두 겹으로 덮은 이불을 뚫고 들어오지는 못할 것이다.

어둠 속에서 온몸의 뼈가 뜨거운 목욕물에 담근 것처럼 저렸다. 비참한 기분이 개미 떼가 되어 저 먼 곳에서부터 몰려와 천천히 몸 위로 기어 올라오는 것만 같았다. 개미 떼는 한 걸음 한 걸음 몸속 가장 깊은 곳에서 뛰고 있는 심장을 향해 기어갔다.

가장 앞선 무리가 심장에 도착하자 깃발을 꺼내 발밑 부드러운 곳에 힘껏 꽂았다.

와, 점령했다!


20


학교 컴퓨터실은 난방이 잘되었다. 창문 유리마다 두꺼운 김이 서렸다.

이야오는 바이두(百度, 중국의 검색 사이트-옮긴이)에 들어가 '낙태'를 검색했다. 몇 초 되지 않아 214만 개의 검색 결과가 나왔다. 몇 개를 클릭해 보니 결국은 심각한 논조의 사회란 뉴스 또는 큰 병원 광고였다. 이야오는 하나씩 하나씩 살펴보다 욕지기를 느꼈다. 이야오가 찾는 것이 아니었다.

이야오는 다시 '개인 진료'를 검색창에 치고 커서를 '결과

중 검색'으로 옮겼다. 잠시 망설이다 마우스를 클릭했다.


21


TV 드라마에서 수도 없이 보아 온 상황이 지금 이야오 자신에게서 하나하나 재연되고 있었다. 수업 도중에 갑자기 교실을 뛰쳐나가 토하는 것 또는 학교 매점에서 파는 말린 매실을 좋아하게 된 것 등이다. 아무도 안 보는 틈을 타서 하나씩 집어 먹기도 했다. 그 밖에 드라마에서는 배울 수 없는 것도 많았다.

하루는 아침에 일어나 거울을 보니 피부가 좋아진 듯했다. 골목 안 어느 여자가 딸을 가지면 피부가 좋아진다고 말한 걸 들은 적이 있다. 그때는 억만 광년 밖에 떠다니는 먼지처럼 멀리 떨어져 있던 일이, 지금은 문에 걸린 거미줄처럼 눈앞에 닥친 문제가 되었다.

거울에 비친 젊고 빛나는 얼굴은 마치 도자기 같았다. 하지만 이 도자기가 깨진다면, 아무리 빛난다고 해도 결국은 날카롭고 쓸모없는 파편만 남을 뿐이겠지.

이런 생각을 하며 이야오는 거울 속의 얼굴을 가만히 들여다보았다.

린화평도 일찍부터 깨어 있었다. 이야오가 아침을 차려 놓은 식탁으로 다가갔다.

이야오의 마음에서 엄마에게 미안한 감정은 하루하루 예전과 다름없는 시간 속에서 진작에 깨끗이 사라지고 없었다. 눈앞에 있는 이 사람은 열다섯 살 때 이야기한 적 있는 바로 그 사람이었다. 밉지만 어떨 때는 사랑하는.

"누굴 꼬시려고 그렇게 거울을 들여다보냐? 아무리 쳐다봤자 그놈의 재수 없는 얼굴이지. 네 애비랑 똑같다!"

"아빠가 재수가 없긴 하지." 이야오가 고개를 돌렸다. "그러니까 엄마를 만났지."

슬리퍼 한 짝이 날아들자 이야오는 고개를 살짝 비켜 피한 뒤 차갑게 웃고는 가방을 메고 집을 나섰다.

등 뒤로 린화평의 목소리가 울렸다. "또 넘어지려거든 길거리 차바퀴 밑으로나 넘어져라! 누구 보라고 골목에서 넘어지고 지랄이야!"

이야오는 현관문을 잡은 채 담담히 말했다. "내가 넘어질 때는 아무도 본 사람 없었거든. 그런데 엄마가 나를 때릴 때는 누구 보라고 그렇게 때린 건지 모르겠네."

문이 천천히 닫히고 린화평은 식탁 앞에서 부들부들 몸을 떨었다. 그릇을 든 손에 힘줄이 솟았다.

창밖의 햇살이 마냥 창백하지는 않았다. 이제는 조금 따뜻한 색을 띠며 하늘을 물들였다.

비둘기 떼가 푸드덕 날아올라 골목 위 좁은 하늘을 통과했다.

멀리서 뱃고동 소리가 들려오는 것 같았다.


## 22


오후 마지막 수업은 지리였다. 칠판 위로 커다란 세계지도가 걸리고, 세계지도처럼 알록달록한 옷을 입은 지리 선생님이 교단에 서서 기다란 교편을 휘둘렀다.

이야오 눈에는 금방이라도 맨 앞줄에 앉은 학생의 얼굴을 때릴 것만 같았다. 하지만 오늘 그녀는 그런 것에 신경 쓸 새가 없었다.

오른쪽 주머니에는 지난번 아빠에게 받은 400위안이 들어 있었다. 손에서 난 땀에 젖어 축축했다. 왼쪽 주머니에는 인터넷에서 찾은 주소가 있었다.


수업을 마치고 나오니 교문 앞에서 치밍이 기다리고 있었다. 이야오는 잠시 들를 곳이 있다며 그를 보냈다. 치밍은 아무 말 없이 그녀를 바라보고는 자전거를 끌고 멀어졌다.

인파 속 치밍의 뒷모습이 유난히 눈에 띄었다. 바람을 맞아 부풀어 오른 그의 하얀 파카가 한데 모인 빛처럼 보였다.

이야오는 치밍이 사라진 것을 확인하고 집 반대 방향으로 자전거를 몰았다. 예상대로 으슥한 골목이었다. 손에 쥔 쪽지를 펼쳐 주소를 확인하며 천천히 걸음을 옮겼다.

골목 안에는 가게들이 줄지어 있었다. 만둣집, 이발소, 잡화점, 자전거 수리점 등 사람 사는 활기가 그물처럼 얽힌 가운데 달콤한 세속의 냄새가 공기 중을 떠돌았다.

길가에는 지저분한 길고양이들이 어슬렁거리며 경계의 눈빛을 보냈다. 간혹 가다 한두 마리가 길가 어느 틈새에선가 튀어나와 길 가운데 버티고 서서 이야오를 노려보기도 했다.

마침내 '산부인과 개인 진료소'라고 적힌 간판을 찾았다. 하얀 바탕에 전통적 글씨체였다. 실외에 걸려 있다 보니 비바람과 햇빛에 색이 바래 회색빛을 띤 채 창밖 벽면에 무심히 걸려 있었다. 어지럽게 자란 오동나무 가지와 얽혀 있는 전선이 이 간판을 집어삼킬 것처럼 뻗어 있었다.

병원은 골목 끝자락에 있어 조금만 더 가면 바로 큰길이었다. 애초에 큰길에서 들어왔으면 될 것을, 공연히 긴 골목을 지나온 것이다.

좁은 계단을 따라 올라갈수록 어두워지더니 2층에 도착했을 때는 벽에 걸린 전구의 노란 불빛만 남았다. 불빛 아래 계단은 이미 황폐해진 폐허 같은 음산한 기운을 풍겼다.

그냥 돌아갈까. 자꾸만 다른 생각이 떠올랐다가도 엄마의 차갑고 표독한 눈빛에 밀려 원래대로 되돌아왔다. 엄마의 눈빛과 함께 떠오른 것은 그날 리완신 등 뒤에 묵묵히 서 있던 치밍이었다. 그 모습이 떠오를 때면 갑자기 심장이 조여 왔다.

벌써 며칠째 그와는 별말 없이 지냈다. 흰색 파카가 이제는 검은색 양모 코트로 바뀌어 미끈하게 빠진 교복을 덮고 있었다.

이야오는 고개를 숙여 헐렁한 바지를 내려다보았다. 허리춤이 허리띠에서 한 줌이나 삐져나와 주머니인 양 매달려 있었다. 부반장과 탕샤오미 무리는 모여 앉아 득의양양한 표정으로 이야오의 눈을 피하는 척하며 보란 듯이 크게 웃음소리를 냈다. 몸 위로 아교풀을 부은 것처럼 끈적거리는 기분이 들었다.

이야오는 세차게 고개를 저었다. 더 이상 생각하지 않기로 했다. 그리고 고개를 들자 빛이 아까보다는 조금 밝아진 것도 같았다. 파마머리 중년 여자가 복도에 앉아 있었다. 앞에는 누런색 진료 기록, 접수증 같은 서류들이 놓인 탁자가 있었다.

"저기요……." 자기만 겨우 들을 수 있을 만큼 낮은 목소리였다. "사……산부인과 진료…… 의사 선생님 계신가요?"

파마머리 여자는 고개를 들어 이야오를 아래위로 훑어보

고는 무표정하게 대답했다. "여긴 의사가 한 명뿐이에요."

그러더니 종이 한 장을 이야오에게 내밀었다. "표 채워서 가장 안쪽 방으로 가요."


## 23


천장이 뭔가 덧씌워진 것처럼 잘 보이지 않았다. 창문은 닫힌 채 커튼도 쳐져 있었다. 창밖에서 흘러 들어오는 빛이 방 안의 하얀 침대 시트와 가림막을 차갑게 비췄다.

옆에서 금속 기기 부딪치는 소리가 전해졌다. 이야오는 드라마에서 본 의료용 겸자와 수술칼이 떠올랐다. 족집게처럼 생긴 물건도 있었다. 현실이 원래 이렇게 과장된 것인지 알 수가 없었다. 의사는 태아가 완전히 자리 잡지 않아 그것까지 쓸 일은 없을 거라고 했다.

수술대에 눕자 곰팡이 냄새 같은 것이 느껴졌다. 하얀 시트에서는 습한 냉기가 전해졌다.

도망갈까?

고개를 비스듬히 돌리니 주사에 약물을 넣는 의사가 보였다. 그게 무엇인지 알 수 없었다. 마취약은 아닐 것이다. 마취를 하려면 200위안을 더 내야 했다. 돈이 부족했다. 의사는 조금만 참으면 금방 지나갈 거라고 말했다.

"바지를 벗어야지, 뭘 기다리는 거야?" 의사가 쟁반을 들고 다가왔다. 고개를 살짝 들어 살펴보니 작은 쟁반에 스테인리스스틸 칼, 족집게 같은 것들이 하얀 빛에 반사되어 반짝이고 있었다.

몸속 어딘가의 어떤 신경이 순간 팽팽해지는 느낌이었다.

의사가 고개를 돌려 간호사에게 말했다. "여기 바지 좀 벗겨 줘야겠어."


24


이야오는 미친 듯이 달려 나왔다. 손에 든 가방이 계단 난간에 마구 부딪쳤다.

그녀 뒤로 간호사가 쫓아오며 뭐라고 소리를 질러 댔다. 알아들을 말이라곤 "그렇게 도망가도 환불은 안 해 줘!"였다.

계단이 어두워 아무것도 보이지 않았다. 이야오는 본능적으로 아래로 향했다. 차라리 흔해 빠진 드라마처럼 발을 헛디뎌 넘어져서 유산이 됐으면 하고 바랐다.

병원을 빠져나오자마자 햇빛이 머리 위로 강하게 내리쬐었다. 눈이 멀 것 같은 자극이 느껴졌다. 눈 안으로 현란하게 반짝이는 하얀 그림자를 던져 넣은 것 같았다. 큰길의 소음 속에 가만히 서서 천천히 심장 박동을 가라앉혔다.

얼굴 위로 길게 흘러내린 눈물이 바람이 불자 차갑게 식었고, 주변의 모습이 점점 뚜렷하게 보이기 시작했다. 3층짜리 낡은 건물, 사람들이 오가는 큰길을 마주하고 있었다. 머리 위로 마구 뻗은 오동나무 가지 사이로 가을바람에도 떨어지지 않은 잎사귀가 한두 개 남아 있었다. 겨울의 냉기와 바람에 표본처럼 바싹 말라 있었다. 골목 어귀에서 삶은 옥수수를 파는 할머니의 시선이 자신에게 향한 것이 보였다. 움푹 들어간 눈에서는 어떤 기색도 빛도 읽어 낼 수 없었다. 그저 검은 동굴처럼 생명을 빨아들이는 것 같았다.

하지만 이런 것들은 중요한 게 아니었다. 중요한 것은 이야오의 눈동자 위로 말끔한 교복을 입은 여학생 세 명이 분명하게 비쳤다는 것이다. 탕샤오미의 머리 위에 묶인 나비 리본이 주변의 우중충한 건물 사이에서 선명한 붉은빛을 발하고 있었다. 붉은 신호등처럼, 날카로운 경고음과 함께.

탕샤오미는 건물에서 뛰쳐나오는 이야오를 보았다. 눈물이 남아 있는 얼굴로 한 손에는 묵직한 가방을 들고 다른 한 손에는 허리띠를 움켜쥐고 있었다. 헐렁한 교복 바지가 바람에 속절없이 흔들렸다.

그녀는 고개를 들어 수많은 전선이 교차하는 사이로 드러난 '산부인과 개인 진료소' 간판과 그 앞에서 넋이 나간 듯 서 있는 이야오를 번갈아 쳐다보았다. 그녀의 얼굴에 찬란한 미소가 천천히 퍼졌다.

고개를 든 이야오는 탕샤오미와 눈이 마주쳤다. 눈빛이 굳었다. 팽팽하게 당겨진 현처럼, 얽히고설킨 것들이 한순간에 직선으로 곧게 펴졌다. 누구도 먼저 시선을 거두지 않았다.

익숙한 장면, 익숙한 대결이었다. 다만 극본 속 역할이 바뀌었을 뿐.

이야오의 눈빛이 갑자기 어두워지자 탕샤오미의 입꼬리가 가볍게 올라갔다. 말은 없었지만 목소리가 들리는 듯했다. 내가 이겼네.

탕샤오미는 고개를 돌려 옆에 있는 두 여학생과 마주 웃었다. 그리고 방향을 바꿔 걸음을 옮겼다. 이야오를 향해 손을 흔들며 의미심장한 인사를 남기는 것도 잊지 않았다. "몸 조심해."

탕샤오미가 몸을 돌려 가려는 순간, 누군가 옷을 잡아당기는 것을 느꼈다. 고개를 돌려 내려다보니 이야오의 손이 자신의 옷을 붙잡고 있었다. 창백한 손가락에 너무 힘을 준 나머지 가늘게 떨리고 있었다.

"부탁해." 이야오는 고개를 숙였다. 탕샤오미의 눈앞에는 이야오의 정수리가 드러낸 작고 창백한 두피뿐이었다.

"무슨 소리야?" 탕샤오미는 몸을 돌리면서도 짐짓 흥미로운 듯 자기 앞에 고개를 숙인 이야오를 바라보았다.

이야오는 아무 말도 하지 않았다. 그저 탕샤오미의 옷을 붙잡은 손에 더욱 힘을 줄 뿐이었다. 꼭 잡은 손 때문에 생긴 주름이 옷감의 결에 따라 작은 주름 두세 개를 더 만들어 냈다. 그 주름은 탕샤오미의 찬란한 미소로 이어졌다.


## 25


도로 위로 살수차 한 대가 흘러간 가요를 울리며 그녀 옆을 지나갔다.

친한 친구끼리 헤어지는 모습으로만 보였겠지. 같은 교복을 입은 몇몇 소녀 가운데 한 명이 다른 한 명을 붙잡는 걸로만 보였으리라. "가지 마. 나랑 있자."라고 말하며.

하지만.

흘러간 가요의 노랫가락이 음질이 좋지 않은 살수차 스피커를 통해 흘러나왔다.


네가 없는 나날 속에 나는 나를 더 아껴 줄 거야.

내가 없는 동안 네가 잘 지내길 바랄게.


한때 크게 유행한 노래였다. 지금 거리를 오가는 반짝이는 젊은 세대에게는 '추억의 노래'라는 딱지가 붙어 간혹 길거리를 지나가거나 노래방에서 나이 지긋한 어른이 부를 때나 들을 수 있을 뿐이었다.

하지만 사람들이 듣지 못한 것은 이어지는 노랫말이 아닌, 한 소녀가 내뱉은 한마디였다. 부탁해.

그리고 보지 못한 것도 있었다. 조금 떨어진 횡단보도에 자전거를 세우고 서 있는 검은 머리의 소년이었다. 따뜻함과 애잔함을 머금은 그의 눈빛이 소녀를 온통 감쌌다. 자전거 핸들을 잡은 손에 힘이 들어갔다 다시 느슨해졌다. 그가 횡단보도에 가만히 서 있는 사이 신호등 색깔이 바뀌었다. 하지만 그는 여전히 움직이지 않았다.


26


멀리서 바라보는 그가 있었다. 멀리서 외치는 그가 있었다. 느리면서도 따뜻한 한마디가 들렸다. "야, 계속 보고 있었어."

언제나 그랬다.
무한히 긴 시간 속의 따뜻함.
무한한 따뜻함 속의 긴 시간.
언제나 그랬다.

# 4장

나 역시 지뢰밭 같은 곳을 지나온 적이 있다.
언제라도 발밑에 깔린 지뢰를 밟아
햇빛 속을 떠다니는 먼지처럼 산산조각 날 수 있는 곳을.

# 1

눈을 감자 느리게 흘러 다니는 빛이 보였다. 희미한 빛을 끌어당기며 새까만 시야 가득 이리저리 움직였다.

눈을 떴다. 창밖은 새벽 3시의 골목이었다. 어둑한 불빛이 암흑 속에 틈을 만들었다. 틈 사이로 물탱크며 쓰레기통이 윤곽을 드러냈다. 간혹 바람에 날려 오는 하얀 비닐봉지가 창에 비쳤다.

고양이 몇 마리가 담 위에 가만히 앉아 있다가 고개를 들어 말간 달을 올려다보았다. 조금 먼 곳에서 자동차 경적 소리가 들려오기도 했다. 한기가 오싹한 깊은 밤, 너무나 적막한 나머지 시끄럽다는 생각도 들지 않았다. 그저 슬픔만 남은 듯한 그 소리가 텅 빈 거리에서 점점 더 커지는 걸 듣고 있을 뿐이었다.

이야오는 손을 들어 눈가에 맺힌 눈물을 닦아 냈다.
벽 쪽으로 몸을 돌려 눈을 감고 잠을 청했다.
벌써 며칠째 이런 슬픈 꿈을 꾸는 것인지.

때로는 꿈속에서 울다가 잠이 깨기도 했다. 깨고 나서도 슬픔이 채 가시지 않아 계속 울었다. 왜 우는지도 알 수 없었다. 하지만 온통 슬픔이라는 감정에 뒤덮여 있다는 사실은 분명히 알 수 있었다. 구름이 상하이의 하늘을 떠다니는 여름 장마철이면 도시 전체가 시커먼 곰팡이로 뒤덮이는 것과 같은 이치였다.

그렇게 울다가 지치면 다시 잠이 들었다.
최근에 꾼 슬픈 꿈은 치밍이 죽은 것이었다.

2

이야오와 치밍은 자전거 대열을 따라 천천히 페달을 밟았다.

이른 아침 상하이의 교통 상황은 너무 삶아 퍼진 당면 같았다. 얼마 가지 않아 신호등이 바뀌고 다시 가려고 하면 이번에는 차에 가로막혔다. 아침 운동을 나온 노인들이 시도 때도 없이 발꿈치를 들고 그들 옆을 스쳐 지나갔다. 기다란 도로 전체가 어딘가가 마비된 뱀처럼 꾸물대며 움직이고 있었다.

"야, 어제 내 꿈속에서 네가 죽었다." 또 빨간 불에 걸렸다. 이야오는 한쪽 다리로 기대서서 얼굴 위로 목도리를 끌어올리는 치밍을 돌아보았다. "네가 병이 걸렸던가 그랬어."

치밍은 그녀의 얼굴 앞으로 손을 내저었다. 헛소리하지 말라는 표정이었다.

이야오는 깔깔대고 웃었다. "괜찮아. 린화펑이 그러는데 꿈은 반대래. 걱정하지 마. 그리고 꿈에……."

"엄마라고 안 하고 꼭 그렇게 이름을 불러야겠어?" 치밍이 그녀의 말을 자르며 미간을 살짝 찌푸렸다.

이야오는 대답은 하지 않고 재미있다는 듯 치밍을 쳐다보았다. 마치 새로운 곡예를 보는 듯, 누군가 그의 얼굴 위에서 재주를 부리기라도 하는 듯 바라보더니 급기야 웃음을 터뜨렸다.

그녀의 눈길에 치밍은 어색함을 견디지 못하고 신호등으로 고개를 돌리며 혼잣말을 중얼거렸다.

이야오 역시 신호등으로 눈을 돌렸다. 남은 시간을 알려 주는 붉은 숫자는 아직 7이었다.

"넌 우리 집에 와서 우리 엄마가 나를 뭐라고 부르는지 들어 봐야 해."

치밍이 뭐라고 말하려는 순간 주변에 서 있던 자전거 대열이 움직이기 시작했다.

이야오는 페달에 힘을 주어 치밍을 지나쳐 갔다.


학교 자전거보관소에서 탕샤오미와 마주쳤다. 탕샤오미는 이야오를 보고는 다정하게 웃어 보였다. 그녀의 얼굴은 지나치게 활짝 핀 커다란 꽃송이 같았다. 진하지만 금방이라도 썩어 버릴 듯한 향기를 풍기는.

이야오는 갑자기 지난주 TV에서 본, 곤충을 집어삼키는 거대한 식물이 떠올랐다. 탕샤오미처럼 커다란 꽃송이와 화려한 색깔을 뽐내는 식물이었다. 꽃잎에서는 투명한 점액이 흐르고, 커다란 입을 벌려 곤충이 날아 들어오기를 기다리고 있었다.

주변을 오가는 사람들, 머리 위로 지저귀며 날아다니는 참새들, 조급한 마음에 끊임없이 울려 대는 자전거 벨, 아침 자습 시간을 알리는 종소리. 이런 것들은 모조리 사라지고 없었다. 그저 조용히 자신을 향해 한껏 입을 벌린, 커다랗고 끈적거리는 화려한 색의 꽃잎만 남아 있었다.


3


예상한 것과 다르게 이야오가 상상한 일은 실제로 일어나지 않았다.

학교에 오기 전 이야오는 온갖 난처한 상황을 생각해 보았다. 심지어 '오늘이 학교에 오는 마지막 날이 되겠지.'라는 각오까지 했다. 탕샤오미의 성격이나 수완으로 봤을 때, 교실을 들어가자마자 자신이 산부인과에 간 일을 폭로하는 대

자보가 칠판에 붙어 있어도 전혀 놀랄 것 없는 일이라고 생각했다.

예전부터 그녀가 한 짓들을 소문으로 들어 온 터였다. 독하고 교활하게 수단과 방법을 가리지 않는다는 표현이 조금도 지나치지 않았다.

그런데 이야오가 교실에 들어섰지만 평상시와 다른 점이 전혀 없었다. 치밍은 자리에 가방을 놓자마자 교단으로 가서 고개를 숙이고 지각한 학생의 이름을 적을 준비를 했고, 각 과목 반장은 교실 앞에서 학생들이 제출한 과제물을 정리하고 있었다. 여학생들은 삼삼오오 모여 앉아 전날 저녁에 본 드라마와 학교 체육부 남학생들에 대한 잡담으로 여념이 없었다.

이야오는 교실 뒤편에 앉은 탕샤오미에게 눈을 돌렸다. 그녀는 고개를 뒤로 돌리고 뒷자리에 앉은 여자아이와 새로 산 치마에 대해 이야기하는 중이었다.

이야오는 가볍게 숨을 내쉬었다. 하지만 그 순간 있는 듯 없는 듯 애매한 불길함이 스쳤다. 마치 어디에선가 주먹이 날아올 것 같아 두 팔로 단단히 머리를 감쌌지만 정작 어떠한 공격도 없고, 그럼에도 불구하고 불안감에 도무지 팔을 내려 상대를 확인하지도 못하는 상황 같았다.

이야오는 자리에 앉아 가방에서 오전에 쓸 교과서를 꺼냈다. 누군가 뒤에서 어깨를 두드려 돌아보니 탕샤오미가 서 있었다. 그녀는 사탕 같은 것이 담긴 통을 내밀었다.

"매실인데, 먹을래?"


4


제멋대로 벌어진 커다란 꽃잎. 달콤한 향기는 너무나도 강렬해서 비린내를 풍기며 곧장 코끝을 덮쳤다.


5


중간 체조가 끝나자 학생들은 여름날 폭우가 쏟아진 뒤의 물줄기처럼 사방팔방에서 구불구불 흘렀다. 갈라진 물줄기는 서로 다른 곳에서 가장 낮은 한곳을 향해 흘러들었다.

치밍은 곁에 선 이야오를 쳐다보았다. 긴 바지 끝이 자꾸만 밟혀 흙투성이가 된 채 너덜거렸다. 치밍은 얼굴을 찌푸렸다. 밝은 햇살 아래 눈언저리 그림자가 더 도드라졌다. "너 바지 좀 어떻게 해야 하지 않겠어?"

이야오는 고개를 들어 치밍을 바라보고는 다시 고개를 숙였다. "이런 거 신경 쓸 새도 있어?"

"넌 아무렇지 않아?"

"아무렇지 않아."

치밍은 대답하지 않고 교실로 향했다. 말없이 걷고 있는 그의 등이 더 넓어 보였다.

"이런 거 신경 써서 뭐 해." 잠시 후 이야오가 다시 말을 꺼냈다.

치밍은 역시 아무 말도 하지 않았다.

이야오는 고개를 들었다. 눈언저리는 여전히 햇살이 비치지 않는 기다란 그림자로 남았다.

이야오는 교실로 들어가며 자리에서 일어나는 탕샤오미와 마주쳤다. 물을 받으러 가려는 듯 보온컵을 챙기다가 이야오를 발견하고는 손을 멈췄다. 그리고 미소를 지으며 팔을 뻗어 이야오에게 컵을 건넸다. "물 좀 받아다 줄래?"

크지도 작지도, 높지도 낮지도 않은 목소리였다. 주변 사람들이 듣기에는 충분했지만 그렇다고 너무 튀지도 않았다. 아주 적당한 공격성에 주변에 있는 대부분의 아이들이 두 사람에게 시선을 돌렸다.

이야오는 그녀 앞에 걸음을 멈추고 말없이 그녀를 똑바로 쳐다보았다. 책상 모서리를 잡은 손에 잔뜩 힘을 준 나머지 손톱 끝이 갈라졌다.

탕샤오미도 이야오의 시선을 피하지 않고 책상 위에 놓아둔 양철통에서 매실 하나를 집어 입에 넣었다. 그녀의 미소는 소녀다우면서도 달콤했다. 볼 한쪽이 볼록 올라온 모양이 마치 종양이라도 있는 것 같았다.

이야오는 컵을 받아 들고 문 쪽으로 걸어갔다.

"아, 이야오." 탕샤오미가 그녀를 불러 세웠다. 다시 돌아서자 이번에는 매실의 씨를 뱉어 내고 밝게 웃으며 말했다. "너무 뜨겁지 않게."

복도 끝 식수대에는 두세 명이 줄을 서 있었다.

겨울이 끝나 가고 있었다. 진저리 처질 듯한 추위는 가셨다. 그러다 보니 온수에도 전처럼 사람이 몰리지 않았다. 이야오는 오래 기다리지 않고 물을 받을 수 있었다.

교실로 돌아가려던 이야오는 뚜껑을 열어 컵 안의 물을 옆에 있는 양동이에 반쯤 부었다. 그리고 수도꼭지를 틀어 찬물을 채웠다. 뚜껑을 닫은 뒤 그래도 뭔가가 부족하다는 생각이 들었는지 컵을 들어 물을 한 모금 마시고는 그것을 다시 컵 안에 뱉었다.

이야오는 컵을 들고 서둘러 교실로 향했다. 몇 걸음 옮기다가 갑자기 걸음을 멈췄다. 한 손을 잠시 뚜껑 위에 얹는가 싶더니 결국은 비틀어 열었다. 그리고 물을 복도 한편에 있는 양동이에 모조리 쏟았다. 갑자기 솟은 김이 양동이 주변으로 퍼졌다.

이야오는 다시 복도 끝 식수대로 가서 뜨거운 물을 틀고 컵을 갖다 댔다. 꿀렁꿀렁 물이 차오르는 소리가 들렸다.

손등으로 온수 열기에 습해진 눈을 문질렀다. 뚜껑을 닫고 교실로 돌아갔다.

탕샤오미는 미소와 함께 컵을 받아 들었다. 뚜껑을 열고 막 마시려는 순간 교실로 들어서던 아이가 외쳤다.

"그거 마시지 마! 나는 또 이야오 물컵인 줄 알았네. 아까 이야오가 물을 한 모금 마시고는 다시 뱉었거든. 왜 그러냐고 물어보려다 말았어."

소리 지른 여학생을 돌아본 이야오는 다시 고개를 돌렸다. 탕샤오미가 놀란 얼굴로 굳어 있었다. 정말 놀랐든 아니면 놀란 척하는 것이든, 그 표정은 그야말로 기대를 저버리지 않은 최고의 표현력이라고 할 만했다.

아니나 다를까, 여기저기서 쯧쯧 혀 차는 소리가 들렸다.

이야오는 말없이 자리로 돌아와 앉았다. 입을 꾹 다문 채 가방에서 다음 과목 교과서를 꺼내 들었다.

교과서를 펼치는 사이 뒤에서 탕샤오미의 느릿느릿 애교 섞인 목소리가 들렸다. "이야오, 어쩜 그럴 수가 있니?"

굳이 돌아보지 않아도 아무것도 모른다는 듯 천진하면서도 예쁜장한 그 얼굴을 충분히 상상할 수 있었다. 흙투성이로 짓밟아 주고 싶을 만큼 활짝 핀 화려한 꽃송이 같은 아름다움이리라.

# 6

어둠 속에서 핀 독기로 가득 찬 꽃. 볼 수는 없지만 느낌과 상상만으로도 금빛 나는 윤곽을 그려 볼 수 있다. 지독한 악취가 점액이 가득한 거대한 꽃잎에서 퍼져 나와 가슴 안까지 흘러 들어온다.

그것은 이내 생명 속으로 녹아들고, 다른 것으로 대신하거나 흐트러뜨릴 수 없는 사악함과 음험함으로 다시 태어난다.


# 7

겨울의 햇빛은 정오라고 해도 여름날처럼 사람의 그림자를 까만 점으로 압축시킬 만큼 똑바로 내리쬐지 않는다. 창밖에서 비스듬히 뻗어 들어와 창문의 모양을 좁고 긴 직사각형으로 바꾸어 식당 바닥으로 끌어올 뿐이다. 그래서 겨울의 정오는 흡사 여름의 황혼처럼 느껴진다. 모호하면서도 서글프게 아름답다.

남학생 하나가 공을 차며 스쳐 지나갔다. 흙먼지가 시선 가득 피어올라 햇빛 속을 떠다녔다.

"너 정말 뱉었어?" 치밍이 이야오를 바라보며 그릇을 내려놓았다. 얼굴에는 웃음인지 진지함인지 알 수 없는 표정이 떠올라 있었다.

"뱉었어." 이야오는 국물을 떠먹으며 고개도 들지 않고 대답했다.

치밍은 이해할 수 없다는 듯 미간을 찌푸렸다.

"하지만 그건 쏟아 버리고 다시 받아 줬어." 이야오는 고개를 들고 이를 악물었다. "이럴 줄 알았으면 버리지 말걸 그랬어."

치밍은 참지 못하고 가볍게 웃고 말았다.

이야오는 차가운 얼굴로 그를 노려보았다. "웃기냐?"

치밍은 웃음을 참으며 고개를 가로저었다. 그리고 팔을 들어 이야오의 머리를 가만히 쓰다듬었다. "너는 말이야, 진짜 나쁜 사람이 되기에는 많이 부족한 것 같다."

"욕하는 거야?"

"아니, 칭찬이지." 치밍은 하하 웃음을 터뜨렸다. 밝은 빛 속에서 눈은 더욱 빛나고 가지런한 치아가 하얗고 보기 좋았다. 옆 탁자의 여자아이들이 수군거리는 소리가 들렸다.

"차라리 욕을 하는 게 나을 것 같아. 비판은 진보를, 교만은 도태를 부르거든." 이야오는 도시락을 닫았다. "난 다 먹었어."

겨울 정오의 깨끗한 햇빛조차 치밍의 눈가에 굳어진 새까만 그림자를 비춰 주지 못했다. 그것은 그의 짙은 눈썹과 기다란 속눈썹이 만들어 낸 그림자였다. 전교 여학생 모두를 사로잡은 그의 매력이기도 했다.

이야오는 눈앞에서 자기를 바라보는 치밍을 보았다. 그는 햇빛 속에서 드러낸 표정을 천천히 수습하고 있었다. 마치 한밤중에 잠깐 피어난 우담바라(불교 경전에 나오는 상상의 꽃-옮긴이)가 해가 뜨기 전 그 아름다움을 거둬들이는 것 같은 모습이었다.

마음속 약하디약한 촛불이 잠시 반짝했다가 곧 꺼져 버렸다.


8


이야오의 예상대로 탕샤오미의 게임은 이대로 끝나지 않았다. 오히려 예상보다 지독했다. 그 오밀조밀한 얼굴이 다른 사람 눈에는 원래보다 훨씬 더 예쁘고 천진한 모습으로 보이는 것처럼.

스웨터를 망치려면 실 한 가닥만 찾으면 된다. 실이 시작되는 곳을 찾아 그것을 계속 당기면 스웨터는 순식간에 정신없이 뒤엉킨 실뭉치가 되고 만다.

이번 일의 시작이 된 실은 같은 날 오후의 일이었다. 한 남학생이 이야오에게 100위안을 주었다. 그러고는 스웨터가 풀리듯 쉬지 않고 주르륵 풀려 나가기 시작했다.


9


교내 아침 방송은 오후에 있을 전교 대청소에 대한 공지를 반복했다. 다음 주 시에서 실시할 위생부 검사 때문이었다. 학교 평가에서 위생 상태는 언제나 중요한 기준이 되었다.

덕분에 오전 내내 방송에서는 지겨울 정도로 오후 대청소를 공지했고, 아침 체조 음악과 함께 들어야 했던 가냘픈 여자 목소리는 교무주임의 닦달하는 듯한 말투로 바뀌었다. 그의 목소리가 학교 곳곳에 걸린 스피커를 통해 열기를 뿜어내면서 학교 전체가 불이라도 붙은 양 어수선했다.

오후 마지막 수업이 끝나고 전교생이 대청소에 나섰다.

"더워 죽겠네. 무슨 겨울이 여름 같냐."

"청소는 언제 끝나는 거야. 교무주임이고 뭐고 다 나가 죽어라."

앙칼진 여학생들의 목소리가 들렸다.

"학교가 조상님 묘라도 되나, 뭐 이렇게까지 요란을 떨어."

말투가 점점 더 거칠어졌다.

이야오는 팔을 베고 책상에 엎드려 여학생들이 주고받는 이야기를 듣고 있었다. 창밖은 온통 햇빛으로 가득했다. 창백한 겨울이 이제 정말 끝날 모양이었다. 모든 것이 온기를 되찾고 지면에서 수증기가 천천히 피어오르면 세상은 따뜻하고 촉촉한 기운으로 가득할 것이다.

칠판 왼쪽에 대청소에서 각자 맡을 곳이 적혔다.


동쪽 화원: 리저둥, 지아예, 리우위에, 쥐원샤

교실: 천지아, 우량, 리우베이리, 진난

복도: 천지에, 안여우밍, 쉬야오화, 린후이

......

계단: 이야오


이야오는 칠판의 자기 이름을 가만히 바라보았다. 혼자서 한 줄을 차지한 이름. 마침 햇빛이 그 이름을 비스듬히 비추고 있었다. 약간의 분필 가루가 빛나는 광선 속을 떠다녔다. 이야오는 입꼬리를 당기며 알 수 없는 웃음소리를 냈다.

그때 탁 소리를 내며 옆줄에 앉은 여학생의 교과서가 이야오의 발 옆에 떨어졌다. 이야오가 허리를 굽혀 책을 주우려는 순간 뒤에서 탕샤오미의 목소리가 들렸다. "이야오, 얘 책 좀 주워 줘." 더없이 상냥한 목소리였다.

이야오가 굽히려던 허리를 천천히 일으켜 세우자 옆줄에 앉은 아이가 민망한 듯 어색하게 웃으며 자리에서 일어났다.

"왜 그래, 주워 달라고 해. 얘 발 옆에 떨어졌잖아." 탕샤오미의 목소리가 살짝 높아졌다.

이야오는 몸을 돌려 뒤에 앉은 탕샤오미를 쏘아보았다. 익숙한 대치 상태였다. 팽팽한 긴장 속에 공기가 부딪치는 소리가 나는 듯했다. 예쁘게 손질한 탕샤오미의 손톱이 매실이 담긴 양철통을 탁탁 두드렸다. 아무 의미 없는 행동처럼 보이지만, 이야오의 눈에는 독약을 잔뜩 묻힌 다섯 자루의 짧은 비수 같았다. 언제라도 저것으로 자신의 등을 제멋대로 찔러 댈 것이다.

주변에서 역시나 익숙한 쯧쯧 혀 차는 소리가 들렸다. 끈적한 침이 입 안에서 내는 이런 소리가 드러내는 반감을 이야오는 분명히 느낄 수 있었다.

이야오는 허리를 굽혀 책을 주웠다. 책에 묻은 흙먼지를 털고 옆자리 학생의 책상에 놓았다. "표지가 예쁘다. 되게 귀엽네." 이야오는 햇빛 속에서 눈을 가늘게 뜨며 웃어 보였다.

여학생은 어찌할 바를 모르는 표정이었다. 뒤에 있는 탕샤오미는 예의 상냥한 표정을 거둬들였다.

창밖에서 들려오는 방송에서는 여전히 교무주임의 다급한 목소리가 이어졌다.


바람이 흰 구름을 밀어내자 큼직한 구름 덩어리가 파란 하늘을 뒤로하고 지나갔다.

겨울이 끝나고 이제 곧 봄이 다가오려는 가운데 곳곳에 크고 화려한 꽃송이가 피어나기 시작했다. 봄이 채 오기도 전에 너도나도 앞 다투어 꽃을 피워 냈다. 세상은 달콤한 향기로 채워지고, 향기가 이리저리 부딪치며 젊고 아름다운 얼굴들 사이를 맴돌았다.


10


계단 청소는 한가해서 좋았다. 오가는 사람도 없었다. 어쩌다 다른 반 남학생들이 양동이와 빗자루를 들고 "미안." 하면서 지나가는 정도였다.

이야오는 기다란 빗자루를 들고 계단을 한 칸 한 칸 쓸어내렸다. 먼지가 사람 키만큼 높이 일었다. 이야오는 교실로 돌아가 물을 좀 떠다가 먼지 위로 뿌렸다.

자기 구역 청소를 끝낸 아이들이 하나씩 집으로 돌아갔다. 학교 안에 남은 사람이 점점 적어졌다. 나중에는 빗자루가 바닥에 스치는 소리가 메아리가 되어 울렸다. 처음에는 들릴 듯 말 듯 하더니 점차 분명한 소리가 되어 돌아왔다.

한 칸 한 칸 계속해서 쓸었다. 비질하는 소리가 사람 없는 학교 안에 울렸다.

이야오는 몸을 곧게 펴고 복도의 커다란 창을 통해 바깥을 내다보았다. 하늘에는 눈부신 구름이 걸려 있었다. 겨울에 보기 드문 풍경이었다. 창백한 겨울은 이제 다 지나간 모양이었다. 이야오의 입가에 옅지만 따뜻한 미소가 걸렸다.

예전에는 외로움이나 적막함 같은 어휘가 언제나 서글프게 다가왔다. 하지만 지금처럼 조용한 오후 몇몇 학생만 남은 학교에는 석양의 흐릿한 빛이 바닥과 벽 곳곳을 쓰다듬고 있었다. 겹겹이 빛이 쌓여 만들어 낸 두께감이 겨울의 추위와 매서움을 한결 덜어 주었다.

텅 빈 외로움 혹은 황량한 적막. 이런 말들은 사실 떠들썩한 인파나 저마다 서로 다른 얼굴에 비하면 훨씬 따뜻한 것이었다.

마지막 한 층을 다 쓸어 갈 즈음에야 이야오는 치밍이 생각났다. 기다리지 말고 먼저 가라는 메시지를 보내기 위해 얼른 휴대폰을 꺼내 들었다. 휴대폰을 열어 보니 치밍이 보낸 메시지가 먼저 와 있었다.

'선생님이 불러서 오늘은 못 기다리겠다. 먼저 가.'

휴대폰을 닫자 한 남학생이 앞에 나타났다. 1미터 정도 떨어진 곳에 서 있었다. 그는 그 자리에 서서 100위안짜리 지폐를 건넸다. "자, 여기."

햇빛 아래 선 남학생은 전혀 모르는 얼굴이었다.

이야오는 빗자루를 꼭 쥔 채 말없이 그를 마주 보았다.

석양이 복도 창문을 통해 들어와 계단에서 이리저리 꺾이며 천천히 부드러운 액체 상태가 되어 이야오의 점점 붉어지는 눈가에 고였다.

이야오의 손가락에 점점 더 힘이 들어갔다.

"무슨 뜻이야?" 이야오는 빗자루를 든 채 그에게 다가섰다.

"그냥…… 애들이 너한테 돈을 주면 된다고……." 남학생은 고개를 숙였다.

그가 내민 손은 그대로 허공에 어색하게 굳어 있었다. 교복 소매 밖으로 하얀 셔츠가 보였다. 유난히 깨끗한, 조금도 때가 타지 않은 셔츠였다.

"무슨 뜻이냐고 묻잖아." 이야오는 일부러 눈을 크게 떴다. 깜빡거리고 싶지 않았다. 깜빡거려서 눈물을 떨어뜨리고 싶지 않았다.

"애들이 돈을 주면 너랑……." 남학생은 말을 멈추고 고개를 숙였다.

"잘 수 있다고?" 이야오는 빳빳이 고개를 들고 물었다.

남학생은 말이 없었다. 고개를 가로젓지도 끄덕이지도 않았다.

"누가 그랬는데?" 깊은 숨을 들이쉬자 이야오의 말투가 조금 누그러졌다.

남학생은 살짝 고개를 들었다. 햇빛이 그의 얼굴 반쪽을 비췄다. 그는 입을 꾹 다문 채 고개를 저었다.

"괜찮아. 알려 줘." 이야오는 손을 뻗어 100위안을 받아 들었다. "걔네들하고 약속했거든. 소개해 준 사람에게 소개비로 반을 떼어 주기로."

남학생은 고개를 들었다. 어리둥절한 표정이 이야오의 눈에 들어왔다.


어떤 꽃은 겨울의 추위 속에 시들어 가루가 되어 버린다.

사람들은 느린 듯하지만 동시에 너무나도 빠르게 지나가는 이 과정을 목도하곤 한다. 애초의 아름다운 향기와 색채에서 메말라 떨어지고 마는 꽃잎을. 그리고 사람들에게 짓밟혀 흙먼지가 되기까지의 과정을.

사람들은 그 꽃이 한때 보여 준 아름다움은 다 잊어버리고, 별다른 감흥 없이 바람 속에 활짝 피었던 화려함을 밟고 지나간다.


"네 친구 탕샤오미가 그랬어. 네가 아주 불쌍하다면서. 처음에는 안 믿었는데……."

"그럼 지금은? 지금은 믿니?"

이야오는 고개를 떨궜다. 그리고 천천히, 너무 세게 쥐어
한 덩어리로 구겨진 분홍색 지폐를 남학생의 손에 도로 쥐
어 주었다.

빗자루를 거두고 위층 교실을 향해 걸음을 옮기다가 고개
를 돌려 석양 아래 홀로 남은 남학생의 낯선 얼굴을 바라보았
다. "네가 믿든 안 믿든 난 정말 그런 거 안 해." 말을 마치고
다시 몸을 돌려 걸음을 재촉했다.

뒤에서 남학생이 낮은 목소리로 외치는 소리가 들렸다. "야,
나는 구썬시라고 해. 나도 정말 그러려고 돈을 준 건……."

그가 말을 채 마치기도 전에 이야오는 돌아서서 옆에 있는
쓰레기통을 걷어찼다.

플라스틱 쓰레기통이 계단 위에서 굴러 떨어지며 폐지며
비닐봉지가 계단으로 흩어졌다. 남학생은 옆으로 비켜서서
자신을 향해 굴러 오는 쓰레기통을 피했다.

고개를 들어 보니 계단에는 이미 아무도 없었다. 마지막 석
양이 복도 창문을 통해 길게 쏟아져 들어왔다.

그는 잠시 멍하니 서 있다가 허리를 굽혀 흩어진 쓰레기를
쓰레기통에 집어넣었다.

그저 물을 떠오라고 시키는 정도로 자신을 조종하려는 것이라면 상관없었다. 하지만 이건…….

눈을 감았다. 다른 반 아이들 앞에서 탕샤오미가 지었을 예쁜장하고 감동적인 표정을 상상할 수 있었다. 자신을 친구라고 하면서 다른 아이들 앞에서 이야오에게 먹칠을 한 것이다.

"걔가 너무 불쌍하지 뭐니."

"아마도 뭔가 말하기 힘든 이유가 있겠지. 집이 힘들 수도 있고."

"걔도 그러고 싶지 않았을 거야."

각자 다른 의미로 웃음을 짓는 남학생들 사이에서 그녀는 자신이 가진 동정심을 한껏 과시했다.

교실에는 아무도 없었다. 모두 집에 돌아간 후였다. 마지막까지 교실을 지키던 당번도 이야오에게 열쇠를 맡기며 문을 잠가 달라고 부탁한 터였다.

막 청소를 끝낸 교실은 표백제 냄새가 가득했다. 남은 석양의 진한 색채 속에서도 차가운 느낌을 풍겼다.

이야오는 교단으로 갔다. 교탁 서랍을 열어 풀을 집어 들었다. 그대로 뚜껑을 열고 탕샤오미의 자리로 가서 책상에 풀을 쏟았다. 분필함에서 쓰고 남은 분필 조각과 하얀 분필 가루를 모아 풀로 범벅이 된 책상 위에 부었다. 그리고 분필 가루가 녹아 걸쭉해질 때까지 마구 뒤섞었다.

어느 정도 분이 풀리자 자리로 돌아갔다. 그런데 가방이 보이지 않았다. 텅 빈 서랍만 빼죽 튀어나왔을 뿐이었다. 마치비웃는 얼굴처럼 보였다.

이야오는 고개를 떨구고 소리 죽여 울었다. 소매로 눈물을닦아 내고서야 소매가 먼지와 분필 가루 투성이라는 사실을알아차렸다.


14


학교 뒤편의 창고는 오가는 사람이 거의 없었다. 잡풀이 무성하게 우거져 겨울에도 메말라 황량해지는 일이 없었다. 부드러우면서도 단단하고, 가시가 뻗치거나 솜털 같은 꽃송이가 달린 온갖 잡초가 가득 펼쳐진 공터였다.

이야오는 이리저리 가방을 찾아다녔다. 운동장, 체육관, 농구장, 식당 뒤 세면대까지. 하지만 어디에서도 찾을 수가 없었다. 가방에 돈이 될 만한 물건이 없으니 누가 훔쳐 갈 리도없었다. 이야오는 잡초 사이에 서서 주먹을 꽉 쥐었다.

뒤에서 누군가 잡초를 밟으며 다가오는 소리가 들렸다. 돌아보니 그녀를 따라온 구썬시가 서 있었다.

이야오는 먼지가 묻은 손을 털며 물었다. "왜 따라왔어?"

구썬시의 얼굴이 조금 붉어졌다. 그는 한 손으로 어깨에 멘 가방끈을 당기며 이야오를 똑바로 바라보았다. "너한테 말해주려고. 그런 뜻은 아니었어."

이야오는 미간을 찌푸렸다. "무슨 뜻?"

구썬시의 얼굴이 더욱 붉어졌다. "그러니까……."

"자는 거?" 이야오는 팔을 휘저으며 그의 말을 잘랐다. "됐어. 상관없어. 네가 무슨 뜻이었는지 알아볼 시간도 없고."

이야오는 그대로 돌아서서 걸음을 옮겼다. 창고 모퉁이를 도는 순간, 후문 쪽에 방치된 분수대에 색색의 교과서가 둥둥 떠 있는 것이 보였다. 가방은 텅 빈 채 동산 모양의 조형물에 걸려 있고 안에 넣어둔 대부분의 물건이 모두 물속에 잠겨 있었다.

저물어 가는 햇빛을 받은 수면이 반짝거렸다. 분수대 물은 바꾼 지 오래되어 원래 초록색이던 수초는 검은색에 가까운데다 하얀 일회용 용기가 여기저기 떠다녔다. 그리고 코를 찌르는 악취가 수면에 드리워져 있었다.

이야오는 잠시 서서 바라보다 이내 신발과 양말을 벗고 바지를 무릎까지 걷어 올린 뒤 분수대 안으로 걸어 들어갔다.

물은 생각보다 깊었다. 발목 정도 오겠거니 했던 물이 발을 내딛는 순간 무릎까지 차오르고 곧장 허벅지까지 잠겼다. 이야오는 당황했지만 빠져나올 수 없었다. 발밑에 미끄

러운 수초를 느끼자마자 몸의 중심이 뒤로 쏠리며 넘어지고
말았다.


## 15


사실은 그때, 정말 순간적으로 귀와 코를 채우는 물살과 악
취가 나를 집어삼키는 것만 같았어. 추운 것도 느낄 새가 없
었지.

사실은 그때, 구썬시가 외치는 소리가 들렸는데 나는 그게
넌 줄 알았어.

사실은 그때, 이런 생각이 들었어. 이대로 죽는다면 그것
도 좋겠다고.


## 16


예전에 이야오는 이 연못이 제법 예쁘다고 생각했다. 학교
에 막 입학했을 때인데, 정문이 수리 중이어서 학생들은 이
후문을 통해 등하교를 해야 했다.

당시 이 연못은 매일 깨끗한 물을 뿜어냈다. 남녀 학생들이
연못 주변에 앉아 함께 도시락을 먹기도 했다. 작은 동산처럼

꾸민 연못 중앙에는 무화과나무를 심어 봄이 오면 연한 초록색 혹은 분홍색을 띤 꽃가루가 날렸다. 물 위로 떨어진 꽃가루는 비단잉어가 만든 물결을 따라 이리저리 흔들렸다.

그 후 정문이 완공되자 한때 교문이었던 이곳은 점점 오가는 사람이 없어졌다. 그리고 같은 해 겨울, 연못을 지나며 빵 부스러기를 던져 주는 학생이 없어지자 연못에 남아 있던 마지막 비단잉어가 혼자서 외롭게 헤엄치다가 결국 수면으로 떠올랐다. 허연 배가 적막한 겨울 햇볕에 푸르스름한 빛을 띠었다.


이야오는 외투를 벗어 물을 짰다. 바지와 상의도 대부분 젖어 버렸다.

발아래로 작은 물웅덩이가 생겼다. 이야오는 손으로 연신 얼굴에서 떨어지는 물을 닦아 냈다.

고개를 돌려 보니 구썬시가 바지를 높이 걷어 올리고 단단한 종아리와 허벅지를 드러낸 채 거무튀튀한 연못에 들어가 있었다. 그가 마지막 하나 남은 책을 겨우 걷어 올려 연못 옆에 펼쳐 놓은 뒤에야 연못 밖으로 나왔다.

이야오는 외투를 건넸다. "이걸로 닦아."

구썬시는 고개를 들어 그녀가 내민 빨간 파카를 흘긋 쳐다보았다. "괜찮아. 빨리 짜내기나 해. 이 연못 되게 더럽더라. 나는 이따가 세면대 가서 대충 씻으면 돼."

이야오는 팔을 거두어 다시 옷을 짰다. 물을 흠뻑 먹은 옷은 제법 무거웠다.

손을 들어 눈가를 닦아 내는가 싶더니 갑자기 동작을 멈췄다. 손가락 사이로 계속 물이 흘러나왔다.

구썬시는 맨발로 다가가 이야오의 옷을 잡았다. "줘. 내가 할게."

이야오의 왼손이 옷을 꽉 붙잡고 놓아 주지 않았다. 오른손은 여전히 눈을 가리고 있었다. 드러난 입가에는 잔뜩 힘이 들어가 있었다. 힘을 다해 울음소리를 억누르는 중이었다.

"놔." 구썬시가 힘껏 옷을 당겼다.

옷을 짜니 주르륵 물줄기가 떨어졌다.


연못 물에 불어난 두 손과 두 발이 겨울바람을 맞자 동상이라도 걸린 듯 벌겋게 변했다.

구썬시는 이야오에게 얼른 교실에 들어가 다른 옷으로 갈아입으라고 재촉했다.

"옷이 없어."

구썬시는 잠시 생각에 잠겼다. "그러면 내 거 입어."

얼른 집에 가고 싶어. 이야오는 대답하지 않고 팔에 든 책들을 꺼안은 채 흠뻑 젖은 걸음을 옮겼다. 구썬시가 그 뒤를 따라가며 뭐라고 말하려는 순간, 이야오는 돌아서서 그를 향해 발길질을 했다. 구두가 그의 정강이를 세게 때렸다. 구썬시는 얼굴을 찌푸리며 그대로 바닥에 주저앉았다.

"따라오지 마. 난 너랑 안 잘 거야. 꺼지란 말이야."

구썬시는 이를 악물고 일어나서는 외투를 벗어 이야오를 향해 집어던졌다. 단단히 화가 난 표정이었다.

이야오는 얼굴을 덮은 외투를 집어 땅바닥에 내던졌다. 눈물이 와락 쏟아졌다.


이야오는 뒤에 남은 구썬시는 아랑곳하지 않고 푹 젖은 책을 끌어안은 채 교문 쪽으로 향했다. 곧 교문이 보이려는데 치밍이 먼저 눈에 들어왔다. 머릿속에 그가 보낸 휴대폰 메시지가 자막처럼 떠올랐다.

'선생님이 불러서 오늘은 못 기다리겠다. 먼저 가.'

그런데 눈앞에 보이는 뒷모습은 치밍 혼자가 아니었다. 어느 여학생과 나란히 걸어가고 있었다. 두 사람은 천천히 자전거를 밀며 걷고 있었다. 치밍이 고개를 돌려 여학생을 향해 미소 지었다. 바람에 머리카락이 날리는 모습이 상큼하고 순수했다.

치밍의 자전거 뒷자리에는 예쁘게 포장된 상자가 묶여 있었다. 누구에게 보내려는 건지, 아니면 받은 것인지 알 수 없었다. 하지만 그런 건 이미 중요한 것이 아니었다.

이야오는 그들 뒤를 따라 천천히 걸었다.

바람이 불 때마다 피부에 달라붙은 옷에서 습한 냉기가 전해졌다. 하지만 이미 추위를 느끼는 감각이 사라진 듯했다. 다만 너무 힘을 줘서 그런지 책을 안은 손이 조금씩 저려 오기 시작했다.

언젠가 수업 시간에 생물 선생님이 말했다. 어떤 근육이든 너무 힘을 주면 열량을 사용할 때 산소가 부족해지면서 유산을 생성하고, 이 때문에 저리는 느낌을 받는 거라고.

그렇다면 마음이 이렇게 저리는 것은 마음속으로 너무 힘을 썼기 때문일까?

치밍의 뒤를 따라 교문까지 오자 고기 꼬치를 손에 든 탕샤오미가 보였다. 몇몇 여학생에게 둘러싸인 모습이 화려한 꽃들이 모여 핀 것 같았다. 겨울의 회색빛 속에서 즐거워 보이는 이들의 모습이 너무나 도드라졌다.

탕샤오미는 여전히 천진하고 예쁜 목소리로, 적당한 정도의 놀라움과 동정을 섞어 너무 높지도 낮지도 않은 어조로 모든 이의 시선을 잡아끌었다.

"어머, 이야오! 어쩌다 그렇게 됐니?"

앞서 가던 치밍과 그 옆의 여학생이 동시에 이야오를 향해 고개를 돌렸다.

치밍이 놀라는 표정을 짓는 순간, 하늘이 온통 새까매졌다.

이야오는 앞머리를 따라 흘러내리는 물을 닦아 냈다. 손에 고약한 냄새를 풍기는 검푸른색 수초가 걸려 나왔다.

주변 사람들의 시선은 더 이상 중요한 게 아니었다.

누군가 이야오의 눈에 원격 조종 카메라를 달아 놓은 것처럼 화면은 자동으로 치밍과 그 옆의 여학생에 맞춰졌다. 아주 또렷하게 초점을 맞추고는 계속해서 확대, 확대, 확대되었다.

그와 여학생이 함께 있는 모습은 이야오의 눈에 차분하고 아름답게 비쳤다. 언젠가 교외로 소풍 가는 길에 혼자 멈춰서서 바라본 풍경, 길가의 커다란 나무 한 그루가 바람 속에서 조용히 흔들리던 소리조차 없는 아름다움이었다.

말끔하게 잘생긴 남학생과 깨끗하고 예쁜 여학생.

만일 지금 치밍 곁에 있는 사람이 머리에는 수초가 걸리고 온몸에서 악취를 풍기는 자신이었다면 얼마나 말도 안 되는 코미디 같을까.

이야오는 더욱 힘을 주어 품속의 책을 끌어안았다. 물에 젖은 상태라 자꾸 밑으로 흘러내렸다.

이야오는 여학생을 바라보았다. 어디선가 본 적 있는 얼굴이었다. 그런데 아무래도 생각이 나지 않았다. 기억은 마치 자석을 갖다 댄 라디오처럼 혼란스러운 소리를 내고 있었다.

"어?" 구썬시의 목소리에 고개를 돌리고 나서야 갑자기 어찌된 일인지 알 수 있었다.

구썬시가 여학생에게 다가갔다. "누나, 아직 집에 안 갔네."

두 사람이 고개를 돌렸다. 똑같이 생긴 두 개의 얼굴이 보였다.


17


먼 훗날 이날의 상황을 회고한다면 슬프기 그지없을 것이다.

겨울의 석양이 마지막 빛을 남겨 놓은 저녁, 사방에서 회색빛 흙먼지가 모여들고 있었다.

소년과 소녀는 저녁 빛이 내린 회색 교문 앞에 서 있다. 이들 네 명 사이로 서로 다른 눈빛이 교차한다. 서글픔. 안타까움. 연민. 동정. 애정.

다양한 색깔의 염료가 공기 속으로 들어가 섞이다 결국은 혼돈과도 같은 칠흑이 되어 버리는 것 같았다. 서로 이름조차 부르지 못하는 가운데 이리저리 흔들리며 김을 피워 내는 강렬한 수분이 청춘의 창문에 고운 모래와도 같은 몽롱함을 드리웠다.

무거운 겨울 혹은 겨울 속에 존재하는 어떤 기운이 색채를 집어삼켜 버렸다. 남은 것은 흑 아니면 백, 그것도 아니면 흑백이 겹쳐져 만들어 낸 다양한 회색이었다. 그것은 마치 탁본처럼 박혀 있었다. 액자 안에 끼워진 흑백사진이 그렇지 않은

가. 사진 속 인물이 아무리 찬란한 미소를 짓고 있어도 어느 정도는 애잔한 느낌을 자아낸다. 그 순간 보이지 않는 손이 셔터를 찰칵 하고 누르는 것이다.

  먼 훗날, 아주 먼 훗날.
  눈가에 묵직하게 떠오르는 그것은 기억에서조차 다시는 다가갈 수 없는 지뢰밭 같은 곳이었다.

# 5장

이렇게 가만히 누워 있을래.

바닥에 깔린 반짝이는 유리 조각 위에 조용히.

아픔을 느낄 수 없어.

절망도 느끼지 않아.

그저 몸속에 소용돌이 하나가 생겼을 뿐이야.

하루하루 커져 가는.

# 1

사람의 몸이 느끼는 감각은 언제나 정신이 느낀 지 한참 후에야 느릿느릿 나타난다. 빛과 소리의 관계와 같다. 하늘 저쪽에서 갑자기 번쩍하는 번개를 봤다면 몇 초간의 정적이 있은 후에야 비로소 굉음이 귀를 울리는 것이다.

같은 이치로 몸의 감각은 결코 정신의 감각보다 빠르거나 강렬할 수 없다. 가슴 깊은 곳을 찌르는 듯한 통증을 느낀 후에야 비로소 눈물이 솟고 목이 멘다.

하늘에 잔뜩 낀 붉은빛 도는 먹구름이 움직이고 있었다. 일몰의 빛이 조금씩 사라져 갔다.

10분 전쯤에는 온갖 감정이 몸속을 휘돌며 이리저리 부딪쳤다. 출구를 찾지 못하고 날뛰는 괴물 같았다. 모공 하나하나가 투명테이프로 단단히 밀봉되어 온몸이 금방이라도 폭발할 것처럼 끝없이 부풀어 오르는 느낌이었다. 그러다 한순간에 모든 감정이 깨끗이 사라졌다. 흔적조차 남기지 않았다. 그리고 뒤이어 몰아닥친 것은 반격할 엄두조차 낼 수 없는 냉기였다.

축축한 옷은 얼음이 덮인 듯 온몸을 단단히 싸매고 있었다.

먹구름이 꿈틀거리며 마지막 남은 빛까지 집어삼켰다.

이야오는 숨을 내쉬었다.

얼음 조각을 뱉어 내려는 것처럼.

<br>

## 2

<br>

골목으로 들어서자 안에서 풍겨 나오는 음식 냄새를 맡을 수 있었다.

골목 양옆의 등불이 잇따라 켜지고 저녁 빛은 커튼처럼 내려앉았다. 어느새 눈앞의 다섯 손가락도 보이지 않을 만큼 어두워졌다.

이야오는 허리를 숙여 자전거 자물쇠를 잠갔다. 자연스레 치밍의 자전거 뒷자리에 놓인 예쁘장한 상자로 눈길이 갔다.

"누가 준 거야, 아니면 누구 주려는 거야?" 이야오는 치밍 뒷자리를 손가락으로 가리켰다.

"이거? 아, 구쎤샹이 준 거야. 지난번 수학경시대회에서 같이 상을 받았는데 시상식에 안 가서 걔가 대신 받아다 줬어. 오늘 교무실에서 만났는데 전해 주더라." 치밍은 상자를 흔들어 보았다. 안에서 소리가 났다. "작은 크리스털 상패라던데."

치밍은 자전거를 이야오의 자전거 옆에 세우고 허리를 굽혀 자물쇠를 잠갔다. "시상식에 안 간 건 장소가 너무 멀기도 했고 어디 있는지도 몰라서였거든. 구쎤샹도 어딘지 몰라서 한참을 헤매다 찾아갔는데 벌써 시상식이 시작되었더래."

치밍은 몸을 일으켜 상자를 들고 빙글 돌려 보더니 고개를 저었다. "뭣 하러 이렇듯 복잡하게 포장하는 거야? 여자애들은 이런 거 참 좋아하더라. 너희는 무슨 생각을 하는 건지 모르겠어."

이야오는 마음속 어두운 한구석이 살짝 내려앉는 것을 느꼈다. 보이지 않는 발이 부드러운 표면을 가만히 밟고 선 것 같았다.

"아니, 여자애들은 복잡하지 않아." 이야오는 고개를 치켜들었다. 골목 입구의 불빛에 얼굴 반쪽이 빛났다. "그냥 너희가 복잡하게도 생각했다가 또 때로는 단순하게 생각하는 것뿐이야."

치밍은 치아를 드러내고 웃으며 손가락으로 상자를 가리켰다. "그러면 이건 단순한 거야, 복잡한 거야?"

이야오는 미소를 지으며 고개를 모로 틀었다. "기왕에 이렇게 복잡하게 해 줬으니 네가 단순하게 생각하면 안 될 것 같은데?"

치밍은 양팔을 벌리고 어깨를 으쓱했다. 무슨 말인지 모르겠다는 표정이었다. 그리고 다시 이야오를 향해 고개를 돌렸다. "그러고 보니 이걸 아직 못 물어봤네. 어쩌다 이렇게 된 거야?" 팔을 들어 이야오의 머리카락 사이에 남아 있는 수초를 떼어 주었다.

이야오는 가방을 집어 들며 대답했다. "가방이 연못에 빠져서 건져 내려다가 미끄러져 넘어졌어."

"그랬구나." 치밍은 고개를 끄덕이며 골목으로 걸어 들어갔다.

이야오는 치밍 뒤에서 걸음을 멈췄다.

여전히 미소 짓는 얼굴이지만 어쩐된 일인지 눈언저리가 조금씩 붉어졌다. 분노인지 감동인지 모를 감정이 발바닥에서부터 빠르게 위로 퍼져 관절 하나하나를 녹였다. 이야오는 온몸에 힘이 빠졌다. 그저 눈자위가 점점 더 붉어지고 있음을 느낄 뿐이었다.

왜 너는 내가 무슨 말을 해도 고개를 끄덕이며 믿는 거니?

이야오는 눈을 비비고 걸음을 옮겼다.

문 앞에 서서 치밍을 기다리는 치밍 엄마의 모습이 멀리서도 보였다. 치밍이 집까지 가기도 전에 다가와 치밍의 가방을 받아 들고 손을 잡아끌었다. 입으로는 이미 잔소리가 시작되었다. "세상에 왜 이제 오니, 배도 안 고팠어?"

이야오의 입가가 살짝 움직이며 옅은 미소가 떠올랐다.

치밍이 고개를 돌렸다. 어쩔 수 없다는 표정으로 이야오를 향해 눈짓을 했다. '야, 나 그만 갈게.'라는 뜻이었다. 이야오는 미소를 띤 채 고개를 끄덕였다. 그리고 자기 집으로 향했다.

가방에서 열쇠를 꺼내 열쇠구멍에 넣었지만 문이 열리지

않았다. 다시 한번 힘껏 열쇠를 돌려 봐도 문은 여전히 꿈쩍
도 하지 않았다.

그때 안에서 한껏 숨죽인 남자 목소리가 들렸다. 순간 몸
안의 모든 피가 머리끝으로 몰려드는 것만 같았다. 이야오는
가방을 문 앞에 던져 놓고 문에 기댄 채 털썩 주저앉았다.

## 3

"아빠는 늦으세요?"

"아직 식당이래. 요즘 식당이 바빠서 정신이 없나 보더라."
엄마는 전자레인지에서 막 데운 홍샤오러우(紅燒肉, 간장에 조린
삼겹살 요리-옮긴이)를 내왔다. "얼른 먹어라."

치밍이 막 식탁에 앉으려는 순간 휴대폰이 울렸다. 치밍이
휴대폰을 확인하려고 일어서자 엄마는 미간을 찡그리며 나무
라듯 말했다. "아유, 밥부터 먹지. 이러다 식을라."

휴대폰을 열자 이야오의 메시지가 보였다.

문이 열리는 소리에 이야오는 고개를 들었다. 치밍이 폭신
해 보이는 흰색 슬리퍼를 신고 문 앞에 서 있었다. 그는 이야
오를 향해 손을 뻗다가 공중에 멈춘 채 말했다.

"우선 우리 집에 있어." 황혼 속에서 그의 목소리가 믿음직

하고 따뜻하게 들렸다.

이야오는 고개를 들어 눈가에 맺힌 눈물을 손등으로 닦은 뒤 바닥에서 일어나 가방을 집어 들고 치밍네 집으로 걸어 들어갔다.

신발을 갈아 신고 거실 가운데 멈춰 섰다. 옷이며 바지가 온통 젖어 있어 하얀 천으로 덮인 소파에 앉을 엄두가 나지 않았다.

치밍은 방에 가서 옷장을 열었다. 옷을 몇 벌 골라 이야오에게 건넸다. "들어가서 갈아입어."

엄마는 혼자 식탁에 앉아 밥을 먹으며 아무 말도 없었다. 음식을 집는 젓가락에 힘이 들어가 접시와 그릇 사이를 오가며 요란한 소리를 냈다.

이야오는 난처한 표정으로 치밍을 바라보았다. 치밍은 신경 쓰지 말라는 손짓을 하고는 이야오가 옷을 갈아입을 수 있도록 자기 방으로 밀어 넣었다.

이야오가 치밍의 옷을 입고 방에서 나와 조심스럽게 소파에 앉자 치밍은 와서 같이 밥을 먹자고 했다. 그의 말이 채 끝나기도 전에 엄마는 커억 하고 가래를 끌어올려 주방 싱크대에 뱉었다.

치밍은 주방을 향해 외쳤다. "엄마, 그릇하고 젓가락 좀 가져다주세요."

이야오는 차가운 공기를 들이마시며 눈치를 살폈다. 치밍은 걱정하지 말라는 듯 손을 흔들었다.

주방에서 나온 엄마는 빈손이었다. 그대로 의자에 앉아 눈을 내리깐 채 식사에 열중했다. 치밍의 말을 전혀 듣지 못한 듯한 기색이었다. 치밍은 얼굴을 살짝 찡그렸지만 아무 말도 하지 않고 직접 주방으로 갔다.

그는 주방에서 챙겨 온 그릇과 젓가락을 자기 옆자리에 내려놓고 이야오를 불렀다. "얼른 와서 먹어."

풀을 발라 놓은 듯 굳어 있는 치밍 엄마의 얼굴을 보고 이야오는 낮은 목소리로 속삭였다. "난 됐어. 엄마랑 먹어."

치밍이 뭐라고 하려는 순간, 엄마가 젓가락을 식탁에 탁 하고 내려놓았다. "남자애들이 뭘 알겠니. 여자애들은 예쁘게 꾸미는 걸 좋아해서 다이어트를 하잖니. 그래서 밥도 안 먹는 거고. 너는 네 할 일이나 알아서 해. 괜히 챙겨 준답시고 무시나 당하지 말고."

이야오는 뭔가 말하려는 듯 입을 벌렸다가 아무 말도 하지 않고 입을 다물었다. 벗어 둔 젖은 옷을 하나하나 가방에 집어넣었다. 아직 붙어 있는 수초를 바닥에 그냥 버릴 수는 없어 하나하나 떼어 손에 꼭 쥐었다.

식사를 마친 리완신이 이야오 옆에 앉았다. 이야오는 저도 모르게 옆으로 옮겨 앉았다.

리완신은 리모컨을 집어 들어 TV를 켰다. 뉴스를 보도하는 남자 앵커의 목소리가 집 안을 채웠다.

"왜 집으로 안 가고?" 눈을 TV에 고정한 채 이야오는 쳐다보지도 않았다. 아무렇게나 리모컨을 돌리다 음악 채널에 멈추자 이번에는 가요 〈두 마리 나비〉가 흘러나왔다.

"열쇠를 안 가지고 와서요." 이야오는 속삭이듯 대답했다.

"네 엄마가 집에 있지 않아? 아까 봤는데." 리완신은 리모컨을 탁자에 놓고 TV에서 들려주는 통속적인 가요에 귀를 기울였다.

"잠깐 뭐 사러 나가셨나 봐요." 이야오는 불안한 듯 소파에서 튀어나온 모서리를 손으로 만지작거렸다.

"오후에 웬 남자가 찾아왔던데. 집에 손님을 두고 뭘 사러 나간다니?" 웃는 듯 마는 듯 입가가 실룩거렸다.

이야오는 더 이상 아무 말 없이 고개를 푹 숙였다.

잠시 후 리완신이 무심하게 한마디를 던졌다. "모르긴 몰라도 그 남자가 뭘 사러 온 거겠지."

이야오가 고개를 쳐들었다. 웃는 듯 마는 듯 묘한 표정의 리완신이 눈에 들어왔다. 어디서 물이 새는 것처럼 순식간에 번지는 수치심과 함께 그 얼굴이 점점 더 가까이 다가왔다.

가까이, 점점 더 가까이 다가왔다.

얼굴이 이야오의 코끝에 닿을 만큼 가까워졌다. 그녀의 입에서 반찬 냄새와 싸구려 립스틱 냄새가 섞인 악취가 났다.

갑자기 이야오가 일어나 주방으로 뛰어 들어갔다. 그리고 싱크대에 대고 구역질을 했다.

치밍도 벌떡 일어나 주방으로 달려가려는 순간, 소파에 앉은 엄마의 날카로운 눈빛에 부딪혔다. 그제야 치밍은 자기가 하려는 행동이 얼마나 오해를 불러일으킬 수 있는지 깨달았다.

치밍은 다시 자리에 앉았다. 조금 안정을 찾은 뒤 애써 태연한 얼굴로 엄마에게 물었다. "왜 저러는 거예요?"

리완신은 아들의 얼굴을 한참 동안 쏘아보았다. 이야오의 행동과 아들의 표정은 흥미로운 수수께끼를 던지고 있었다. 리완신은 카메라처럼 이 모든 걸 소리 없이 눈 속에 담아 두었다. 그리고 무표정한 얼굴로 대답했다. "내가 어떻게 알겠니. 비위가 상했나 보지. 요즘 세상이 비위 상할 일이 많잖니."


4


도시의 동쪽 지역. 강에서 더 가까운 이곳의 바람은 언제나 습한 기운이 실려 있었다. 바람이 불 때면 모든 것이 물이 잠겨 누렇게 퍼져 버린 듯했다.

저녁이 가까워 오자 강 여기저기서 기적 소리가 들려왔다.

구쎤시는 자전거 속도를 줄여 가면서 말없이 구쎤샹 옆을 달렸다. 바람이 그의 앞머리를 이리저리 쓸었다.

"머리가 많이 자랐네." 구썬샹이 남동생을 돌아보며 말했다.

"음, 나도 알아. 내일 오후에 이발하러 가려고." 구썬시는 누나를 마주 보며 이를 드러내고 웃어 보였다. 두 사람은 빨간 불 앞에서 멈춰 섰다.

"누나, 오늘 어쩌다 이렇게 늦은 거야?"

"선생님이 교무실로 불렀어. 곧 수학경시대회가 또 열리니까 준비하라고 하시더라." 구썬샹은 손으로 치마에 붙은 먼지를 털었다.

"대단해." 구썬시는 자전거를 받치고 선 채 넥타이를 풀어 주머니에 쑤셔 넣었다. "이번에도 상 받겠지."

구썬샹은 동생의 말에 미소를 지으며 손목시계를 확인했다. "어머, 정말 이렇게 늦었어?"

아무 말 없이 신호등이 초록 불로 바뀌기를 기다리는 그녀의 모습이 초조해 보였다.

큰길을 따라 두 블록을 지나 왼쪽으로 꺾어서 자동차가 다니지 않는 주택가로 들어섰다.

주택가 입구를 지나며 구썬시가 갑자기 생각난 듯 말했다. "아, 어제 엄마가 쓰는 컵이 깨졌잖아. 하나 사다 드릴까?"

"아, 그래. 어제 깨졌지."

"그런데 누나……. 나는 돈이 없는데."

"좋아. 내가 마트에 들러서 사 갈게. 너는 먼저 들어가 있어. 엄마 걱정하실라."

구썬시는 고개를 끄덕이고 힘차게 페달을 밟았다. 자전거는 곧 코너를 꺾어 들어가 모습을 감췄다.

구썬상은 동생의 뒷모습을 보며 미소 지었다. 그리고 자전거를 돌려 근처 마트로 향했다.


구썬시는 주머니에서 열쇠를 꺼냈다. 열쇠구멍에 열쇠를 채 꽂기도 전에 안에서 문이 열렸다. 엄마는 걱정스러운 표정으로 "아이구, 왜 이제야……." 하다가 문 앞에 서 있는 구썬시를 확인하고는 말을 멈추고 고개를 문밖으로 내밀어 복도를 훑어보았다. 집 안으로 다시 들어오며 미간을 찌푸리고 물었다. "네 누나는? 왜 같이 안 오고?"

"뒤따라와요." 구썬시는 허리를 굽혀 슬리퍼로 갈아 신었다. "금방 올 거예요."

그는 거실로 가서 어깨에 멘 가방을 소파로 던졌다.

"왔냐." 아빠가 담배를 입에 문 채 방에서 나왔다. "얼른 밥 먹어라. 너희 기다리다 무슨 일이라도 생겼나 걱정했다."

식탁에는 평상시와 비슷한 밥상이 차려져 있었다. 풍성하지는 않아도 차린 것이 없다고는 못 할 정도였다.

구썬시는 배를 쓰다듬고서 밥그릇을 들고 입 안에 밥을 떠넣었다.

아빠는 찬장에서 한 달을 마시고도 비우지 못한 바이주(白

酒, 주로 수수를 원료로 하는 알코올 농도 60퍼센트 내외의 중국술-옮긴이)
를 꺼내 술잔에 따른 뒤 식탁에 앉아 소금물에 절인 땅콩을
집어 들었다.

문 앞에 서 있던 엄마는 고개를 돌리고 두 눈을 부릅떴다.
"두 부자가 못 먹고 죽은 귀신이 붙었나. 샹샹이도 아직 안
왔는데!"

구썬시는 대답도 하지 않고 계속 밥을 먹었다.

아버지는 허허 웃으며 위엔탕(圓湯, 고기, 해물 등의 재료를 경단
모양으로 빚어 국물에 끓인 음식-옮긴이)을 덜었다. "괜찮아, 괜찮아.
가족끼린데. 당신도 와서 앉지. 먼저 먹자고. 썬시도 배고플
거 아냐."

"자기 배고픈 것만 알지! 딴 사람은 생각도 않고!" 엄마는
이 말만 던져 놓고는 돌아서서 아예 문밖으로 나갔다.

구썬시는 젓가락질을 멈췄다. 엄마의 말이 아빠와 자신 중
누구에게 한 말인지 생각했다.

띵. 복도에 엘리베이터 멈추는 소리가 울렸다. 이윽고 엘리
베이터 문이 열리자 구썬샹이 집을 향해 걸어왔고, 엄마는 냉
큼 다가가 손을 잡았다. "샹샹, 왜 말도 없이 늦어. 여자애가
늦게 다니면 얼마나 위험한데. 네가 썬시도 아니고."

구썬시는 계속 밥을 먹으면서도 귀로는 엄마의 말을 한마
디도 빼놓지 않고 듣고 있었다.

아빠는 여전히 허허 웃으며 썬시의 밥 위에 홍샤오러우를 올려 주었다. 구썬시는 고개를 들어 아빠를 향해 활짝 웃어 보였다. 그리고 자리에서 일어나 문 쪽을 향해 외쳤다. "누나, 어서 와."

구썬상이 자리에 앉자 엄마는 문을 닫고 와서 앉았다가 이내 주방으로 들어갔다. 구썬상은 주방을 향해 외쳤다. "엄마, 뭘 또 하려고 해요. 얼른 와서 같이 먹어요."

주방에서 엄마의 목소리가 들렸다. "간다, 가."

엄마는 김이 모락모락 나는 큼직한 접시를 받쳐 들고 나왔다. 식탁에 잘 익은 잉어 두 마리가 놓였다.

"식기 전에 먹어라. 너 기다리는 동안 식을까 봐 계속 솥에 넣어 두었다."

구썬시의 젓가락에 허공에서 잠시 멈췄다 연근 쪽으로 향했다. 구썬상은 잠시 엄마를 바라보고는 젓가락을 뻗어 잉어 뱃살을 큼직하게 떼어 내 구썬시의 그릇에 놓아 주었다.

구썬시는 고개를 들었다. 입 안 가득 밥을 씹는 중이라 얼버무리듯 흐흐 웃으며 말했다. "누나, 나 챙기지 말고 누나 먹어. 나는 내가 알아서 먹을게."

"너야 알아서 먹겠지. 지 먹을 건 잘 챙기니까! 네 누나가 얼마나 너를 챙기니……." 맞은편에 앉은 엄마가 웅얼거렸다.

"엄마!" 구썬상이 식탁 아래로 엄마의 다리를 살짝 건드렸다.

구썬시는 고개를 숙인 채 묵묵히 밥을 먹었다.

식사를 마친 구썬샹은 그릇을 정리하려다가 오히려 엄마의 잔소리를 들었다. "너는 손댈 것 없으니까 그대로 두고 들어가 공부나 해라."

구썬샹은 고개를 끄덕이고 방으로 향했다. 문득 생각이 난 듯 가방에서 오는 길에 산 컵을 꺼냈다. "엄마, 들어오는 길에 샀어요. 어제 물 받다가 엄마 컵을 깨뜨렸잖아요."

엄마는 앞치마에 손을 닦고 딸이 건네는 컵을 받아 들었다. 웃느라 눈이 한 줄기 가느다란 선처럼 보였다. 하지만 고개를 돌려 테이블에 다리를 올린 채 소파에 비스듬히 앉은 구썬시를 보고는 표정이 굳었다. "정말 사람들 말이 맞지 뭐니. 엄마 생각하는 건 딸밖에 없다더니. 항상 도와주고 살펴 주고. 하여간 아들놈이라고 엄마 생각은 눈곱만큼도……."

"그러면 지금 당장 타이에 보내 주시든가요. 아직 안 늦었어요." 소파에서 구썬시가 밑도 끝도 없이 대답했다.

"너!" 엄마는 숨을 크게 들이마셨다. 얼굴이 순식간에 벌겋게 달아올랐다.

"엄마! 썬시가 사라고 한 거예요. 저는 생각도 못 했는데 썬시가 알려 주면서 돈이 없으니 대신 사 달라고 한 거란 말이에요. 엄마는 알지도 못하면서 왜 야단만 쳐요……."

"어이구, 저거 편 들어 줄 것 없어. 쟤가 엄마 생각이나 했겠니? 저놈이 하루에 한 가지라도 멀쩡한 생각을 하면 내가 매일 조상님 묘에 찾아가 절을 올리겠다." 엄마는 돌아서서 주방으로 가면서도 계속 투덜거렸다.

"엄마……." 구썬샹이 따라 들어가며 설명하려는 걸 구썬 시가 막아섰다. 오히려 활짝 웃는 얼굴이었다. "그냥 두고 들어가 공부해."

구썬샹은 동생 앞에서 주저앉았다. 누군가 마음속에 레몬즙을 끼얹은 듯했다.

동생은 팔을 뻗어 그런 그녀의 손을 가만히 잡아 주었다.

주저앉은 구썬샹이 꼼짝하지 않자 구썬시는 고개를 숙여 얼굴을 마주 보았다. 고개를 든 그녀의 눈언저리가 발개져 있었다.

구썬시는 집게손가락으로 그녀의 턱을 튕겼다. "어이, 예쁜이."

그러자 구썬샹은 피식 웃으며 손으로 눈가를 문질렀다. "어머, 멋쟁이."

구썬시가 만든 그들만의 장난이었다. 장난의 끝은 언제나 구썬시가 손가락을 뻗어 아주 느끼한 제스처를 취하며 말하는 거였다. "음? 날 아는 분인가?"

그런데 오늘은 새로운 걸 해 보았다. 그는 앞머리를 과장되게 쓸어 넘기며 말했다. "미안해요. 사람을 잘못 봤군요."

구썬샹은 벌떡 일어나 소파에 있는 쿠션으로 구썬시를 때렸다. 잇따라 일곱 번을 때린 뒤에야 얼른 방으로 들어갔다.

구썬시는 머리 위에서 쿠션을 내려놓았다. 웃느라 벌어졌던 입이 천천히 오므려졌다. 날수록 날카로워지는 얼굴에서 웃음기가 완전히 사라졌다. 그의 눈에 쌓이고 있는 그것이 괴로움인지 슬픔인지 알 수가 없었다.


5


이야오는 8시 30분까지 기다렸다가 가방을 들고 집으로 갔다. 열쇠를 꽂아 돌려 보니 문이 가볍게 열렸다. 린화펑은 소파에 앉아 TV를 보고, 집 안에는 뭐라 형용할 수 없는 냄새가 가득했다.

메스꺼움에 위가 요동쳤다. 이야오는 숨을 깊이 들이쉬어 간신히 욕지기를 누르고 앞머리를 쓸어 올리며 집으로 들어갔다. "엄마, 나 왔어."

식탁에는 먹고 남은 음식이 그대로 펼쳐져 있었다. 이야오는 주방에서 밥을 퍼 와 남은 음식을 먹기 시작했다. 린화펑이 흘깃 보고는 한마디 던졌다. "그거 좀 데워라. 다 식었다."

이야오는 굴소스에 볶은 상추를 집었다 내려놓고 물었다. "엄마도 아직 안 먹었어?"

"난 먹었다." 린화펑은 소파에 누워 등받이를 향해 고개를 돌렸다. "너 데워서 먹으라고. 겨울에 찬 거 먹으면 배탈 나."

"괜찮으니까 걱정 마." 이야오는 웃으며 일어나 밥을 더 가지러 주방으로 갔다.

밥솥을 여는 순간 린화평의 고함이 날아들었다. "지금 혼자 드라마 찍냐? 누구 보라고 하는 연기야, 그건!"

이야오는 그릇에 담은 밥을 다시 쏟아 붓고 주방을 나갔다. 그리고 소파에 누워 있는 린화평을 향해 외쳤다. "엄마 보라고 한다! 몇 년을 보고도 아직도 몰라!"

이야오는 밥그릇을 식탁에 내려놓고 방으로 들어갔다.

문이 채 닫히지 않은 틈을 통해 딱 그만큼의 바깥을 볼 수 있었다. 린화평의 얼굴은 여전히 소파 등받이를 향해 있어 표정이 보이지 않았다. 다만 그녀의 구부정한 등은 사람을 무척 작아 보이게 만들었고, 대충 묶은 머리카락 사이로 흰머리가 보였다. 검은 머리 사이에 있어 유독 눈에 띄었다.

이야오는 손으로 입을 틀어막았다. 시험지 위로 눈물이 떨어져 검은 글씨가 흐릿하게 번져 갔다.


6


방 안에 히터를 너무 오래 켜 놓아서 그런지 답답했다. 안 그래도 건조한 겨울 날씨에 계속 켜 놓았다가는 방 전체가 콩알만 하게 쪼그라들 것만 같았다.

구썬샹은 일어나 창문을 열었다. 바깥의 찬바람이 들어오니 한결 편안했다.

그때 책상 위 휴대폰에서 진동음이 울렸다. 폴더를 열어 보니 구썬시에게 메시지가 와 있었다. '누나'라는 두 글자뿐이었다. 문장부호조차 없었다. 하지만 구썬샹은 그의 어두운 표정을 눈 감고도 떠올릴 수 있었다.

그녀는 입꼬리를 치켜 올리고 메시지를 보냈다. '무슨 일이야? 내 방으로 와.'

잠시 후 구썬시가 문을 두드렸다.

"화났어?"

"아니." 방에 들어온 구썬시는 침대에 누웠다. 손에 잡히는 대로 침대에 놓인 인형 하나를 집어 들고 만지작거렸다. "몇 살인데 아직도 인형을 가지고 놀아."

"하여간 남자애들은 이렇게 촌스럽다니까. 그냥 인형이 아니야. 제각기 캐릭터가 있다고." 구썬샹은 피식 웃었다.

"나야 관심 없으니까." 구썬시는 누나를 살짝 흘겨보았다. 구썬샹은 책장에서 참고서를 고르고 있었다.

"사실 엄마를 이해할 수도 있어." 구썬시는 뜬금없이 한마디를 툭 던지고는 말이 없었다.

구썬샹이 고개를 돌려 보니 그는 커다란 토끼 인형으로 자기 얼굴을 내리누르고 있었다. "쓸데없는 생각 마. 네가 뭘 아니. 어린 게."

"겨우 1, 2분 일찍 태어났으면서." 토끼 인형 밑에서 웅얼 웅얼하는 소리가 들렸다. "만일 나라면……." 구썬시는 인형을 치우고 일어나 앉았다. "나라도 누나를 더 예뻐했을 거야. 한 명은 일등 장학금을 받고 학교에서 떠받드는 우등생, 하나는 꼴찌는 아니라도 위로 올라가려면 까마득한 열등생이니까. 이 얘기는 우리 선생님도 똑같이 하더라. 하여간 나라도 누나를 더 예뻐했을 거야."

"말도 안 돼. 때리고 혼내는 것도 사랑해서 그런 거잖아. 나는 나중에 시집가면 출가외인이 될 거고 엄마한테는 네가 가장 소중하지. 지금이야 너한테 화가 좀 나신 것뿐이야. 내가 엄마라면 너처럼 하루 종일 빈둥거리는 녀석은 진작에 다리 몽둥이를 부러뜨려 놨을걸. 그런데 너는 여기서 투덜거리기나 하고."

"그럼 누나가 출가외인 안 하면 되잖아." 구썬시는 능청스럽게 웃으며 뒤에서 누나를 두 팔로 감싸 안고 목덜미에 이마를 비볐다.

"너 샤워 안 했지? 냄새 나! 저리 가!"

구썬시가 나가려는 순간 문이 열렸다. 엄마가 김이 피어오르는 잔을 들고 서 있었다. 두 사람을 보고는 눈에서 불을 뿜을 것 같았다.

"하라는 공부는 안 하고 왜 누나까지 방해를 해!"

"엄마, 일이 있어서 온 거예요."

"저깟 놈이 무슨 일이 있어?"

"일이 없어도 누나한테 올 수 있지. 나랑 누나는 엄마 뱃속에서부터 같이 있었으니까 엄마보다 더 친한 게 당연하잖아요." 구썬시는 바지 주머니에 손을 꽂은 채 어깨를 으쓱했다.

엄마는 책상에 탁 하고 잔을 내려놓았다. 잔에 담긴 물이 반은 쏟아졌다. "무슨 소리야, 그게!"

"됐어요. 썬시 넌 방에 가서 자." 구썬샹이 그를 밖으로 밀어냈다.

엄마는 창백해진 얼굴로 돌아섰다. 잠시 후 마음을 가라앉히고 잔을 썬샹에게 건넸다. "꿀물이야. 로열젤리를 탄 건데, 뭐라더라, 아미노산이 많아서 기억력에 그렇게 좋다더라. 얼른 마셔라."

구썬샹이 잔을 받아 들려는 순간 엄마가 손을 거뒀다. "저런, 반도 넘게 쏟았네. 얼른 다시 만들어 오마."

엄마는 잔을 들고 방을 나갔다.

다시 꿀물을 타 온 엄마는 썬샹이 다 마신 후에야 안심한 듯 방을 나가며 방해가 될새라 조심스럽게 방문을 닫았다.


구썬시의 방문은 활짝 열려 있었다. 불도 켜지 않은 방은 어두웠다. 거실 불빛이 방 안의 윤곽을 희미하게나마 비추고 있을 뿐이었다. 구썬시는 신발도 벗지 않고 옷도 입은 채 침대에 누워 있었다.

"공부 안 할 거면 얼른 자라. 누나 신경 쓰지 않게." 한껏 억누른 목소리였다.

"알았어요." 어두운 방 안에서 대답이 흘러나왔다. 어떤 말투인지, 어떤 표정인지 알 수 없었다.

엄마가 멀어진 뒤에야 구선시는 몸을 돌려 엎드렸다. 얼굴을 부드러운 베개 속 깊숙이 파묻었다.


7


이야오는 영어 문제집 한 페이지를 풀고 부어오른 눈 주변을 다시 만져 보았다. 그리고 스탠드 불빛을 좀 더 밝게 조절했다.

옆집 TV 소리가 방음이 제대로 안 되는 벽을 뚫고 들려왔다. 안 봐도 뻔한 내용의 멜로드라마였다.

"왜 날 사랑하지 않아?" 울음 섞인 여자의 목소리가 숫제 떼를 쓰는 아이 같았고, "널 이렇게 사랑하는데, 그걸 모르겠어?" 답을 하는 남자는 더 아이 같았다.

이야오는 또다시 메스꺼워지려는 것을 간신히 참으며 컵을 들고 일어났다. 의자에서 일어나 돌아서는 순간, 방문에 비스듬히 기댄 채 미동도 없이 자신을 쏘아보는 린화평과 눈이 마주쳤다.

"아직 안 잤어?" 나지막이 물으며 린화펑을 피해 거실로 나가 보온병 뚜껑을 열고 컵에 따뜻한 물을 따랐다.

"내 옷장 속 생리대 네가 가져가 썼냐?" 뒤에서 린화펑의 차가운 목소리가 들렸다.

"아니. 안 썼어." 이야오는 고개도 돌리지 않고 대답했다.

뒤에 서 있는 린화펑은 말이 없었다. 온 집 안이 적막으로 가득했다.

순간 뭔가가 이야오의 머리를 스치고 지나갔다. 두 손에 힘이 빠졌다. 뜨거운 물이 왈칵 넘쳐 쏟아지면서 손등에 붉은 화상을 남겼다.

이야오는 덤덤한 척 보온병 뚜껑을 닫았다. 그리고 가만히 불도 켜지 않은 거실에 서 있었다. 골목 안 불빛이 창문을 통해 들어와 창백해진 이야오의 얼굴을 비췄다. 그녀는 돌아서지 않았다. 뒤에 선 린화펑 역시 입을 열지 않았다.

한 세기는 지난 것 같은 시간이 흐른 후에야 린화펑의 차분한 목소리가 들렸다. "두 달이나 됐는데, 왜 안 썼어?"


8


이런 것이었다. 서로 간의 어떠한 대화도, 동작도, 눈빛도, 자세까지 모두가 무한히 무거운 의도를 담고 있었다. 그렇게

10년을 함께 보내 온 모녀 사이였다.

무심히 나눈 대화, 무심히 지은 표정이 암흑 속에서 고정된 선을 따라 뿌려진 바늘이 되어 미리 정해 놓은 시간이 되면 조금의 망설임도 없이 상대의 몸을 찌른다. 그리고 고통스러워하는 상대의 표정을 보면서 자신이 상상한 것과 같은지 확인한다.

분명 린화펑은 이야오에게서 자신이 상상한 것과 같은 표정을 보았다. 여전히 미동도 없이 문가에 기대서서 이야오의 반응을 기다리고 있다.

이야오는 돌아서서 린화펑을 똑바로 응시했다. "알잖아."

린화펑이 뭐라 말하기 위해 입을 반쯤 벌렸을 때 이야오가 고개를 쳐들고 말했다. "뭐 어쩔 건데. 그 사람한테 가서 돈 좀 달라고 했어. 생리대 살 돈이 있으면 엄마 거 안 써도 되니까."

린화펑이 천천히 다가와 쏘아붙였다. "넌 네가 되게 똑똑한 줄 알지?"

어둠 속에서 날아든 손바닥은 이야오가 예상한 것과 완전히 일치했다. 뺨을 달구는 듯한 후끈한 통증이 머리로 전해지는 동시에 몸은 산사태처럼 무너져 내렸다.

그런데 그다음은 예상치 못한 것이었다. 린화펑이 갑자기 손을 뻗어 이야오의 머리카락을 움켜쥐더니 자기 쪽으로 힘껏 끌어당긴 것이었다. 이야오가 마주한 것은 부들부들 떨고

있는 린화평의 시뻘건 얼굴이었다. 그리고 또 하나, 어둠 속
에서도 여전히 벌겋게 불타는 눈이었다.


# 9


수초가 무성했다.

머리카락처럼 어두운 초록색 수면 아래로 빽빽하게 떠다
녔다.

치밍은 물에 발을 담근 채 뒤뚱거리며 걸었다. 끝없이 펼
쳐진 수면이 달빛 아래 음침한 빛을 띠었다. 발밑에 달라붙은
것은 뭐라 형용할 수 없는 미끈함이었다.

출렁거리는 물소리가 멀리서 들려왔다. 앞에서 거대한 물
결이 이는 듯했다.

마지막 한 발을 내딛는 순간, 갑자기 발밑이 움푹 꺼지며
순식간에 코와 귀로 물이 들이쳤다. 머리까지 차오른 물은 수
은처럼 온몸의 모든 빈틈으로 파고들었다.

귓가에 울린 마지막 소리는 날카로운 울부짖음이었다.

"살려 줘!"


치밍은 발버둥 치며 잠에서 깼다. 귓가에는 여전히 몸속을
파고드는 물소리가 남아 있었다. 처음에는 줄줄 흐르는 소리

인 것 같더니 점차 분명히 알아들을 수 있는 목소리로 바뀌었다. 이야오의 비명이었다.

치밍은 이불을 박차고 일어나 두꺼운 잠옷을 여미고 방문을 열었다. 거실을 지나 현관을 열고 나갔다. 깊은 밤의 추위에 치밍은 아까 꿈에서 본 끝없이 깊은 물속으로 다시 빠져든 것만 같았다.

이야오네 집 문은 굳게 잠겨 있었다. 안에서 들려오는 비명 소리가 점점 높아졌다.

치밍이 문을 두드리려는 순간, 누군가 그의 손을 잡아 끌었다.

미처 돌아볼 새도 없이 치밍은 뒤로 끌려갔다. 리완신이 담요를 몸에 두른 채 덜덜 떨면서 잔뜩 굳은 얼굴로 속삭이듯 소리쳤다. "남의 집 일에 네가 왜 나서!"

치밍은 손을 붙들린 채 어찌할 바를 몰랐다.

비명이 또 한차례 들린 뒤 유리 깨지는 소리가 났다. 린화펑의 욕지거리도 들렸다. 유리보다도 날카로운 소리였다.

"넌 싸구려야! 애써 키워 놨더니 겨우 이런 싸구려가 됐어! 그래! 그놈이 돈을 주니까 차라리 그놈한테 가라! 망할 계집애가 뭣 하러 돌아와!"

뭔가 부딪치는 소리가 나고 이야오의 울부짖는 소리가 이어졌다. "엄마! 엄마! 이거 놔! 아, 때리지 말라고! 내가 잘못

했어. 이제 안 갈게. 안 간다고⋯⋯."

또 다른 이웃집의 문이 열렸다. 중년 여자가 역시 잠옷 차림으로 나오다가 문 앞에 서 있는 리완신을 보고는 이야오네 집을 향해 입을 삐죽였다. "저러다 천벌 받지. 다음 생에는 업보를 치를까 모르겠네."

리완신도 덩달아 입을 삐죽댔다. "누가 벌을 받을지 모르지. 지금 린화펑이 욕하는 소리 들었잖아. 딸더러 싸구려라고 하는 걸 보니, 모르긴 몰라도 이야오가 남 보기 창피한 짓을 했든지⋯⋯."

치밍은 리완신의 손을 뿌리치며 버럭 고함을 쳤다. "엄마가 뭘 안다고요!"

아들의 느닷없는 외침에 리완신은 잠시 어리둥절하는가 싶더니 이내 분노에 찬 목소리로 외쳤다. "그럼 너는 아니!"

치밍은 더 이상 대답하지 않고 이야오네 집 문을 쾅쾅 두드렸다.

리완신이 급히 치밍의 옷자락을 끌어당겼다. "얘가 왜 이래! 미쳤니!"

치밍은 버티고 섰다. 아들보다 머리 하나는 작은 리완신의 힘으로는 도저히 당해 낼 수가 없었다.


린화펑이 갑자기 문을 열고 나오자 이웃집 여자는 얼른 문을 닫고 들어가 버렸다. 이야오네 집 문 앞에는 치밍과 리완신만 남아 산발한 린화펑을 마주하고 있었다.

"누가 죽기라도 했어? 미쳤다고 오밤중에 남의 집 문을 두드리고 난리야?"

리완신은 아무 말도 하지 않으려 했지만 린화펑이 다짜고짜 재수 없는 말을 하고 나오자 화가 치밀어 올랐다. "사람이 죽었으면 그 집에서 죽었겠지! 한밤중에 왜 악을 쓰고 난리야. 다른 사람들 잠도 못 자게."

"뭐라고? 리완신, 평상시에는 덜떨어진 나귀처럼 둔한 여자가 왜 이래? 이제 집에 돈 많잖아? 못 견디겠으면 얼른 이사나 가 버리라고! 나는 나 떠들고 싶은 대로 떠들고 살라니까. 이놈의 집 때려 부순다고 해도 내 집이라고!"

리완신은 버티고 서 있는 치밍을 문 안으로 밀어 넣고는 린화펑을 향해 외쳤다. "떠들어! 마음대로 떠들어! 그러다 네가 낳은 저 싸구려 손에 죽으면 딱 좋겠네!" 말을 마치고는 얼른 문을 닫았다.

린화펑은 문 옆에 있는 선인장 화분을 들어 치밍네 문을 향해 집어던졌다. 쾅! 소리와 함께 화분이 산산조각 났다. 화분의 흙이 쏟아져 문 앞에 흙더미를 만들었다.

치밍은 침대에 털썩 앉았다. 가슴이 빠르게 헐떡거렸다. 이마에 힘줄이 솟아오를 정도로 숨을 참았다. 그래야만 목구멍으로 치밀어 오르는 울음을 가슴속에 가둬 놓을 수 있었다.

하지만 수도꼭지가 열린 것처럼 두 눈에서 눈물이 자꾸만 쏟아져 나왔다.

방 밖에서 여전히 화가 가라앉지 않은 엄마의 목소리가 들렸다. "치밍, 얌전히 자라. 또 나가면 안 돼!"

그리고 들리는 철컥철컥 소리는 분명 리완신이 문을 밖에서 잠그는 소리였다.

치밍은 얼굴에 흐르는 눈물을 닦았다.

머릿속에 남은 장면이 자꾸만 터져 나오듯 되풀이됐다. 어두운 방 안, 구석에 주저앉아 꼼짝도 하지 않는 이야오, 산발이 되어 얼굴을 가린 머리카락, 마구 쥐어뜯겨 너덜너덜해진 옷 그리고 방바닥을 뒤덮은 유리 조각의 반짝임.


10


짙은 새벽안개가 좀처럼 흩어질 줄을 몰랐다. 창문에는 이미 서리가 두껍게 내려앉았다.

전날 뉴스에서 며칠간 기온이 떨어질 거라고 하더니 체감온도는 예상보다 더 낮은 것 같았다. 잠시 포근했던 봄이 한순간에 창백한 적막에 휩싸이고, 사람을 내리누르는 듯한 파리한 빛이 다시 푸른 하늘에 엷고 고르게 퍼졌다.

치밍은 골목을 나서며 이야오네 집을 돌아보았다. 문이 굳게 닫힌 채 아무런 기척도 느껴지지 않았다. 엄마와 몇몇 아주머니가 골목 입구에 나와 수군거리고 있었다. 치밍은 자전거를 끌고 골목을 나가 옆으로 방향을 틀었다.

"아유, 치밍은 갈수록 번듯해지네. 어릴 때는 몰랐는데 지금은 아주 인물이 좋아. 요즘 애들 말로 하면 잘생긴 오빠야." 머리를 틀어 올린 여자가 눈을 찡긋거리며 말했다.

"요즘 애들은 잘생겼다고 안 해. 쿨하다고 하지." 다른 여자가 말을 받았다. 유행에 뒤떨어지지 않았다는 것을 뽐내는 말투였다.

리완신은 웃느라 눈이 사라질 지경이었다.

"그렇지. 매일 치밍이랑 이야오가 같이 등교하는 걸 보면 이야오가 옆에 딱 붙어 가는 게 꼭 신혼부부 같더라니까." 맞은편 집 문이 열리며 또 다른 여자가 나와 대화에 끼어들었다.

리완신의 표정이 구겨졌다. "이 여편네가 무슨 소릴 하는 거야!"

리완신이 돌아서서 화가 난 듯 발을 구르며 집으로 들어가자 남은 여자들은 서로 눈짓을 하며 키득거렸다.

"내가 보기엔 치밍과 이야오가 보통 사이가 아니야."

"그러게. 저번에는 이야오가 골목 입구에 쪼그리고 앉아막 토하는 걸 치밍이 옆에 서서 등을 쓸어 주고 있더라니까. 안쓰러워하는 표정이 영락없이 아빠 될 사람 같더라고."

"정말 그런 거면 리완신이 아주 미쳐 버릴걸."

"그러면 좋지. 요즘 이 골목 안이 영 따분한데 떠들썩한 일이 생기면 좋잖아."


11


학교에 도착할 즈음 치밍은 아직 시간이 이르다는 것을 확인하고 자전거에서 내려 교문 앞 가게에 들렀다. 여학생 두세 명이 어느 기계 앞에 모여 있었다. 치밍은 겸연쩍은 얼굴로 다가가 그들 뒤에 섰다.

기계는 얼마 전에 새로 들여온 것으로, 일본에서 유행하는 뽑기 기계였다. 돈을 넣으면 기계에서 플라스틱 공이 나오는데, 그 안에는 각종 장난감이 들어 있었다. 어떤 장난감이 나올지 모른 채 뽑기 때문에 학생들이 재미있어했다.


앞에 서 있던 여학생이 돌아선 순간, 치밍은 "아!" 하고 놀라며 인사를 건넸다. "안녕."

"아…… 안녕." 치밍의 눈빛을 느낀 탕샤오미의 얼굴이 순식간에 붉게 달아올랐다.

"너도 이거 하러 온 거야?" 치밍은 앞에 있는 기계를 가리켰다. 뭐라고 불러야 할지 몰라 그저 '이거'라고 하는 수밖에 없었다.

"음…… 그러려고." 탕샤오미는 살짝 고개를 숙였다. 얼굴의 홍조가 제법 예뻐 보였다.

"여학생들은 이걸 좋아하나 봐?" 치밍은 이해가 안 된다는 듯 머리를 긁적였다.

"여자애들은 당연히 남자애들이랑 다르지."

치밍은 환한 미소를 지어 보이는 탕샤오미를 잠시 바라보고는 기계로 한 걸음 다가섰다. "음, 그럼 나도 해 봐야지."

그는 탕샤오미를 뒤로하고 기계에 돈을 넣은 후 손잡이를 돌렸다.

기계에서 나온 플라스틱 공에는 판다가 들어 있었다. 치밍은 나온 것을 들고 계산대로 갔다. 한껏 들떠 호흡이 가빠진 탕샤오미의 존재를 전혀 의식하지 못했다. 탕샤오미는 재빨리 휴대폰을 꺼내 들었다.

'나 지금 치밍이랑 교문 앞 가게에 있어. 내가 뽑기 하려는 걸 보고는 자기도 했어. 나한테 선물하려는 거 아닐까? 어쩌지?'

곧 답신이 날아들었다. '하하, 너도 다른 거 사서 걔가 선물을 주면 답례로 줘. 그런데 걔가 뭘 잘못 먹은 거야, 아니면 네가 걔한테 독이라도 탄 거야?'

탕샤오미는 메시지의 뒷부분은 제대로 보지도 않고 점원에게 파란색 손목보호대를 꺼내 달라고 했다. 요즘 남학생들 사이에서 부쩍 유행하는 것이었다.

그녀는 점원이 들고 온 것들 가운데 가장 좋아 보이는 걸 골라서 계산대로 갔다. 그리고 고개를 숙인 채 먼저 계산 중인 치밍 옆에 섰다.

계산원이 거스름돈을 찾는 사이, 치밍이 고개를 돌려 탕샤오미에게 웃으며 말했다. "며칠 전부터 이야오가 계속 이걸 이야기하더라고. 도대체 뭔가 했는데 드디어 오늘 알았네. 걔 주려고 산 거야." 말을 마치고는 탕샤오미의 손에 들린 손목 보호대로 시선을 옮겼다. "그건 남자애들이 쓰는 거 아니야? 선물하려고 산 거야?"

탕샤오미의 얼굴에 꽃이 피듯 미소가 피었다. "맞아. 곧 친구 생일인데, 농구팀에 있어."

"아, 그렇구나. 그럼 나 먼저 갈게." 치밍은 거스름돈을 받아 들고 손을 흔들었다.

"응." 탕샤오미는 고개를 끄덕였다. 그리고 지갑에서 돈을 꺼내 계산원에게 건넸다.

치밍이 가게 문에 늘어뜨린 발을 걷고 나서는 것과 동시에 탕샤오미의 얼굴이 어두워졌다.

그녀는 곧바로 휴대폰을 꺼내 메시지를 보낸 후 탁 하고 휴대폰을 덮어 버렸다.

힘주어 이를 악물자 굳은 얼굴 윤곽이 그대로 드러났다.

# 12

바람에 무심히 날려 온 씨앗이었다.

그것이 심장에 떨어졌다.

그리고 줄곧 깊이, 아주 깊이 잠들어 있었다.

하지만 적당한 순간이 오면 그것은 순식간에 깨어날 것이다. 천분의 일 초도 되지 않아 껍질을 부수고 거대한 뿌리를 내릴 것이다. 그리고 다시 한번 몸서리를 치고는 쏴악 하는 소리와 함께 해와 하늘을 가릴 무성한 가지와 튼실한 잎사귀를 뻗을 것이다.

이러한 씨앗이 모든 이의 심장에 잠들어 있다.

어느 날 말로 정의 내릴 수 없는 어떤 것이 봉인의 저주를 풀어 줄 날을 기다리는 것이다.

# 13

탁자의 휴대폰이 울렸다. 오색찬란한 매니큐어로 치장한 손이 휴대폰을 집어 들었다. 휴대폰에 붙은 온갖 액세서리가 진동에 따라 서로 부딪혔다.

190

발신자는 탕샤오미였다. 메시지를 열어 보니 짧은 다섯 글자가 밝게 빛나는 액정에 뚜렷이 떠올랐다.

'걜 죽일 거야!'

# 6장

꿈에서 널 봤어.

자꾸만 네 꿈을 꿔.

꿈속에서 우리는 강 수면에 누워 있어.

호흡도 심장 박동도 없는 나무 인형처럼 평온하지.

아니면 이미 죽은 사람처럼.

# 1

사람이 꿈을 꾸면 색깔이 없다고 했던가, 소리가 없다고 했던가. 기억이 잘 나지 않는다.

만일 색깔이 없다면.

내 꿈에는 깊은 밤 모든 TV 프로그램이 끝난 후에 나오는 일곱 색깔의 동그란 화면이 나오곤 한다. 다시 말해 꿈속에서 깊은 밤까지 나 혼자 TV를 보는 것이다. 세상 모두가 잠들 때까지. TV조차 이런 화면을 보여 주며 너도 그만 자라고 말해 줄 때까지.

만일 소리가 없다면.

내 꿈에는 교실 안에서 교과서가 무수히 많은 손에 넘겨질 때 나는 사르륵 사르륵 소리가 들리곤 한다. 창밖 매미 울음소리는 머리 위에 달린 선풍기의 회전에 조각나 눈꺼풀 위에서 흩어지면서도 끊어질 듯 이어진다. 여름이 증발시키는 열기에 공기는 숨이 막힐 정도로 답답하다. 칠판조차 이런 습한 열기에 회백색 반점이 돋아난 듯 보인다. 수업이 끝나면 당번은 투덜거리며 힘껏 칠판을 지운다. 그때 들리는 쓰윽 쓰윽 소리.

그리고 어디에서 나는지 알 수 없는 울음소리. 때로는 오열

하고 때로는 흐느낀다. 때로는 소리 죽여 훌쩍이거나 울음을 삼키기도 한다. 그것은 하루하루 이어지다가 점차 커다란 고함으로 바뀐다.

그런가?

정말 그런 건가?

꿈속에는 무엇이든 존재하는 건가?


## 2


치밍은 선생님이 전날 검사한 반 아이들의 숙제를 들고 교무실을 나와 교실로 향했다. 계단을 올라와 복도로 들어서자 창밖에서 하얀 비닐봉투가 날리는 것이 보였다. 떨어지지 않고 바람을 따라 더 높이 올라갔다.

어떻게 저렇게 높이 날아갈 수 있는지 알 수가 없었다. 날개도 깃털도 없는데.

그저 가볍기 때문일까? 너무 얇아서 무게가 거의 없기 때문에? 그래서 저렇게 바람을 타고 날아다닐 수 있는 걸까?


봄날의 바람 속에는 수많은 풀씨가 섞여 있었다. 이들 역시 떠다니는 비닐봉지처럼 바람에 실려 어딘지 모를 곳으로 향한다. 차가운 도시에서 사라질 수도, 수분이 풍부한 들판에 내려앉아 무성하게 자랄 수도 있다. 그렇게 세상의 시간과 공간을 수천수만 가지의, 눈으로는 구분할 수 없는 다양한 초록으로 물들일 것이다.

꿈속에서 이런 장면을 본 적이 있다. 무성하게 자란 부드러운 잡초를 손으로 뽑았는데, 그 아래에 시커먼 유골이 가득 차 있었다.


## 3


교실 입구에 거의 도착할 무렵, 종소리가 복도 끝에서 들려왔다.

좀처럼 보기 힘든 겨울 햇살이 커다란 창으로 들어와 바닥에 거대한 흔적을 남기고, 먼지가 공기 속을 떠다니며 슬로모션처럼 무수히 많은 소형 은하수를 그려 냈다. 지리 수업 시간에 슬라이드로 본 소우주 같았다.

교실 안은 시끌벅적한 소리로 가득했다.

문을 열고 들어서자 몇몇 아이가 무리 지어 모여 있었다. 어깨와 어깨 사이로 무리 가운데 서 있는 탕샤오미가 보였다. 여전히 해맑고 예쁘장한 얼굴이었다.

치밍이 무리 옆을 지나면서 보니 탕샤오미의 자리가 이상했다. 길이가 제각각인 분필 조각과 끈끈한 가루가 책상에 단단히 말라붙어 있었다. 참견하기 좋아하는 남학생이 펜으로 쿡쿡 찌르며 말했다. "아이고, 이거 완전히 굳었네. 이 책상 버려야겠는데."

"탕샤오미, 너 누구한테 미움 샀어?" 한 여학생이 안됐다는 듯 물었다.

"나도 모르겠어……." 여전히 해맑고 예쁘장한 말투와 표정이었다. 세상에서 가장 순수한 하얀 꽃잎이 이른 아침 첫 햇살 속에서 활짝 피어난 듯했다.

치밍은 들고 온 아이들의 숙제를 교탁에 올려 두고 자기 자리로 돌아와 첫 시간 교과서를 꺼냈다. 그리고 아침에 사 온 플라스틱 공을 가방에 집어넣었다. 고개를 돌려 이야오의 자리를 살펴보니 아직도 깨진 채로 방치된 창 옆 자리는 텅 비어 있었다. 마치 처음부터 아무도 앉은 적 없는 자리인 것처럼. 한 줄기 빛이 창밖 나뭇잎 사이로 새어 들어와 책상 한구석을 밝히고 있을 뿐이었다.

지난밤에는 제대로 잠을 자지 못했다. 정확하게 말하면 한숨도 못 잤다. 치밍은 손을 들어 붉어진 눈을 문질렀다. 눈에 보이는 모든 것이 투명한 그림자가 한 겹 덮여 있는 듯했다. 초점을 잃은 렌즈 같았다.

수업 시작을 알리는 종소리에 모여 있던 아이들이 흩어져 자기 자리로 돌아갔다. 탕샤오미만 자리에 선 채 예의 천진한 얼굴을 하고 있었다.

"탕샤오미, 수업 시작했어." 교실로 들어온 담임선생님이 안경을 치켜 올리며 주의를 주었다.

"선생님, 제 책상이……."

엉망이 된 그녀의 책상을 확인한 선생님은 가슴이 솟아오를 정도로 크게 숨을 들이쉬었다. "어떻게 된 거야? 누가 그랬어?"

탕샤오미는 고개를 가로저었다.

"어제 이야오가 마지막으로 문을 잠갔는데요." 뒷자리에 앉은 당번이 의자에 기대어 앉으며 손에 쥔 샤프를 빙빙 돌렸다. "이야오한테 물어보면 알 수 있을 텐데……." 그는 말을 마치지 않은 채 비어 있는 이야오 자리로 고개를 돌렸다.

벌레가 혈관 속을 파고드는 것 같았다. 조금씩 조금씩 징그럽게 심장을 향해 꿈틀거리고 있었다.

"이야오는 아직 안 왔어?" 선생님의 얼굴빛이 변했다.

교실 안에 침묵이 흘렀다. 대답하는 사람이 아무도 없었다. 표정은 제각각이었지만 각자의 생각을 분명하고 생생하게 드러내고 있었다.

"전 괜찮아요. 일부러 그런 건 아니겠죠. 수업 끝나고 제가
닦으면 돼요." 탕샤오미가 팔을 들어 뺨으로 흘러내린 머리
카락을 귀 뒤로 넘겼다.

전 괜찮아요.
일부러 그런 건 아니겠죠.
수업 끝나고 제가 닦으면 돼요.

한마디 한마디가 어둠 속에서 푸른빛을 발하는 비수 같았
다. 그것은 쉭쉭 바람소리를 내며 하나의 목표에 정확히 꽂히
고 있었다.
어둠 속에 피비린내가 가득했다. 질식할 정도로 달콤한 냄
새였다.

"그럼, 선생님, 수업 끝나고 이 책상을 정리할 테니 우선 이
야오 책상을 써도 될까요?" 침착한 목소리였다. "오늘 결석인
것 같으니 제가 잠시 쓰면 어떨까 해서요."
"음, 그래. 네 자리로 옮겨 와라." 선생님이 허락하며 교과
서를 펼친 것으로 이 사건은 일단락되었다. 하지만 그는 한마
디를 덧붙였다. "이건 정말 말도 안 되는 일이구나."
남학생 하나가 냉큼 일어나 이야오의 책상을 들어내서 탕
샤오미 자리에 놓아 주었다. 그리고 엉망이 된 탕샤오미의 책

상을 이야오의 책상이 있던 창가에 치워 놓았다.

탕샤오미는 자리에 앉으며 남학생을 향해 미소 지었다. "고마워." 예쁘장한 표정이 햇빛 속에서 투명할 정도로 부드러웠다.

4

끝내 심장을 파고든 그것은 통통하게 살이 오른 징그러운 벌레였다.

살을 깨물고 질근질근 씹어 대는 통증이 느껴졌다. 그것이 혈액을 타고 두피까지 올라와 관자놀이에서 날뛰었다.

5

"쟤는 넥타이 안 맸는데 왜 교무주임이 그냥 보내 주는 거야? 불공평해!"

"걔 눈이 너무 예뻐. 속눈썹이 꼭 붙인 것 같다니까."

"걔는 코가 되게 높다."

"넌 맨날 남자 생각만 하냐!"

"뭐라고?"

학교에 모인 여학생들 사이에서 날마다 들리는 이야기였다. 꼭 이곳이 아니라 다른 어떤 도시가 되었든 마찬가지일 것이다. 그리고 지금 들리는 이 대화의 주인공은 교실 입구에서 안을 살펴보고 있는 구썬시였다.

그는 문틀을 손으로 잡고 몸을 반쯤 교실 안으로 들이민 채 한참을 들여다보았다. 그러고는 포기한 듯 고개를 숙이고 마침 교실로 들어가는 여학생을 붙들었다. 너무 세게 잡았는지 여학생이 비명을 질렀다. 구썬시는 덩달아 놀라 재빨리 손을 놓고는 아프게 할 의도가 없었다는 것을 보여 주려는 듯 두 손을 들고 물었다. "혹시 이야오 못 봤어?"

칠판 옆에서 여학생들과 잡담을 하던 탕샤오미가 고개를 돌렸다. 그녀는 눈을 가늘게 뜨고 구썬시를 한동안 살펴보더니 생긋 웃었다. "오늘 안 왔어."

"왜?" 구썬시의 미간에 주름이 잡혔다.

"내가 어떻게 알아. 아마도 집에……." 탕샤오미는 잠시 말을 멈췄다가 활짝 웃는 얼굴로 뒷말을 마쳤다. "몸조리 중인가 보지."

소리 죽여 키득대는 웃음소리가 교실 여기저기서 들렸다. 어둠 속에서 활개 치는 뱀이나 쥐가 이럴 것이다. 오히려 그런 것들보다 더 거리낌이 없었다. 손으로 입을 막기도 하고 말을 삼키는 시늉을 하지만, 표정과 태도에서 남의 시선을 의식하지 않는 오만함이 드러났다. 오히려 보란 듯, 들으라는 듯 하는 고의성을 숨기지 않았다.


　너 들으라고 웃는 거야.
　네가 듣기 때문에 일부러 다 들리게 웃는 거라고.


　구썬시는 표정을 수습하고 눈앞에서 활짝 웃고 있는 탕샤오미를 지그시 바라보았다. 그녀도 미소를 거두지 않은 채 그를 마주 보았다. 잘 다듬은 눈썹과 눈, 선명한 입술색 모두가 공작새처럼 도도하면서도 아름다운 태도로 "그래서 어쩔 건데?"라고 말하고 있었다.
　구썬시는 천천히 입술을 열어 가지런한 치아를 드러냈다. 도자기처럼 하얗게 빛이 났다. 그는 눈도 깜빡하지 않고 탕샤오미를 응시하며 웃었다. 그의 웃음에 오히려 머리끝이 쭈뼛 선 것은 탕샤오미였다. "미친 거 아냐." 그녀는 한마디를 내뱉고 자기 자리로 돌아갔다.
　구썬시는 비웃듯 한쪽 입술을 치켜 올린 채 자기 때문에 기분이 나빠진 탕샤오미를 계속 바라보았다. 기왕에 불을 붙였으니 기름을 좀 더 부어 주고 싶은 마음이 들었다.
　그때 한 남학생이 구썬시 곁으로 다가왔다. 그는 막 아이들에게 걷은 숙제를 품에 안고 있었다. 단정하게 맨 검은색 넥타이, 깨끗한 셔츠에 부드러운 앞머리가 가지런히 찰랑거렸다.
　구썬시는 앞에 선 말끔한 남학생에 대해 자기 나름의 정의를 내리고 물었다. "네가 반장이야?"

하지만 대답을 들을 수 없었다. 치밍이 되물었다. "이야오는 왜 찾는데?"

구썬시는 어깨를 으쓱하고는 아무 대답 없이 이를 드러내며 씩 웃고 그대로 돌아섰다.

몇 걸음을 옮긴 후 다시 돌아서서 웃는 듯 마는 듯 한 표정으로 물었다. "그건 왜 묻는데?"


6


이야오가 학교에 도착했을 때는 이미 오전 마지막 수업 중이었다. 이야오는 있는 힘을 다해 금방이라도 터져 나올 듯한 자전거 대열에 자기 자전거를 밀어 넣고 자물쇠를 잠근 뒤 열쇠를 챙겨 교실로 달려갔다.

학생들은 모두 수업 중이었다. 교실에서 드문드문 흘러나오는 선생님의 목소리만 적막한 교정을 맴돌았다. 전에도 이런 적이 있었다. 나뭇잎 흔들리는 소리에도 메아리를 들을 수 있을 정도로 적막한 교정은 아무도 찾지 않는 버려진 병원 같았다.

이야오가 교실 입구에 서자 선생님이 고개를 돌렸다. 등 뒤에 있는 가방은 그녀가 '지각생'이 아니라 '오전 수업을 모조리 빼먹은 학생'임을 말해 주고 있었다. 선생님의 얼굴이 일그러졌다. 수업을 멈추고 몇 마디 꾸중을 한 뒤에야 이야오를 교실 안으로 들여보내 주었다.

자기 자리로 간 이야오는 어깨에서 가방을 내려놓으려다 두 손을 멈췄다. 시선이 책상에 꽂힌 채 미동도 하지 않았다. 잠시 후 이야오는 거칠게 고개를 쳐들고 탕샤오미를 향해 외쳤다. "탕샤오미, 네 책상 도로 가져가!"

선생님을 포함하여 교실에 있는 모두가 이야오의 목소리에 화들짝 놀랐다. 어찌할 바를 몰라 멍하게 서 있는 선생님의 얼굴이 벌겋게 달아올랐다. "이야오, 자리에 앉아! 수업 시간에 무슨 짓이야!"

탕샤오미는 우물쭈물 일어나 웅얼거리듯 대답했다. "선생님, 죄송합니다. 제 잘못이에요. 오늘 이야오가 결석하는 줄 알고 누가 더럽혀 놓은 제 책상을 이야오 책상이랑 바꿨거든요." 말을 마치고 이야오를 향해 허리 굽혀 사과하는 것도 잊지 않았다. "미안. 지금 도로 바꿔 놓을게."

탕샤오미는 지저분한 책상을 자기 자리로 가져와 앉으려다 갑자기 무슨 생각이 난 듯 고개를 들었다. "어? 그런데 이 책상이 내 거라는 걸 어떻게 알았어?"

자리에 앉은 이야오는 등 뒤가 딱딱하게 굳는 것을 느꼈다. 고개를 들 수가 없었다. 어쩌면 들 필요도 없었다. 보지 않아도 호기심 가득한 표정을 짓고 있는 탕샤오미의 얼굴을 충분히 상상할 수 있었다. 그 얼굴이 주변에서 들려오는 "아······." "웅?" "흐음······." 같은 짧은 감탄사 속에서 어떻게 의기양양하면서도 오만한 얼굴로 천천히 변해 갈지도 상상할 수 있었다. 승리의 깃발처럼 그 얼굴은 고지에 올라서서 바람에 펄럭일 것이다.

치밍은 고개를 떨궜다. 고개를 다시 들 기운조차 없었다.

봄추위가 매서운 날이었다. 스산한 바람 소리가 유리창 밖에서 귓가로 분명히 전해졌다.


7


"홍샤오러우 주세요! 고기 좀 많이 주세요. 너무 적어요!"

"채소는 주지 마세요."

"비계밖에 없잖아요."

식당 배식대 줄이 입구까지 늘어섰다. 매일 점심이면 언제나 이랬다. 동작이 느린 학생은 남들이 고르고 남은 것을 먹을 수밖에 없었다.

치밍과 이야오는 맨 끝에 서 있었다. 치밍은 몸을 기울여 여전히 길게 늘어선 줄을 확인하고 한숨을 내쉬었다. 반면 이야오는 아무 상관 없다는 듯 무표정한 얼굴이었다.

얼마 떨어지지 않은 곳에 탕샤오미도 서 있었다.

오전 마지막 수업 시간에 일어난 소동 때문에 낭비한 시간을 보충하느라 선생님은 평상시보다 수업을 늦게 끝낼 수밖에 없었다. 그 결과 당연하게도 다 같이 줄 뒤쪽에 서서 기다리는 상황이 벌어졌다.

하지만 잠시 후 탕샤오미는 환하게 웃는 얼굴로 손에 든 빈 도시락을 줄 앞쪽에 있는 남학생에게 건넸다. 몇 반인지는 알 수 없지만 남학생은 히죽히죽 웃으며 무슨 반찬을 받아 줄지 세심하게 챙겼다.

이야오는 고개를 돌렸다. 치밍과 눈이 마주쳤다.


식당의 벽시계가 오후 1시를 향해 가고 있었다. 식당에 남은 사람이 점점 적어졌다. 배식대의 조리사들도 깨끗이 빈 반찬통을 정리하고 있었다. 그릇이 내는 요란한 소리가 널따란 식당을 조금은 외롭게 맴돌았다.

"참, 아침에 구썬시가 널 찾더라."

"누구?"

"구썬샹 동생. 너 연못에 빠진 날 개랑 같이 있었잖아."

"아." 누군지 생각이 났다. "걔가 날 왜 찾아와?"

"물어봤는데 대답을 안 하더라."

"음." 이야오는 시큰둥하게 대답하며 그릇 안에 남아 있는 비곗덩어리와 가지를 골라냈다.

"쇠고기 먹을래?" 치밍이 자기 그릇을 이야오 쪽으로 밀었다. "집에서 싸 온 거야."

"아니, 괜찮아." 이야오는 고개를 저었다. 그리고 뭔가 말하려다가 갑자기 테이블 아래로 몸을 비틀어 숙이며 구역질을 했다. 잠시 후 몸을 일으킨 그녀는 물고 있던 두툼한 휴지 뭉치를 뱉어 냈다.

"도대체 어쩔 셈이야!" 치밍이 낮은 소리로 물었다. 조금 화가 난 듯한 목소리였다.

"상관 마." 이야오는 도시락 뚜껑을 닫았다. "내가 알아서 할게."

"알아서 하긴 뭘 알아서 해!" 치밍은 애써 화를 참으며 고개를 돌려 주위를 살폈다. "네가 돈이 있기를 해, 경험이 있기를 해. 바보같이 굴지 말란 말이야! 만일 낳을 생각이라면……."

"너나 바보같이 굴지 마." 이야오는 그의 말을 자르며 손을 내저었다. 더 이야기하고 싶지 않았다. 어찌되었든 떳떳하게 꺼내 놓고 할 이야기는 아니었다. 게다가 어디에서 누가 듣고 있을지도 모를 일이었다. "네가 낳으라고 해도 안 낳아."

이야오는 자리에서 일어나 도시락을 들고 식당 뒤쪽 세면대로 향했다. 몇 걸음을 옮기다 다시 돌아서서 조금 비꼬듯 웃었다. "그러는 너는 되게 경험이 많은 것처럼 말한다?"

점심 식사 후 낮잠 시간이면 학교 전체가 나른함으로 뒤덮였다. 따뜻한 우유에 벌꿀을 넣고 천천히 저으면 달콤한 향과 열기가 계속해서 풍겨 나오는 것처럼.

농구장에 있는 남학생 한두 명이 시멘트 바닥에 공을 튀기자 학교에 통통거리는 짧은 소리가 울렸다.

봄날 정오의 햇빛은 여전히 기울어져 있었다. 나무도 사람도 기다란 그림자를 드리우고 북쪽을 가리켰다. 아니면 남쪽인가? 이야오는 확실히 알 수 없었다. 예전에 시험에서 틀린 문제였다. 채점하면서 제 손으로 빨간 펜을 들어 표시했는데도 여전히 기억이 나지 않았다.

그렇다면 다음 시험에 나오더라도 또 틀릴 것이다.


세면대에도 사람이 없었다.

원래는 남은 도시락을 전부 버릴 생각이었다. 하지만 밥과 반찬이 거의 손도 대지 않은 채 깨끗이 남아 있었다. 이야오는 다시 뚜껑을 덮고 집으로 가져가기로 했다. 그리고 뒤따라 나와 그릇을 씻는 치밍을 기다리지 않고 자리를 떴다.

"먼저 들어갈게."

이야오는 치밍을 향해 손을 흔들고 교실을 향해 걸었다. 그렇다고 딱히 교실로 가고 싶은 것도 아니었다. 꽃처럼 활짝 핀 탕샤오미의 얼굴을 보고 있자면 정말이지 황산을 부어 버리고 싶은 생각이 들었다.

이야오는 교실 건물을 지나쳐 교무실 뒤쪽 인적이 드문 숲길로 들어섰다. 길 양쪽의 오동나무는 환상 속 원시림의 이리저리 휘감긴 고목처럼 비현실적으로 커 보였다.

이야오는 발걸음을 옮기며 손으로 머리 오른쪽을 살살 만져 보았다. 손가락이 머리카락 속을 파고들자 부풀어 오른 혹 위로 딱지가 앉은 상처가 만져졌다. 어제저녁에 있었던 일이 머릿속을 떠나지 않았다. 누군가 무한 반복 버튼을 누르기라도 한 듯 린화펑이 머리채를 휘어잡고 그녀의 머리를 벽에 찧고 또 찧어 댔다.

"이야오." 누군가 그녀를 불렀다. 하지만 그녀는 듣지 못하고 계속 걸음을 옮겼다.

더 크게 부르는 목소리에 이야오는 고개를 돌렸다. 하지만 뒤에는 아무도 없었다. 이리저리 둘러보니 건물 1층 창문에서 펜을 입에 물고 그녀를 향해 웃으며 손을 흔드는 구썬시가 눈에 들어왔다.

9

"교무실에서 뭐 하는 거야?"

"시험 봐."

"혼자?"

"지난 시험에 빠졌거든. 별로 혼자 재시험 보는 거야."

"아."

"도와줘."

"응?"

"도와 달라고."

"내가 왜 널 도와줘야 하는데?"

"도와줄지 말지만 말해."

이야오는 창문 아래 시멘트 계단에 앉아 시험지를 무릎 위에 펼쳤다.

어느 창문에서 반사되는 것인지 알 수 없는 빛이 이야오의 시험지 위로 작고 밝은 반점을 만들며 가볍게 흔들렸다. 마치 물리 실험 시간에 돋보기로 불을 붙이면 종이 위로 까만 점이 생겼다가 푸른 연기가 흔들리며 피어오르는 것처럼 보이기도 했다.

"여기." 뭔가가 이야오의 머리를 건드렸다. 하필 상처가 난 자리였다. 이야오가 고개를 들고 입을 열기도 전에 구썬시가 내민 두꺼운 책이 보였다. "이거 받치고 쓰라고."

이야오는 책을 받아 들어 시험지 아래를 받쳤다. "말해 두는데 나도 성적이 별로거든. 나중에 통과 못 했다고 원망하지 마."

"응." 구썬시는 고개를 끄덕였다. 그는 한쪽 팔을 창문틀에 걸치고 뺨을 괸 채 고개를 숙여 이야오의 정수리에 드러난 하얀 두피를 바라보았다.

"아, 맞다……." 이야오가 뭔가 생각난 듯 고개를 들었다. "아침에 교실로 찾아왔다면서?"

"응."

"무슨 일로?"

"지난번에 네 학생카드를 내 외투 주머니에 넣어 두고 갔더라. 너 물에 빠진 날."

구썬시는 주머니에서 학생카드를 꺼내 그녀에게 내밀었다.

"잠깐, 이거 끝내고 줘."

이야오는 말을 마치자마자 고개를 숙이고 문제를 풀기 시작했다.

"너 머리카락 되게 많다." 구썬시가 갑자기 엉뚱한 소리를 했다.

"조용히 해. 귀찮게 하면 나 이거 안 해." 머리 위가 조용해졌다.

이야오는 자세를 고쳐 앉아 벽에 등을 기대고 빠른 속도로 답안지에 숫자를 채워 나갔다. 구썬시가 머리 위에서 씩 웃고 있었지만 이야오는 그를 보지 못했다.

"시험지 이리 내라."

"아직 안 끝났어." 대답하는 순간 구썬시의 목소리가 아니

210

라는 걸 깨달았다. 고개를 들고 보니 창문 안에 서 있는 사람은 한 번도 본 적 없는 선생님이었다. 빛이 안경에 반사되어 눈빛조차 보이지 않았다. 하지만 분노로 불타오르는 눈빛이라는 것은 보지 않아도 알 수 있었다.

이야오는 천천히 일어섰다. 하아, 참 운도 좋지.

이야오와 구썬시는 교무실에 나란히 섰다. 이야오는 고개를 숙인 채 조용히 있고 구썬시는 그 옆에 역시 말없이 서 있었다.

선생님만 흥분해서 어쩔 줄 몰랐다. 그는 연신 언성을 높여 몇 마디 하고는 물을 벌컥벌컥 들이켰다. 그런 그를 보면서 이야오는 시험 좀 대신 봐 준 게 뭐 그리 큰일인가 싶었다. 조상님 무덤이 파헤쳐졌다고 해도 이 정도로 흥분하지는 않을 것 같았다.

"너는 왜 이 녀석을 도와준 거냐?" 선생님은 누런 이를 드러내며 이야오를 향해 으르렁거렸다. 침이 이야오의 얼굴로 튀었다.

이야오는 비위가 상했지만 가만히 미간을 찌푸릴 뿐이었다. 속으로는 그녀 역시 같은 생각이었다. 그러게요. 나도 알고 싶네요. 내가 왜 얘를 도와줬을까요.

## 10

족히 30분간 혼이 났다. 결국은 내일까지 각자 반성문을 써서 제출하는 것으로 끝이 났다.

이야오는 교무실을 나오자마자 교실로 향했다. 뒤에서 구썬시가 불렀지만 들은 척도 하지 않았다.

"야." 구썬시가 매듭이 헐거운 이야오의 넥타이를 붙잡으며 말했다. "미안해."

이야오는 걸음을 멈추고 돌아섰다. 잠시 가만히 구썬시를 바라보다 눈썹을 치켜올리며 말했다. "저녁에 집에 가서 내 것까지 써 와."

구썬시는 어깨를 으쓱하고 돌아서서 자기 교실로 향했다. 주머니에 손을 넣자 카드가 만져졌다. 또 돌려주는 것을 잊었다. 수업 끝나고 찾아가서 줘야지. 이런 생각을 하며 교실로 걸어갔다.


화가 나서인지 교무실과 교실 중간의 온갖 공고가 나붙은 복도를 지나면서 이야오는 갑자기 욕지기가 났다. 위산이 출렁이는가 싶더니 어느새 식도를 타고 솟구쳤다. 얼른 옆에 있는 쓰레기통에 얼굴을 대고 게워 냈다. 겨우 고개를 들고 보니 몇 걸음 앞 게시판 앞에 많지는 않지만 그렇다고 적지도 않은 아이 몇이 모여 있었다.

이야오는 아이들의 시선에 관심이 없었다. 입가를 닦고 아이들 옆을 지나갔다. 하지만 어쩔 수 없이 귀로 흘러 들어오는 소리가 그녀를 잡아 세웠다.

"누군데 저렇게 뻔뻔해?"

"이름 적혀 있잖아. 이야오."

"이야오가 누군데? 몇 학년이야?"

"이야오도 몰라? 요즘 교내에 소문이 쫙 퍼졌잖아. 별명이 '100위안'이라고."


바람이 채찍을 몰고 와 그녀의 뺨을 때렸다.

이야오는 모여 있는 아이들 사이를 비집고 들어가 게시판에 다가갔다. 그녀에게 떠밀린 아이들은 짜증을 내다가 자신을 민 사람이 누군지 확인하고는 슬금슬금 물러나며 입을 다물었다. 대신 팔짱을 끼고 웃는 듯 마는 듯 한 표정으로 그녀를 지켜보았다.

주변이 조용해지고 게시판 바로 앞의 여학생 두 명만 이야오 앞에 남자 그녀들의 목소리가 더욱 똑똑히 들렸다. "그러니까 꽃뱀이 뭐냐고." "아, 징그러워. 토할 것 같아." 멀찍이 물러났던 누군가 옷깃을 당겨 신호를 주고 나서야 그녀들은 고개를 돌려 무표정하게 서 있는 이야오를 발견했다.

조용하기만 한 복도였다.

소리가 사라졌다. 온기가 사라졌다. 빛이 사라졌다. 구경꾼들의 얼굴과 움직임이 사라졌다. 이곳에서 시간은 천천히 흐르는 강물이 되었다. 거의 움직일 수 없을 정도로 끈적이는 강물이었다. 강 위로 유황 같은 냄새와 증기가 가득했다.

복도는 서서히 거대한 터널과도 같은 동굴로 변했다. 어디로 이어지는지 알 수 없는 동굴이었다.

종소리가 울리자 이야오는 손을 뻗어 자기 이름이 적힌 진료 기록을 게시판에서 뜯어 냈다.

주위를 둘러싸고 있던 아이들이 웅성거리는 소리가 들렸다. 이야오가 돌아보자 아이들은 서로 수군거리며 흩어졌다.

이야오는 천천히 노란빛을 띤 종이를 찢어 뭉쳐서 옆에 있는 쓰레기통에 던져 넣고 교실로 향했다.

그녀는 계단 앞에 다다라 걸음을 멈췄다. 잠시 멈춰 있다가 돌아서서 빠른 걸음으로 되돌아갔다.

허리를 숙여 쓰레기통에 손을 집어넣고 아까 버린 종이 뭉치를 찾아내 다시 펼쳐 보았다. 의사들이 흔히 쓰는, 알아보기 힘든 글씨로 휘갈긴 진료 기록이었다. 하지만 인쇄된 글씨는 모든 정보를 분명히 알려 주고 있었다.

제2인민병원 산부인과

그나마 알아볼 수 있는 글자는 대략 이런 것들이었다. 성병, 염증, 매독, 감염.

이야오는 다시 진료 기록을 찢어 버렸다. 찢고 또 찢었다. 고장난 로봇처럼 멈추지 않았다. 손톱만 하게 찢어져 더 이상 찢을 수 없게 되어서야 비로소 손을 멈췄다. 그리고 남은 종잇조각을 세면대에 집어던졌다. 수도꼭지를 틀어 물이 콸콸 쏟아질 때까지 돌렸다.

종잇조각은 힘차게 떨어지는 물기둥에 쓸려 수챗구멍으로 소용돌이를 그리며 빨려 들어갔다. 촤악촤악 물기둥이 만들어 내는 요란한 소리가 복도를 통해 점점 더 크게 퍼져 나갔다. 폭포 소리처럼 들렸다.

1분이 다 되도록 물을 쏟아 낸 후에야 이야오는 수도꼭지를 잠갔다. 그 순간 사라진 것은 물소리뿐만이 아니었다. 이야오의 목구멍에서 올라오던 소리도 사라졌다.

가쁘게 헐떡이던 가슴이 천천히 평온을 되찾았다. 이야오는 코로 천천히 숨을 들이마시고 젖은 손을 옷에 문질러 닦았다. 물이 튀어 앞섶이 온통 젖어 있었다.

무슨 상관이람. 그녀는 자꾸만 발에 밟히는 바지자락을 끌고 교실을 향해 뛰기 시작했다.


복도는 다시 조용한 동굴이 되었다.


13


이것은 어디로 이어지는 동굴일까.


14


곧 수업이 시작될 참이었다. 이야오가 교실문을 들어서자 소란스럽던 아이들이 갑자기 조용해졌다. 이야오는 아랑곳하지 않고 차분한 얼굴로 자기 자리로 향했다.

탕샤오미 옆을 지나면서 그녀의 등 뒤로 흘러 내려온 머리를 휘어잡았다. 온 힘을 다한 일격이었다. 손에 어떤 감각도 느껴지지 않았다.

탕샤오미는 날카로운 비명을 지르며 의자에서 나동그라졌

다. 이야오는 짐짓 그녀를 돌아보며 옷의 지퍼를 끌어 올렸다. "아, 미안. 지퍼가 네 머리에 걸렸나 보다."

창백해진 탕샤오미의 이마에 푸른 혈관이 도드라졌다. 진심인 듯한 이야오의 얼굴을 앞에 두고 뭐라 심한 말을 할 수는 없었다. 적어도 반 아이들 앞에서는 그랬다. 그녀의 표정과 말투는 언제나 순진하고 예쁜 아이에 걸맞은 것이어야만 했다.

이야오는 가볍게 한쪽 입술을 치켜올리고 자기 자리로 돌아가다가 다시 고개를 돌리고 물었다. "많이 아팠어?"

탕샤오미는 숨을 들이마셨다. 잠시 표정에 비친 분노가 빠르게 녹는 살얼음처럼 사라졌다. 그리고 모두에게 친숙한 예쁘장한 미소가 떠올랐다. 모두가 좋아하는, 젊음의 상큼함이 넘치는 미소였다. 어둠 속에 활짝 핀 꽃잎처럼.

"괜찮아." 탕샤오미는 머리카락을 쓸어 올리고 잠시 숨을 골랐다. 이야오의 얼굴에 꽂혀 있던 시선이 천천히 아래로 내려갔다. "별로 안 아팠어."


15


빛의 속도를 따라갈 수 있는 것이 있다면 그것은 분명 소문일 것이다.

군이 상상할 필요도 없었다. 이야오 역시 성적과 품행으로 이름난 중학교에서 자기에게 일어난 일이 얼마나 폭발적인 화젯거리가 될지 충분히 짐작할 수 있었다.

한 사람의 입이 다른 사람의 귀에 닿고, 그 사람의 입이 더 많은 귀에 닿을 것이다. 게다가 이들이 입에 올리는 사실 역시 방사능에 피폭된 것처럼, 널리 퍼지는 동안 온갖 양념이 더해져 기형적으로 변할 것이다.

이야오는 언젠가 생태 보호 전시회에서 본 것이 떠올랐다. 방사능으로 오염된 곳에서 태어난 동물이라며 눈이 세 개인 양과 다리가 다섯 개인 두꺼비의 표본이 전시되어 있었다. 이들은 유리 벽 너머에서 자신을 구경하는 사람들을 가만히 바라보고 있었다.

쉬는 시간, 이야오는 화장실에서 볼일을 본 후 세면대 수도꼭지를 틀었다. 아직 앳돼 보이는 저학년 여학생이 뛰어 들어와 칸막이 문을 열려는 순간, 이야오 옆에서 손을 씻던 여학생이 그녀를 불러 세웠다. 거울을 통해 옆에 있는 여학생이 자신을 향해 눈짓을 하고는 뒤이어 방금 들어온 여학생이 막 들어가려던 화장실 칸을 턱으로 가리키는 것을 볼 수 있었다. 금방 그 의미를 알아챈 여학생은 옆에 있는 다른 칸의 문을 열었다. 문이 닫히고 안에서 그녀의 목소리가 들렸다. "큰일 날 뻔했네. 알려 줘서 고마워."

수도꼭지를 잠그고 주머니에서 화장지를 꺼내 손을 닦은 이야오는 입술 한쪽을 올려 피식 웃고 화장실을 나갔다.


16


오후 마지막 수업 시간이었다. 저녁이 가까워질수록 햇빛은 점점 약해졌다.

이야오는 고개를 들어 창밖을 내다보았다. 지평선 위로 새빨갛게 져 가는 해 반쪽이 남아 있었다. 눈부시게 빛나는 구름이 창공을 머리에 인 채 하늘 끄트머리부터 천천히 흘러왔다. 세상은 온통 몽환적인 붉은빛으로 가득했다.

수업이 끝나기까지는 아직 10분 정도가 남았다. 이때 이야오의 주머니에서 휴대폰이 진동했다. 고개를 숙여 확인해 보니 치밍의 메시지였다.

'수업 끝나고 수학경시대회 준비반에 가야 하니까 너 먼저 가.'

'알았어'라고 세 글자를 치는 사이, 또 다른 메시지가 들어왔다. 이야오는 새 메시지를 열어 보지 않고 우선 답신을 보냈다.

새 메시지 역시 치밍이 보낸 것이었다. '걔들이랑 사사건건 부딪치지 말고.'

메시지를 보면서 이야오는 생각에 잠겼다. 뭐라고 답을 해야 할까. 게다가 방금 보낸 '알았어'가 두 번째 메시지에 대한 답처럼 보일 것 같았다.

이야오의 속마음은 달랐다. 걔들이랑 사사건건 부딪치지 말라는 메시지에 대한 대답은 절대 '알았어'가 아니라 '그럴수 없어'가 되어야 했다.

이야오는 피식 웃고 휴대폰을 닫았다. 그리고 석양에 붉게물든 찬란한 창밖 세상으로 다시 눈을 돌렸다.

17

구썬시가 또다시 교실로 찾아왔지만 이번에도 이야오를만날 수 없었다.

교실에 남아 있는 아이는 몇 되지 않았다. 머리를 길게 묶은 여학생이 칠판을 닦고 있었다.

구썬시는 그녀를 향해 외쳤다. "저기, 이야오 못 봤어?"

교실 뒤편에서 가방을 싸던 여학생이 책상 앞으로 튀어나오며 애교스러운 목소리로 말했다. "또 왔네?"

목소리가 들리는 쪽으로 고개를 돌리자 탕샤오미가 서 있었다. 머리를 묶은 빨간색 리본이 석양빛을 받아 더욱 눈에띄었다.

"응." 구썬시는 고개를 끄덕였다. 그리고 이야오가 없는지 다시 확인하는 듯 텅 빈 교실을 한 번 더 둘러보았다. "집에 간 거야?"

"이야오는 말이지……." 탕샤오미가 천천히 다가왔다. "걔 가 몸을 조심해야 하잖아. 아마 병원에 갔을 거야."

구썬시는 탕샤오미의 말에 담긴 숨은 의도를 알아차리지 못했다. 그 또래 남학생의 무딘 감각으로는 '몸이 좋지 않은 것'과 '몸을 조심해야 하는 것'의 차이란 알아채기 힘든 것이 었다. 그는 얼굴을 살짝 찡그렸다. "어디가 아픈데?"

탕샤오미는 대답 없이 웃으며 구썬시 옆을 스쳐 지나 교실 문을 나섰다.

계단을 내려가려는 순간, 주머니 속 휴대폰이 울렸다. 메시 지를 확인하자마자 그녀의 얼굴이 환해졌다.

'걔 또 거기 갔어.'

탕샤오미는 휴대폰을 덮고 교실로 되돌아가 아직 문가에 서 있는 구썬시를 불렀다. "야."

구썬시가 고개를 돌렸다.

"가서 걔 볼래? 지금 병원에 있대."

"어느 병원?"

구썬시는 돌아서서 탕샤오미에게 다가섰다.

이야오는 흰색 종이봉투를 가방에 넣고 낡은 계단을 더듬더듬 내려왔다. 나무가 썩어 들어가는 냄새가 여전히 음습하게 주변을 둘러쌌다. 부서진 나무판을 밟으면 끼익 끼익 소리가 났다.

어두운 실내를 노란빛을 내는 25와트 전구 하나가 밝히고 있었다. 없는 거나 마찬가지였다. 반쯤은 완전히 어둠에 묻히고 나머지 반은 날리는 먼지에 덮여 있었다.

출구가 있는 곳에만 붉은 저녁 빛이 쏟아져 들어왔다.

문을 나와 축축하게 젖은 눈가를 문지르고 앞을 보는 순간 구썬시와 눈이 마주쳤다. 자신을 바라보는 그의 표정이 흐릿한 유화처럼 보였다. 어떤 움직임도 없이 멈춰 있었다.

그러다 남학생들이 흔히 하는 몸짓으로 머리를 긁적였다.
"하, 진짜였네."

## 19

갑자기 어둠이 들이닥칠 때가 있다.

그럴 때면 순간적으로 앞이 보이지 않는다.

밝은 방 안에서 누군가 갑자기 불을 끌 때.

영화가 시작되면서 갑자기 조용해진 극장 안.

빠르게 달리는 열차가 갑자기 길고 긴 터널로 들어갈 때.

혹은 지금처럼 눈부신 구름이 온 하늘에 가득 찬 저녁.

갑자기 달려드는 어둠은 마치 거대한 두 손처럼 내 몸을 붙잡아 다른 세상으로 힘껏 내던져 버린다.

이야오는 다시 손을 들어 더욱 젖어 든 눈가를 닦았다. "응. 이렇게 됐어."

눈가는 이미 물이 새는 그릇 같았다. 어디서 새는 건지 찾을 수 없을 뿐이었다. 그래서 더 힘껏 닦아 내는 것밖에는 할 수 있는 게 없었다.

"이렇게 된 거야." 이야오는 가볍게 웃어 보이기까지 했다.

그때 이야오의 눈에 또 다른 누군가가 들어왔다. 구썬시 뒤로 조금 떨어진 곳에서 해맑은 미소를 짓고 있는 탕샤오 미였다.

# 7장

넌 내가 있는 세상을 빨리 떠나고 싶지 않니?
있는 힘을 다해, 정말 절실하게 내가 존재하는 이 공간을
벗어나고 싶지 않아?

# 1

골목에 들어섰을 때는 이미 날이 어두워진 후였다.

두꺼운 구름에 짓눌린 하늘이 낮게 내려앉아 골목 안 집들의 지붕을 스치듯 움직였고, 지붕 위에 날카롭게 솟구친 안테나와 피뢰침이 검은 구름을 가를 때면 검은 옷감을 가르는 것처럼 뚜렷한 소리가 들렸다.

구름 속으로는 뭔지 알 수 없는 모호한 빛이 움직였다. 붉은빛, 노란빛, 초록빛, 보랏빛을 띠는 보일 듯 말 듯 한 빛이 구름과 구름 사이로 보이는가 싶다 이내 사라졌다.

이야오는 자전거를 세워 놓고 골목으로 들어섰다. 오른손으로 가방 어깨끈을 꽉 쥐었다. 너무 힘을 준 나머지 손톱이 하얘질 정도였다. 물에 빠진 사람이 손에 잡히는 대로 진흙이나 수초를 그러쥐는 것처럼. 왜 이렇게까지 힘을 주는지 그 이유는 자신도 정확히 몰랐다. 그저 뭔가가 자신이 있는 세상을 빠르게 떠나가는 것처럼 느껴졌다. 그래서 꽉, 조금이라도 더 꽉 쥐고 싶었다. 너무 쥐어 숨이 막힌대도 상관없었다. 내 곁에서 떠나지만 않으면 되는 것이었다.

　매캐한 연기가 골목 양쪽 창문에 달린 기름때가 잔뜩 낀 환풍기를 통해 서로 마주하고 뿜어져 나왔다. 팬이 멈출 때마다 기름연기가 응고된 거무튀튀한 점액이 날개에서 한 방울 한 방울 창틀로 떨어졌다. 이야오는 거의 매주 세제로 환풍기를 닦아 냈다. 하지만 아무리 닦아도 기름의 끈적한 느낌은 완전히 사라지지 않았다. 그리고 손가락에 남은 느낌은 언제나 기억 속에 자리 잡고 있다가 다른 어떤 감각보다도 생생하게 떠올랐다.

　이야오는 이렇게 시커멓게 때가 낀 창문을 하나둘 지나 집으로 향했다.

　치밍네 집을 보니 따뜻한 노란 등불이 유리창을 통해 흘러나와 석양처럼 골목길로 녹아들고 있었다.

　치밍도 석양과 비슷하다는 생각이 들 때가 많았다. 따뜻하고 슬프면서도 천천히, 아주 천천히 지평선 너머로 사라지는 모습이 조금씩 조금씩 나의 세계에서 멀어져 가는 것만 같았다. 따뜻한 빛과 좋았던 시간을 한데 쓸어 담은 채 나의 세계를 떠나가는 것이었다.

　서글픈 온기이자 따뜻한 슬픔이기도 할 테지.

　지금 이 순간 치밍은 밥그릇을 받쳐 들고 있을지도 모른다.

앞에는 김이 모락모락 피어오르는 밥상이 있고, 옆에는 가식적으로 보일 만큼 자상한 표정의 리완신이 앉아 있겠지. 어쩌면 이미 식사를 마치고 책상 앞에 앉아 스탠드를 켜고 영어책의 어느 한 페이지를 펼쳐 길게 이어지는 문장을 읽고 있을지도 모른다. 아니면 고개를 들어 석양처럼 슬프면서도 따뜻한 표정을 짓고 있지 않을까.

이야오는 갑자기 목구멍으로 솟구쳐 오르는 울음을 주체할 수가 없었다. 손을 들어 눈을 슥 닦고는 열쇠를 꽂아 문을 열었다. 이미 예상한 어둠이 기다리고 있었다.

차가운 어둠 그리고 멀지 않은 곳에 있는 서글픈 온기.
그들은 한때 나란히 있었다.
그들은 함께 성장했다.
그들은 아직 함께 있다.
그들은 앞으로도 함께 할 수 있을까?

3

문을 닫고 몸을 돌리는 순간 머리카락에서 짙은 기름 냄새가 느껴졌다. 욕지기가 났다. 화장실로 뛰어 들어가는데 방안에서 차가운 목소리가 들렸다. "이제야 기어 들어오네. 차라리 밖에서 죽어 버리지."

이야오는 대답하지 않고 화장실로 들어가 솟구치는 신물을 변기에 토해 냈다. 화장실을 나와 주방을 보니 요리한 흔적이 전혀 없었다. 반찬도 밥도 없이 말끔했다. 냉기를 뿜어내는 냉장 창고 같았다.

이야오는 가방을 소파에 내려놓고 방에 누워 있는 린화펑에게 물었다. "아직 밥 안 먹었어?"

"네가 밖에서 죽었는지 어쩼는지 돌아오지를 않는데, 무슨 밥을 먹겠냐."

이야오는 입술을 삐죽거렸다. "하는 걸 보니 내가 밖에서 죽으면 그다음으로 엄마가 안에서 죽겠네."

이야오는 머리를 말아 올려 묶고 주방으로 들어가 밥을 차리기 시작했다.

방에서 날아온 슬리퍼가 정확하게 등을 때렸다. 하지만 이야오는 아무런 느낌이 없는 듯 찬장 아래에서 쌀 포대를 꺼내 바가지에 붓고 수도꼭지를 틀었다.

콸콸 쏟아지는 물이 하얀 포말을 만들어 내면서 자꾸만 쌀알이 손등에 달라붙었다.

주방에서 내다보니 치밍의 방 창문에서 주황색 스탠드 불빛이 새어나오고 있었다. 커튼 너머로 고개를 숙인 그의 그림자도 보였다. 담백한 수묵화처럼 조용한 풍경이었다.

이야오는 고개를 숙였다. 쌀알 사이로 조그마한 까만 벌레

가 떠올랐다. 이야오는 손을 뻗어 벌레를 건져 올리고 손가락
으로 눌러 으깼다.


4


이야오는 진료소에서 가져온 종이봉투를 가방에서 꺼내
베개 밑에 쑤셔 넣었다. 잠시 생각에 잠겼다가 종이봉투를 꺼
내 침대 밑에 있는 신발 상자에 넣었다. 그래도 불안했다. 집
안에 쥐가 있을지도 모른다. 다시 봉투를 꺼내 이번에는 옷장
에 넣고 문을 잠갔다.

이야오는 옷장 문을 채우고 옷에 붙은 먼지를 털었다. 가
슴이 마구 뛰었다. 이러다가 심장이 목구멍으로 튀어나올 것
만 같았다.

이야오는 휴대폰을 집어 들었다. '걔들이 하는 말 믿지
마.'라고 쓰다가 그냥 지워 버렸다. 다시 '넌 날 믿니?'라고
쓰고는 한참을 들여다보았다. 하지만 보낼 수가 없었다. 다
시 시작 버튼으로 돌아왔다.

마침내 '내일 학생증 돌려줄래? 내가 갈게.'라고 적은 뒤 수
신자에 '구썬시'를 선택하고 발송 버튼을 눌렀다.

편지봉투 모양의 전송 표시가 몇 번 깜빡이고는 이내 사
라졌다. 이어서 화면에 '메세지를 발송했습니다.'라는 안내가

떴다. 이야오는 휴대폰을 책상 유리에 놓았다. 답신은 바로 오지 않고 휴대폰은 한동안 조용했다.

10분쯤 흘렀을까. 이야오는 팔을 들어 소매로 뺨에 흐르는 눈물을 닦았다. 코를 한 번 들이마시고 가방을 열어 숙제를 시작했다.

책상 유리 밑에는 어린 시절부터 지금까지의 사진이 있었다. 눈물 한 방울이 사진 속 자신의 얼굴 위로 떨어졌다. 이야오가 막 중학교에 들어갔을 때 반 아이들과 찍은 사진이었다. 아이들은 3층짜리 붉은색 교실 건물 앞에 서 있었다. 감색 교복이 햇살 아래서 그 또래만이 가진 깨끗한 빛을 되비추고 있었다. 사진 속에서 살짝 미소를 짓고 있는 이야오 뒤로 진지한 표정의 치밍이 있었다. 단정한 눈코입이 내리쬐는 햇빛 아래 계곡처럼 깊은 윤곽을 만들어 냈고 긴 그림자가 눈언저리를 뒤덮었다.

몇 년이 이렇게 지나갔다. 조그마한 소리조차 남기지 않았다.

우주 어느 한구석의 아무도 모르는 공간에 거대한 소용돌이가 있어 모든 이의 청춘을 꾸륵꾸륵 집어삼키는 것 같았다. 젊은 얼굴과 충만한 시간이 끝이 보이지 않는 밑바닥으로 빨려 들어가 그 속에서 웅크리고 있는 괴수에게 잡아먹히고 마는 것이었다.

이야오는 지금 바로 그 소용돌이 언저리에 서 있는 것 같았다. 뛰어내릴 것인가, 말 것인가. 그녀가 생각해야 할 문제는 이것이었다.


5


이야오는 아침으로 죽을 한 그릇 먹고 그릇을 정리해 주방에 갖다 두었다.

린화펑은 방에서 무엇을 하는지 나오지 않았다.

이야오는 옷장 문을 열고 종이봉투를 꺼냈다. 그리고 안에서 약이 담긴 더 작은 봉지 두 개를 꺼냈다. 비타민처럼 생긴 조그맣고 하얀 알약은 인공유산을 시켜 주는 것이고, 조금 더 큰 다른 약은 자궁을 확장시켜 주는 것이라고 했다. 하루에 한 번, 한 알씩 3일간 복용해야 했다. 매일 정해진 시간에 먹고, 3일째 약은 진료소로 와서 먹으라고 했다. 약을 먹은 후 진료소에 있으면서 의사의 지시를 따르라는 것이었다.

첫 이틀은 심각한 반응이 없을 것이고 약간의 불편감은 정상적인 거라면서 그래도 만일 심하게 불편하면 의사에게 연락하라고 알려 주었다.

이미 되새기고 되새긴 이 말들을 머릿속으로 다시 한번 떠올려 본 다음 약을 입 안에 넣고 고개를 젖혀 물과 함께 삼켰다. 그리고 문 앞에 서서 자신을 바라보는 린화펑과 눈이 마주쳤다. "뭘 먹는 거야?"

"학교에서 준 거야." 이야오는 잔을 제자리에 두었다. "구충제래. 내일 한 번 더 먹어야 해."

말을 마치자마자 휴대폰 진동 소리가 울렸다. 폴더를 열어 보니 치밍이었다. '나 지금 출발한다. 너는?'

'골목 끝에서 기다려.' 이야오는 답신을 보낸 후 책가방을 메고 린화펑 곁을 스치며 집을 나섰다. "나 학교 가."

린화펑은 문가에 서서 점점 멀어지는 이야오의 뒷모습을 바라보았다. 아직은 어둑한 이른 아침의 공기 속에서 그녀의 표정이 일렁거렸다.

이야오의 발소리에 담벼락 위에 앉았던 비둘기 떼가 놀랐는지 수많은 회색 그림자가 파닥파닥 날갯짓을 하며 안테나가 교차하는 좁다란 하늘로 날아올랐다.

골목 끝에서 치밍이 한쪽 다리로 자전거를 받치고 한 손으로 누군가에게 메시지를 보내고 있었다. 이야오가 자전거를 밀며 다가오자 그는 휴대폰을 주머니에 넣고 어깨에 멘 가방을 가슴 앞으로 돌려 따뜻한 우유를 꺼내 주었다.

"안 마실래." 이야오는 손을 내저었다. 기분 탓인지, 아니면 아까 약을 먹어서인지 이야오는 가슴이 조금 답답했다. 숨을 한 번 크게 들이쉬고 자전거에 올라탔다. "가자."

이야오는 골목을 나서며 목소리를 낮춰 말했다. "나 약 먹었어. 너도 이제 하루 종일 나더러 어쩔 거냐고 닦달할 필요 없어."

"뭘 먹었다고?" 치밍은 얼른 알아듣지 못했다.

"약 먹었다고." 이야오는 소리를 조금 높여 말했다. "낙태하는 약."

대답 대신 급하게 자전거 세우는 소리가 들리더니 쇠 집게에 팔뚝이 잡히는 것 같은 통증이 느껴졌다.

이야오는 하마터면 자전거와 함께 나동그라질 뻔했다. 겨우 자세를 바로잡고 치밍을 돌아보았다. "미쳤어?" 이야오는 화가 난 듯 팔을 휘둘렀다. "이거 놔!"

"미친 건 너야!" 이야오의 팔을 잡은 치밍의 손에 더욱 힘이 들어갔다. 손가락 마디마디가 하얘져 버렸다. 치밍은 이를 악물었다. 흥분한 상태였지만 목소리는 한사코 억눌렀다. "낙태약을 먹으면 대량 출혈이 있을 수 있는 거 몰라? 잘못하면 네가 죽을 수도 있다고. 어쩌려고 그래!"

"이거 놔!" 이야오는 더욱 소리를 높였다. "네가 뭘 알아!"

"너야말로 모르잖아! 인터넷에서 찾아봤단 말이야!" 치밍은 낮은 목소리로 외쳤다. 짙은 눈썹 두 개가 미간에 뚜렷한 그림자를 만들어 냈다. 기다란 눈이 순식간에 붉게 충혈됐다.

이야오는 휘두르던 팔을 멈추고 치밍이 하는 대로 내버려 두었다.

시간은 부드러운 발바닥을 가진 사자처럼 발걸음도 가볍

게 두 사람 곁을 천천히 지나갔다. 이야오는 심지어 초침이 똑딱거리며 지나가는 소리를 들은 것도 같았다. 팔뚝에서 느껴지는 통증은 아까보다 힘을 주는 치밍의 손아귀 안에서 점점 더 뚜렷해졌다.

치밍의 눈이 젖어 왔다. 금방이라도 물방울이 떨어질 듯했다. 그는 뭐라고 하려는 듯 입술을 실룩거렸지만 아무 말도 하지 않았다.

신호등이 영화 속 배경처럼 두 사람의 머리 위에서 연신 신호를 바꿨다. 옆을 지나는 차와 사람의 물결이 시끄러운 강물처럼 흘렀다.

얼마나 지났을까. 이야오는 천천히 치밍의 손에서 팔을 뺐다. 고개를 숙인 채 붉은 손가락 자국이 남은 팔을 주무르며 가만히 말했다. "그럼 네가 말해 봐. 다른 방법이 있어?"

말을 마친 그녀는 자전거에 올라탔다. 그리고 혼잡하고 시끄러운 사람들 속으로 천천히 사라졌다.

치밍은 자전거에 올라타 앙다문 입술에 힘을 주었다. 땅바닥에 물 몇 방울이 뚝뚝 떨어져 아스팔트로 스며들었다.

주머니 속 휴대폰이 울렸다. 구쎤샹이었다.

치밍은 전화를 받았다. "여보세요." 입을 열자마자 소리 죽여 흐느끼기 시작했다.

6

교실에 들어선 이야오는 평상시와는 다른 흥분이 주변 공기를 채우고 있음을 느꼈다. 필통을 열자 전날 써 놓은 메모가 보였다. 과학기술관 견학이 있는 날이었다.

오전에만 수업을 하고 오후 수업은 과학기술관 견학으로 대체하는 거였다. 하루치 교과서가 빼곡히 찬 책가방을 보면서 이야오는 한숨을 내쉬었다.

마침 탕샤오미가 교실로 들어왔다. 이야오는 힐끗 그녀를 쳐다보았다. 교복 외투 속에 또 다른 코트가 보였다. 교복 치마 안에도 다른 치마를 겹쳐 입은 듯했다. 고작 견학을 가는 것뿐인데 저렇게까지 신경 쓸 필요가 있을까 싶었다. 이야오는 피식 웃고 교과서를 꺼냈다.

중간 체조 시간, 이야오는 체조를 빠지겠다고 한 뒤 화장실로 달려가 몸을 살폈다. 아무런 느낌이 없었다. 출혈이나 통증도 없었다. 화장실에서 나와 세면대 앞에 섰다. 거울 속 자신을 가만히 보고 있자니 피부가 정말 말도 안 되게 매끈했다.

텅 빈 교실로 돌아와 자리에 앉았다. 아침에 먹은 약이 아직까지 아무런 반응이 없는 것은 혹 약효가 없는 것은 아닌지 의심스러웠다. 조그마한 알약 하나로 정말 태아를 죽일 수 있을까? 영 미덥지 않았다.

창밖으로 운동장을 채운 아이들이 보였다. 뻣뻣하면서도 가지런하게 하늘을 향해 팔을 휘두르고 있었다. 조금 배가 고픈 것도 같았다. 자리에서 일어나 매점으로 갔다.

빠오즈(包子, 고기나 채소 등 소가 든 만두-옮긴이)나 우유는 너무 느끼할 것 같아 만터우(饅頭, 소가 없는 찐빵-옮긴이)와 생수를 샀다. 그리고 천천히 교실로 향했다.

학생들은 모두 운동장에서 체조를 하고 있었다. 그들의 머리 위로는 한 번도 바뀐 적 없는, 생기라곤 찾아볼 수 없는 여자의 목소리가 맴돌았다. 길게 늘어지는 목소리로 외치는 구령과 빠른 박자의 음악이 따로 노는 느낌이었다.

교실로 가는 도중에 음악이 끝났다. 시끌벅적한 학생들의 목소리가 멀리서부터 들려오는가 싶더니 밀려드는 파도처럼 점점 더 높아졌다. 이야오는 뒷길에서 빠져나와 교실 건물로 가는 숲길로 들어서서 학생들 틈에 끼어들었다.

멀찍이 앞서 가는 치밍의 모습이 보였다. 주변 여학생들 사이에서 그의 뒷모습이 유난히 커다랗게 보였다. 그리고 그 옆에 구쎤샹이 있었다. 손에는 치밍의 흰색 파카가 들려 있었다. 겨울이면 치밍이 으레 입는 옷이었다. 입고 나면 풍성하게 부풀어 마치 한 마리 곰처럼 보였다. 그 옷을 지금 치밍에게 돌려주려는 건지, 아니면 치밍이 이제 막 맡긴 건지 알 수가 없었다.

다만 날씨는 점차 따뜻해져서 이제는 추운 날씨라고 할 수 없었다. 게다가 아침에 오면서 치밍이 저 옷을 입은 걸 보지 못했다. 그러니 아마도 치밍에게 돌려주려고 가져온 것이겠지. 그렇다면 언제 구썬샹에게 빌려 준 걸까?

이야오는 거리를 두고 두 사람 뒤를 따랐다. 아이들이 하나씩 그녀를 앞질러 갔다. 나중에는 이야오가 가장 뒤로 처졌다.

고개를 돌려 구썬샹을 내려다보는 치밍의 옆얼굴이 멀리서도 유난히 두드러졌다. 발광하는 수많은 선이 윤곽을 그려 낸 것처럼 은은한 빛이 났다. 그의 옆에 있는 구썬샹은 눈을 가늘게 뜨고 살짝 웃음 지었다. 탕샤오 같은 진한 향기를 내뿜는 웃음이 아니었다. 정말 깨끗한 흰 꽃잎 같았다. 향기를 맡지 못해도 그 싱그러움을 분명히 느낄 수 있었다.

날카로운 칼날이 심장의 표면을 얇게, 아주 얇게 베고 지나간 듯했다. 상처도 피나 통증도 찾아볼 수 없을 정도로 얇게.

순간 떠오른 것은 또 하나의 똑같이 생긴 얼굴이었다.

목으로 넘긴 만터우가 꽉 막혀 버렸다. 식도와 기도가 고무줄로 묶인 것처럼 숨을 쉴 수가 없었다. 이야오는 생수병을 열어 고개를 젖히고 꿀꺽꿀꺽 마셨다. 그제야 온통 새빨개진 얼굴이 점차 원래의 창백함을 되찾았다. 눈물이 맺혀 시야가 흐려졌다.

뚜껑을 닫고 고개를 들자 치밍과 구쎤샹의 모습은 이미 사라진 후였다. 이야오는 교실로 향했다. 막 발걸음을 옮기는 순간, 저도 모르게 길가 화단 쪽으로 몸을 틀고 먹은 것을 토해 내기 시작했다.

위가 뒤틀린 듯 아팠다. 막 삼킨 만터우가 하얀 밀가루 덩어리가 되어 솟구쳐 나왔다. 그 느낌이 메스꺼워 이야오는 더욱 심하게 토했다.

등과 손바닥에 식은땀이 솟았고, 배에서 느껴지는 통증은 골짜기에서부터 이어지는 메아리처럼 머릿속에서 울려 댔다. 뱃속에 떨어진 날카로운 가위가 찰칵찰칵 가위질을 하는 듯했다. 거대한 파도처럼 공포가 몰려와 순식간에 이야오를 휩쓸었다.

7

오전 마지막 수업은 체육이었다.

선생님이 불어 대는 호루라기 소리가 훤히 트인 운동장에 퍼지며 길지도 짧지도 않은 메아리를 남겼다. 그 소리에 넓은 운동장이 더 쓸쓸하게 느껴졌다.

육상 트랙 주변으로 쭉이 돌아나기 시작했다. 바람이 쓸고 간 하늘에는 깨끗한 푸르름만 남아, 햇살이 아무런 장애물 없이 쏟아져 내렸다.

눈부시게 맑은 세상 속에서 땅의 모든 구석구석이 천만 배는 확대된 것처럼 아무리 작은 것도 뚜렷하게 시야에 들어왔다.

하늘에서 내려다본다면 운동장은 몇 개의 구역으로 나눌 수 있었다. 한쪽에서는 축구를 하고 또 다른 한쪽에서는 100미터 단거리 연습을 하고 있었다. 모래밭 옆 빈 공간에 깔아놓은 짙은 초록색 매트에서는 같은 색 체육복을 입은 학생들이 앞구르기나 날아 앞구르기 같은 간단한 체조 동작을 연습하고 있었다.

축구공 하나가 몇 번 튀더니 풀숲으로 들어갔다. 학생들 사이에서 불평이 터져 나왔다. 남학생 한 명이 운동장 가운데에서 공을 줍기 위해 뛰어왔다. 이마로 흘러내리는 땀방울이 햇빛을 받아 반짝거렸다.

이야오는 운동장 가장자리 계단에 앉았다. 아까 경험한 공포로 인해 어떻게 움직일 엄두가 나지 않았다. 그래서 체육 선생님에게 생리통이 심하다고 둘러대고 수업에서 빠졌다. 하지만 지금은 별다른 느낌이 없었다. 한 시간 전 온몸이 찢어질 것 같던 격심한 통증은 온데간데없이 사라졌다.

봄은 언제나 따뜻한 계절이었다. 햇볕에 데워진 공기가 나른한 온기를 내뿜으며 샤워를 마친 후 드라이어로 머리카락을 말릴 때와 같은 따스한 바람이 얼굴에 느껴졌다.

내리쬐는 햇볕에 이야오는 눈을 반쯤 감았다. 축구를 하는 아이들 속에서 흰색 티셔츠를 입은 구썬시가 언뜻 눈에 띄었다. 몰고 가던 공을 빼앗기고 잠시 짜증을 내는가 싶더니 다시 아이들 틈으로 뛰어들었다.

이야오는 구썬시를 눈으로 쫓았다. 부르지도 않고 가만히 바라보았다. 그가 입은 하얀 티셔츠가 강렬한 햇살 속에서 거울처럼 빛을 반사했다.

눈길을 거두어 땅바닥에 그려진 자신의 그림자를 내려다보았다. 바람에 머리카락이 마구 휘날리고 옷깃도 한쪽으로 세워진 채였다.

잘 모르는 사람이 봐도 조금은 안쓰럽게 여길 모습이었다. 어쩌면 잘 알지 못하는 사람이 보는 게 나을지도 모른다. 어제 치밍이 자신을 봤다면 지금 느끼는 아픔이 훨씬 더 컸을 것이다. 아니, 정말 치밍이었다면 이렇게 아프지도 않았을 것이다. 그러면 있는 그대로 설명했을 것이고, 어쩌면 설명조차 필요 없었을 테니까.

이야오는 이런저런 생각을 하며 눈을 문질렀다. 그때 누군가 옆에 와서 앉았다. 후끈한 열기가 전해졌다. 고개를 돌려 보니 구썬시의 옆얼굴이 반은 햇빛 아래, 반은 그림자 속에 있었다. 땀이 앞머리에서 방울져 뚝뚝 떨어졌다. 손으로 티셔츠의 목 부분을 펄럭이며 미간을 살짝 찡그리고 있었다.

이야오는 들고 있던 생수를 건넸다. 구쎤시는 말없이 손을 내밀어 생수를 받아 들고 고개를 젖혀 꿀꺽꿀꺽 반쯤을 비웠다. 이야오는 꿀렁거리는 구쎤시의 목울대를 바라보다가 무릎에 놓인 손에 얼굴을 파묻고 울음을 터뜨렸다.

남학생들은 체조 연습을 준비했다. 여학생들은 멀지 않은 곳에서 쉬며 남학생들의 연습이 끝나고 순서가 돌아오기를 기다렸다.

치밍은 선생님을 도와 스펀지 매트 두 장을 겹쳐 깔았다. 이제 좀 더 위험한 동작을 연습할 참이었다. 허리를 굽혀 매트를 정리하는데 친구들이 자기 이름을 부르는 소리가 들렸다. 고개를 들어 보니 남학생 몇이 입을 삐죽거리며 짓궂은 웃음을 지어 보였다. 그 옆에 구쎤상이 서 있었다. 손에는 생수 두 병이 들려 있었다.

주변 남학생들이 일제히 부러움 섞인 야유를 보냈다. 치밍은 쑥스러운 듯 웃음을 지으며 구쎤상에게 달려갔다. "여긴 웬일이야?"

구쎤상도 미소를 지었다. "지나가며 보니까 체육 수업 중이길래 물 주려고."

치밍은 생수병 하나를 받아 뚜껑을 열고 다시 그녀에게 건네주었다. 그리고 남은 한 병을 가져와 뚜껑을 열고 몇 모금 마셨다.

구썬샹은 주머니에서 손수건을 꺼냈다. "땀 닦을래?"

치밍은 얼굴을 붉히며 손을 내저었다. "아니, 괜찮아."

서로 고개를 숙인 채 몇 마디 주고받은 뒤 손을 흔들고 자리로 돌아왔다.

젊은 체육 선생님이 짓궂게 놀리자 치밍도 웃으며 맞받아쳤다. "선생님께 배운 건데요." 아이들이 하하 웃음을 터뜨리고 수업은 계속되었다.

이런 일에 관심이 많을 탕샤오미건만 이번에는 아니었다. 그녀의 관심은 운동장 가장자리에 있는 이야오와 그 옆에 앉은 이목구비가 뚜렷한 남학생에게 쏠려 있었다. 햇빛 아래 선명한 그녀의 얼굴에서 표정이 조금씩 사라졌다.

여학생 몇 명이 다가와 물을 사러 가자고 하고서야 그녀는 퍼뜩 정신을 차리고 꽃처럼 환한 표정을 되찾았다. 무리 중 한 아이가 멀리 있는 이야오를 바라보며 삐죽거렸다. "뭐야, 수업도 빠지고."

탕샤오미는 무심한 듯 그녀의 말을 받았다. "쟤는 몸조리를 잘해야 하잖아."

그러자 다른 아이가 까르르 웃음을 터뜨렸다. "히히, 생리통이겠지."

탕샤오미가 피식 웃었다. "생리통? 그거야 바라는 바겠지."

"응?" 탕샤오미가 하는 말을 알아듣지 못하고 의아해하는 표정이었다.

"아니야. 얼른 물이나 사러 가자. 목말라 죽겠어."


## 8


"게시판에 붙은 그거 진짜야?" 구쎤시는 눈을 운동장에 둔 채 최대한 평온한 목소리로 물었다.

"가짜야." 이야오는 고개를 돌려 그의 옆얼굴을 바라보았다. 치밍의 수려함에 비하면 조금은 무거워 보이는 얼굴이었다. 날카로운 윤곽이 매서운 느낌도 주었다.

"그럼 그런 이상한 데는 왜 간 거야?" 화내고 싶은 걸 애써 자제하는 낮은 목소리였다.

"듣고 싶어?" 이야오는 고개를 숙여 계단 앞 빈 곳으로 시선을 돌렸다. 그와 자신의 그림자가 늘어져 있었다.

"너 좋을 대로 해." 구쎤시는 조금 귀찮다는 듯 손을 내젓고는 입을 다물었다. 잠시 후 고개를 돌려 이야오의 얼굴을 똑바로 바라보았다. "말해 봐. 듣고 싶어."


## 9


사실 세상에는 믿음이라는 것도 존재한다.

때로는 왜인지 모르지만 잘 알지 못하는 사람을 믿어 버린다. 그래서 그 사람에게 많은 이야기를 한다. 심지어 가장 가까이에 있는 절친한 친구에게도 하지 못한 이야기를 털어놓고 만다.

때로는 왜인지 모르지만 아침저녁으로 만나곤 하는 사람을 믿지 못하게 된다. 수많은 비밀을 공유하고 함께 지켜 온 사이임에도 불구하고. 전과 똑같은 그 사람의 얼굴을 보면서도 그를 믿지 못하게 된다.

우리는 이렇게 복잡한 세상을 살아가고 있다. 원주율처럼 전혀 중복되지 않으면서 정해진 법칙도 없는 일들에 이끌려 세상의 끝으로 맹목적인 여정에 나서는 것이다.


너는 내가 더럽고 감당할 수 없는 사람이라고 믿었지. 그가 나를 값싼 창녀라고 생각한 것처럼. 나는 이렇게 원주율처럼 복잡하고 변화무쌍한 세상을 살고 있어. 천천히 내 인생을 지나온 거야. 그런데 사실은 많은 경우 나조차도 나를 믿어 본 적이 없어.


봄은 모든 씨앗이 땅속에서 싹 틔우길 재촉한다. 하지만 실제로 땅을 뚫고 나오는 것 중에는 우리가 단 한 번도 생각해 보지 못한 것이 많다.

그것들은 우리가 보지 못하는 곳에서 이 세상의 중심을 향해 깊이깊이 뿌리내릴 것이다.


## 10


"누군데?" 구썬시의 목소리는 가슴 깊은 곳에서 울리는 것처럼 어물어물 분명치 않았다.

"뭐가?"

"누구 아이냐고." 구썬시의 목소리가 한층 높아졌다. 표정도 조금 험악했다.

"전에 알던 남자애." 이야오는 고개를 떨궜다. 열이 나는 것처럼 얼굴이 화끈거렸다.

"쓰레기네, 그 자식." 구썬시는 벌떡 일어나 손에 든 빈 생수병을 운동장 가장자리 풀밭을 향해 힘껏 던졌다. 병은 멋대로 난 풀숲 사이로 사라졌다.

이야오는 고개를 들었다. 거친 숨을 쉬느라 오르내리는 구썬시의 가슴이 보였다.

눈물이 발밑 하얀색 시멘트 바닥으로 후두둑 떨어졌다.

"게시판은 또 어떻게 된 건데?" 구썬시가 그녀 쪽으로 고개를 돌렸다.

"모르겠어. 탕샤오미가 만든 것 같아. 계속 나를 미워했거든. 그런데 그 진단서에 적힌 글씨는 걔가 쓴 것 같지 않았어. 걔는 훨씬 더 예쁘게 쓰거든." 이야오는 눈가로 흘러내리는 눈물을 닦았다. "하지만 모르지 뭐. 걔가 다른 애한테 대신 쓰게 했을 수도 있고."

"그럴 수 있지. 지난번 100위안 일도 걔가 알려 준 거니까." 구썬시는 다시 자리에 앉아 두 다리를 앞으로 뻗었다. "그런데 걔는 왜 그렇게 너를 미워하는 거야?"

"걔가 치밍을 좋아하거든. 그런데 치밍이 나를 좋아한다고 생각하나 봐."

"치밍이 누군데?" 구썬시는 체육 수업을 받고 있는 쪽으로 시선을 옮겼다.

"선생님 옆에서 점수 기록하고 있는 애." 이야오가 팔을 뻗어 치밍을 가리켰다.

"아, 나도 본 적 있어." 구썬시는 피식 웃었다. "되게 깔끔하게 생긴 애. 누나가 걔를 알거든. 여학생들은 저런 애를 좋아하는 것 같더라." 시시하다는 듯한 표정이었다.

이야오가 막 뭐라고 하려는 순간, 구썬시가 바지를 털고 일어났다. "수업 곧 끝나겠다. 나중에 또 이야기하자."

그는 말을 마치고 운동장 중앙에 있는 무리를 향해 뛰어갔다. 흰 티셔츠가 부풀어 올라 금방이라도 바람 소리를 낼 것 같았다. 이마를 닦는 건지 눈을 닦는 건지 잠시 팔을 들었다가 축구를 하는 아이들 사이로 뛰어 들어가 흰색 작은 점이 되었다. 그리고 이내 수많은 자그마한 흰색 그림자에 섞여 잘

분간이 되지 않았다.

11

점심 시간에도 이야오는 치밍과 함께 있지 않았다. 일부러 그런 것이 아니라 체육 수업이 끝나고 치밍은 선생님을 도와 사용한 매트리스를 창고에 가져다 둬야 했기 때문이었다. 그러고 나니 마주칠 새가 없었거니와 굳이 메시지를 보내지도 않았던 것이다.

이야오는 혼자 식당으로 가서 줄을 섰다. 기다란 줄은 천천히 앞으로 이동했다. 고개를 빼고 앞을 보았다. 앞쪽에 서 있는 탕샤오미의 뒷머리를 묶은 리본이 도드라졌다. 시선을 돌리는 참에 탕샤오미가 뒤에 있는 다른 아이와 인사하려다 곁눈으로 혼자 있는 자신을 보는 것이 느껴졌다.

탕샤오미는 위아래로 이야오를 훑어보고는 눈을 반짝이며 물었다. "야, 오늘은 왜 혼자야?"

12

출발 시간은 오후 1시 30분. 전교생이 교문 앞으로 시커멓게 모여들었다. 줄지어 도착한 버스가 학생들을 나눠 태우고 과학기술관으로 향했다.

이야오네 반은 학생 수가 많아 한 대에 다 타지 못하고 일부는 다른 반과 함께 탔다. 이야오도 이 일부에 속했다.

치밍은 반장으로서 반 아이들만 탄 앞 차로 먼저 떠났다. 출발하는 버스에서 차창을 열고 이야오를 향해 휴대폰을 흔들어 보였다. "그쪽 도착해서 메시지 보낼게."

이야오는 고개를 끄덕였다.

치밍이 탄 버스가 멀어지고 출발하려고 보니 옆에 탕샤오미가 서 있었다. 부반장인 그녀는 자연스럽게 이야오를 포함한 몇몇 같은 반 아이들과 같은 버스를 타게 된 것이다.

눈이 마주치자 탕샤오미가 입을 열었다. "창가 자리로 맡아 줄까? 토하기라도 하면 그쪽이 좀 편할 거 아냐."

이야오는 무표정한 얼굴로 말없이 그녀를 바라볼 뿐이었다. 전혀 물러서는 기색 없이 계속 떠들어 보라는 표정이었다.

"오해하지 마. 나는 그냥 네가 멀미를 할까 걱정돼서 그러니까."

거대한 꽃잎이 새까만 실크처럼 휘감겨 왔다. 온몸을 꽁꽁 싸매고 제멋대로면서 강렬한 향기가 혓바닥처럼 이곳저곳을 핥아 댔다. 이야오는 또다시 욕지기가 일었지만 안간힘을 다해 참아 냈다.

탕샤오미의 눈빛이 아주 짧은 순간 반짝 빛났다. 고운 꽃과도 같은 미소가 떠올랐다. "그것 봐, 내가 뭐랬니."

이야오는 버스에 올라 가장 뒷자리에 앉았다. 외투를 머리 끝까지 올리고 눈을 감았다. 덜컹거리며 버스가 출발했다. 푸시에서 터널을 지나 센트리파크 방향으로 가는 노선이었다. 길 양편으로 늘어선 건물은 낮고 오래된 주택과 어두운 골목에서 점차 즐비하게 늘어선 마천루로 바뀌어 갔다.

다롄터널을 지나자 진마오빌딩이 햇볕 아래 비현실적으로 느껴질 만큼 강렬한 빛을 되쏘고 있었다. 그 옆 월드파이낸셜센터 꼭대기에는 거대한 타워크레인 두 대가 세워져 있었다. 정초식을 한 지 얼마 되지도 않아 벌써 진마오빌딩의 높이를 넘보는 것 같았다.

곧 상하이의 신축 건물 가운데 가장 높은 건물이 될 터였다. 샤오루지아주이까지 지나고 나니 고층 건물은 점차 줄어들었다. 창밖에서 비추는 햇볕에 몸이 노곤해졌다. 이야오는 아예 외투를 벗어 얼굴을 덮었다.


외투 사이로 버스 안 풍경이 살짝 보였다. 이야오는 수많은 검은 뒤통수를 바라보다 졸음이 몰려와 눈을 감았다. 그때 앞에서 다른 반 여학생들이 속닥거리는 소리가 들렸다. 분명히 들리지는 않았지만, '100위안'과 '자 준다' 등의 단어 몇 개가 귀를 뚫고 들어왔다. 이야오는 다시 눈을 떴다. 앞에 앉은 두 여학생이 고개를 돌리고 자신을 향해 손짓하는 것이 보였다. 그 두 학생 건너편 자리의 탕샤오미가 득의양양한 표정으로 흥미진진하게 바라보는 모습도 보였다.

이야오는 외투를 걷어 내리고 일어나 천천히 앞으로 걸어 갔다. 두 여학생이 있는 자리에 멈춰 서서 그중 한 명을 똑바로 가리켰다. "계속 그 지저분한 입을 놀리면 꿰매지도 못할 정도로 찢어 놓을 거야."

여학생은 겁을 집어먹고 잔뜩 움츠러들었다. "왜 이래?"

이야오는 피식 웃었다. "네 입을 좀 깨끗하게 해 주려고. 뒤에 앉아 있는데 구린내가 진동하더라고."

탕샤오미가 자리에서 벌떡 일어났다. "이야오, 너 뭐 하는 거야?"

이야오가 돌아섰다. 손가락으로 탕샤오미의 코끝을 가리켰다. "너도 마찬가지야."

탕샤오미는 이를 악물었다. 단단하게 뭉쳐진 얼굴 근육이 뺨 위로 드러났다. 화가 나 얼굴까지 온통 새빨개졌지만, 두 반 학생들 앞에서 소란 피우는 것은 좋지 않다는 것을 알고 있었다.

마침 그녀 뒤에 있던 안경 쓴 남학생이 나섰다. "왜 우리 반 여자애들을 괴롭히는 거야? 네가 뭔데?"

홀쭉 들어간 얼굴에 사마귀처럼 마른 남학생을 보며 이야오는 가볍게 웃었다. "넌 그냥 앉아 있어라." 그러고는 다시 뒷자리로 돌아갔다.

이야오의 태도에 오기가 생긴 남학생은 그냥 앉지 않고 몇 마디 구시렁거렸다. "지가 뭔데 난리야. 아무하고나 자는 걸레가."

이야오는 걸음을 멈추고 돌아서서 남학생을 향해 달려들어 힘껏 뺨을 올려붙였다.

다섯 손가락의 흔적이 순식간에 남학생의 얼굴에서 벌겋게 부어올랐다. 이야오는 가볍게 넘어갈 생각이 없었다.

남학생은 멍하니 굳어 버렸고, 차 안은 침묵이 흘렀다. 3초쯤 흘렀을까. 남학생이 자리를 박차고 일어나 이야오의 얼굴을 향해 주먹을 날렸다. "개 같은 년이 죽으려고!"

13

뒤에서 급정차하는 소리에 치밍은 창밖으로 고개를 내밀었다. 이야오가 탄 차가 길가에 서 있었다. 미간을 모으고 살펴봐도 차 안에서 어지럽게 움직이는 사람의 그림자만 어렴풋이 보일 뿐이었다.

고장이라도 났나 싶은 마음에 치밍은 다시 자리로 돌아와 이야오에게 전화를 걸었지만 신호가 한참을 울려도 연결이 되지 않았다. 전화를 끊고 메시지를 보내기로 했다. 차가 왜 멈췄는지 반쯤 쓰고 있는데 이번에는 배터리가 떨어졌다. 화면이 하얗게 바뀌고 뚜뚜 하는 신호음을 끝으로 완전히 꺼져버렸다.

치밍은 한숨을 쉬고 휴대폰을 가방에 넣었다. 뒤쪽을 살펴보니 정차한 차는 어느새 보이지 않았다.

왼쪽 눈꺼풀이 갑자기 가볍게 떨렸다. 손으로 몇 번 문지른 뒤 눈을 감고 창문에 머리를 기댔다.


차창 밖 햇살이 눈꺼풀 위로 쏟아졌다.

수많은 반짝이는 점이 붉은 망막 위로 어지럽게 떠다녔다.

그러다가 천천히 잠이 들었다. 그래서 그는 어딘가에서 들려오는 외침을 듣지 못했다.


넌 듣지 못했지?

하지만 나는 정말로 외쳤단 말이야.

# 8장

왜 우는 거야?
이것밖에 할 수 있는 게 없으니까.

소리란 정말 제멋대로라고 느낄 때가 있다. 어떤 때는 깊은 잠에 빠져 있으면서도 창밖에서 나는 보슬비 소리조차 놓치지 않는 반면, 또 어떤 때는 아주 얕은 잠 속 꿈의 표면에 떠 있는데도 태풍이 몰고 오는 천둥 소리조차 꿈을 깨우지 못한다.

모든 소리는 매개체를 통해 더 먼 곳까지 퍼져 간다. 고체, 액체, 기체가 매 순간 여러 가지 모양의 반복되는 음파를 전달한다. 한숨소리, 새소리, 살수차의 알림 소리, 수업 종소리, 꽃잎이 피거나 지는 소리, 톱질에 쓰러지는 나무 소리, 파도가 귀를 때리는 소리 등 모두가 그렇다.

달에는 공기가 없어서 소리도 전해지지 않는다고 물리 시간에 배웠다. 돌멩이를 차든 달 표면에 운석이 떨어져 거대한 구멍이 생기든, 혹은 모래바람이 날리고 하늘이 무너지든, 이런 것들은 다 소리 없는 화면으로만 나타날 뿐이다. 깊은 밤 음소거 버튼을 누른 TV처럼, 바삐 움직이지만 아주 조용한 모습인 것이다.

만약 달에 두 사람이 산다면 어떨까. 그들은 마주 보고 있어도 서로의 목소리를 들을 수가 없겠지. 소용없다는 것을 알면서 계속 말을 할까, 아니면 슬픈 손짓만 하게 될까?

어떤 느낌인지 나는 알고 있어. 나 역시 아주 가까운 곳에서 너에게 소리친 적이 있으니까. 그리고 너는 나의 외침을 뒤로하고 천천히 나에게서 멀어졌지.

아마도 매개체가 없어서였을 거야. 우리를 이어 줄 매개체. 나의 목소리를 너의 몸으로 전달할 매개체가.


2


차 안의 소란 때문에 구썬시는 도무지 얼굴을 펼 수가 없었다. 철통 속에 유리구슬을 한 줌 집어넣어 쉬지 않고 달그락거리는 것처럼 귓속을 울렸다.

남학생들이 떠들어 대는 이야기란 결국 유행하는 애니메이션을 몇 회까지 봤는지, 새로 출시되는 게임기를 언제쯤 살 수 있는지 하는 것들이었다.

뒤에 앉은 여학생들의 잡담 또한 한심했다. 드라마, 애니메이션에서나 쓰는 과장된 말투로 표정, 몸짓까지 흉내 내면서 떠드는 중이었다. 간간이 놀란 듯 "아잉." 하는 가식적인 감탄사를 잊지 않았다.

그런 것들을 한데서 듣고 있자니 구역질이 났다. 도대체 왜 여기서 저러는 건지.

그들은 한데 모여 앉아 애니메이션 잡지를 보며 "카와이, 카와이!" 하고 환호성을 질렀다. 구썬시는 당장이라도 누구 한 명의 목을 졸라 입을 다물게 하고 싶었다.

게다가 정말 참기 힘든 것은 가식적으로 서로 호응해 주는 거였다. 누군가 "어제 새 머리핀을 샀어."라고 한마디만 해도 흡사 공룡이 축구하는 걸 보기라도 한 양 "꺄아!" 하고 비명 에 가까운 감탄사를 내지르는 것이었다.

구썬시는 한껏 찌푸린 미간을 손가락으로 문질렀다. 문지 르고 또 문질러도 소용이 없었다. 그는 자리에서 일어나 뒷자 리를 향해 소리 질렀다. "조용히 좀 해! 너희 때문에 머리가 깨질 것 같다고!"

여학생 한 명이 고개를 들고 별것 아니라는 듯 웃었다. "왜 여기서 부들거리고 난리야? 학교만 나가면 주먹질이라더니, 뭐? 때리게? 때려 봐, 깡패 새끼야."

구썬시는 콧방귀를 끼며 자리에 앉았다. "멍청한 게." 가방 을 뒤져 지난번 축구하다 무릎을 다쳤을 때 양호실에서 받은 솜을 찾아냈다. 그는 솜을 뭉쳐 귓구멍에 쑤셔 넣었다. 팔짱 을 끼고 구부정하게 앉아 창밖 풍경을 바라보았다.


번화한 지역을 벗어난 버스는 널따란 8차선 도로를 달렸 다. 수도관처럼 좁아터진 푸시 지역의 도로와 달리 푸동은 도로가 시원스럽게 뻗었다. 하지만 그 때문에 주변이 더 삭막해 보이는 것도 사실이었다.

구썬시는 푸둥이 공상과학 영화에서 나오는, 인적이 드문 현대 공업 도시 같다는 생각이 들었다. 간혹 가다 한두 사람이 너른 도로를 건너 고층 건물의 그림자 속으로 사라졌다.

창밖을 보며 이런저런 생각에 잠겨 있는데, 도로변을 터벅터벅 걷고 있는 사람이 보였다. 구썬시는 자세히 바라보다 갑자기 자리에서 튀어 오르듯 벌떡 일어났다. 그러고는 운전기사 쪽으로 달려가며 차를 세우라고 외쳤다.


3


구썬시는 버스 문이 다 열리기도 전에 뛰어내렸다.

고개를 푹 숙인 채 걷던 이야오는 갑작스런 인기척에 깜짝 놀랐다가 구썬시를 알아보고는 한숨을 내쉬었다. "여기서 뭐 하는 거야?"

구썬시는 통통 부은 이야오의 얼굴을 바라보았다. 동전만하게 부어오른 붉은 울혈을 확인하고는 왈칵 화가 치솟았다. "너야말로 뭐 하는 거야? 누구랑 싸웠어?"

이야오는 말이 없었다. 그저 손으로 부어오른 상처를 문지를 뿐이었다.

뒤에 선 차에서 아이들이 빨리 돌아오라고 재촉했다. 운전 기사도 날카로운 경적을 몇 차례 울렸다. 구썬시는 이야오의 손을 잡아끌었다. "가자. 우리 반 버스 타고 가."

이야오는 구썬시의 손을 뿌리치며 뒷걸음쳤다. "됐어. 집에 갈 거야."

구썬시는 더 말할 것 없다는 듯 외쳤다. "이 꼴을 하고 여기서 어떻게 집에 가려고. 얼른 타!" 이야오는 팔을 잡힌 채 구썬시가 잡아끄는 대로 끌려갈 뿐이었다.

구썬시는 자기 옆에 앉은 친구를 다른 자리로 보내고 이야오를 앉혔다. 머리는 엉망으로 헝클어진 채 관자놀이 근처에 멍이 들어 부어오른 모습을 보니 한숨이 나왔다. 가방에서 상처에 바르는 약을 꺼냈다.

"넌 이걸 가지고 다녀?" 이야오는 약병을 보고 조금 놀라는 기색이더니 곧 가볍게 웃었다. "언제든 싸울 준비가 되어 있나 보구나."

"쓸데없는 소리 말고." 구썬시는 미간을 찌푸린 채 뚜껑을 열고 손바닥에 약을 좀 따라 내어 두 손을 빠르게 비볐다.

이야오가 막 뭐라고 하려는 순간 구썬시의 손이 그녀의 얼굴을 잡아 돌렸다. "움직이지 마."

두 손이 부은 눈가를 가만히 덮었다. 아까까지만 해도 얼얼하던 곳이 지금은 따뜻한 손바닥으로 덮였다. 손바닥에서 시작된 온기가 관자놀이를 통해 천천히 흘러들었다. 난류가 온

몸을 휘감고 도는 것 같았다.

이야오는 구썬시를 마주한 채 말없이 눈을 감았다. 잠시 후 구썬시의 손바닥으로 눈물이 흘러나왔다. 약보다도 뜨거운 눈물이었다.

구썬시가 손을 떼고 낮은 목소리로 물었다. "아파?"

이야오는 아랫입술을 꽉 문 채 고개를 끄덕이지도 가로젓지도 않았다. 소리 없는 침묵 속에 눈물방울만 뚝뚝 떨어뜨릴 뿐이었고, 구썬시는 어찌할 바를 몰랐다. 가만히 병뚜껑을 닫고 말없이 옆을 지킬 뿐이었다.


반듯한 비둘기집 같은 집들이 창밖으로 휙휙 스쳐 갔다.

뒤에서 몇몇 여학생이 제멋대로 수군거리는 소리가 들렸다. 구썬시는 잠시 듣다가 뒤돌아서 약병이 들어 있던 종이 상자를 집어던졌다. 상자는 픽 소리를 내며 여학생 옆 창에 부딪쳤다.

여학생은 욕이라도 퍼부어 줄 심산으로 벌떡 일어났다가 너무나도 싸늘한 구썬시의 얼굴을 보고는 겁을 먹은 듯 다시 자리에 앉았다. 이야오는 아무것도 모르는 것처럼 고개를 숙이고 있었다. 좌석 아래 페인트가 뭉쳐 튀어나온 곳을 손톱으로 집요하게 긁어 댈 뿐이었다.

4

과학기술관 앞 공터에 버스 일고여덟 대가 섰다. 그 뒤로도 몇 대가 더 들어오고 있었다. 모두 학생들을 태우고 온 차량이었다.

과학기술관 입구로 사람들이 빽빽이 몰려들었다. 시끄러운 소음도 함께 모여들어 마치 요란하게 날뛰는 메뚜기 떼 같았다.

치밍이 탄 버스도 도착했다. 치밍은 버스에서 내려 차가 온 방향을 바라보며 서 있었다. 이윽고 버스 한 대가 다가왔다. 버스가 서자 학생들이 줄지어 내려 모여 있던 사람들 틈에 섞였다. 주위가 더 소란스러워졌다. 하지만 마지막 한 사람이 내릴 때까지도 이야오는 보이지 않았다.

버스에서 내려 앞 차로 먼저 도착한 친구들과 인사하는 탕샤오미의 눈에 새하얀 셔츠를 입은 치밍이 달려오는 게 보였다. 늘씬한 키와 윤곽이 뚜렷한 얼굴이 점점 다가오자 탕샤오미는 심장 박동이 빨라졌다.

치밍은 그녀 앞에 서서 고개를 숙이고 미소 지었다. 탕샤오미도 우아한 웃음을 띠었다. "먼저 와 있었네."

치밍은 고개를 끄덕였다. "응." 그리고 텅 빈 버스를 마지막으로 한 번 더 확인한 뒤 물었다. "이야오 못 봤어?"

찬란하게 미소 짓던 탕샤오미의 표정이 순식간에 굳는가

싶더니 이내 자연스럽게 머리카락을 쓸어 넘겼다. "이야오는 중간에 내려서 집에 갔어."

"집으로 갔다고?" 치밍은 믿기지 않는 눈치였다. 주머니에서 휴대폰을 꺼냈다가 새까만 액정화면을 보고 배터리가 떨어진 것이 생각났다. "저기……." 치밍은 탕샤오미를 향해 휴대폰을 흔들어 보였다. "네 휴대폰에 이야오 전화번호 있어?"

"없는데." 탕샤오미는 미안한 듯 웃었다. "걔가 반 애들이랑 통 이야기를 안 하잖아."

치밍은 잠시 말없이 떨궜던 고개를 들었다. "고마워. 애들데리고 들어가자."

"응."


5


구썬시와 이야오가 차에서 내렸을 때는 과학관 앞에 모여 있던 학생들이 이미 반쯤 들어가고 난 후였다. 주변이 한결 조용해졌다. 여학생들의 날카로운 비명이나 웃음소리가 과학기술관 입구의 운석이 떨어진 듯 푹 파인 거대한 구덩이에서 맴돌 뿐이었다.

구썬시는 짜증스러운 표정으로 귀를 문질렀다.

구덩이에는 혼천의(渾天儀, 천체 관측 기구-옮긴이) 모형이 놓여 있었다. 용 몇 마리가 조각이 새겨진 구체 위에 조용히 자리 잡고, 그 뒤로 미래에서 온 듯한 거대한 유리 건물이 우뚝 솟아 있었다.

과학기술관은 너무 크고 높아서 조금은 비현실적으로 느껴졌다. 게다가 선뜻 다가서기 힘든 차가움이 감돌았다.

이야오는 예전에 이 앞을 지나며 호(弧) 모양의 곡선을 따라 온통 유리로 뒤덮인 거대한 건축물을 본 적이 있었다. 하지만 직접 와 보는 것은 처음이었다. 바로 앞에서 바라보니 한 층이 거의 5층짜리 학교 건물만큼이나 높아 보였다. 이야오는 한껏 고개를 젖히고 그 위용에 정신없이 빠져들었다.

"전에 와 본 적 있어?" 구쩐시가 옆에 서서 이야오의 시선을 따라 눈길을 옮겼다.

"없어. 처음이야."

"나도." 구쩐시는 주머니에서 지갑을 꺼냈다. "가자. 표 사야지."

"뭘 산다고?" 이야오는 의아한 얼굴이었다. "학교에서 표 나눠 줬잖아."

"아니, 영화표 말이야." 이야오는 구쩐시가 가리키는 쪽으로 고개를 돌렸다. "저쪽에서 영화도 상영하거든. 같이 보자."

한쪽에 설치된 전광판 위로 '360도 영상' '4D 극장' 'IMAX 초대형 스크린' 같은 문구가 관람객들의 시선을 잡아끌고 있었다. 이야오는 가격표를 살펴보았다. 《해저화산》 40위안, 《공

룡 티렉스》60위안, 《슈퍼미니》40위안, 《슈퍼레이서》40위안
이었다.

이야오는 고개를 저으며 웃었다. "난 안 볼래." 사실 진짜 이
유는 돈이 없어서였지만 차마 그렇게 말할 수는 없었다.

구쎤시는 여전히 전광판에서 눈을 떼지 않았다. 무척 보고
싶은 모습이었다. 그는 이야오 쪽으로 고개를 돌렸다. "정말
보기 싫어?" 이야오는 확실하다는 듯 손을 내저었다. "그럼
나는 간다." 구쎤시는 매표소를 향해 걸어갔다.

이야오는 휴대폰을 꺼내 치밍에게 메시지를 보냈다. '어디
있어?' 한참이 지나도 답이 오지 않았다. 이야오는 이번에는
전화를 걸어 보았다. 휴대폰에서 "지금 거신 전화는 전원이
꺼져 있습니다." 하고 안내 음성이 흘러나왔다.

휴대폰을 덮고 고개를 들자 구쎤시가 앞에 서 있었다. 그가
손에 든 표 두 장 중 하나를 건넸다. 《해저화산》이었다.

이야오는 구쎤시를 가만히 바라보았다. 그녀가 채 입을 열
기도 전에 구쎤시는 눈썹을 찡긋거렸다. "싫어도 할 수 없어.
이것밖에 안 남았거든. 사실 나는 공룡이 보고 싶었는데. 티
라노사우루스!" 구쎤시는 짐짓 험악한 표정을 지어 보이다
어이없어하는 이야오의 얼굴을 보더니 겸연쩍은 듯 입을 다
물었다. 확실히 너무 유치한 짓을 한 것 같았다. "하하……."

이런 영화관은 처음이었다. 아주 어렸을 때 동네 극장에 가
봤을 뿐 이후에는 가 본 적이 없었다. 어쩌다 학교 멀티회의
실 같은 곳에서 틀어 주는 지루한 교육용 영화 외에는 제대로
된 영화관에서 영화를 본 적이 없었다.

그런데 지금 눈앞에 펼쳐진 이 장면은 TV에서나, 혹은 말
도 안 되는 상상 속에서라도 한 번도 본 적이 없었다.

스크린이 분홍색이었다. 아예 영화관 전체가 거대한 분홍
색 공 안에 들어가 있었다. 앙증맞을 정도로 부드러운 분홍빛
이 사람들을 비추어 모두가 귀엽게 보였다.

학생들은 휴대폰을 꺼내 머리 위의 거대한 분홍색 돔 천장
을 찍어 댔다. 여기저기서 찰칵 찰칵 소리가 들렸다. 휴대폰
렌즈를 향해 각자 귀엽다고 생각하는 입모양을 하고 사진을
찍는 아이들도 보였다.

구썬시는 손에 든 표를 보고 좌석 번호를 확인했다. 자리
를 찾았는지 이야오를 미는 듯 이끌며 걸어 들어갔다. 구썬시
의 손이 자연스럽게 이야오의 어깨에 얹어져 뒤에서 가만히
이야오를 받쳐 주었다. 이미 자리를 잡은 사람들의 발이 의
자 밑으로 당겨질 때마다 구썬시는 고개를 숙이며 "지나갈게
요." 하고 양해를 구했다.

이야오는 갑자기 고개를 돌려 구썬시의 모습을 보고 싶은

마음이 들었다. 하지만 어깨에 놓인 그의 손이 너무 자연스러워 고개를 돌리면 정말 가까운 사이처럼 보일 것 같았다.

2번과 4번은 정중앙에 있었다. 고개를 들면 돔 천장의 중심이 보였다. 경도와 위도의 흰색 선이 만나는 점과도 같았다.

자리에 앉은 이야오가 고개를 돌리자 마침 돔 천장을 올려다보는 구썬시의 옆얼굴이 보였다. 분홍색 빛줄기 아래의 그는 마치 도자기로 만든 소년 인형처럼 보였다.

주변의 빛이 점점 어두워지고 웅장한 목소리가 또박또박 들리더니 음악에 따라 점점 작아졌다. 온통 조용한 가운데 분홍색 돔 천장이 칠흑 같은 까만색으로 바뀌었다.

영화가 시작되고 몇 분이나 지났을까. 입구 쪽에서 거대한 공간에 비해 너무도 미약한 손전등 빛이 켜졌다. 그 뒤로 두 사람이 가만가만 걸어 들어왔다.

아마도 시작 시간을 못 맞춘 사람일 테지.

영화는 심해의 어둠을 보여 주는 참이라 들어오는 사람이 누군지 보이지 않았다. 다만 두 사람이 앞뒤로 천천히 좌석을 향해 걷는 것이 희미하게 보일 뿐이었다. 바로 그 순간 스크린에서 갑자기 강렬한 붉은빛이 터져 나왔다. 해저화산이 폭발하고 증기가 거대한 물방울이 되어 수면 위로 세차게 흩어지더니 바다가 한바탕 끓어올랐다.

갑자기 터져 나온 붉은빛 속에서 치밍의 흰 셔츠가 어둠을 뚫고 뚜렷하게 떠올랐다. 구썬샹이 그 뒤를 조심스럽게 따랐다. 두 사람은 좌석을 찾아 자리에 앉았다.

구썬시의 눈이 이야오의 시선을 따라갔지만 아무것도 보이지 않았다. 그는 손을 들어 그녀의 눈앞에서 흔들었다. "야, 뭘 보는 거야?"

"영화 보잖아." 이야오는 아무 일도 없는 듯 고개를 돌렸다. "영화 말고 뭐 볼 게 있어."

똑같이 생긴 두 얼굴.
때로는 정말 이상하게 느껴진다.


## 7


본 건물 안으로 들어오고서야 과학기술관이 겁이 날 정도로 크다는 사실을 새삼 알아챘다.

영화를 다 보고 나온 이야오와 구썬시는 열대우림 전시실부터 시작해 한 층씩 위로 올라가며 천천히 이동하는 사람들을 따라 여러 전시실을 구경했다.

'지각의 비밀'이라는 이름이 붙은 전시실에 들어서면서 이야오는 조금 피곤함을 느꼈다. 점점 뒤처지는가 싶더니 결국 벽에 기대어 섰다. 구썬시는 상당히 재미있게 둘러보는 것 같았다. 남학생들은 '고대 지각의 변화'라든가 '수정의 형성과 개발' 같은 것에 대해 여학생들보다 흥미를 느끼는 것일까.

심지어 조악한 조명과 음향으로 만들어 놓은 화산 폭발 모형 앞에서는 원래도 작지 않은 두 눈을 크게 뜨고는 "와, 죽인다!" 하고 혼잣말을 하는 것이었다. 두 주먹을 불끈 쥔 모습이 흥분한 기색이 역력했다. 정말 뜻밖이었다. 평상시 학교에서 반항을 일삼는 냉소적인 문제아의 또 다른 일면이 아닐 수 없었다.

구썬시가 고개를 돌려 멈춰 서 있는 이야오를 발견하고 다가왔다. "왜 그래?"

이야오는 대답 없이 손을 저었다. 그리고 가만히 벽에 기대서서 숨을 골랐다.

구썬시도 조금은 지친 듯 말이 없었다. 그는 이야오 옆으로 와서 난간에 양쪽 팔꿈치를 걸치고 섰다.

두 사람보다 조금 앞선 곳에는 스무 명 남짓한 학생들이 모여 있었다. 구썬시는 그쪽으로 가서 살펴보고 이야오에게 돌아왔다. "저 앞은 지진체험관이야!"

"그래서?"

구썬시는 좀처럼 흥분을 감추지 못했다. "체험해 보고 싶지 않아?"

한 번에 40명씩 체험하는 방식이었다.

사람들은 모두 널찍한 엘리베이터에 올라탔다. 머리 위로 레이저가 번쩍거리더니 급속으로 하강하는 느낌이 들었다. 엘리베이터 방송을 통해 경쾌한 여자 목소리가 흘러나왔다. "관람객 여러분, 타임머신에 탑승하신 것을 환영합니다. 지금 우리는 지하 4000미터 지점에 도착했습니다."

이야오는 타임머신이라면 시간을 건너뛰어야 하는 게 아닌가 하는 생각이 들었다. 생각이 미처 끝나기도 전에 덜컹하고 엘리베이터 문이 열렸다.

이야오가 예상한 것과 달리 이 지진체험관이라는 곳은 썩 그럴듯하게 꾸며져 있었다.

40명이 한 줄로 늘어서서 유황 냄새가 진동하는, 방송에서 '버려진 갱도'라고 안내하는 터널을 지나갔다. 불빛과 수증기, 들쭉날쭉한 광석, 채굴 기계 등 상당히 사실적인 영화 같은 체험이었다. 게다가 유황 냄새로 후각까지 자극해 주니 더욱 실감이 났다.

철로 만든 구름다리를 지나는데 앞쪽에서 뭐가 막혔는지 모두가 걸음을 멈췄다. 주변에는 빛도 없어 옆에 선 사람의 얼굴조차 알아보기 힘들었다.

이야오는 눈을 크게 떠 보았지만 구썬시가 어디에 있는지 알 수가 없었다. 손을 뻗어도 손가락조차 보이지 않는 어둠 속에 서 있을 뿐이었다. 이야오는 손으로 가만히 앞섶을 움켜쥐었다.

"나 여기 있어." 어둠 속 머리 위 어디쯤에서 낮고 부드러운 목소리가 들렸다. "괜찮아." 더 낮고 더 부드럽게 속삭였다. 어린아이를 달래는 듯한 그런 목소리였다.

이야오가 채 대답할 새도 없이 발아래 지면이 갑자기 뒤집어질 듯 흔들리기 시작했다. 구름다리가 좌우로 심하게 요동쳤다. 어둠 속에서 비명이 여기저기서 터져 나왔다. 벼락이 치듯 강렬한 불빛이 불규칙하게 번쩍거리고, 천장의 암석층이 균열되는 소리가 마른하늘을 때리는 천둥처럼 머리 위에서 울렸다.

이야오는 하릴없이 비틀거렸다. 중심을 잃은 몸이 옆으로 쓰러지려는 순간, 자기도 모르게 옆에 있는 주인 모를 손을 움켜쥐었다. 고개를 들어 보니 윤곽이 뚜렷한 구선시의 옆얼굴이 갑자기 번쩍이는 빛 속에 정지되어 있었다. 조금은 당황한 기색이었지만 그래도 믿음직한 표정은 여전했다.

이야오가 뭐라 할 새도 없이 발아래가 더욱 심하게 흔들리기 시작했다. 앞에서 찢어질 듯한 비명이 들려왔다. 소리 나는 쪽을 보니 갑작스런 번개가 찢어 놓은 어둠 사이로 구선상의 긴 머리카락이 치밍의 가슴에 흩어져 있었다.

구선상은 치밍의 가슴에 얼굴을 묻고 손가락이 하얘질 정도로 치밍의 어깨를 꽉 붙잡은 채였다.

흥분한 구선상과 달리 그녀의 등을 감싼 치밍의 손가락은 평온하기 이를 데 없었다. 두 손은 떨리는 그녀의 등 위에 조용히 놓여 있었다.

갑자기 지진이 끝났다. 주위가 다시 밝아지자 여기저기서 재난 끝에 살아남은 이들의 한숨 소리가 들려왔다. 대낮처럼 밝은 공간 속에서 치밍과 구썬샹은 말없이 서로를 껴안고 있었다.

대부분의 재난 영화가 그렇듯 위기를 이겨 낸 남녀 주인공은 반드시 이렇게 포옹을 나눈다. 영화관의 불이 켜지고 감동적인 주제곡이 흘러나오고 직원이 출구를 열어 줄 때까지.

그러고 보니 체험관의 갱도를 나서는 관람객들이 영화가 끝날 때의 관중들처럼 보이기도 했다. 지금 이곳의 모든 상황이 영화와도 같은 이 평온한 장면을 돋보이게 만들어 주었다.

8

어렸을 때 기억 하나가 떠올랐다. 자연 수업을 들은 날, 이야오는 집에 있는 돋보기를 들고 골목으로 나갔다. 그리고 담장에 붙어 햇빛을 모아 땅바닥에 선생님이 '초점'이라고 알려 준 흰점을 만들었다.

벽에 붙어 있던 무당벌레가 천천히 기어갔다. 이야오가 점을 움직여 무당벌레를 쫓자 벌레는 몸을 뒤집어 죽은 척을 했다. 이야오는 점을 무당벌레의 드러난 배에 비췄다. 잠시 후 배에서 번들거리는 기름 같은 것이 흘러나오는가 싶더니 이내 연기가 피어올랐다. 무당벌레는 몇 차례 꿈틀거리고는 까맣게 타서 작은 덩어리가 되었고, 이야오는 그만 손에 힘이 풀려 돋보기를 떨어뜨리고 말았다.

그 장면은 제법 긴 시간 동안 이야오의 악몽이 되었다.


지금까지도 이야오에게 소위 초점이란 두 가지 의미를 지니고 있었다.

하나는 다른 이들의 관심을 받는 것이다. 모두의 시선이 모이는 중심, 그것이 바로 초점이다. 그날 어둠 속에서 서로를 끌어안은 구쎤샹과 치밍처럼. 사방에 조명이 켜진 순간, 그들은 군중 속의 초점이 되었다.

또 하나는 줄곧 타들어 가다 결국은 숯처럼 되어 버린 곳, 그것 역시 초점이다. 마치 지금의 자신과도 같았다. 형용할 수 없는 밝은 빛점이 비추고, 각양각색의 빛줄기가 한데 모여 심장의 어느 한곳을 비춘다. 조금도 흔들리지 않는 광선은 마치 가늘고 긴 바늘처럼 그곳을 찌른다.


하늘에 있는 거대한 볼록렌즈를 통과한 햇빛은 순식간에 모여들어 원뿔 모양의 깔때기를 만든다.

동그란 빛점이 잔잔한 호수의 수면을 비추자 초점이라고 불리는 곳에서 천천히 물결이 일기 시작한다.

마침내 호수가 뒤집어질 듯 솟구치더니 하얀 수증기가 되어 정신없이 흩어져 어느새 뜨거운 공기 속으로 사라진다.

그동안 뭐라 설명할 수 없었던 매개체도 함께 사라진다.

너와 나를 맺어 준 매개체.

한때는 너를 나의 곁에 묶어 둔 매개체.

그것은 일렁이는 수증기가 되어 버렸다.


9


이튿날 아침에도 약을 먹었다.

물컵을 내려놓으면서 이야오는 왠지 웃음이 나오려고 했다. 무협소설에서 독약을 삼키는 장면 같았다. 매일 같은 시간에 며칠을 먹고 나면 갑자기 죽음을 맞는 것이다.

단지 죽는 것은 자기가 아닐 뿐.


10


점심 시간이 되어 이야오는 혼자 식당으로 향했다. 막 자리에 앉으려는데 멀리서 누군가 작은 목소리로 이름을 부르는 소리가 들렸다. 더할 나위 없이 익숙한 목소리였다.

잠시 후 치밍이 다가와 앉았다. 이야오의 그릇에 채소만 몇 쪽 들어 있는 것을 보고는 한숨을 내쉬었다. "아직도 못 먹겠어?"

이야오는 고개를 끄덕이며 무심히 젓가락으로 그릇의 채소를 뒤적였다.

"불편한 데는 없고?" 사뭇 걱정스러운 표정이었다. "그러니까…… 그 약 말이야."

이야오는 고개를 저었다. "괜찮아."

정말 괜찮았다. 어제부터 지금까지, 교실로 돌아가는 길에 갑자기 칼로 찌르는 듯한 통증을 느낀 것 외에는 거의 아무 느낌도 없었다.

그런데 방금 괜찮다고 한 것에 대한 앙갚음이라도 하듯 심한 욕지기가 났다. 이야오는 한 손으로 입을 막고 다른 손은 화장지를 꺼내기 위해 주머니에 넣었다. 영화표 두 장이 튀어나왔다.

"어제 너도 거기 있었어?"

"왜, 가난한 사람은 영화도 못 봐?" 이야오는 입에 고인 신물을 뱉고 담담하게 되물었다.

"그게 무슨 소리야!" 치밍은 기분이 상한 모양이었다.

이야오가 생각하기에도 지나쳤다는 생각이 들었다. "봤어.

《해저화산》이라던가." 분위기를 수습하기 위해 목소리를 누그러뜨렸다.

치밍은 여전히 불쾌한 얼굴로 주머니에서 영화표 두 장을 꺼냈다. "우리도 같은 거 보러 갔는데 늦어서 앞부분을 놓쳤어. 무슨 내용이었어?"

"뻔하지 뭐. 과학자들은 생물이 살 수 없는 곳이라고 하는데 사실은 생물이 엄청 많은 거지. 화면으로 보니까 새우 같이 생긴 것들이 발이 안 보일 정도로 막 움직이는데, 하여간 아무리 열악한 환경이라도 신비한 생물이 살아간대."

이야오는 말을 마치고 치밍을 바라보았다. "그런 내용이었어."

"음." 치밍은 고개를 끄덕이고 젓가락으로 음식을 떠서 입으로 옮겼다.

"사실 너 들어왔을 때 많이 늦은 건 아니었어. 시작하고 한 1, 2분 됐나, 그러니까 뭐 놓친 것도 없어."

"그래." 치밍은 고개를 숙이고 밥을 먹었다. 잠시 후 치밍은 천천히 고개를 들어 이야오의 얼굴을 똑바로 쳐다보았다. 아무런 표정이 없었다.

"나 들어오는 거 봤어?"

이야오는 고개를 끄덕였다. "응."

# 11

사방이 완전한 어둠이다. 해도 달도 빛도 없다. 등, 불, 반딧불이, 초도 없다. 빛을 만들어 낼 수 있는 그 어떤 것도 없다. 머리 위 돔형 스크린에서부터 뒤덮인 거대한 어둠. 그리고 계속에서 귓가를 때리는, 마치 바로 옆에 있는 듯한 물소리뿐이다.

꾸르륵 꾸르륵 기포가 뿜어져 나오는 소리가 들린다. 어디서 들려오는 건지 알 수가 없다.

갑자기 빛줄기가 뻗어 나와 어둠에 구멍을 낸다. 잠수함의 탐조등이 강한 빛을 쏘아 심해의 가장 깊은 골짜기를 밝히면, 그동안 덮여 있던 모든 진상이 고스란히 떠오른다.


기포와 부딪치는 타오를 듯 붉은 암석은 차가운 바닷물에 잠겨서도 여전히 어두운 붉은색을 발한다.

터져 나온 마그마의 흐름이 점점 느려지고, 그것은 천천히 검은 용암으로 굳어진다.

표면에서 꿈틀대는 하얀 빨대 같은 관은 무수히 많은 튜브 벌레다.

바위 위를 빠르게 오가는 하얀 새우도 있다. 그것들의 껍질은 뜨거운 해수에 빨갛게 익었다. 뜨거운 열기 속에 다리도 온전치 않다. 그것들은 참으로 바쁘게 움직인다. 대량의 유황

이 섞인 유독 환경 속에서 먹을 수 있는 양분을 찾아다닌다.

이렇게 열악한 환경 속에,
이렇게 활기찬 생명력이라니.


## 12


아무리 열악한 환경이라도 어떤 생물은 살아갈 수 있는 것
일까?
아무리 커다란 고통을 당하고 황산에 부식되고 끓는 물에
삶아져도 살 수 있단 말인가?
왜 그런 고통을 견디는 걸까?
단지 살아남기 위해서?


## 13


영화표 네 장이 탁자에 가만히 놓여 있었다.
만일 이 네 장의 표가 줄곧 조심스럽게 보존된다면, 기억
속에서 시간이 어떻게 왜곡되든, 피부 위에 세월이 어떻게 조
각되든, 이 네 장의 표가 정의 내린 어느 한 시간과 공간은 영

원히 존재할 것이다.

같은 시간, 같은 장소, 같은 빛과 음악. 나와 그가 되었든, 그녀와 네가 되었든, 우리는 모두 하나의 완전히 같은 환경 속에 있었다. 부드러운 분홍색 스크린 아래에 둘러싸인 채로. 유일하게 다른 것이라면 나는 그와 함께였고, 너는 그녀와 함께였던 것이다. 청춘 영화라면 반드시 나오는 그런 장면 아닐까?


가장 깊고 깊은 해저에서조차 공기방울이 뿜어져 나와 수면으로 떠오른다. 그리고 하얀 거품이 끊임없이 솟아올라 영원히 사라져 간다.

나의 가장 깊고 깊은 곳에 묻어 둔, 가장 조심스럽게 지켜 온, 너와 나를 이어 주는 매개체. 그것이 영원히 사라져 간다.


해가 비치지 않아 어두운 해저로 숨어들어도 피할 수 없다. 더 발버둥 칠 필요도 없다.


14


치밍은 밥을 다 먹고는 다시 배식대로 가서 한 그릇을 더 퍼 담았다.

이야오는 그의 뒷모습을 가만히 바라보았다. 너른 호수처럼 두 눈이 젖어 왔다.

치밍이 탁자에 놓아둔 휴대폰이 울렸다. 소리를 따라 자연스럽게 옮겨 간 이야오의 시선이 휴대폰 화면에 박힌 듯 고정되었다. 화면에 발신자의 이름이 떠 있었다.

샹샹. '구썬샹'이 아니었다. '샹샹'이었다.

이야오는 휴대폰을 들어 통화 종료 버튼을 눌렀다. 그리고 자기 휴대폰 번호를 눌렀다. 주머니에서 휴대폰이 진동하자마자 치밍의 휴대폰 화면에 뜬 이름을 확인했다.

이야오. '야오야오'가 아니었다. '이야오'였다.

자기가 생각해도 '야오야오'라는 애칭은 이상했다. 그래도 이상한 게 서운한 것보다는 나았다.

이야오는 자기에게 건 전화를 끊고 고개를 들었다. 치밍이 보였다. 휴대폰을 건네주며 말했다. "아까 구썬샹이 전화했더라. 잠깐 울리다가 끊어졌어."

치밍은 휴대폰을 받아 들고 구썬샹의 번호를 눌렀다.

"여보세요. 전화했어?" 치밍은 통화를 하며 도시락을 탁자에 놓았다.

"왜 전화 그냥 끊었어?" 구썬샹의 목소리가 휴대폰 밖으로 흘러나왔다.

치밍은 이야오를 힐끗 보고는 통화를 계속했다. "아, 잘못 눌렀어. 지금 밥 먹는 중이니까 이따가 전화할게."

통화를 마친 후 치밍은 아무 말 없이 식사에 열중했다.

이야오는 일어나 도시락을 덮고 자리를 떴다. 치밍 역시 고개도 들지 않고 밥을 입 안에 밀어 넣었다.

이야오는 식당을 나서며 얼굴 위로 흐르는 눈물을 소매로 닦아 냈다. 그리고 아무 일 없다는 듯 교실로 향했다.

9장

나를 둘러싼 온 세상이 일렁이고 있어.

# 1

어떤 불안이 마음속에서 점차 커져 간다.

이 불안감을 어떻게 설명할 수 있을까?

안전하지 않다.

분수에 맞지 않는다.

안정적이지 않다.

편안하지 않다.

안식이 없다.

안심이 안 된다.

몸속에 시한폭탄 하나가 숨겨진 것 같았다. 시간이 1분 1초씩 흐를 때마다 째깍째깍하는 소리가 몸속에서 요동쳤다. 너무나도 분명하게 고막을 때렸다. 언제가 될지 모를 폭발 때문에 느끼는 불안이었다. 과연 언제일까? 나의 세계가 붕괴되어 파편이나 먼지가 되는 그 순간이.

몸속에 폭탄이 있는 것이 사실이다. 다만 곧 제거할 것이었다.

하지만 영화 속에서 폭탄을 해체하느라 연결된 전선을 끊어 낼 때면 대부분 두 가지 결말이 기다리고 있다. 하나는 시간이 멈추고 폭탄을 몸에서 떼어 내는 것. 또 하나는 끊어 내자마자 펑음이 울리고 몸뚱이가 산산조각 나는 것.

이야오는 침대에 누워 몸속에서 나는 째깍째깍 소리를 들었다. 소리 없이 눈물이 흘러내렸다.

치밍이 고개를 숙이고 말없이 밥을 먹던 모습이 정오의 뜨거운 햇빛 속 까만 그림자로 가슴속에 남아 있었다.


## 2


아침에 일어났을 때 이야오는 평상시와 다르지 않았다.

다른 것은 린화펑이었다. 식탁에 앉아 죽을 먹으면서 자꾸만 한숨을 내쉬었다.

이야오는 살짝 미간을 찌푸렸다. 묻고 싶지는 않지만 그래도 모른 척할 수는 없었다. "엄마, 무슨 일 있어?"

린화펑은 들고 있던 그릇을 내려놓았다. 얼굴이 창백했다. 그녀는 가슴을 문질렀다. "좀 불편하네. 열도 나는 것 같고. 오늘 학교 가지 말고 나랑 병원에 가자. 이따가 학교에 전화해서 오늘 수업 못 간다고 말해."

이야오는 고개를 끄덕이고는 먹던 죽을 계속 떠 넣었다. 한두 숟가락을 입에 넣는가 싶더니 갑자기 고개를 번쩍 쳐들었다. "참, 오늘은 안 돼."

창백하던 린화펑의 얼굴이 갑자기 붉어졌다. 그녀는 숨을 크게 들이마셨다. "뭐라고?"

"오늘은 안 된다고." 이야오는 입술을 깨물었다. 젓가락을 내려놓으면서도 눈은 엄마를 똑바로 쳐다보지 못했다. "병원까지 같이 갔다가 나는 학교로 갈게."

"아주 그냥 내가 얼른 죽으면 좋겠지! 내가 죽어야 너는 그 죽일 놈을 찾아갈 테니까!" 린화펑은 식탁이 부서져라 젓가락을 집어던졌다.

"괜히 딴소리하지 마." 이야오는 평온했다. "오늘 시험이 있단 말이야." 잠시 생각을 하고 나서 계속 말을 이어 갔다. "그리고 몇 분만 가면 병원이잖아. 지난번에 내가 열이 났을 때는 쌀 사 오라고 심부름도 시켰으면서. 쌀 12킬로그램을 슈퍼에서 메고 오는데 얼마나……."

말이 채 끝나기도 전에 린화펑이 이야오의 머리카락을 잡아챘다. 그리고 젓가락으로 이야오의 머리를 두드렸다. "뚫린 입이라고 맘대로 떠들지! 말은 또 어찌나 잘하시는지!"

이야오는 벌떡 일어나 린화펑의 손에서 젓가락을 빼앗아 바닥에 내던졌다. "왜 난리야? 나 때릴 기운은 있으면서 병원 갈 힘은 없어? 따뜻한 물이나 마시고 침대에 누워 있으라고!"

이야오는 소파에 있던 책가방을 들고 현관으로 갔다. "그럼 오전에 시험만 끝내고 같이 가. 오후에 조퇴하고 올게." 말을 마친 뒤 문을 닫고 나갔다.

린화펑은 한동안 멍하니 앉아 있다가 일어나 그릇을 치웠다.

주방으로 들어가려는데 슬리퍼가 타일 바닥에 미끄러지며 앞으로 꽈당 넘어졌다.

사기그릇 깨지는 소리가 요란하게 울렸다. 뒤이어 두 손으로 산산조각 난 그릇 파편을 짚은 린화펑의 비명 소리가 이른 아침 골목 안으로 퍼져 나갔다 이내 잦아들었다.


3


골목 입구에서 자전거에 걸터앉은 치밍이 보였다.

그는 이야오를 보고 다가와 등에 멘 가방에서 우유를 꺼내 주었다. 하지만 이야오는 고개를 가로저었다. 앞으로 내민 치밍의 손이 공중에 멈춘 채 움직이지 않았다.

이야오는 치밍을 똑바로 쳐다보았다. "진짜 안 먹을 거야. 너 먹어."

치밍은 망설이지 않고 우유를 길가 쓰레기통에 던졌다.

"미쳤어?"

치밍은 고개를 돌리고 무표정한 얼굴로 자전거에 올라탔다. "가자."

이야오는 다른 쪽으로 자전거를 돌렸다. "너 먼저 가. 난 오늘 학교 안 가."

"어디 가는데?" 치밍은 얼른 돌아서서 이야오의 자전거를 붙잡았다.

"애 떼러!" 한마디를 남긴 채 이야오는 돌아보지도 않고 멀어졌다.


4


수술실 밖 의자에서 30분 정도를 기다린 후에야 안에서 간호사가 나왔다. 그녀는 마스크를 벗고 이야오가 내민 진료 기록을 살펴보았다. "오늘 마지막 1회분은 먹었어요?"

이야오가 고개를 젓자 간호사는 방에서 법랑 찻잔을 들고 나와 이야오에게 건넸다. "지금 먹어요."

이야오는 주머니에서 남아 있는 약을 꺼내 입 안에 넣었다. 그리고 입이 닿는 곳 여기저기 칠이 벗겨진 찻잔에 담긴 물을 몇 모금 마셨다.

간호사는 손목시계를 보고 기록표에 시간을 적었다. "잠깐 기다려요. 아프면 날 부르고." 그러고는 방 안으로 들어갔다.

밖에서 기다리며 문틈으로 살펴보니 그녀는 의자에 앉아 책상에 다리를 걸치고 붉은 매니큐어를 조심스럽게 바르고 있었다.

어두침침한 복도에서 이야오는 어찌할 바를 몰랐다. 시한
폭탄의 째깍째깍 소리가 점점 더 뚜렷해졌다. 이야오는 가슴
을 움켜쥐었다. 더는 숨이 쉬어지지 않을 것만 같았다.


5


구썬시는 이야오네 교실 앞에서 한참을 서성거렸다. 이야
오는 보이지 않고 교실에서 책을 읽는 치밍이 눈에 띄었다.
낮은 목소리로 그의 이름을 불렀다.

치밍이 교실 문으로 다가오자 물었다. "이야오는?"

"아프대. 학교에 안 왔어." 치밍은 구썬시를 흘깃 쳐다보았
다. "집에서 쉬고 있어." 말을 마치고 막 돌아서는 순간, 문가
에서 탕샤오미의 목소리가 들렸다. "쉬긴 누가 쉬어. 아침에
학교 오는 길에 이야오가 팔팔하게 자전거 타고 병원으로 달
려가는 걸 봤는데."

고개를 돌린 치밍의 눈에 탕샤오미의 의미심장한 미소가
들어왔다. "있잖아, 그 병원."

구썬시는 탕샤오미를 한 번 쳐다보고는 아무 말 없이 자
리를 떴다.

치밍은 탕샤오에게 다가서서 그녀를 내려다보았다. "아무
말이나 막 하지 마."

탕샤오미는 고개를 치켜들었다. "내가 뭐 잘못 말한 거 있어? 아프면 병원에 가야지, 집에서 끙끙거리면 얼마나 힘들어. 그러다 괜히 병만 키우지!"

말을 마치고는 머리를 쓸어 넘기며 교실로 들어갔다.

치밍은 문가에 선 채 그대로 굳어 버렸다. 바닥 한가득 송충이를 본 듯 온몸이 저릿저릿했다.


6


이야오는 주머니에서 진동하는 휴대폰을 꺼냈다. 열어 보니 구썬시가 보낸 메시지가 보였다. '왜 또 거길 간 거야!!!'

느낌표를 세 개나 붙이다니.

이야오는 잠시 고민하다 '상관 마.' 세 글자를 보냈다. 메시지가 전송된 것을 확인하고 휴대폰을 덮었다.

그 외 다른 메시지는 없었다. 결국 치밍의 메시지는 오지 않았다.

이야오는 전원 버튼을 꾹 눌렀다. 몇 초 후 화면이 까맣게 바뀌었다. 휴대폰을 가방에 넣는데 복부에 은근한 통증이 느껴졌다.

"저기요, 저…… 배가 아파요." 이야오는 문가로 다가가 여전히 매니큐어를 바르는 간호사에게 말했다.

간호사는 고개를 들어 이야오를 보더니 아직 칠하지 못한 손가락으로 다시 시선을 돌렸다. "이제 막 시작됐으니까 좀 기다려요. 그리고 저기요가 뭐니? 부르려면 제대로 불러!"

이야오는 의자로 돌아와 앉았다. 통증이 파도치듯 점차 거세졌다.

10여 분이 지나고 이야오는 다시 문가로 갔다. "간호사님."

간호사는 마지막 남은 손톱까지 칠을 마치고는 온통 땀에 젖은 이야오의 얼굴을 쳐다보았다. 그제야 자리에서 일어나 수납장의 유리문을 열고 소변기 같은 것을 건네주었다. "화장실에 가서 나오는 건 다 여기에 받아서 나한테 가져와요. 제대로 다 나왔는지 봐야 하니까." 잠시 말을 멈춘 그녀는 마지막 한마디를 뱉었다. "다 안 나오면 수술을 해야 해요."

이야오는 말없이 고개를 푹 수그린 채 하얀 법랑 소변기를 받아 들고 화장실로 갔다. 변기에 올라앉아 한 손으로 벽을 짚고 다른 한 손에 든 소변기를 아래쪽으로 집어넣었다.

얼굴이 온통 땀범벅이었다. 입술을 너무 세게 깨물어 핏기 하나 없었다.

쇠 손톱이 몸속으로 들어와 오장육부를 잡아 뜯어 그대로 몸 밖으로 끄집어내는 것 같았다. 머리 껍질이 벗겨지는 듯한 격통이 몸속에서 반복적으로 터졌다. 영원히 끝나지 않을 것 같은 통증이 마치 파도가 밀려올 때마다 더 높은 바위를 덮치는 것처럼 이어졌다.

피가 뚝뚝 떨어지기 시작하더니 핏덩이인지 살덩이인지 모를 것이 덩어리져 떨어지는 소리가 들렸다.

이야오는 소리 내어 꺼억꺼억 울기 시작했다.


7


오전 수업이 끝날 무렵, 치밍은 구썬샹의 메시지를 받았다. '끝나고 서점 갈래?'

치밍은 '그래.'라고 썼다가 지웠다. '오늘은 안 되겠어. 이야오한테 가 봐야 할 것 같아. 많이 아프거든.'

잠시 후 답신이 왔다. '응, 알았어. 집에서 위장약을 가지고 왔는데 이따가 가져다줄게. 너 자꾸 위 아프다고 하잖아. 얼른 약을 먹어야 해.'

치밍은 이를 드러내며 미소 지었다. '알겠습니다.'

메시지를 전송하고 이야오에게 전화를 걸었다. 전원이 꺼져 있다는 안내 음성이 흘러나왔다.

치밍은 전화를 끊고 창밖 하늘을 내다보았다. 하얀 구름이 내키는 대로 흘러가고 있었다. 땅 위로 그림자를 끌며 사람들의 머리 위를 가로질렀다.

이야오가 정신을 되찾았을 때 가장 먼저 들린 것은 간호사가 문을 열고 들어오는 소리였다. 그리고 그녀의 날카로운 목소리가 이어졌다. "엄마야, 뭐 하는 거야! 바닥에 누워 있으면 어떡해?" 그러고는 목소리가 더 높아졌다. "머리가 어떻게 된 거니! 소변기에 받아서 가지고 오랬잖아. 변기에 버리면 내가 어떻게 확인을 해! 난 모르니까 네가 책임져!"

이야오는 천천히 바닥에서 일어났다. 소변기는 변기 위에 뒤집혀 있고 변기 속에는 뭔지 알 수 없는 덩어리가 떠 있었다. 언제 정신을 잃은 건지 기억이 나지 않았다. 그저 변기 위에서 떨어지며 벽에 머리를 부딪쳐 퍽 하는 소리가 들린 것만 생각날 뿐이었다.

이야오는 바지를 움켜쥐고 떨리는 목소리로 물었다. "그러면…… 어째야 하나요?"

간호사는 짜증스러운 듯 이야오를 흘겨보고는 변기 손잡이를 눌렀다. 붉은 거품을 머금은 덩어리가 물에 휩쓸려 들어갔다. "어쩌냐고? 소파 수술을 해야지! 내가 미리 말해 두는데, 소파 수술은 몸에 무리가 가는 수술이야. 이미 유산이 되었는데 또 소파 수술까지 받으면 출혈이 심할 수 있어. 그건 내가 책임 못 져!"

이야오는 고개를 들었다. 그녀가 궁금한 것은 위험한지, 아니면 후유증이 남는지 같은 문제가 아니었다. "소파 수술을 하면 돈을 더 내야 하나요?"

간호사는 바지를 움켜쥐고 있는 이야오를 훑어보았다. "수술은 비용을 더 낼 필요 없지만, 마취를 하게 되면 그건 돈을 내야지."

이야오는 한숨 돌렸다는 듯한 표정이 되었다. 바지를 움켜쥐고 있던 손도 조금 느슨해졌다. "그럼 마취는 안 할게요."

수술대에 누웠다. 전에도 본 적 있는 누렇게 바랜 천장이었다. 여전히 뭔가 덮여 있는 것 같았다.

금속이 서로 부딪치는 소리가 간간이 들렸다. 꽉 움켜쥔 손에 점점 더 힘이 들어갔다.

갑자기 몸속으로 차가운 느낌이 전해졌다. 이야오는 저도 모르게 "그건 뭐예요!"라고 외쳤다. 뒤이어 몸뚱이가 둘로 갈라지는 듯한 통증이 밀려왔다. 이야오가 신음소리를 내자 간호사가 차가운 목소리로 대답했다. "진정해. 개창기야." 말을 마치고는 힘을 줘 기구를 벌렸다. 이야오는 참지 못하고 비명을 질렀다. 간호사는 깜짝 놀라 외쳤다. "움직이면 안 돼! 그러게 처음부터 잘했으면 이런 고생은 안 했을 거 아니니!"

이야오는 숨을 깊게 들이마시고 눈을 감았다. 눈물이 눈가를 따라 흘러 관자놀이를 지나 까만 머리카락 속으로 들어갔다.

하얀 플라스틱 관이 몸속으로 들어갔다. 그것이 무엇인지 생각하기도 전에 간호사가 기기의 스위치를 켰다. 진공청소기 같은 소음과 함께 뱃속이 갈가리 찢어지는 듯한 극심한 통증이 덮쳐 왔다. 눈앞이 깜깜해지는가 싶더니 그대로 정신을 잃었다.


9


다시 깨어났을 때, 이야오는 회복실 병상에 누워 있었다.

"일어났니?" 간호사가 다가와 그녀를 부축해 앉혀 주었다. "다 끝났어. 이제 가 봐도 돼."

이야오는 고개를 끄떡였다. 천천히 침대에서 내려와 허리를 숙이고 신발을 신었다. 몸을 일으키자 머리가 띵했다.

몸속의 피가 반쯤 뽑혀 나온 것 같았다. 거대한 허탈감이 머리 위부터 온몸을 뒤덮었다.

"감사합니다." 이야오는 나지막한 목소리로 인사한 뒤 가방을 메고 병실을 나섰다.

문가로 따라 나온 간호사가 마스크를 벗으며 한숨을 내쉬었다. "집에 가거든 며칠은 푹 쉬어야 해. 최대한 움직이지 말고. 격렬한 운동을 하거나 찬 음식 먹지 말고, 찬물에 손 넣는 것도 안 돼. 오늘 내일은 목욕도 하지 않는 게 좋아. 요 며칠

간은 약간씩 출혈이 있다가 점점 줄어들 거야. 혹시 줄어들지 않거나 출혈이 더 많아진다 싶으면 다시 병원으로 와. 알겠니?" 동정 어린 목소리였다.

이야오는 고개를 끄덕이고 애써 눈물을 참으며 고개를 숙여 인사한 뒤 가방을 메고 돌아섰다.

난간을 더듬으며 조심조심 어두운 계단을 내려오는데 도무지 두 다리에 힘이 들어가지 않았다. 하루 종일 양반다리를 하고 앉아 있다가 막 일어났을 때처럼 감각도 없었다. 이야오는 난간을 짚은 손에 의지해 간신히 한 발짝씩 옮겼다.

건물을 나오자 문 앞에 구썬시가 서 있었다. 눈앞에 나타난 이야오의 모습에 구썬시는 화들짝 놀랐다. 핏기라고는 찾아볼 수 없는 얼굴이 마치 팽팽하게 당겨진 백지장처럼 조금만 힘을 줘도 찢어져 버릴 것만 같았다. 바싹 마른 입술조차 창백하게 말라 있었다.

"너⋯⋯." 구썬시는 입을 벌린 채 말을 잇지 못했다.

사실 말을 할 필요도 없었다. 이야오 역시 그가 무슨 생각을 하는지 알 수 있었다. 이야오는 고개를 끄덕이며 겨우 입을 열었다. "지웠어. 이제 다 괜찮아졌어."

"이게 뭐가 괜찮아진 거야." 구썬시의 눈가가 붉어졌다. 그는 이야오에게 등을 내밀며 쭈그려 앉았다. "업혀. 내가 집에 데려다 줄게."

이야오는 고개를 저었다. 잠시 후 꼼짝도 않던 그녀가 입을 열었다. "다리를 못 벌리겠어. 너무 아파."

구썬시는 벌떡 일어나 주머니를 뒤적이더니 20위안짜리를 찾아내 큰길로 뛰어갔다. 잠시 후 손을 들어 차를 한 대 세울 수 있었다. 그는 눈물을 닦고 이야오를 부축해 차에 태웠다.


10


노을 속에서 골목은 온통 핏빛으로 물들었다.

구썬시가 이야오를 부축해 골목을 지나오는 동안 몇몇 이웃집 아주머니의 눈빛이 몇 초 사이에 여러 가지 색깔을 보여주었다. 그러고는 모두 결국은 입가에 비죽이 미소를 띤 얼굴로 바뀌었다.

이야오는 그런 것들을 돌아볼 겨를이 없었다.

열쇠를 꺼내 문을 열고 들어가니 린화펑이 두 손을 싸맨 채 소파에 누워 있는 것이 보였다.

"엄마, 무슨 일이야?" 이야오는 다가가 의자에 앉았다.

"뭐 하러 일찍 왔어? 내가 죽었나 살았나 확인하러 왔냐?" 린화펑이 벌떡 일어나 앉았다. 헝클어진 머리카락 사이로 자기 앞에 서 있는 구썬시의 껑충한 모습이 눈에 들어왔다. "넌 누구냐?" 린화펑은 그를 노려보았다.

"안녕하세요. 저는 이야오 학교 친구예요."

"누군 줄 알고 인사를 해. 나가. 우리 집은 친구 같은 거 반기지 않으니까."

"엄마! 내가 아파서 데려다 주러 온 거야. 제발 이러지 마." 이야오는 없는 기운을 쥐어짜 애써 소리를 높였다.

"아파? 아침만 해도 팔팔하더니 아프다고? 네가 무슨 생각을 하는지 내가 모를 것 같아? 네가 아프다고 하면 좀 편해질 것 같아? 아프다고 하면 내가 네 시중을 들어 줄 것 같냐고! 이 계집애가 어디서 잔머리를 굴려!"

"아주머니, 이야오는 정말 아파요!" 구썬시가 참지 못하고 끼어들었다.

"어이구야, 너는 또 뭔데 나서, 나서길! 썩 꺼져!" 린화펑은 구썬시를 문밖으로 밀어내고는 문을 닫아 걸었다.

돌아보니 이야오는 방으로 걸어가고 있었다. 그녀는 소파에 있던 베개를 들어 이야오를 향해 집어던졌다. 등을 얻어맞은 이야오는 휘청하고 넘어질 뻔했다.

"뭐 하는 거야? 방으로 숨으면 다야? 지금 나랑 병원에 가. 나 진료받고, 너도 받아. 아프다면서? 잘됐네. 같이 가자고!"

"엄마." 이야오는 천천히 돌아섰다. "잠깐만 누웠다가. 조금만 쉬고 병원 같이 갈게."

구썬시는 문가에 서 있었다. 마음속이 너무나 복잡했다.

골목 사람들은 자꾸만 그를 수상쩍은 눈빛으로 살폈다. 그
만 자리를 뜨려는데 얼마 떨어지지 않은 맞은편 집에서 나오
는 치밍이 보였다.

"너도 여기 살아?"

"응. 여긴 어쩐 일이야?"

"이야오 데려다 줬어. 개가…… 아프거든."

치밍이 구썬시를 흘깃 보고는 말없이 문을 두드리려고 하
자 구썬시가 치밍의 손을 붙잡았다. "부르지 마. 쉬어야 해."

"괜찮은 거지?"

"모르겠어."

치밍은 고개를 떨군 채 잠시 서 있다 되돌아섰다.

구썬시는 고개를 돌려 이야오네 집 문을 쳐다보고는 이내
돌아서서 걸음을 옮겼다.

누운 지 반 시간도 채 되지 않아 린화평의 욕지거리가 들려
왔다. 밥 때문인 듯했다.

이야오는 침대에 누워 있으면서도 마치 허공에 매달려 있는 것만 같았다. 지각의 반은 물속에 잠겨 있고 나머지 반만 겨우 깨어 있는 상태였다.

"엄마, 난 안 먹을래. 냉장고에 만두 있으니까 꺼내 먹어. 오늘은 정말 못 먹겠어."

"저게 눈깔이 삐었나!" 린화펑이 방으로 뛰어 들어와 이야오의 이불을 걷었다. "나 손 싸맨 거 안 보여? 어쩌라고? 어쩌라고!"

이불을 빼앗긴 채 이야오는 가만히 누워 있었다. 린화펑과 대치하는 모양새였다. 도발이었다.

침대 옆에 선 린화펑의 숨소리가 점점 거칠어지고, 어스름한 황혼 속에서 린화펑의 눈에 실핏줄이 돋았다.

금방이라도 폭발할 것 같은 한계점에 도달할 즈음 이야오가 천천히 몸을 일으켰다. 헝클어진 머리카락을 쓸어 올리며 체념한 듯 말했다. "뭐 먹고 싶은데? 내가 할게."

주방으로 가는 이야오의 눈에 소파 위 가방이 들어왔다. 휴대폰을 꺼내 전원을 켜고 잠시 기다려 봤지만 여전히 치밍의 메시지는 없었다.

휴대폰을 다시 가방 안에 넣고 소매를 걷으며 주방으로 들어갔다.

선반 위에서 묵직한 쌀부대를 꺼냈다. 안에 있는 컵으로 두 번, 쌀 씻는 바가지에 퍼 넣었다.

수도꼭지를 틀자 촤악 소리와 함께 하얀 거품이 일었다. 그 속으로 손을 넣고 몇 번 주무르자 온몸에 냉기가 퍼지며 경련이 일었다. 이야오는 손을 꺼내 온수기를 켰다.

밥이 다 되자 그릇과 젓가락을 식탁에 놓고 방에 있는 린화펑을 불렀다. 린화펑은 생기 하나 없는 얼굴로 천천히 걸어 나와 식탁 앞에 앉았다.

이야오는 그대로 돌아섰다. "나는 잠이나 더 잘래."

"너 지금 연기하니? 누구 보라고 이러는 거야?" 젓가락을 든 린화펑의 손이 떨렸다.

이야오는 듣지 못한 것처럼 그냥 방으로 향했다. 이불을 펴고 안으로 들어가 누우며 그제야 대답했다. "연기를 하려고 해도 기운이 있어야 하지."

자리에 누워 손을 뻗어 불을 껐다.


시간이 얼마나 지났을까. 어둠 속에서 벌컥 문을 열어젖히는 소리가 나더니, 뭐라고 하는지 알 수 없는 린화펑의 사나운 저주가 손바닥, 주먹과 함께 소나기 쏟아지듯 날아들었다.

린화펑도 몸 상태가 좋지 않은 건지, 아니면 이불이 두꺼워서인지, 이야오는 별로 아프지도 않았다. 낮에 겪은 아픔을 생각하면 앞으로 견디지 못할 아픔은 없을 것 같았다.

이야오는 꼼짝도 하지 않고 입을 꼭 다문 채 린화펑이 미친 듯 날려 대는 손찌검을 받아 내고 있었다.

"어디서 아픈 척이야! 아주 죽은 척을 하지 그래! 누굴 속 이려고!"

방 안은 린화펑의 거친 숨소리로 가득 찼다. 마치 영화에서 쓰는 특수 음향 같았다. 현실에는 없는 소리를 만들어 내 크고 날카로운 음향으로 조용한 방 안에 틀어 놓은 것 같았다.

짧은 침묵이 찾아왔다.

잠시 후 린화펑이 침대 옆에 놓인 작은 의자를 침대로 내동댕이치며 발작하듯 외쳤다.

"지랄맞게 척하고 있어!"

13

감은 눈 위로 강렬한 붉은빛이 비쳤다. 짓누르듯 촘촘하게 망막을 뒤덮었다. 불이 켜진 것이겠지. 하지만 분명 끄고 누웠는데.

이야오는 가만히 눈을 떠 보았다. 역시나 빛도 소리도 아무것도 없었다. 그런데 온통 피처럼 붉은빛만은 선명했다.

창문, 침대, 의자, 책상, 침대 곁에 놓인 슬리퍼조차도 마찬가지였다. 온갖 것이 핏빛에 잠긴 가운데 그보다 더 어두운 붉은색이 이것들의 윤곽을 드러내 주고 있었다.

이야오는 손가락으로 눈을 문질러 보았다. 그래도 달라지지 않았다. 그저 강렬한 붉은빛만이 보일 뿐이었다. 손바닥이 축축하고 끈적했다. 울지도 않았는데 왜 젖었는지 알 수가 없었다. 고개를 숙여 냄새를 맡아 보니 그제야 피비린내가 역하게 올라왔다.

이야오는 손을 뻗어 허벅지를 꼬집어 보았다. 통증이 느껴졌다. 분명 꿈은 아니었다.

이불을 들춰 보았다. 침대 시트가 온통 피로 젖어 있었다. 몸을 움직이자 몸에 눌려 움푹 들어간 곳으로 피가 고여 작은 웅덩이를 만들었다.

꼼짝도 할 수 없는 공포감이 머리끝까지 치솟았다.

이야오는 몸부림치듯 일어나 허겁지겁 불을 켰다. 부드러운 등불 아래 깨끗한 흰색 이불이 은은한 노란빛을 뿜어내고 있었다. 손을 확인해 보았다. 창백한 손가락은 어디에도 피 묻은 흔적이 없었다.

이야오의 가쁜 숨소리가 천천히 공기 속으로 퍼져 나갔다. 바람을 가득 불어넣은 구명정에 작은 구멍이 나서 조금씩 허물어지는 것 같은 모습이었다. 악몽에서 겨우 빠져나오고 보니 온몸이 와르르 무너져 내리는 것만 같았다.

겨우 숨을 고를 무렵, 린화펑의 방에서 신음 소리가 들렸다. 이야오는 겉옷을 걸치고 문을 열었다. 린화펑은 침대에 누운 채 꼼짝도 하지 않았다.

"린화펑." 이름을 불러 보았다.

방 안은 조용했다. 대답 없이 신음 소리만 이어졌다.

"엄마!" 다가가 어깨를 흔들어 보았다. 여전히 반응이 없었다. 손을 뻗어 이마를 짚어 본 이야오의 입에서 비명과도 같은 외마디 외침이 터져 나왔다. "엄마!"


14


이자옌은 휴대폰 소리에 잠에서 깼다. 손을 뻗어 침대 머리맡 자명종을 확인하니 새벽 세 시 반이었다. 휴대폰 화면을 본 이자옌은 화들짝 놀라 벌떡 일어나서는 허둥지둥 옷을 걸치고 화장실로 들어갔다.

휴대폰 너머에서는 이야오가 뭐라고 하는지 알 수 없는 소리를 하며 울고 있었다. 한참을 듣고서야 린화펑이 고열로 정신을 잃었음을 알았다.

이자옌은 휴대폰을 손에 든 채 대답하지 않고 캄캄한 화장실에서 침묵을 지켰다. 전화 속에서 이야오가 자꾸만 자기를 부르고 있었다. "아빠! 좀 와 주세요. 제발 와 주세요. 엄마를 업을 수가 없어요. 우릴 이렇게 내버려 두지 말아요."

한마디 한마디가 심장으로 날아든 비수처럼 아프게 박혔다.

한참을 머뭇거리다 그는 겨우 입을 열었다. "그럼 잠깐만 기다리면……" 말이 채 끝나기도 전에 화장실 불이 켜졌다.

고개를 돌려 보니 차가운 얼굴의 여자가 문 앞에 서 있었다. "얘기 끝났어? 다 끝났으면 나 볼일 좀 보게 비켜 주면 좋겠는데."

이자옌은 눈을 질끈 감고 빠르게 다음 말을 쏟아 냈다. "따뜻한 물이랑 해열제 먹이고 하룻밤 자고 나면 괜찮아질 거다." 그는 서둘러 전화를 끊었다.

15

뚜뚜……. 전화가 끊겼다. 아빠와 이야오를 이어 주던 끈도 함께 끊긴 것 같았다.

이야오는 바닥에 털썩 주저앉았다. 마치 전원이 끊긴 기계 같았다. 휴대폰이 손에서 떨어졌다. 배터리가 튕겨 나와 두어 번 튀어 올랐다 바닥에 떨어졌다.

16

화가 머리끝까지 난 리완신이 문을 열었다. 문 앞에는 온통 눈물범벅이 된 이야오가 서 있었다.

리완신은 잠시 어안이 벙벙했지만 곧 분노가 불길처럼 치솟았다. "오밤중에 이게 뭐 하는 짓이니!"

"치밍 있어요? 치밍한테…… 치밍 좀 불러 주세요……." 이야오가 팔을 뻗어 리완신의 옷자락을 붙잡고 매달렸다. 얼마나 울었는지 발음도 분명하지 않았다.

"얘가, 미쳤니!" 리완신은 문밖으로 목을 빼고 이야오네 집을 향해 고함을 쳤다. "린화핑! 나와서 댁의 딸 좀 데리고 가! 오밤중에 왜 남의 집 아들을 찾는데! 뭐 하는 짓이야, 이게. 그 집 딸은 어떨지 몰라도 우리 아들은 그런 애가 아니라고!"

"아줌마, 우리 엄마가 아파요. 도저히 제가 업을 수가 없어서 그래요……. 제발 도와주세요."

리완신은 옷자락을 잡고 있는 이야오를 뿌리치고 문을 쾅 닫았다.

"집구석이 하나같이 미쳤어!" 몇 마디 욕을 지껄여 주고 돌아서는데 치밍이 눈시울을 붉힌 채 방문 앞에 서 있었다.

리완신은 치밍이 뭐라고 하기도 전에 손을 뻗어 코를 꼬집었다. "너 잘 들어. 남의 집 일에 나서는 거 아니야. 골목 안 여편네들이 뭐라고 수군거리는 줄 알아? 엄마도 더는 못 참아!"

치밍이 눈길도 주지 않고 그녀를 지나치자 리완신은 문을 열려는 그의 옷자락을 잡아당기며 그대로 뺨을 때렸다.

## 17

치밍은 이야오에게 전화를 걸었다. 신호는 가는데 받지 않았다. 급하게 나오느라 휴대폰도 잊은 듯했다.

치밍은 전화를 끊고 방문을 힘껏 걷어찼다. 밖에서 리완신의 차가운 목소리가 들렸다. "오늘 또 재한테 문을 열어 주면 내가 네 앞에서 죽는 꼴도 볼 줄 알아라."

치밍은 발길질을 멈추고 문 앞에 우뚝 섰다. 잠시 가만히 서 있다가 아까보다 더 힘을 실어 방문을 걷어찼다.

골목 안 집들이 하나둘 불을 밝혔다. 몇몇 구경하기 좋아하는 여자들은 잠옷 바람에 머리도 빗지 않고 밖으로 나와 있었다. 치밍네 집 앞에 주저앉아 울고 있는 이야오를 보는 그녀들의 얼굴은 도와주려는 기색은커녕 흥미로운 구경거리를 즐기는 표정에 가까웠다.

"자고로 여자가 정을 주면 남자는 마음이 식는 법이지. 쯧쯧쯧." 어느 여자의 목소리가 방 안에 있는 치밍의 귀에도 들렸다. 골목 끝 다른 여자에게 소리 높여 이야기하는 것이 틀림없었다.

리완신은 벌컥 문을 열고 나가 방금 말한 여자를 향해 악을 썼다.

"이 여편네야! 그놈의 주둥이는 똥을 처먹었나, 어디서 돼

먹지 못한 소리야!" 그러고는 꽝 하고 힘껏 문을 닫았다.


이야오는 여전히 바닥에 주저앉아 있었다. 주변의 말들은 들리지도 않았다. 그저 눈물만 그치지 않고 흐를 뿐이었다.

치밍은 방 창문을 열고 최대한 몸을 빼 보았다. 잠옷 차림으로 집 앞에 앉아 있는 이야오가 보였다. 치밍은 울음이 터지려는 것을 간신히 참고 침착한 목소리로 이야오를 불렀다.

몇 번을 부르고서야 이야오가 천천히 고개를 돌렸다. 눈빛이 텅 비어 있었다.

"이야오, 놀랄 것 없어. 내 말 잘 들어. 먼저 응급 번호로 전화를 해. 얼른 집으로 가서 확인하고 전화를 하라고! 괜찮아. 내 말대로 하면 돼! 그렇게 앉아만 있지 말고! 이야오! 내 말 들려?"

이야오는 천천히 자리에서 일어났다. 그리고 집을 향해 뛰어갔다. 치밍이 있는 창문을 지나치면서도 눈길조차 주지 않았다.

비틀거리며 달려가는 이야오의 모습이 치밍의 시선에서 멀어져 갔다. 그 순간 치밍은 그녀가 다시는 자신의 세계로 돌아오지 않을 거라는 생각이 들었다.

치밍은 창가에서 떨어져 천천히 주저앉았다. 이것저것 마구 뒤섞인 흐느낌이 목구멍으로 차올랐다.

새벽 네 시의 골목. 차가운 빛줄기가 딱딱하게 굳은 어둠을 미처 비추지 못한 시간. 몇 가닥 희미한 빛줄기만이 그림자를 끌고 이리저리 흔들렸다.

끓어오를 듯 시끄럽던 골목은 평온을 되찾았다. 여자들은 구시렁대거나 혹은 차갑게 웃으며 차례로 집 문을 닫아걸었다. 불빛도 하나씩 꺼졌다.

어둠 속으로 슬픔에 잠긴 강이 천천히 흘렀다.
미처 피하지 못한 청춘과 시간을 삼키며.

너희는 멀리 도망칠 수도 있었어.
하지만 줄곧 여기에 머물렀지.
강물이 일렁이며 치솟아 머리끝까지 잠길 지경이 되도록.

소리며 빛조차 슬픔으로 가득 찬 이 거대한 강물을 피하지 못했다. 끝없이 펼쳐진 검은 수면이 차가운 빛을 반사하며 천천히 부풀어 오르고 달빛에 이끌려 거대한 물결이 일었다. 세상은 저항할 새도 없이 이렇게 천천히 잠기고 마는 것일까?

# 10장

다시 깨어난 기억이 빛바랜 사진 속 얼굴 하나하나에
영혼을 불어넣었다.

# 1

이 세상에 반드시 너에게 상처 입힐 일이라는 건 없다.

네가 충분히 냉정하고 충분히 무디고 충분히 주변 일에 무관심하다면. 네가 천천히 너의 마음을 매끈하고 단단한 돌멩이로 깎아낸다면. 네가 스스로 이미 죽었다고 생각한다면.

그렇기만 하다면 이 세상에 너를 다치게 할 일이란 더는 없을 것이다.

다시는 다른 누군가 때문에 아픔을 느끼고 싶지 않다면, 다시는 그런 사랑을 주지 마라.

예전의 자신이었다면 이런 글귀를 TV나 소설에서 봤을 때 위산이 솟구치는 불쾌감을 느꼈을 것이다. 하지만 이 모든 것이 만질 수 있는 실체가 되어 짙은 안개처럼 천천히 온몸을 뒤덮어 올 때라면, 이런 말들이 의심의 여지 없는 진리가 되어 잔인하고도 냉정한 빛을 뿜어낼 것이다.

# 2

며칠이 지났다. 다행히 유산 후 출혈은 없는 것 같았다. 수

술한 다음 날 생리를 하는 것처럼 피가 조금 비치기는 했지만 갈수록 양이 적어졌다.

몸속에서 줄곧 똑딱거리던 시한폭탄이 멈춘 것 같았다.

밤에도 꿈을 꾸지 않게 되었다. 그렇다고 잠이 깊이 드는 것은 아니었다. 언제나 꿈의 표면에 떠 있는 상태였다. 귀도 눈도 여전히 소리와 빛에 민감하게 반응했다. 날벌레가 방 안으로 들어와 날개의 약한 진동이 느껴질 때면, 이야오는 가만히 눈을 떠 어둠 속에서 흐릿한 천장을 노려보다가 다시 꿈의 표면으로 가라앉았다.

린화평은 병원에 입원했다가 하루 만에 집에 가겠다고 난리를 피웠다. 그날 밤 구급차를 부르느라 450위안을 썼다. 린화평은 1분 1초도 더 병원에 있고 싶지 않았다.

그렇게 집으로 돌아와 한 이틀 기운이 없더니 조금씩 회복되었다.


린화평이 회복되면서 그녀가 이야오를 향해 집어던지는 슬리퍼와 이미 귀에 못이 박힌 "왜 죽지도 않고!" 소리도 돌아왔다. 이야오는 별로 피하고 싶지도 않았다. 슬리퍼는 수시로 몸에 날아와 맞았고 때로는 얼굴로 날아들기도 했다. 다만 "왜 죽지도 않고!"라는 말을 들을 때면 그날 구급차를 부른 게 잘못된 선택이었을지도 모른다는 생각이 들었다.

차라리 죽어 버리지 그랬어. 당신이 그렇게도 내가 죽기를 바라는 것처럼.

당신에게 나는 그저 남아도는 물건이겠지. 그렇다면 내가 죽기를 바라는 당신의 마음을 이해할 수도 있을 것 같아. 내 아기도 그랬으니까. 그 아이 역시 기대하지 않은 사고였기에 나는 아이가 죽기를 바랐어. 게다가 정말로 죽여 버렸지. 이런 마음을 당신도 이해할 수 있겠지.

사실 사람이라면 죽는 거야 시간문제일 뿐이잖아.


이야오는 린화평을 볼 때마다 이런 어둡고 독한 생각이 끓어올랐다. 그리고 막을 새도 없이 머릿속 구석구석 모든 빈틈을 채웠다. 조금의 틈도 없이 팽창하는 생각들로 그나마 남아 있던 온기조차 온데간데없이 사라지고 말았다.


3


사실 아주 우연한 일이었다. 이야오의 귀에 탕샤오미가 통화하는 소리가 들렸다. 화장실에서 생리대를 가는 참이었다. 나흘째, 생리대의 핏자국도 이제 얼마 되지 않았다.

바지를 올리고 있는데 옆 칸에서 통화 소리가 들렸다. 탕샤오미였다. 듣고 싶지 않아 얼른 문을 열고 나가려는데 가벼운 웃음소리와 말소리가 똑똑히 들렸다.

"근데 언니, 언니 장난 아니던데? 진단서는 어디서 난 거야? 완전 진짜 같았어. 요즘 우리 학교에서 그 걸레를 뭐라고 부르는 줄 알아? 100위안이래. 진짜 웃기지……."

탕샤오미는 화장실에서 나오다 세면대에서 손을 씻는 이야오를 발견하고 얼굴이 하얗게 질리더니 급하게 휴대폰을 닫았다.

"대단한 우연이네." 이야오는 거울을 통해 탕샤오미를 바라보며 가볍게 웃었다. "그렇지 않아?"

탕샤오미는 난처한 듯 입을 삐죽거렸다. 그러고는 우는 것보다도 흉한 미소를 애써 지어 보였다.


이야오는 교실로 돌아와 치밍에게 다가갔다. 엄마에게 메시지를 보내야 하는데 배터리가 떨어졌다며 휴대폰을 빌렸다. 그 자리에 서서 탁탁탁 빠르게 메시지를 치고 발송 버튼을 눌렀다.

휴대폰을 돌려주자 치밍은 고개조차 들지 않고 손만 뻗어 휴대폰을 받아 들었다. 오로지 책에만 시선을 두고 있었다. 이야오는 말없이 피식 웃고는 아무렇지 않은 듯 자기 자리로 돌아갔다.

교실로 들어오던 탕샤오미는 휴대폰 진동을 느끼고 별생각 없이 휴대폰을 꺼내 들었다가 훅 하고 숨을 들이마셨다.

치밍이 보낸 메시지가 와 있었다.

치밍 쪽을 보니 고개를 숙인 채 책을 읽고 있었다. 햇빛이 그의 오른쪽 뺨을 스치며 하얀 피부 위 금색 잔털을 비췄다. 부드러운 광채가 얼굴을 덮고 있는 것 같았다.

탕샤오미는 심호흡을 몇 번 하고 천천히 자기 자리로 돌아갔고, 그 모습을 지켜보던 이야오는 천천히 시선을 거둬들이며 고개를 숙이고 가만히 웃었다.

'오후 두 시, 수업 시작하기 전에 학교 후문 연못에서 만나. 할 얘기가 있어.' 방금 전 그녀가 치밍의 휴대폰으로 보낸 메시지였다. 수신자는 탕샤오미였다.


4


오전 수업이 끝나고 교실을 나서려던 치밍은 문가에 있는 이야오를 발견했다. 함께 밥을 먹으러 가자고 말할까 망설이는 사이, 이야오가 먼저 뒤도 돌아보지 않고 교실을 나갔다.

치밍은 교실을 나와 점점 멀어지다 복도 끝으로 사라지는 이야오의 뒷모습을 가만히 바라보았다. 그때 휴대폰이 울렸다. 전화를 받고 잠시 후에 대답했다. "그래. 내가 너희 교실로 갈게."

이야오는 식당으로 가지 않았다. 매점에서 비스킷 한 봉지와 물을 사서 다시 교실로 향했다.

복도 창문에 기대 내려다보니 운동장에는 조그마한 사람들이 이리저리 움직이고 있었다. 운동장을 둘러싼 나뭇가지 사이로 햇빛이 흘러들어 회색빛 바닥에 밝은 반점을 만들어 냈다. 간혹 바람이 불어올 때면 조금씩 움직이기도 했다.

방송실에서 학생 아나운서가 틀어 주는 노래가 복도를 채웠다. 이야오도 학생 아나운서를 본 적이 있다. 색으로 말하자면 핑크색 같은, 마치 열네 살짜리처럼 치장하고 다니는 여학생이었다. 일본이나 한국 잡지를 뒤적이며 만화에서나 나올 법한 말투로 말을 했고, 길거리 스티커 기계에서는 온갖 귀여운 포즈로 연속 촬영을 하느라 여념이 없었다.

지금 흘러나오는 노래도 코다 쿠미였다. 요즘 일본에서 가장 인기 있는 섹시 가수. 편견 없이 듣는다면 듣기 싫을 정도는 아니었다.

이야오는 창밖으로 고개를 내밀었다. 느릿느릿한 걸음으로 식당 쪽으로 향하는 치밍과 그 옆의 구쎤샹이 보였다. 이야오는 무표정한 얼굴로 지그시 눈을 감았다. 쏘는 듯 눈을 비추는 강렬한 햇빛 때문이었을 것이다.


매미 소리로 가득 찬 여름은 오지 않았지만, 햇빛은 하루가 다르게 따가워졌다. 정오의 그림자는 점점 짧아져 어느새 발

아래 한 뭉치 정도가 되었다. 더는 먼 곳으로 뻗어 가려는 듯한 기다란 그림자가 아니었다.

기억 속의 여름은 이미 멀어져 흐릿해졌다. 매일 머릿속에 반투명 유리를 끼워 넣기라도 하는 듯 하나하나 기억에서 멀어지고 귓가를 맴도는 공사장 소음만 남았다. 학교에서 새로운 교사를 짓는다는 것 같았다. 묵직한 타격음이 신비로운 시곗바늘 소리처럼 끊어지지 않고 울려 왔다.

이야오는 발을 난간에 걸치고 몸을 창문 바깥으로 쭉 뺐다. 머리카락이 바람에 날렸다. 가만히 눈을 감았다. 순간 바로 옆에서 찢어질 듯한 비명 소리가 들렸다. 고개를 돌려 보니 한 번도 본 적 없는 여학생이 잔뜩 겁먹은 얼굴을 하고 서 있었다. 이야오는 깔깔 웃음을 터뜨렸다. "내가 무슨 짓이라도 할까 봐 그런 거야? 뭘 그렇게 놀라?"

여학생은 말없이 치맛자락을 움켜쥐었다.

"내가 죽으려고 그러는 줄 알았어?"

끝내 대답 없이 몸을 돌려 뛰어가 버렸다.

"죽는 게 뭐라고. 사는 게 힘들지!" 이야오는 달려가는 여학생을 향해 외치며 하하 웃었다.

"그럼 나가 죽지, 뭘 기다리냐!" 이번에는 비웃음 소리가 들렸다. 고개를 돌려 보니 탕샤오미였다.

아침과 다른 모습이었다. 자세히 보니 화장을 하고 마스카라까지 했다. 머리에는 큐빅이 박힌 핀을 꽂았다. 정성껏 치장한 탕샤오미를 보자 이야오의 얼굴에 미소가 떠올랐다.

"기다리고 있었어."


5


점심 시간이 끝날 무렵, 이야오는 자리에 앉아 책을 뒤적이고 있었다. 갑자기 시커먼 그림자가 책 위로 드리워졌다. 고개를 들어 보니 어두운 표정이 치밍이 서 있었다.

"비켜. 책 보잖아." 무미건조한 목소리로 말하며 책을 밝은 쪽으로 옮겼다.

치밍이 손을 뻗어 이야오가 보는 책을 덮었다.

이야오는 미간을 찌푸렸다. "지금 뭐 하는 거야. 괜히 건드리지 마!"

치밍은 휴대폰을 켜서 이야오 코앞에 들이밀었다. "괜히 건드리는 건 너잖아."

자기가 탕샤오미에게 보낸 메시지를 보자 이야오는 할 말이 없었다.

치밍의 눈이 조금씩 붉어졌다. 마치 불에 달궈지는 것처럼 실핏줄이 붉어지다 못해 금방이라도 터질 것만 같았다.

이야오는 머리를 쓸어 넘기며 자세를 고쳐 앉았다. 그리고 막 미안하다고 말하려는 순간 교실 문 앞에 서 있는 탕샤오미가 눈에 들어왔다. 학교 연못가에서 30분이나 치밍을 기다리다 수업을 시작할 때가 되어서야 겨우 돌아온 그녀였다.

점심 시간에 정성껏 화장하고 모양을 낸 그녀였다. 심지어 대화 내용과 지을 표정까지 빠짐없이 준비했을 그녀였다.

그녀는 교실 문 앞에 서서 휴대폰을 들고 이야오에게 화를 내는 치밍을 보며 그제야 무슨 일인지 깨달았다. 온몸에 퍼진 복잡한 회로를 통해 전류가 흘렀다. 순식간에 몸 구석구석을 관통하고 투둑투둑 갈라지는 소리가 났다.

수업 시작 종소리에 모두가 분주히 자리로 돌아갔다.

교실에 들어온 선생님이 막 책을 펴고 수업을 시작하려는데, 탕샤오미가 서랍에서 평상시에 쓰지 않는 두툼한 영어 사전을 꺼내더니 이야오의 머리를 향해 힘껏 집어던졌다.

툭. 사전이 떨어지는 둔탁한 소리에 아이들의 시선이 쏠렸고, 손으로 뒤통수를 감싼 채 책상에 엎드린 이야오는 한동안 꼼짝도 하지 않았다.

선생님이 교단에서 책을 펴다 말고 짜증스러운 목소리로 "무슨 일이야?"라고 묻자 이야오는 천천히 고개를 들었다.

뒤통수를 감싼 이야오의 손에 약간의 피가 번져 있었다. 고개를 돌려 보니 탕샤오미는 주변 아이들과 똑같이 놀란 표정을 짓고 있었다. 이미 예상한 일이었다.

이야오는 다시 몸을 돌려 바닥에 떨어진 사전을 주워 들었다. "선생님, 뒤에서 누가 사전을 던졌는데 누군지 모르겠습니다. 아까는 제가 사전에 맞아서 너무 아파 말씀을 못 드렸습니다. 죄송합니다."

선생님은 이야오를 한 번 쳐다보고는 자리에 앉으라고 손짓했다.

탕샤오미는 차가운 미소를 띤 채 지켜보았다.

선생님이 다시 수업을 시작하려는 순간 이야오가 사전을 뒤적거리며 자리에서 일어났다. 그리고 돌아서서 소리 높여 외쳤다. "탕샤오미? 여기 네 이름이 쓰여 있는데? 탕샤오미, 네 사전이니?"

사전을 든 이야오의 손이 공중에 정지한 채 탕샤오미가 받아 들기를 기다렸다. 탕샤오미는 눈앞에 떠 있는 사전이 푸른 빛을 내뿜는 비수처럼 느껴졌다. 진심 어린 미소를 띠고 있는 이야오의 얼굴이 거대한 동굴이 되어 주변의 모든 빛과 소리를 집어삼키고 있었다.


6


이야오가 사전을 탕샤오미에게 내민 그때 한 번이라도 고개를 돌렸다면, 그녀는 뒤에 있는 치밍이 자신을 바라보는 눈빛을 볼 수 있었을 것이다. 그리고 그의 눈빛이 문틈으로 들어오는 바람 앞에 놓인 촛불처럼 흔들리는 걸, 그조차 어느 순간 꺼져 버리고 하얀 연기가 되어 공기 중으로 사라지는 걸 알아챘을 것이다.


7


황혼의 빛은 외로우면서도 따뜻했다.

떠들썩한 하교 시간이었다. 아이들의 목소리가 바닷물처럼 교정에서 일렁거렸다.

바람이 나뭇잎을 차례로 흔들며 지나갔다. 쏴쏴 하는 소리가 머리 위에서 원을 그리며 떠돌았다.

치밍은 이야오를 스치고 지나갔다. 눈길 한 번 주지 않고 곧장 복도 끝 계단을 향해 걸었다.

이야오가 다가가 팔을 뻗어 그의 옷자락을 붙잡았다. "내가 너무한다고 생각하는 거야?" 이야오는 치밍의 눈을 똑바로 쳐다보았다.

"너무하냐고?" 치밍의 얼굴에는 황혼 빛에 물든 슬픔이 맴돌고 있었다. "그 정도로 될까? 네가 하는 짓이 걔들이랑 뭐가 달라!"

치밍은 가방을 고쳐 메고 돌아섰다. 그대로 멀어지다 다시 고개를 돌렸다. "사실 너 스스로도 네가 되게 못됐다고 생각하지 않아?"


8


아직 어렸을 때, 초등학교 4학년 즈음이었다. 학교에서 소풍 갔다가 치밍과 함께 금붕어 잡기를 했다. 이야오가 어항 속 금붕어를 보려고 고개를 내미는 사이 머리에 꽂혀 있던 머리핀이 그만 어항 속으로 빠지고 말았다.

치밍은 말 한마디 없이 소매를 걷고 어항 속으로 손을 집어넣었다. 어항 바닥을 몇 번이고 훑은 끝에 이야오의 핀을 찾아 주었다.

제법 추운 겨울날이라 물에 들어갔다 나온 치밍의 팔은 바람 속에서 이내 벌게졌다.

그런데 지금은 달랐다. 그때 아무렇지도 않게 물속에 손을 집어넣은 것처럼, 수많은 말 가운데 하필 '못됐다'는 돌을 골라 이야오를 향해 힘껏 집어던진 것이다.

이야오는 책을 한 권 한 권 가방에 집어넣었다. 가방을 잠글 때쯤에는 눈물이 얼굴을 타고 흘렀다. 더 생각할 것도 없이 가방을 집어 들고 교문을 향해 힘껏 뛰어갔다.

자전거를 세워 둔 천막에 다다르자 마침 자전거를 끌고 나오는 치밍이 보였다. 그 옆에는 구썬샹이 서 있었다.

이야오는 치밍 앞에 섰다. 땀을 닦고 조금의 망설임도 없이 치밍의 눈을 똑바로 보고 말했다. "우리 같이 집에 가."

'우리 같이 집에 갈래'가 아니고, 그렇다고 '우리 같이 집에 가자'도 아니었다. '우리 같이 집에 가'였다.

수학 교과서에 나오는, 증명도 필요 없이 그대로 갖다 쓰면 되는 공식을 외우는 것 같았다. 자연스럽게, 확신을 가지고 말했다.

우리 같이 집에 가.

이야오의 손이 가방을 꽉 움켜쥐었다.

치밍은 고개를 숙였다. 잠시 후 고개를 들어 이야오를 쳐다보며 말했다. "너 먼저 가. 난 일이 있어."

이야오는 비켜날 생각이 없었다. 여전히 치밍 앞에 서서 그에게서 시선을 거두지 않았다. 책가방을 움켜쥔 손이 미세하게 떨렸다. 혈색 없이 창백한 손이었다. 이 순간 이야오는 한 번도 느껴 본 적 없는 공포를 느꼈다. 익숙한 세계가 갑자기 180도 뒤집혀 모든 것이 달라져 버리는 공포였다.

구썬샹은 앞을 가로막은 이야오를 보면서 이유를 알 수 없이 불편해졌다. 그녀는 치밍을 돌아보며 말했다. "그럼 나는 먼저……."

치밍이 고개를 저었다. 자전거의 방향을 바꾸며 뒤에 서 있는 구썬샹을 향해 팔을 뻗었다. 그리고 부드럽지만 단단하게 그녀의 손을 잡았다. "가자."


9


   과거 누군가 생각해 낸 바둑판 같은 이상한 세상에는 강과 호수, 바다와 산이 바둑알처럼 하나의 평면 위에 놓여 있다. 가만히 손을 뻗어 저 먼 세상의 한쪽 끝을 잡으면 바둑판 전체가 그쪽으로 기울어진다. 강과 호수가 바다와 함께 미친 듯 일렁이며 쏟아진다. 한때 바다였던 곳은 깊은 협곡을 남기고 고산지대의 사막은 끝없이 흘러드는 물속에 잠긴다. 그리하여 새롭게 선택되고 새롭게 정의 내려진 세상이 된다.

   네가 선택을 했다면야.
   네가 저 멀리 있는 세상의 다른 한쪽을 잡았다면야.


10


   이야오는 자전거를 꺼내고 나서야 열쇠를 교실에 두고 온 것을 깨달았다.

자전거를 제자리에 두고 다시 교실로 향했다. 학교에 있던 아이들이 하나씩 흩어지고, 얼마 되지 않는 기숙생들만 왁자 지껄 떠들며 운동장을 지나 기숙사로 가고 있었다.

계단을 올라서는 순간, 이야오는 누군가에게 뺨을 세차게 얻어맞고 나동그라졌다. 곧바로 손톱에 반짝이는 장식이 붙은 손이 또다시 날아들었다. 이야오는 일단 눈앞에 보이는 팔을 붙잡았다. 고개를 들어 보니 짙은 눈화장을 한 여자가 보였다. 그리고 그녀의 뒤에서 가방을 메고 얌전히 서 있는 또 한 사람이 보였다. 순백의 꽃송이처럼 피어 있는 탕샤오미였다.

이야오는 그대로 돌아서서 아래층을 향해 뛰어 내려갔다. 그러나 몇 걸음 떼지 못하고 여자의 손에 머리카락을 잡혔다. 그녀는 이야오의 양 어깨를 잡아 자기 쪽으로 끌어당겼다. 반항할 겨를도 없이 그녀의 무릎이 이야오의 배를 때렸다.

11

구썬샹은 길가 잔디밭 벤치에 앉은 치밍을 바라보았다. 두 사람 사이에 흐르는 이 침묵을 어떻게 깨야 할지 알 수가 없었다.

치밍이 걸음을 멈추고 이곳에 앉은 뒤로 벌써 30분이 흘렀다.

"아까 내가 너무한 걸까?" 치밍이 고개를 들었다. 무거운 목소리였다.

"무슨 일 있었어?"

"나도 모르겠어." 치밍은 얼굴을 무릎 사이로 파묻었다. "그냥 걔한테서 벗어나고 싶었던 것 같아. 힘껏 밀어내고 싶었어. 그렇다고 걔를 미워하거나 싫어진 것도 아니야. 지금 내 감정을 어떻게 설명해야 할지 모르겠어."

구쎤샹은 그의 말을 끊지 않고 가만히 들어 주었다.


이런 관계를 뭐라고 정의해야 할까? 사랑? 아니면 우정?

단지 너의 삶 아주 가까운 곳에 한 사람이 있을 뿐이다. 그녀는 아무도 아껴 주지 않고 아무도 사랑해 주지 않는다. 그저 영원히 고통스러운 세계에 빠져 따돌림과 비웃음 속에 놓여 있다. 다른 여자아이들이 부모의 사랑을 받고 남자친구의 보살핌을 받는 것을 볼 때면 그녀는 외로움에 고개를 돌리곤 한다. 엄마에게 왜 나가 죽지 않냐는 말을 들을 때마다 차라리 이 세상에 오지 않았으면 좋았을 거라고 생각한다. 그녀 역시 예쁜 옷을 입고 친구들의 관심을 받고 남몰래 좋아하는 남학생이 있었으면 하고 바란다. 그녀 역시 늦은 밤 엄마가 따끈한 수프를 끓여다 주었으면 한다. 수업을 마치고 돌아오자마자 곧장 부엌으로 들어가 밥을 짓고 싶지 않다. 그녀 역시 누군가 소중히 감싸 주는 꽃송이로 살고 싶다. 아무렇게나 짓밟아도 되는 먼지 같은 존재이고 싶지 않다.

이런 그녀가 아주 가까운 곳에 살면서 너의 행복한 삶을 거울삼아 완전히 상반된 자신의 삶을 비교하고, 또 그러면서도 그 모든 것을 묵묵히 참아 낼수록 너는 그녀에게서 벗어날 수 없을 것이다.

너는 어떻게든 그녀의 눈물을 닦아 주고 싶을 것이고, 이런저런 선물을 사서 그녀에게 안겨 주려 할 것이다. 그녀가 상처 입고 울 때면 똑같은 아픔을 느낄 것이고, 그녀가 도움을 청할 때면 뒤도 돌아보지 않고 달려갈 것이다. 단 한 번이라도 그녀가 밝게 웃는 모습을 보고 싶을 테니까. 웃기까지는 바라지 않더라도 손을 들어 눈물을 닦고 울음을 그치기만 해도 좋을 테니까.

어린 시절 너는 그녀가 엄마에게 쫓겨나 밥도 못 먹고 있는 모습을 보았다. 그녀를 집으로 데려와 먹을 것을 나눠 주려 했지만 엄마는 화를 내며 그녀를 내보냈다. 너는 몰래 창문 너머로 만터우 하나를 건네주었고, 그녀가 웃으며 받아 입에 넣는 것을 볼 수 있었다. 하지만 한 입 깨문 순간 이번에는 그녀의 엄마가 집에서 뛰어나와 만터우를 던져 버리고 그녀의 양쪽 뺨을 때렸다. 그녀가 땅에 떨어진 만터우를 바라보며 입을 앙다문 채 울음을 참는 것을 너는 보았다. 두 눈 가득 눈물이 고인 것도 보았다.

그녀가 갑자기 집에서 뛰쳐나와 울며 뛰어가는 것도 보았다. 아직 어린 나이라 금방 균형을 잃고 넘어지고 말았다. 골목 안 이웃들은 그녀를 일으켜 주기는커녕 입을 비죽이며 비웃고만 있었다. 그녀는 혼자서 일어났지만 어느새 집에서 쫓아 나온 그녀의 엄마에게 머리채를 잡혀 끌려갔다. 그리고 또 뺨을 맞았다.

그보다 더 어릴 때는 그녀가 짐가방을 끌고 골목을 벗어나는 아빠를 쫓아가는 것을 보았다. 그녀의 아빠는 그녀를 떼어놓고 차에 올라타서는 그녀가 쫓아올 새라 멀어져 갔다. 그녀는 길가에 앉아 날이 저물 때까지 울었다. 어두워져서야 집으로 돌아갔지만 문이 잠겨 있었다. 엄마는 그녀를 들여보내 주지 않았다. 그녀는 문을 두드리며 들여보내 달라고, 엄마까지 나를 버리지 말아 달라고 울부짖었다.

커 가면서 그녀는 용감하게 누군가를 사랑했다. 하지만 좋은 사람을 사랑하지 못했다. 뱃속에 아이를 가진 채 남자를 찾아갔지만, 그가 다른 여자와 부부처럼 한방에 있는 것을 보고 말았다.

너는 그녀 곁에서 함께 천천히 성장했다. 그녀가 좁디좁은 틈새에 끼여 어렵게 살아온 것을 너는 모두 지켜보았다.

너는 네가 가진 모든 것을 그녀에게 주고 싶었다. 그녀가 원치 않더라도.

이런 그녀가 모래가 흘러 들어가는 소용돌이 안에 있는 것 같았다. 주변 모든 것을 와르르 집어삼키는 구멍이었다. 그녀는 바로 이 소용돌이에 빠져 있었다. 손을 뻗어 보려 하지만 그조차 휩쓸려 버릴 터였다. 만일 손을 놓는다면 너는 온전히 설 수 있을 것이다. 바로 이런 느낌이었다.

이렇게 소용돌이 곁에 서서 그녀가 하루하루 더 깊이 빠져드는 것을 바라보는 느낌이었다.

언젠가는 그녀가 검은 소용돌이에 완전히 휘말려 자기 자신조차 거대한 검은 소용돌이가 되는 때가 올 것만 같았다.

멀리 도망가고 싶었다. 모래를 빨아들이는 저 무정한 황무지에서 떠나고 싶었다.

구쎤샹은 끅끅 울음을 삼키는 치밍을 바라보았다. 누군가 심장을 쥐어뜯는 것만 같았다.

그녀는 손을 뻗어 반짝이며 샴푸 냄새를 풍기는 치밍의 머리카락을 쓰다듬었다. 눈물 한 방울이 손등으로 떨어졌다.

너는 모르겠니? 사실 나도 내가 가진 모든 것을 너에게 주고 싶다는 것을. 설사 네가 원치 않는다고 해도.

치밍은 고개를 들었다. 붉게 물든 눈가를 문질러 닦고 주머니에서 울리는 휴대폰을 꺼내 들었다. "여보세요."라는 말이 채 끝나기도 전에 얼굴이 온통 창백해졌다. 전화 속 이야오의 목소리는 금방이라도 숨이 끊어질 것만 같았다.

"살려 줘……."


12


치밍이 학교로 달려가는 것을 본 사람들은 그가 미쳤다고 생각했을 것이다.

그는 나는 듯 교실이 있는 층의 화장실로 내달렸다. 문 앞에 다다르자 잠시 머뭇거리는가 싶더니 그대로 고개를 숙인 채 여자 화장실로 들어갔다.

치밍 앞에는 여덟 개의 칸막이 화장실이 늘어서 있었다. 그는 천천히 그중 하나로 다가섰다. 손을 뻗어 밀어 보았다. 문이 잠겨 있었다. 고개를 숙이자 발아래로 한 줄기 핏물이 흐르는 것이 보였다. 치밍은 발을 들어 문을 힘껏 걷어찼다.

변기가 온통 피투성이였다. 바닥에는 반쯤 응고된 피가 덩어리져 흘렀다. 한 번도 맡아 보지 못한 지독한 피비린내에 저도 모르게 구역질이 났다.

치밍의 발은 족히 1센티미터는 될 핏물에 잠겨 있었다.

이야오는 고개를 삐딱하게 벽에 기댄 채 구석에 앉아 있었다. 머리는 엉망으로 헝클어지고 반쯤 감긴 눈은 이미 초점을 잃은 상태였다. 그녀의 허벅지 사이에서 흘러나온 피로 바지가 붉게 물들어 있었다.

치밍은 손을 뻗어 그녀가 숨을 쉬는지 확인하려고 했다. 그런데 어찌된 일인지 몸이 말을 듣지 않았다. 감전이라도 된 듯 꼼짝할 수가 없었다.


13


그리 오래지 않은 과거, 치밍과 이야오는 학교의 무성한 숲 그늘 속을 걸었다. 그들은 교실 형광등 불빛 아래서 쓱싹쓱싹 소리를 내며 연습장을 채웠다. 어쩌다 창밖을 바라보면 기다란 구름이 하늘을 가로질렀다. 비행기가 남긴 흔적이었다.

몇 개월 전 그는 막 가방에서 꺼낸 따뜻한 우유를 그녀의 손에 밀어 넣으며 낮고 부드러운 목소리로 말했다. "자, 받아."

불과 며칠 전에는 완전히 동이 트지 않은 겨울의 차가운 새벽 공기가 감도는 교실에 앉아 함께 자습을 했다. 머리 위 형광등이 때때로 깜빡이며 떨렸다.

바로 어제도 치밍과 이야오는 전교 학생들과 함께 너른 운동장에 서 있었다. 그들은 스피커에서 흘러나오는 옛 음악과 생기 없는 여자의 목소리에 맞춰 손발을 흔들었다. 로봇처럼 아무 생각 없이 박자에 맞춰 몸을 움직였다. 그들 사이에는 단지 1미터가 벌어져 있을 뿐이었다. 이 큰 운동장에서, 두 사람 사이의 거리는 겨우 1미터에 지나지 않았다. 그때 그녀는 하늘을 올려다보며 중얼거렸다. "어서 이곳을 떠나고 싶어."

치밍도 고개를 들었다. '나도 그래. 정말이지 하루라도 빨리 더 멀리 가 버리고 싶어.'


어둠 속에서 손가락 하나가 스위치를 잘못 눌러 모든 것이 처음 바로 그곳으로 돌아가기 시작한 것 같았다. 피부를 잘라 낸 후의 미묘한 통증이 신경 하나하나를 따라 빠르게 심장을 파고들어 함께 요동치는 것 같았다. 문득 깨어난 기억이 사진 속 빛바랜 얼굴들에 다시금 생기를 불어넣는 것 같았다. 거꾸로 도는 테이프가 박동하는 심장을 무대로 무수히 많은 어제를 다시 재생하는 것 같았다. 무거운 슬픔이 서로의 강한 사랑과 미움으로 파헤쳐진 오목한 길을 따라 역류하면서 강이 되어 흐르는 것만 같았다.

# 11장

그녀는 그가 갑갑한 암흑 속에서 뒷걸음치며
자신의 세계에서 조금씩 멀어져 가는 것을
가만히 지켜보았다.
그리고 남은 것은 수확을 마치고
불태워진 황야와 같은 세계였다.

# 1

소독제 냄새가 코를 찔렀다.

잔인하리만큼 선명한 감각이 피부에 와 닿았고, 이내 공허
감이 온몸을 휘감았다. 아니, 그냥 허공에 떠 있는 듯한 느낌
이었다.

기다란 복도를 따라 불규칙하게 열리거나 닫힌 문이 양쪽
으로 늘어서 있었다. 머리 위로는 창백한 전등이 줄지어 매달
렸다. 복도 전체가 차가운 분위기로 뒤덮여 있었다.

또 다른 세계로 연결되는 텅 빈 통로처럼 보였다. 간혹 의
사들이 하얀 법랑 트레이를 들고 소리 없이 복도를 지나 무심
한 얼굴로 병실에 들어가곤 했다.

어느 병실에서 라디오 소리가 새어 나왔다. 무협소설을 낭
송하는 진행자는 때로는 격앙되고 때로는 잔잔한 목소리로
감정을 전달하려 애썼지만, 이런 환경에서는 아무래도 위화
감이 느껴졌다. 잠시 후 소리는 느린 피아노곡으로 바뀌고, 복
도 끝에서부터 휠체어를 탄 노인이 천천히 바퀴를 밀며 다가
왔다.

사람들은 병원 같은 곳에는 온통 원한이 서려 있다고 한다.
매일 누군가 죽어 나가는 곳이고, 매일 누군가 죽음과 한 걸
음 가까워지는 곳이니까. 그래서인지 이곳을 드나드는 사람
은 의사가 됐든 환자가 됐든 한결같이 차가운 얼굴이었다. 아

무리 생기발랄하고 찬란한 미소를 가진 사람이라도 이렇게 창백한 형광등 아래 텅 빈 복도를 천천히 걷다 보면 마치 천천히 죽음으로 다가가는 것만 같아 차갑고 무심한 얼굴이 되지 않을까.

치밍과 구썬샹은 응급실 밖에 앉아 있었다.

유리창 안으로 이야오가 하얀 침대에 누워 있는 것이 보였다. 머리카락은 하얀 모자로 싸이고, 얼굴에는 산소마스크를 썼다. 머리맡에는 링거병이 매달려 있어 포도당과 각종 약물로 희석된 혈장이 가늘고 투명한 관을 따라 이야오의 팔로 이어졌다. 옆에 놓인 심박측정기에서는 바늘이 조용하게 안정적으로 오르내렸다. 위험이 없음을 알리는 노란색 파동이었다.

치밍은 유리창 아래 앉아 무릎 위에 놓인 손에 머리를 파묻었다. 표정은 보이지 않았지만 굉장히 괴로워하는 걸 알 수 있었다. 한편으로는 피곤에 지쳐 잠들어 버린 사람 같기도 했다.

복도에 거친 발소리가 울렸다. 그제야 치밍은 천천히 고개를 들었다. 멀리서 린화평의 분노에 찬 얼굴이 눈에 들어왔다.

린화평의 목소리는 텅 빈 복도를 날카롭게 울려 대며 가까워졌다.

"이년이 또 어쨌다고? 돈 잡아먹는 귀신이 붙었나! 병원이 제 집이야? 돈이 썩어나는 것도 아니고! 날마다 병원 오려면 차라리 죽어 버리지! 내가 향은 피워 줄 텐데!"

응급실까지 오는 동안 욕지거리를 멈추지 않던 그녀는 문 앞에 앉은 치밍을 보고서야 입을 다물었다. "뭔 일이라니?" 목소리가 곱지 않았다.

치밍은 대답하지 않았다. 고개를 돌려 유리창 안을 들여다볼 뿐이었다.

린화평은 치밍을 따라 시선을 돌렸다. 산소마스크를 쓰고 수혈을 받는 이야오를 보자마자 그녀는 날카로운 비명을 내질렀다.

의사가 달려왔을 때, 린화평은 치밍에게 온갖 욕을 퍼부으며 누가 이야오를 때린 거 아니냐고 닦달하는 중이었다. 의사를 발견한 린화평은 곧바로 의사에게 매달렸다. "제 딸이 어떻게 된 거죠? 누구한테 맞은 건가요? 세상에 법도 없는지, 어떤 짐승 같은 놈이!"

가장 앞서서 달려온 중년 여성이 아마도 주치의인 듯했다. 그녀는 천천히 마스크를 벗으며 담담한 표정으로 린화평을 바라보았다. 무심한 혐오가 뒤섞인 눈빛이었다. "왜 이렇게 소란을……. 좀 조용히 하세요. 이 병원에 당신네 환자만 있는 게 아닙니다."

린화펑은 의자를 향해 가방을 집어 던졌다. "그게 무슨 소리요!"

의사는 미간을 찌푸렸다. 그녀와 계속 실랑이를 벌일 생각은 없었다. 손에 든 차트에서 이야오를 찾았다. "따님은 며칠 전에 약을 먹고 유산을 했어요. 그때 자궁을 비우면서 내벽을 다쳤는데, 또다시 어디에 부딪쳤는지 끌렸는지 외상을 입었습니다. 그러니까 말하자면 유산 후 출혈이라고 해야겠네요." 말을 마치고 차트를 덮으며 한마디 덧붙였다. "지금은 괜찮습니다."

린화펑의 표정이 천천히 굳어지기 시작하더니 차가운 얼굴로 의사를 노려보았다. "아까 유산이라고 했어요?"

"네, 유산." 의사는 한 번 더 확인해 주고 돌아섰다. "그리고 계속 소란 피우면 경비를 부르겠어요."

린화펑은 정신을 잃고 누워 있는 이야오를 바라보았다. 그리고 의자에 앉아 머리를 감싼 채 말이 없는 치밍을 돌아보았다. 공허한 광선 아래 그녀의 눈빛이 복잡하게 흔들렸다.

치밍을 쏘아보던 눈이 이번에는 그의 곁에 앉은 구쎤샹으로 옮겨 갔다.

그녀는 천천히 자리에서 일어났다. 손바닥 안으로 한 줄기

땀이 쥐어졌다.

바닥에 흩어졌던 유리구슬이 실 한 가닥에 줄줄이 엮여 하나의 직선을 그리고, 그것은 곧바로 예전에는 보이지 않던 사실을 가리켰다.

구쎤샹은 치밍을 돌아보았다. 여전히 머리를 감싸 쥔 채였다.

린화펑은 천천히 발걸음을 뗐다. 두어 걸음을 옮겨 치밍 앞에 섰다. 고개를 숙이고 웃는 듯 마는 듯 한 표정으로 치밍을 쏘아보았다. "내가 눈이 삐었지. 이걸 못 보고."

구쎤샹이 자리에서 일어나 가방을 챙겨 들었다. 1초라도 더 이곳에 있다간 정말이지 폭발해 버릴 것만 같았다.

몸을 돌리는 순간 누군가 그녀의 손을 붙잡았다. 치밍이었다. 그는 구쎤샹의 손을 잡아 천천히 자기 얼굴에 갖다 댔다. 손등에 축축한 냉기가 전해졌다. 치밍이 나지막이 말했다. "나 아니야."

구쎤샹은 꼼짝도 하지 않았다. 걸음을 옮길 수도 없었다. 고개를 돌리자 어린아이처럼 약한 얼굴을 한 치밍이 눈에 들어왔다. 뭐라 할 수 없이 마음이 아파 왔다.

"네가 아니라고?" 린화펑의 째질 듯한 목소리가 터져 나왔다. "네가 아니라고 하면 내가 믿을 것 같아? 우리 이야오는 너 말고는 남자애랑 말도 제대로 해 본 적이 없는데, 네가 아니면 누구란 말이야? 이야오가 순진하다고 맘대로 할 생각

마. 애는 속일 수 있을지 몰라도 나는 그렇게 만만한 사람이
아니야. 휴대폰 내놔 봐."

치밍은 가만히 듣고만 있었다. 린화펑은 그의 외투를 끌어
당겨 주머니를 뒤졌다. "휴대폰 내놓으라고!"

린화펑은 끝내 휴대폰을 빼앗아 주소록에서 리완신의 번
호를 찾아내 전화를 걸었다. 신호음이 몇 번 울리나 싶더니
이내 리완신의 목소리가 들렸다. "아들! 왜 아직 안 오고!"

린화펑은 콧웃음을 쳤다. "리완신, 나 린화펑이야."


# 3


리완신이 남편을 이끌고 헐레벌떡 병원 문을 들어섰을 때,
마침 린화펑이 치밍을 향해 삿대질하며 욕을 쏟아 내는 참이
었다. 그런데 아들은 의자에 앉은 채 머리를 싸매고 한마디
대답도 없었다. 리완신은 폭탄처럼 튀어 나갔다.

"린화펑, 입에 걸레를 물었냐! 더러운 년은 그 짓도 입으로
한다더니!"

다짜고짜 이런 시작이라니. 치밍 아빠는 견딜 수가 없었다.
자식을 지키려는 여자들만이 할 수 있는 더 심한 말들이 본격
적으로 쏟아져 나오기 전에 차라리 자리를 피하는 게 상책이
었다. 그는 여자들의 악다구니를 뒤로하고 병원 사무실 쪽으

로 걸음을 옮겼다.

"리완신, 이 미친년 뭐라는 거야? 네 집구석은 뭐 잘난 줄 아나 봐? 그 집 남편이 밖에서 살림 차려 준 여자가 몇이나 되는지 아무도 모르는 줄 알지? 그 아비에 그 자식이라더니. 아들은 좀 멀쩡한가 했더니 우리 이야오를 건드려! 오늘 끝장을 보지 않으면 그냥 못 넘어가. 우리 모녀는 이제 체면 볼 것도 없고 죽기 아니면 살기야. 그 잘난 집구석, 얼마나 버티나 한번 해 보자고!"

"말하려거든 똑바로 해! 우리 애야 여자애들이 원체 따르는 걸 어찌겠어. 그 집 애는 우중충해서 누가 좋다고나 할까? 애 낯짝을 좀 봐라. 그냥 컴컴해서는! 그게 다 집에 남자가 없어서야. 아빠라고 낳기나 했지, 제대로 키웠어야 말이지!"

"어이구! 여기서 떠들어야 소용없어!" 린화펑이 차갑게 웃었다. "의사한테 가자고. 아니면 경찰에 신고할 거야. 도대체 어느 놈 자식인지 찾아내고 말 거라고!"

리완신은 분노로 온몸이 부들부들 떨렸다. 쪼그리고 앉아 소리 한 번 내지 않는 치밍을 보니 조금 자신이 없기도 했다.

골목 안에서는 진작부터 치밍과 이야오가 좋아지낸다는 소문이 퍼졌다. 오직 리완신만 죽어도 믿지 않았다. 지금 눈앞에서 침묵을 지키는 아들을 보니 무서운 마수에 온몸이 꽉 붙잡힌 것만 같았다.

그녀는 숨을 깊이 들이마셨다. 그리고 돌아서서 아들을 잡아끌었다. "치밍, 엄마 말에 대답해. 엄마 눈을 보고 말해. 네 아이야?"

치밍은 미동도 없었다.

"말을 해, 말을!" 콩알만 한 눈물이 리완신의 눈에서 후드득 떨어졌다.

여전히 말이 없었다.

옆에 앉은 구썬샹은 고개를 모로 돌렸다. 두 줄기 눈물이 흘렀다. 그녀는 책가방을 들고 복도 끝 계단으로 뛰어갔다. 더는 이곳에 있고 싶지 않았다.

창백한 빛을 쏘아 대는 전등 아래 치밍은 여전히 입을 굳게 다문 채 석상과도 같은 모습이었다. 그 앞에 선 리완신은 그새 10년은 더 늙은 것만 같았다. 떨리는 입술은 무슨 말을 해야 좋을지 모르는 모양이었다. 그녀는 풀썩 의자 위로 쓰러지듯 앉았다. "천벌 받지! 천벌 받아……."

린화평은 보란 듯 리완신 앞에 서서는 팔을 뻗어 그녀의 어깨를 툭툭 쳤다. "어디 계속 난리 쳐 봐. 그래, 이제 어쩔 생각이야?"

치밍이 일어나 린화평을 엄마한테서 떼어 냈다. "우리 엄마 건드리지 마세요."

그는 리완신을 부축해 일으킨 뒤 그녀의 얼굴을 똑바로 보며 말했다. "엄마, 걱정 마세요. 저 아니에요. 맹세해요. 경찰에 신고하든 검사를 받든 저는 괜찮아요."

힘없이 사그라졌던 리완신의 눈빛이 한순간 뜨거운 화염처럼 다시 타올랐다. 그녀는 자리에서 벌떡 일어나 손가락으로 린화펑의 코끝을 겨눴다. "이 여편네! 자기가 걸레같이 살았으니 딸도 그 모양이지! 차라리 그 집을 공중 변소로 쓰는 게 낫지, 어디 그 구정물을 우리 치밍한테 뒤집어씌우려고 해!"

치밍은 미간을 찌푸리며 다시 자리에 앉아 머리를 감쌌다.

엄마의 독설은 린화펑뿐 아니라 그의 뺨도 함께 후려치는 것 같았다. 그는 고개를 돌려 유리창 안을 바라보았다. 이야오는 이미 깨어 있었다. 창밖을 살피는 그녀의 얼굴에 두 줄기 눈물이 선명하게 보였다. 뺨의 윤곽을 따라 하얀 시트로 흘렀다.

치밍은 유리창에 기대어 서서 애써 입모양을 만들어 냈다. 이야오는 치밍의 입술을 읽었다. 그는 말하고 있었다.

미안해.


4


집 안 공기는 이미 더할 수 없이 무거웠다.

그렇다고 구썬시가 예의 심드렁한 태도를 바꾼 것은 아니었다. 그는 소파에 벌러덩 드러누워 테이블에 다리를 걸치고 신문을 뒤적였다. 아빠는 옆에서 돋보기를 쓴 채 TV를 보고 엄마는 문가에 서서 집 앞 복도에서 눈을 떼지 못한 채 마주 잡은 두 손을 계속해서 비벼 댔다.

벌써 8시가 다 되었는데 구썬상이 돌아오지 않은 것이다. 엄마는 계속해서 딸에게 전화를 걸었지만 전화기는 꺼져 있었다.

엄마는 거실로 들어와 앉지도 못하고 서성거렸다. 그 모습을 보던 구썬시가 신문을 내려놓고 말했다. "엄마, 그냥 좀 기다려 봐요. 학교에 무슨 일이 있나 보죠. 이제 다 컸는데 길이라도 잃어버렸을까 봐요?"

"다 큰 애가 안 오니까 걱정이지! 전에는 학교에 일이 있으면 꼬박꼬박 전화를 했는데 오늘은 전화도 없고, 전화를 걸면 꺼져 있고! 걱정이 안 되게 생겼니!"

"그렇다고 여기서 안절부절못하고 있는 게 무슨 소용이에요. 좀 앉아 계시라고요. 누나 오기도 전에 엄마가 먼저 무슨 일이 나겠어요." 구썬시는 신문을 치우고 물을 떠 왔다.

"넌 무슨 말을 그렇게 하니! 네 누나야! 누나가 이렇게 늦도록 집에 안 오는데 너는 어쩜 상관없는 사람처럼 그러니? 전에는 맨날 같이 들어오더니 오늘은 어디서 뭘 하느라고 누나를 떼 놓고 와?"

"왜 제게 트집이에요! 누나가 아직 안 온 게 제 탓이에요?"

"애 좀 봐요!" 엄마는 갑자기 TV를 보는 아빠를 향해 목소리를 높였다. "엄마는 안중에도 없는 것 봐요!"

아빠는 리모컨을 내려놓았다. "뭐 하는 거냐. 엄마한테 버릇없이."

구썬시는 소파로 돌아와 다시 신문을 펼쳐 들었다. 더 이상 엄마를 상대하고 싶지 않았다.

신문이 연예란으로 넘어가려는 순간, 복도에서 엘리베이터 문이 열리는 소리가 울렸다. 엄마는 전기가 통한 것처럼 튀어 올라 밖으로 내달렸다. 복도에서 엄마의 목소리가 들려왔다. "세상에, 샹샹! 전화도 없어서 엄마가 얼마나 애가 탔다고! 아까까지 눈꺼풀이 떨리더니 그래도 널 보니까 낫다. 더 늦으면 경찰에 신고하려고 했어!"

구썬시는 신문을 내려놓고 부엌에 들어가 식탁을 차렸다.

밥을 먹는 동안 구썬샹은 고개를 들지 않았다. 슬쩍 보니 눈가가 붉게 부어올라 있었다. 구썬시는 발끝으로 식탁 아래 누나의 다리를 건드리며 속삭였다. "뭐야, 울었어?"

구썬샹은 말없이 고개를 저었다. 하지만 순간 눈물방울이 그릇으로 떨어졌다. 갑작스런 눈물에 가족은 깜짝 놀라 어안이 벙벙해졌다.

다시 말문을 연 사람은 엄마였다. 오늘 이렇게 늦게야 집에 온 것, 눈가가 붉어진 딸아이, 각종 자극적인 화면들이 그녀의 머릿속에 하나씩 떠올랐다. "샹샹…… 너 이러면 엄마 놀란다……." 엄마는 젓가락을 내려놓았다.

구썬샹은 얼른 눈물을 닦았다. "괜찮아요. 오늘 우리 학교 여학생이 갑자기 출혈을 일으켜서 병원에 갔거든요. 얼마 전에 유산을 해서 그런 거래요. 그냥 걔가 불쌍해서요."

구썬시가 벌떡 일어났다. 테이블이 흔들릴 정도였다. "이야오 말이야?"

"응." 구썬샹이 고개를 들었다.

구썬시는 곧장 밖으로 뛰어나갔다 금방 되돌아왔다. "지금 어디 있어?"

가족들은 미처 뭐라 할 새도 없이 분주히 오가는 구썬시를 바라볼 뿐이었다. 어떻게 된 일인지 짐작하는 사람은 구썬샹 뿐이었다. 크게 놀란 동생을 바라보며 병원에 누워 있는 이야오를 떠올렸다. 그리고 고개를 저어 부인하던 치밍. 구썬시의 얼굴을 바라보자니 이상하게 마음이 가라앉았다.

"앉아서 밥 먹어." 구썬샹의 표정이 굳었다.

"어디 있냐니까!" 구썬시의 목소리가 높아졌다.

"앉으라고!" 구썬샹이 젓가락을 식탁에 집어던졌다.

구썬시를 포함한 온 가족이 굳어 버렸다. 언제나 동생을 감싸고 돌던 구썬샹이 오늘은 왜 이러는지 영문을 알 수가 없었다.

구썬시는 잔뜩 화난 얼굴로 의자를 빼 다시 자리에 앉았다. 얼굴이 하얗게 질린 누나에게 더 뭐라고 할 수가 없었다.

가족은 말없이 식사를 마쳤다.

구썬샹은 평상시와 달리 식탁도 치우지 않고 구썬시를 방으로 잡아끌었다.

문을 닫고 구썬시를 향해 돌아섰다. "너 나한테 뭐 숨기는 거 있어?"

"무슨 소리야?" 억울하다는 말투였다.

"너랑 이야오, 무슨 관계야?" 구썬샹의 표정이 더 굳어졌다.

"누나, 무슨 생각을 하는 거야?" 질문의 의미를 어느 정도 짐작한 구썬시가 손을 내저었다.

"너, 어서 대답해." 구썬샹은 동생의 옷소매를 붙잡았다. "이야오 아이, 너야?"

구썬시가 뭐라 대답하기도 전에 쾅 하고 문이 열렸다. 문 앞에는 얼굴이 파랗게 질린 엄마가 서 있었다.

구썬샹이 설명할 새도 없이 엄마는 구썬시에게 달려들었다. "너 이 죽일 놈! 천벌 받을 놈아!"

정신없이 쏟아지는 주먹과 손바닥이 구썬시에게 떨어졌다. 구썬샹이 엄마를 막아 보려 했지만 그 와중에 따귀를 얻어맞고 휘청하더니 책상 모서리로 쓰러졌다.

5

이야오는 침대에 누워 천장을 바라보았다.

순식간에 몇 년이 지나가 버린 것만 같았다. 그간의 모든 낮과 밤이 끝이 보이지 않는 긴 줄이 되어 늘어섰다. 그리고 자신은 그 줄의 가장 뒤에 처져 어떻게 해도 따라잡을 수가 없었다. 결국 그 낮과 밤들은 눈앞에서 사라져 버렸다. 외롭게 혼자 남았다. 세월의 저 뒤에 남겨졌다.

한순간에 열 살은 늙어 버린 것 같았다. 몸을 좀 뒤척여 보았다. 미약한 감각이 머리에서 온몸으로 퍼졌다. 반짝이는 점이 눈앞에 무수히 떠다녔다. 실내는 황혼 속에 점점 어두워졌다. 부엌에서 죽을 끓이는지 쌀의 향이 전해졌다.

린화펑은 국자로 죽을 그릇에 퍼 담았다. 손을 들어 불을 끄고 얼굴에 번진 눈물도 닦고 이야오의 침대로 가서 죽을 내밀었다. "좀 먹어라."

이야오는 일어나지 않고 고개를 저었다.

린화펑은 그릇을 든 채 침대 곁에서 움직이지 않았다.

"엄마, 이러지 마." 이야오는 눈을 감았다. 두 줄기 눈물이 베개를 적시기 시작했다.

"뭘 이러지 마? 아직 아무것도 안 했는데." 린화펑은 그릇을 꽉 쥐었다. "이제 아프고, 이제 눈물이 나냐? 애초에 바지를 벗을 때는 아무 생각 없더니?"

어둠 속에서 이야오는 아무 말도 하지 않았다. 힘주어 깨문 입술이 바르르 떨렸다.

"더러운 년! 넌 아주 더러운 년이야!" 린화펑은 죽 그릇을 침대 곁 책상에 던지듯 내려놓았다. 반쯤 쏟아진 죽에서 모락 모락 김이 피어올랐다.

"맞아. 난 더러운 년이야." 이야오는 이불을 뒤집어쓰고 돌아누운 채 입을 닫았다.

린화펑은 굳은 듯 서 있었다. 비수가 오장육부를 이리저리 휘젓는 것 같은 고통에 몸을 내맡긴 채였다.


6


교무실 안은 비가 쏟아지기 전 하늘 같았다. 먹구름이 낮게 깔려 모든 이의 머리 위에 하나씩 멈춘 것만 같았다.

이야오는 둥글게 모여 앉은 선생님들 가운데 서 있었다. 옆에는 린화펑이 섰다.

학년주임이 차를 한 모금 마시고는 천천히 이야오를 돌아보았다. 그리고 린화펑을 향해 입을 열었다. "어머님도 아시겠지만, 이런 일이 생기면 학교로서도 참 난감합니다. 하지만 교칙이 있는 한 엄격하게 적용할 수밖에요. 특히 우리 시의 중심이 되는 학교가 아닙니까. 이런 추문은 벌써 신문에 났을 일입니다!"

"선생님, 저도 압니다. 우리 이야오가 잘못을 저질렀지요. 하지만 퇴학만은 안 됩니다. 아직 어리잖아요. 적어도 고등학교는 졸업해야 하지 않겠습니까."

"어머님, 이 아이가 계속 학교에 다니면 다른 아이들한테 좋겠습니까. 날마다 불량학생이랑 같이 다닌다고 학부모님들이 가만있겠냐고요." 파마머리를 한 중년 부인이 끼어들었다.

이야오가 고개를 들고 막 입을 열려는 순간, 옆에 선 린화평이 나무토막처럼 꼿꼿이 무릎을 꿇었다.

"엄마, 이러지 마!" 이야오의 눈에서 눈물이 솟았다.

"입 다물어, 이년아!" 린화평이 앙칼진 목소리로 외쳤다. 교무실에 있던 이들의 눈이 휘둥그레졌다.


황혼이 다가오자 강에서 뱃고동 소리가 울렸다. 들을 때마다 왠지 슬퍼지는 소리였다. 묵직하고 긴 소리가 붉은 수면으로 퍼져 갔다.

이야오와 린화평은 앞뒤로 나란히 걸었다.

편의점 안에서 모락모락 김이 피어오르는 어묵탕, 세탁소 옷걸이에 가득 걸린 옷들, 아리따운 마네킹이 서 있는 쇼윈도, 초록색 우체국, 알록달록 잡지가 가득 꽂힌 신문 가판대. 사람들은 황혼 속에 집을 향해 분주한 발걸음을 옮기고, 골목 사이로 음식 냄새가 풍겼다. 현란한 조명을 밝힌 미용실 안에는 금발 머리 여자가 심드렁한 얼굴로 의자에 기대서 있었다. 비행기 한 대가 점멸등을 깜빡이며 점점 어두워지는 하늘을 지나갔다. 땅바닥에서 흔들리는 모호한 불빛이 여름날 폭우가 쏟아진 뒤 모여드는 물줄기처럼 보였다. 이 모든 것이 뒤섞여 황혼 녘 특유의 애잔함을 남겼다.

이야오는 말 한마디 없이 앞서 걷는 린화펑을 바라보았다. 무슨 말을 해야 할지 알 수 없었다.

신호등 앞에 선 후에야 이야오는 가만히 중얼거렸다. "엄마, 아까 뭐 하러 무릎까지 꿇어. 사실 학교에 꼭 다녀야 하는 건 아니잖아."

이야오는 고개를 숙인 채 린화펑의 대답을 기다렸다. 아무 소리도 들리지 않았다. 고개를 들자 린화펑의 볼이 분노로 부들부들 떨리고 있었다. 그녀는 갑자기 손에 든 가방을 휘둘렀다. 이야오는 정면으로 얼굴을 얻어맞았다.

"내가 누굴 위해 그랬겠니!" 신경질적으로 터져 나온 린화펑의 목소리에 주변에 있는 사람들이 웅성거리며 멀찍이 물러났다.

"나야 어찌되든 상관없어! 죽을 날만 기다리며 사는 거니까! 너는 이제 몇 살이라고, 앞으로 평생 남들한테 무시당하고 살 거야!"

이야오는 손을 들어 얼굴을 가린 채 마구잡이로 휘두르는 린화펑의 가방을 그대로 받아 냈다. 날카로운 통증이 팔뚝을 때리는가 싶더니 잠시 후 축축한 뭔가가 흐르는 느낌이 들었다. 아마도 가방에 붙은 쇠붙이에 찢어진 것일 테지.

얼굴을 가린 손틈으로 린화펑의 얼굴이 보였다.

이야오의 기억 속에서, 그날 황혼 속 린화평의 절망에 찬 표정과 고통으로 일그러진 얼굴, 깊이 팬 눈가에 가득 찬 눈물이 바람에 길게 날리는 모습, 모든 것이 아주 느린 속도로 자꾸만 자꾸만 되살아났다.


7


텅 빈 운동장이 교실에서 쏟아져 나오는 학생들로 이내 가득 찼다. 운동장 전체가 온통 까맣게 보였다.

방송으로 선도주임 선생님이 마이크를 시험하는 소리가 흘러나왔다. 어조만 바꾼 "아, 아, 아." 하는 소리가 공기 중으로 퍼졌다. 이리저리 분주하게 움직이는 학생들 속에서 누군가 욕을 내뱉었다. "빌어먹을 '아' 소리 한 번만 더 해 봐라."

어느새 학생들은 수많은 줄을 만들어 늘어섰다. 공기 중을 떠돌던 음악이 멈추고 1분 사이에 운동장은 조용해졌다.

매주 변하지 않는 월요일 조회였다.


선도주임 선생님이 연단에 섰다. 그 옆에는 두 손을 모으고 고개를 숙인 이야오가 있었다.

선도주임 선생님은 판에 박은 서두를 늘어놓은 뒤 손으로 옆에 선 이야오를 가리켰다. "학생 여러분, 여러분 앞에 선 이

친구는 여러분이 반면교사를 삼도록 하기 위해 연단에 올라
왔습니다. 이 친구가 뭘 했는지 궁금합니까? 길거리 불량배
와 어울려 다니다 성관계를 갖고 임신을 하자 멋대로 낙태를
했습니다."

연단 아래가 술렁이더니 끓어오르는 물처럼 점점 더 떠들
썩해졌다.

이야오는 고개를 들어 연단 아래를 가득 채운 아이들을 바
라보았다. 서로 다른 표정들이 눈에 들어왔다. 비웃음, 놀라
움, 탄식과 동정, 차가운 표정까지. 수많은 얼굴 속에서 자신
을 바라보는 치밍이 보였다.


그는 멀리서 가만히 지켜보고 있었다.
슬픔이 길게 늘어진 듯한 눈빛이었다.
햇빛 아래 그의 눈은 젖어 있었다.
강이 흐르는 거울과도 같았다.
이야오의 눈가도 조금씩 붉어지기 시작했다.


선도주임 선생님은 여전히 이야오가 어떤 나쁜 짓을 했는
지 떠들고 있었다. 이따금 침방울이 튀어나와 마이크를 적셨
다. 한참 열변을 토하던 그의 목소리가 갑자기 사라졌다. 마
이크를 몇 번 두드려 봤지만 아무 소리도 들리지 않았다.

연단 뒤에서 전깃줄과 콘센트를 잡아 뽑은 구썬시가 손에

든 것을 잔디밭에 내던지고 자리를 떴다.

이야오는 온몸의 힘이 다 빠져나가는 것 같았다. 천천히 연
단에 쪼그려 앉더니 끝내 바닥에 주저앉고 말았다. 시멘트 바
닥에 눈물이 뚝뚝 떨어졌다. 그리고 이내 바닥에 스며들어 희
미한 흔적만 남았다.

치밍은 손을 들어 눈가를 힘껏 문질렀다.


8


수업은 한참 전에 끝났다.

교실에는 거의 아무도 없었다. 치밍은 교실 문에 서서 햇빛
을 등지고 남아 있는 이야오를 바라보았다.

석양은 창밖에서 점차 어두워지고 있었다. 짙은 노란색이
던 빛이 시간이 갈수록 천천히 검은빛을 띤 붉은색으로 변하
고 있었다.

교실의 형광등을 켜는 사람은 아무도 없었다. 공기 중에는
영화 필름을 돌릴 때 나타나는 반점이 가득 흩어졌다.

이야오는 책을 한 권씩 조심스럽게 가방에 넣었다. 서랍 속
물건들을 정리한 뒤 자리에서 일어나 가방을 어깨에 둘러멨
다. 교실을 나서면서 치밍의 어깨를 스쳤다.

"같이 가자." 치밍이 그녀의 손을 가볍게 잡았다.

이야오는 고개를 저으며 치밍의 손을 밀어내고는 복도 속으로 멀어졌다.

치밍은 그대로 선 채 교실 문 앞을 떠나지 못했다. 가슴속이 밤새 바람이 몰아친 뒤 아침을 맞은 푸른 하늘처럼 아플 정도로 텅 비어 버렸다.

가을걷이가 끝난 보리밭에 홀로 서 있는 기분이었다. 그토록 우거졌던 생명이 하룻밤 사이에 황무지가 되어 메마른 보릿대와 그을음만 남은 대지에 홀로 남겨진 기분.


복도를 나서는 이야오의 눈에 어둑한 광선 아래 서 있는 구썬시가 들어왔다.

그는 말없이 손을 내밀어 이야오가 멘 가방을 받아 들었다. 가방을 자전거 바구니에 넣고는 자전거를 끌며 낮은 목소리로 말했다. "타. 내가 데려다 줄게."

이야오는 구썬시의 자전거에 올라탔다. 돌아보니 거대한 학교 건물이 황혼의 끝없는 어둠에 뒤덮여 있었다. 가로등이 미처 켜지기도 전에 석양은 빠르게 물러났다. 지금이 가장 어두운 때였다.

이야오는 눈앞에서 점점 멀어지는 건물을 바라보았다. 보이지는 않지만 분명히 느낄 수 있었다. 저 건물 안 교실 앞에서 말없이 서 있을 치밍을. 가슴속에서 뭔가가 순식간에 무너

져 버리는 느낌이었다. 여름 내내 흠뻑 비를 맞은 산등성이가
결국은 와르르 쏟아져 내리는 것처럼.

어차피 수영을 할 줄 모른다면 지푸라기는 잡아서 뭐 해.
수면에서 멀쩡히 떠다니던 지푸라기만 같이 빠져 버릴 걸.
죽어나는 것만 하나 더 늘어날 뿐인데.

이야오는 눈을 감았다. 구썬시의 널찍한 등에 가만히 얼굴
을 기댔다. 셔츠 아래로 그의 뜨거운 피부가 느껴졌다. 건강
하고 깨끗한 냄새가 풍겼다. 어둠 속에서도 분명하게 느낄 수
있었다.

학교 안 통행로를 지났다. 교문 앞 시끌벅적한 거리를 지났
다. 수많은 신호등이 반짝이는 대로를 지났다. 영원히 알 수
없는 미래로 계속해서 내달렸다.

구썬시는 눈을 가늘게 뜨고 마주 불어오는 초여름의 바람
을 느꼈다. 등이 따뜻하게 젖어 오고 있었다. 힘껏 페달을 밟
아 이내 망망한 사람들의 물결 속으로 모습을 감췄다.


9


삶 속에는 이렇게 슬픈 은유가 곳곳에 도사리고 있다.

한때 너와 나는 매일 아침 함께 저 빛이 들어오는 출구를 향해 걸었다. 이제는 그가 나를 태우고 나에게 버려진, 어둠 속의 너를 떠나고 있다. 자전거 바퀴가 한 바퀴 두 바퀴 굴러가며 천천히 너에게서 멀어져 갈 때, 나는 내가 아는 세계에서 조금씩 조금씩 버려지고 있다는 것을 느낄 수 있었다.

그 세계가 나를 버릴 때 나 역시 천천히 손을 놓았다.

이제 다시는 그런 아침은 없을 것이다.


10


린화평의 갑작스런 죽음은 골목 안 누구도 알지 못하는 사이에 일어났다. 그녀는 의자에 올라서서 옷장 위에 있는 상자를 꺼내려고 했다. 발밑을 제대로 보지 못하고 뒤로 넘어지면서 뒤통수가 바닥에 부딪혔고, 그녀는 소리조차 내지 못한 채 숨을 거두고 말았다.

이야오가 문을 열고 들어왔을 때 집 안은 온통 어둠이었다. 불을 켜자 방바닥에 가만히 누워 있는 린화평이 보였다. 가까이 다가가 그녀를 불러 본 후에야 이야오는 엄마가 숨을 쉬지도, 심장이 뛰지도 않는다는 사실을 알았다.

이야오는 멍하니 한참을 서 있다가 손으로 제 뺨을 때려 보았다.

# 11

무겁고 침울한 천둥소리가 밀려왔다.

뒤이어 지붕 위로 떨어지는 가느다란 빗소리가 들렸다.

긴 장마가 시작됐다.

## 12장

기억 속의 너는 잔뜩 긴장한 모습으로
나의 가슴에 귀를 갖다 대고 나의 심장 소리를 들었다.
그리고 다시는 떠나지 않았다.

# 1

치밍이 자꾸만 떠올랐다.

수업 시간에도. 꿈속에도. 길에서도.

부슬비가 내리는 조금은 서늘한 아침과 연못에서 수증기
가 피어오르는 무더운 오후를 보내고, 창밖의 비둘기가 푸드
득 파란 하늘로 날아오르는 저녁이 되자 석양은 따뜻하고 익
숙한 빛을 창문 가득 뿌려 주었다.

시시때때로 치밍의 말간 얼굴이, 언제나 따뜻함이 맴도는
표정이 기억 속에서 떠올랐다.

시간에 잠겨 대부분 사라졌을 기억들이건만, 끝끝내 남아
있는 어떤 부분들이 심장 속에서 완강하게 버티고 있었다.
매일 혈액이 그곳을 지나며 남아 있는 기억을 온몸으로 퍼
뜨렸다.


# 2

돌아가는 길을 찾을 방법이 없어 보였다.

동화 속의 소녀는 길을 따라 빵 부스러기를 떨어뜨리며 용
감하게 어두운 숲으로 들어갔다. 하지만 고독해지고 무서워
지기 시작했을 때 고개를 돌려 보고서야 그녀가 떨어뜨린 빵

부스러기를 새들이 모두 쪼아 먹어 버렸다는 사실을 알게 되었다.

자기가 이 게걸스러운 새들을 키운 것이다. 그래서 이렇게 돌아가야 할 길을 보답이라도 하듯 먹어 치운 것이다.


문득 손목시계가 멈춘 것을 발견했다. 다시 시간을 맞추려고 했지만 바늘이 멈춰야 할 자리를 찾을 수가 없었다. 지금이 몇 시인지 알 수가 없었다. 시간이 언제부터 멈춰 버렸는지 알 수 없었다.


3


이야오는 꿈속에서 엄마를 만나곤 했다.

많은 날이 지난 후에야 그녀는 마침내 편안하게 '엄마'라는 두 글자로 부를 수 있었다. 매일 '린화펑'이라는 세 글자로 부르던 지난날은 바람에 밀려 저 멀리 바다로 날아가 버린 듯했다.

린화펑이 죽을 때 그녀는 옷장 위에 있는 가죽 상자를 꺼내려던 것이었다. 상자 안에는 봉투 하나 말고는 아무것도 없었다. '야오야오 학비'라고 적힌 봉투에는 얼마간의 돈과 보험 증서 두 장이 들어 있었다. 수혜자는 이야오였다.

예전에 치밍의 휴대폰에 저장된 자기 이름이 '야오야오'가 아니라 '이야오'여서 화난 적이 있었다. 그런데 미처 알지 못한 어떤 곳에서 누군가 자신을 '야오야오'로 불러 주고 있었다. 단지 줄곧 봉투에 적혀 상자 안에 있다가 마지막에 가서야 죽음과 함께 들려온 것일 뿐.

이야오는 유일한 혈육인 이자옌과 생활하라는 법원의 제안을 거부했다. 혼자 골목 안에서 사는 것도 좋다고 생각했다. 단지 이 골목 안에 치밍이 없는 것뿐이었다.

린화펑이 사라진 후 이야오와 이웃의 관계도 바뀌었다. 전에는 맞서 싸우던 사이가 지금은 서로 무관심해졌다. 공용 주방의 자기 집 수도꼭지가 틀어져 있으면 이야오는 아무 말 하지 않고 가서 잠갔다. 린화펑이라면 한바탕 욕지거리를 늘어놓았을 것이다.

매일 아침 해가 밝아 올 때 골목을 나가 해가 저문 뒤 돌아왔고, 엄마가 쓰던 침대에 누워 불편할 것 없이 잠들었다.

여름이 막 시작될 무렵, 치밍네는 인테리어 공사를 마친 아파트로 들어갔다.

"거기서는 강이 내려다보인다며?" 이야오는 짐을 싸는 치밍을 도우며 말을 걸었다.

"응. 시간 되면 놀러 와." 치밍은 눈을 가늘게 뜨고 웃었다.

"그래." 이런 몇 마디 대화를 나누고 치밍은 골목을 떠났다.

아마도 잡다한 이야기를 조금 더 한 것 같은데 기억이 나지 않았다.

치밍이 떠나던 황혼 녘에 비가 왔다는 것만 생각났다. 골목 안 땅바닥이 축축하게 젖었다. 리완신은 날씨 탓을 하며 치맛자락을 움켜쥐고 종종걸음으로 걸어 나갔다. 골목 초입에 선 트럭에 가구가 한가득 실렸다.

리완신은 이야오 곁을 지나며 멈춰 섰다. 뭐라 말을 하려는 듯 입을 벌리다 한숨을 푹 내쉬고는 아무 말 없이 다시 걸음을 옮겼다. 이야오는 알고 있었다. 무슨 말을 하고 싶었는지 짐작이 갔다.

그녀는 집 앞에 서서 치밍을 향해 손을 흔들었다. 저녁 빛 속에 선 그는 기억 속에서처럼 눈부셨다. 따뜻함이 흐르는 그의 얼굴은 심장 박동마저 차분하게 만들어 주었다.


학교에서도 마주치는 일이 거의 없었다. 우등반을 따로 추렸는데 치밍은 당연히 우등반에 들어갔고 이야오는 원래 있던 반에 남았다. 놀라운 것은 탕샤오미가 시험을 망치고 투덜대며 남겨진 것이었다.

여전히 그녀와는 갈등이 그치지 않았다. 하지만 이야오는 점차 신경 쓰지 않았다.

이따금 쉬는 시간에 복도 난간에 매달려 밖을 내다보면 맞은편 복도로 흰 셔츠를 입은 치밍이 숙제를 걷어 교무실로 가는 모습이 보였다. 복도를 오가는 많은 사람 속에서도 그의 모습을 찾아낼 수 있었다. 아무리 멀리 떨어져 있어도 시선을 그에게 보낼 수는 있었다.

이야오는 고개를 들어 파란 하늘을 올려다보았다.

이제 열여덟이 되었다.


4


같은 반이 된 치밍과 구쎤샹은 거의 날마다 함께 집에 갔다. 안 그런 날은 이야오와 함께 갔다.

"왜? 버림받았어?" 이야오는 자전거를 끌며 치밍과 나란히 학교를 나섰다.

"응. 학생회 회의 때문에 남아야 한대. 되게 바쁘다니까." 치밍은 머리를 긁적이며 겸연쩍은 듯 웃었다.

웃음 짓는 치밍을 바라보는 이야오의 마음속에는 한줄기 강이 흐르고 있었다. 과거 한때 느꼈던 기분과 흔들림이 모두 강 아래 고운 모래 속으로 묻혀 버렸다. 언제 다시 지각의 움직임 속에서 수면 위로 드러날지 모를 일이었다. 그때가 되면 이미 화석이 되어 버렸을지, 아니면 아무것도 남지 않고 부스러져 버렸을지 역시 모를 일이었다. 짧은 청춘의 가장 아름다운 이런 일들은 눈물처럼 반짝인 뒤 천천히 강 아래로 침잠하는 것이다.

자신의 세계를 떠난 치밍이 다시 빛나는 것을 볼 수 있었다.

하루가 다르게 더 매혹적인 빛을 뿜어냈다. 이제 다시는 자신과 함께 차갑고도 기다란, 그리고 어두운 골목을 지나갈 필요가 없는 그였다.

"가자."

"그래." 치밍은 고개를 끄덕이며 긴 다리를 들어 자전거에 올라탔다.

두 사람은 거대한 자전거의 흐름에 섞여 들었다.

몇 개의 도로를 건너고 갈림길에 다다르자 두 사람은 손을 흔들며 "안녕." 하고 인사했다.

이야오는 페달을 몇 번 밟다가 고개를 돌렸고, 마찬가지로 석양 아래 고개를 돌려 자신을 바라보는 치밍을 발견할 수 있었다. 저녁 빛 속에서 누가 알 수 없게 가만히 미소를 지었다.

거의 날마다 구썬시가 자전거를 세우고 기다렸다.

두 사람은 자전거를 타고 하루하루 황혼을 보냈다. 그 역시 치밍과 비슷하게 말이 많지 않았다. 대부분은 입을 다물고 있었다. 이야오가 그날 반에서 일어난 재미있는 일을 이야기해 주면 구썬시는 가만히 듣고 있다가 가볍게 입을 비죽이는 정도였다.

때로는 함께 텅 빈 운동장 연단에 앉아 바람을 쐬거나 그가 축구하는 모습을 보기도 했다.

초여름 저녁놀이 빨갛게 물들었다. 땀이 티셔츠를 적시고, 말리기 위해 풀밭에 널어 놓으면 땅에도 땀자국이 남았다.

아마도 많은 세월이 지나 다시 돌아보면 이런 자국들이 땅바닥에서 펄떡이며 일어나 눈으로 뛰어들고, 애잔한 눈물이 되어 흐를 것이다.

하늘 위로 구름이 덩어리져 흘러갔다.


"어제 병원에 갔어." 물을 마시던 구썬시가 무거운 표정으로 말했다.

"어디 아파?" 이야오가 고개를 돌렸다. 그의 귀 옆 머리를 따라 흐르는 땀을 보고 수건을 건네주었다.

"심장이 안 좋대. 뛸 때 잡음이 있다나. 박동도 일정하지 않고. 어쩌면 오래 못 살 수도 있대."

"거짓말!" 이야오는 손을 들어 그의 머리를 때렸다. "뭐 그런 재수 없는 소리를 해!"

구썬시는 그녀의 손을 쳐 내며 귀찮다는 듯 내뱉었다. "거짓말 아냐. 못 믿겠으면 네가 들어 보든가."

이야오는 그의 가슴에 얼굴을 갖다 댔다. 고르고 힘찬 심장 박동 소리. 고개를 들고 욕을 해 주려는 순간, 갑자기 두 팔에 단단히 둘러싸여 꼼짝할 수가 없었다.

귓가에는 그의 가슴속에서 울리는 침착하고 안정된 심장 박동 소리가 들렸다. 심장이 뛸 때마다 하늘 위의 세상이 조금씩 다가오는 것만 같았다.

학교 후문이 완전히 헐렸다. 이미 황폐해진 연못도 함께 메워졌다.

교문이 철거되는 날 학생들이 몰려가서 구경했다. 폭파를 한다고 하니 뭔가 그럴듯하게 들렸다. 구썬시는 현장에서 멀찍이 떨어진 채 옆에 있는 이야오에게 물었다. "그 한겨울에 내가 네 책을 연못에서 건져 줬을 때 말이야, 그때 이미 '얘한테 시집가야겠다' 이런 생각 들지 않았어?"

이야오는 구썬시를 걷어찼다. "토할 것 같다."

말이 끝나자마자 콰르릉 하는 우렁찬 소리가 들리더니 눈앞에 서 있던 높다란 교문이 그대로 쓰러졌다.

구썬시가 재빨리 내민 손이 귀를 막아 준 덕분에 폭파할 때 귀를 울리는 굉음은 거의 듣지 못했다. 이야오는 손을 들어 가만히 구썬시의 손을 덮었다.

어느새 나뭇잎이 무성해졌다. 햇빛이 무수히 많은 초록의 공간으로 갈라졌다. 빛의 반점이 등을 감싼 흰 셔츠 위로 이

슬픔이 역류하여 강이 되다 363

리저리 흔들렸다.

양편에 녹나무가 늘어선 이 내리막길을 치밍과 함께 지나는 것이 도대체 몇 번째인지 기억조차 나지 않았다.

"뽀뽀해 봤어?"

"뭐?" 치밍이 크게 놀라는 서슬에 자전거도 함께 흔들렸다.

"너랑 구썬샹 말이야. 뽀뽀했지?" 이야오는 고개를 돌려 나란히 가는 치밍을 돌아보았다. 그의 얼굴이 강한 햇빛 아래 조금씩 붉어졌다.

"구썬시가 알려 준 거야?"

"응."

"나더러는 말하지 말라고 하더니 자기는 동생한테 다 얘기했네." 치밍은 고개를 숙이고 웃었다.

"욕심 부리지 마. 너무 나가지 말란 말이야." 이야오는 피식 웃었다.

어떤 기분이었을까?

햇빛이 눈부신 오후, 이야오와 치밍은 길가의 노천 카페에 자리 잡고 앉는다. '슬픔'이라는 음료를 또 다른 잔에 있는 '행복'이라는 음료에 천천히 따르고 가만히 젓고, 젓고, 또 젓는다. 잔에서 작은 구름이 피어올라 자신을 뒤덮는다.

"어차피 욕심부리게 두지도 않아. 구썬샹이 얼마나 보수적인데. 그때 한 번 입을 맞춘 후로 죽어도 못 하게 해. 너무 그렇게 방어적이지 않으면 좋겠는데."

이야오의 웃음에 조금 난처한 기색이 떠오르자 치밍은 아차 하는 얼굴로 덧붙였다. "꼭 그런 뜻이 아니라……."

이야오는 웃으며 고개를 저었다. "괜찮아. 전에 나 유산하는 걸 개도 봤잖아. 아마 조심스럽겠지. 이해해."

"미안해." 이야오의 얼굴을 볼 수 없는지, 치밍은 고개를 다른 쪽으로 돌렸다.

"바보, 뭐래." 이야오는 손을 내저었다.

길가의 풍경이 유난히 밝게 빛났다.

"고마워." 치밍이 내민 손이 자신의 손 위로 가만히 포개졌다.

"뭐가 고마워?"

"그냥…… 너한테 고마워."


5


사실 나는 알고 있어. 네가 고맙다고 하는 것이 내가 너의 세계에서 떠나 줘서라는 걸. 네가 오늘처럼 더는 부담을 느끼지 않고 살게 해 줘서라는 걸.

이런 말을 들어서 마음이 아프지만, 지금 네가 행복해하는 모습을 볼 수 있어서 나도 진심으로 행복해.

그런데 어째서일까. 예전에는 한 귀로 흘려 버린 노래인데 그날은 눈물이 나더라. 그 노래의 제목은 〈너를 정말 정말 사랑해〉였어.


# 6


사실 청춘이란 이런 조각들이 쌓인 것이다.

아침에 일어나 양치질을 하고 자전거를 타고 학교에 가는 것.

방송에서 나오는 박자에 맞춰 느릿느릿 체조를 하며 눈가를 부비는 것. 때로는 체조를 빼먹고 매점으로 달려가 간식을 사는 것.

찰싹 붙어 어깨동무를 하던 여학생과 말하기도 민망한 사소한 일로 틀어져 말 한마디 안 하는 것.

이런 한 조각 한 조각이 프레파라트에 담긴 표본이 되어 청춘에 대해 명료한 주석과 설명을 붙여 주는 것이다.

하지만 다 그런 것은 아니다. 이야오가 겪어 온 인생처럼.

세상의 좌표를 거의 뒤집다시피 한 그 일들은 이제 다 끝난 걸일까?

치밍과 구쎤시가 동시에 구쎤샹의 메시지를 받았을 때, 두 사람은 그것이 그녀가 죽기 전 마지막으로 보낸 세 개의 메시지 가운데 두 개라는 것을 알지 못했다.

'나는 이 더러운 세상이 싫어.'

뭐 안 좋은 일이 있었나. 치밍은 잠시 생각하다가 답장을 보냈다. '그건 우리가 아직 깨끗하기 때문이야, 바보야.'

'쎤시, 힘내. 엄마 화나게 하지 말고. 언제나 널 사랑해.'

또 엄마가 나에 대해 불평을 늘어놓은 모양이군. 쎤시는 이런 생각을 하며 답장을 보냈다. '알았어. 나도 사랑해, 누나.'


엘리베이터에서 내린 구쎤시의 귀에 가장 먼저 들려온 것은 엄마의 애끊는 울음소리였다. 그 소리는 집에서부터 복도로 퍼지고 있었다.

헐레벌떡 달려가 보니 현관문이 활짝 열려 있었다. 엄마는 소파에 앉아 눈물콧물이 주름에 스며들어 뒤범벅된 얼굴로 소파 가장자리를 쥐어뜯었다. 구쎤시를 본 엄마는 더욱 소리 높여 울부짖었다.

거실 한편에는 아빠가 걸상에 걸터앉아 이마를 감싸고 있었다. 푹 꺼진 눈가가 붉게 물들어 눈물이 쉬지 않고 새어 나왔다.

구썬시는 누나의 방으로 뛰어 들어갔다. 문을 열자마자 허리를 굽히고 토악질을 했다.

방 안에 온통 피비린내가 진동했다. 무수히 많은 심해의 촉수가 갑자기 달려들어 온몸을 친친 감싼 것처럼, 지독한 비린내가 몸속 세포 하나하나를 파고들었다.

구썬샹은 아무 말 없이 침대에 가만히 누워 있었다. 머리가 한쪽으로 기울어 눈이 창밖 하늘을 향한 채였다. 확대된 동공이 공포스럽기까지 했다. 침대 시트는 피에 흠뻑 젖었다. 손목을 그은 탓에 살점이 하얀 꽃받침처럼 뒤집혀 보기에도 몸서리가 쳐졌다.

구썬시는 입을 다물지 못하고 벽에 붙어 섰다. 온몸이 굳어버린 것 같았다. 한차례 강한 전류가 온몸을 관통한 듯 도무지 움직일 수가 없었다.


책상에 종이 한 장이 놓여 있었다.

단 두 마디가 적혀 있었다.

치밍과 자기에게 보낸 메시지와 같았다.


'나는 이 더러운 세상이 싫어.'

'썬시, 힘내. 엄마 화나게 하지 말고. 언제나 널 사랑해.'

8

다음 날 구썬시는 학교에 가지 않았다.

오전 수업 시간에 이야오가 전화를 걸어왔다. 구썬시는 자세히 이야기하고 싶지 않아 대충 둘러대고 전화를 끊었다.

그는 종일 구썬샹의 방에 앉아 깨끗한 흰색 시트를 바라보았다.

집에는 아무도 없었다. 엄마와 아빠는 모두 병원에 입원했다. 갑작스러운 충격에 둘 다 10년은 늙어 버린 것 같았다. 특히 엄마는 바람이 불면 찢어져 버릴 것 같은 창백한 얼굴로 지난밤에 입원했다.

구썬시의 눈가가 또 붉어지기 시작했다. 그는 서랍을 열고 화장지를 꺼냈다.

서랍에는 구썬샹의 머리핀과 노트, 휴대폰이 있었다.

구썬시는 휴대폰을 꺼내 전원을 켰다. 배경 화면은 자신과 누나의 사진이었다. 가슴이 또다시 먹먹해졌다.

전원이 켜지고 몇 초 후 휴대폰의 진동이 울렸다. 메시지 두 개가 와 있었다. 하나는 치밍, 또 하나는 자신이 보낸 것이었다.

구썬시는 버튼을 눌러 자신이 보낸 메시지를 확인했다.

'알았어. 나도 사랑해, 누나.'

눈물이 참을 새도 없이 솟구쳤다.

구썬시가 휴대폰을 닫으려는 순간, 치밍과 자신의 메시지 아래 모르는 번호로 온 메시지가 눈에 띄었다. 시간을 보니 누나가 죽기 몇 시간 전이었다. 메시지를 열어 보았다.

'치밍과 사귀고 있지? 오후 2시에 학교 후문 창고로 와. 너한테 알려 줄 게 있어.'

구썬시는 잠시 망설이다 발신함으로 가 보았다. 누나가 자신과 치밍에게 보낸 두 개의 메시지 외에 또 하나가 있었다. '이제 만족해?' 누구에게 보낸 걸까. 번호를 확인해 보니 방금 수신함에 있던 그 번호와 일치했다.

구썬시는 전화번호를 뚫어지게 노려보았다. 아무래도 눈에 익은 번호였다.

자기의 휴대폰을 꺼내 번호를 누르고 휴대폰 화면 위에서 번호가 사람 이름으로 바뀌는 순간, 구썬시는 온몸이 얼어붙었다.

번호의 주인은 이야오였다.


9


전화가 왔을 때 이야오는 마침 식당에서 밥을 먹는 중이었다. 휴대폰에 구썬시의 이름이 찍힌 것을 보고 전화를 받

왔다. 막 말을 하려는 순간 구썬시의 차가운 목소리가 흘러
나왔다.

"자수해."

"뭐라는 거야?" 이야오는 어리둥절했다.

"자수하라고."

말이 끝나자마자 전화가 끊겼다.


10


설명할 수 없거나 믿을 수 없는 일들이 사실은 생각처럼 그
렇게 복잡하거나 불가사의한 일이 아닐 수도 있다. 그렇게도
징그러운 애벌레가 예쁜 나비의 어린 시절이라는 사실이 처
음에는 도무지 이해되지 않았던 것처럼. 알고 나면 이해 못
할 것도 아니다. 벌레들은 고치 속에 겹겹이 숨어 들어갔다
가 점차 모습을 바꾸면서 나중에는 오색찬란한 나비가 되는
것이다.

나비가 되고 난 후에는 더더욱 불가사의한 일을 일으키기
도 한다. 바다 저편에서 나비가 날갯짓을 하면 이쪽에서 태풍
이 일어난다든지 하는 일 말이다.

사실이란 상상하는 것보다 훨씬 간단하다. 다만 쉽게 받아

들이지 못할 뿐이다.

어느 날 이야오는 모르는 번호로 메시지를 받았다. '치밍과 사귀고 있지? 오후 2시에 학교 후문 창고로 와. 너한테 알려 줄 게 있어.' 이야오는 상대가 잘못 알고 있다고 생각했다. 치밍의 여자친구는 구썬샹이니까. 이야오는 버튼을 몇 번 눌러 메시지를 복사한 뒤 구썬샹에게 그대로 전달했다. 그녀는 꿈에도 상상하지 못했다. 그저 일상적이고 심지어 상당히 친절해 보이기까지 한 이 메시지가 구썬샹에게 죽음의 초대장이 되리라는 것을.

구썬샹이 약속 장소로 간 뒤 무슨 좋지 않은 일이 일어났는지는 알 도리가 없다. 구썬샹 자신만 알 뿐이다. 그리고 구썬샹에게 그런 지저분한 짓을 한 사람만이 알 것이다.

다만 이것만은 짐작할 수 있다. 그 좋지 않은 일이 구썬샹이 자신의 생명을 버리고 '나는 이 더러운 세상이 싫어.'라고 말할 정도로 좋지 않았다는 것을.


11


앞에 선 구썬시를 바라보는 이야오는 손발이 다 차가워졌다. 그는 무표정한 얼굴로 손을 내밀었다. "그럼 네 휴대폰

줘 봐. 누가 메시지를 보낸 건지 번호도 알려 주고. 내가 찾아볼게."

이야오는 눈을 질끈 감았다. "메시지는 구썬상에게 전달하고 바로 지웠어."

구썬시는 이야오를 지그시 바라보더니 이내 하하 웃음을 터뜨리고는 손을 들어 눈물을 닦아 냈다. "더 할 말 있어?"

이야오는 고개를 숙였다. "정말 나는 모르는 일이야."

구썬시의 눈빛이 혐오로 가득했다. "너 그거 알아? 우리 누나가 겪은 일은 원래 네가 당했어야 하는 일이었어. 죽었어야 하는 것도 너였다고."

이야오는 아무런 말이 없었다. 갑자기 불어온 바람이 그녀의 머리를 헝클어뜨렸다.

"누나는 깨끗한 사람이야. 아무것도 겪어 본 적이 없어. 조금이라도 모욕을 당하면 죽을 것처럼 괴로워했다고. 그런데 그런 메시지를 누나한테 전달했다니……. 정말 다른 사람이 너한테 보냈다고 해도…… 그런 짓을 하는 게 너무 못됐다는 생각 안 들어?"

이야오는 뺨 위에 눈물로 엉겨 붙은 머리카락을 떼어 냈다. "그럼 네 말은 나는 깨끗하지 않아서 그런 일을 당해도 된다는 거야? 만일 내가 당했다면 나는 네 누나랑 달리 더러우니까 자살도 하지 않았을 거라는 뜻이냐고."

"너는 애도 뗐는데, 그럼 안 더러워?"

"그럼 내가 누나 대신 죽지 않아서 원망스럽겠다?"

"그래. 네가 누나 대신 죽지 않은 게 원망스러워."

가슴속으로 갑자기 참기 힘든 통증이 밀려왔다. 이야오는 숨을 쉬기가 어려웠다. 순식간에 차오르는 눈물로 눈앞이 흐려졌다. 한동안 사라졌던 굴욕감이 온몸을 채웠다.

그녀는 숨을 깊이 들이마셨다. 그리고 팔을 뻗어 구썬시의 옷자락을 잡았다. "네가 지금 화난 건 이해해……."

이야오가 말을 채 마치기도 전에 구썬시는 그녀를 힘껏 밀어냈다. "손대지 마!"

뒤로 밀려난 이야오는 마침 뒤로 지나가던 자전거와 부딪쳤다. 자전거와 함께 쓰러진 남자가 벌떡 일어나 이야오에게 괜찮은지 물었다.

얼얼한 무릎을 살펴보니 기다란 상처에서 피가 흘러나왔다. 고개를 들어 보니 구썬시는 뒤도 돌아보지 않고 멀어지고 있었다.

12

모든 사람의 심장에서 피어오르는 증오, 끊임없이 계속해서 피어오르는 증오, 나를 미워하는 그 많은 사람들에게서 피어오르는 증오.

그렇게 계속해서 피어오르는 날들이 모여 머리 위 무거운 먹구름이 되었다.

왜 끝이 없는 걸까?

왜 멈추지 않는 걸까?

증오는 사라지지 않고 계속해서 피어올라 축축하게 뿌려지고 있었다.


네가 죽지 않은 게 원망스러워.

네가 누나 대신 죽지 않은 게 원망스러워.


네가 죽지 않은 게 원망스러워.

네가 누나 대신 죽지 않은 게 원망스러워.


네가 죽어.

네가 죽어.

네가 죽어.

네가 죽어.

네가 죽어.

네가 죽어.

네가 죽어.

네가 죽어.

네가 죽어.

네가 죽어.

네가 죽어.

네가 죽어.

네가 죽어.

네가 죽어.


13


휴대폰이 울리자 치밍은 한참 망설이다 겨우 받았다. 전화기 속 이야오의 목소리에서는 어떤 감정도 느껴지지 않았다.

"치밍, 수업 마치고 우리 반으로 와 줘. 너한테 할 얘기가 있어."

"이야오, 자수해."

한동안 그녀는 대답이 없었다.

"……구썬시가 말해 준 거야?"

"나한테라도 사실대로 말할 수 없어?"

"만나고 싶어. 네가 생각하는 그런 게 아냐."

"나는 만나고 싶지 않아……. 이야오, 자수해."

"무슨 뜻이야?"

"아니야. 끊을게."

"어떻게 해도 나를 안 보겠다는 거야?"

치밍은 대답하지 않았다. 전화기 너머로 가쁜 숨소리가 들려왔다.

"……좋아. 그럼 지금 바로 네가 날 볼 수 있게 해 줄게."

"무슨 말이야?" 치밍의 물음에도 아랑곳없이 전화가 끊겨버렸다.

치밍은 가방을 메고 복도로 걸어 나왔다.

몇 걸음 채 옮기기도 전에 머리 위로 쉬익 바람 소리가 들렸다.

고개를 들자 눈앞으로 시커먼 그림자가 덮쳐 왔다.


14


그 소리.

모든 것을 삼켜 버리는 소리.

밤마다 치밍을 바닥을 알 수 없는 악몽으로 잡아끄는 소리.

온몸의 관절, 골격, 흉강, 머리가 함께 부서지는 소리.

한순간 모든 피를 말리고 또 다음 한순간 모든 피를 주체할 수 없이 머리끝까지 치솟게 만드는 소리.


소리는 계속해서 머릿속을 울렸다.

그리고 이어서 어김없이 둔탁한 소리를 냈다.


15


구썬시는 소파에 앉아 있었다. 불도 켜지 않은 채였다. TV
에서는 오늘의 뉴스가 흘러나왔다.

그는 소파 깊숙이 몸을 묻고 눈을 감았다. 눈앞으로 하얀
빛이 이리저리 움직였다. TV에서 들리는 뉴스 진행자의 목
소리는 인간미를 전혀 느낄 수 없었다.

"어제저녁 여섯 시, 상하이시 한 고등학교에서 학생의 투신
자살 사건이 발생했습니다. 자살한 학생의 이름은 이야오이
며, 이 학교에 재학 중인 학생이었습니다. 자살 이유에 대해서
는 현재 조사 중에 있습니다. 화면은 현장의 모습입니다. 자살
한 학생은 이제 만 열여덟 살입니다. 알려진 바에 따르면 이번
사건이 이 학교에서 한 달 사이 두 번째 발생한 자살 사건입니
다. 관련 부처에서는 이에 대해 깊은 관심을 표명했습니다."

구썬시는 눈을 떴다. 화면 속 이야오는 시멘트 바닥에 누워
있었다. 피를 흘리는 그녀의 눈은 하늘을 쳐다보고, 입은 뭔
가 할 말이 있는 듯 반쯤 벌린 채였다. 구썬시는 TV 앞에 앉
아 말을 잃었다. 꼼짝도 할 수가 없었다.

먹구름이 몰려왔다.

새벽 세 시, 달빛은 완전히 모습을 감췄다.

깜깜한 거실에 빛나는 것이라고는 TV 정규 프로그램이 모두 끝나고 기다란 잡음과 함께 보이는 화면 조정을 위한 컬러바뿐이었다. 번쩍이는 TV 빛이 저녁부터 소파에서 미동도 없이 굳어 있는 구썬시를 비췄다.


16


골목 안으로 또다시 안개가 찼다.

새벽과 함께 하늘이 천천히 밝아 왔다. 한 집씩 불을 밝혔다. 공용 주방에서 양치질과 세수를 하는 사람들이 점점 늘어났다. 여전히 잠이 덜 깬 눈으로 아직 밝지 않은 창밖의 새벽을 멍하니 바라보는 사람도 있었다. 누군가 수도꼭지를 제대로 잠그지 않은 것도 평상시와 같았다.

이제 골목 안에는 두 집이 비었다. 사람들은 이 두 집을 지나갈 때면 발걸음을 재게 놀렸다.


1분이면 이 세상 수많은 문이 열리고 닫히곤 한다. 빛이 쏟아져 들어오다가도 몇 초 후면 가려진다.

서로 다른 사람이 서로 다른 세계에서 살아간다. 빨란색,

파란색, 초록색, 흰색, 노란색, 심지어 분홍색 세상에서 산다. 그런데 왜 누군가는 검은색 세상에서 살아야만 하는 것일까.

어둠 속에서 떠오르는 것은 언제나 마지막까지 TV 화면에 남겨진 너의 얼굴이다. 빛을 잃고 화면 밖을 바라보는 듯한 눈과 끝내 다물지 못한 입이다. 뭐라고 하려다 입을 다문 너. 나에게 뭐라고 하고 싶었을까. '날 용서해 줘', 아니면 '날 구해 줘'였을까?

이 차가운, 한 번도 당신을 아껴 줘 본 적 없는 세상을 향해 무슨 말을 하고 싶었던 걸까. '미안해', 아니면 '네가 미워'였을까?

구썬시는 골목 입구에 서서 다시는 등불을 밝히지 못할 그 집을 바라보았다. 어둠 속에서 붉게 물든 눈이 비라도 내린 듯 젖어 왔다.


17


기억 속의 너는 잔뜩 긴장한 모습으로 나의 가슴에 귀를 갖다 대고 나의 심장 소리를 듣는다. 그리고 다시는 떠나지 않는다.

# 13장

꿈속에서 날카롭게 울리는 그 소리를 다시는 듣고 싶지 않다.
다시는 듣고 싶지 않다.

치밍이 잠에서 깼을 때는 이미 해가 진 후였다. 창밖에는 집집마다 등불을 밝혔다. 침대에 걸터앉아 창밖을 내다보니 강 위로 불을 밝힌 배들이 천천히 떠다니고 있었다.

자리에서 일어나 둘러보니 아빠 엄마는 집에 없었다. 일이 있어 외출했을 것이다.

TV를 켰다. 이리저리 돌려 봐도 온통 시시한 농지거리와 유치한 대화뿐이었다. 리모컨을 눌러 끄고 화장실로 가서 양치질을 하고 세수를 했다.

수건으로 물기가 남은 머리카락을 닦고 책상 앞에 앉았다. 노트를 펴고 뭔가를 두어 줄 썼다. 자리에서 일어나 창문을 모두 닫고 커튼을 내렸다. 전화선도 뽑았다. 집 안의 전기 스위치를 모두 내렸다.

모든 준비를 마치고 천천히 주방으로 갔다.

방으로 돌아와 침대에 누웠다. 어둠 속에서 그는 천천히 눈을 감았다.

어둠 속 너의 무거운 호흡은 새벽 골목의 익숙한 안개였다.

너의 따뜻한 가슴.

슬픔과 정적의 거대한 강이 천천히 흐르고 있었다.

## 에필로그


어둠은 어디에서 흘러나오는 걸까.

# 1

## 구썬시의 일기

창밖에 비가 내려.

비 오는 날은 기분이 별로 좋지 않아. 축축한 느낌이 마르지 않은 옷을 입고 있는 것 같거든.

네가 떠난 지 그리 오래된 것도 아닌데, 너에 관한 많은 것들이 생각나지 않아. 줄곧 왜 그런지 스스로에게 묻고 있어. 사람이라면 너를 잊으면 안 되겠지. 잊히지도 않아야 하고. 보통 사람이 이런 일을 겪으면 마음속에 평생 지워지지 않을 흔적이 남는다고 하잖아.

하지만 정말 많은 일이, 그냥 그렇게 조금씩 내 머릿속 저 깊은 곳에서 사라지고 있는 것 같아. 다행히 아주 얇은 하얀 막이 남아 점차 무뎌지는 나의 뇌를 살포시 감싸 주는 것도 같고. 그래서 가끔씩 아주 작은 기억의 한 조각이 떠오르는 건가 봐.

오늘 생물 시간에 생물의 본능에 대해 배웠어. 그제야 나는 내가 어떻게 이렇게 빨리 너를 잊을 수 있었는지 알게 되었지.

선생님의 설명에 따르면, 어떤 생물이든 해로운 것을 피해

생존에 이로운 것을 찾아가는 본능이 있다고 해. 자연스럽게 자기가 다치지 않을 환경을 선택하고, 자기가 편하게 느끼는 환경, 자기가 살아갈 수 있는 환경을 선택하는 거지. 물에 사는 짚신벌레는 소금물에 놓으면 곧바로 민물 쪽으로 헤엄쳐 가고, 사막에 사는 영양은 건기가 오면 그나마 관목이 있는 초원으로 옮겨 간다는 거야. 사람이 바늘에 찔리면 통증을 느끼기도 전에 손을 움츠리는 것도 마찬가지고. 그리고 나도. 너를 떠올리지 않으려고 스스로를 억눌렀겠지. 너를 떠올릴 때마다 너무도 괴로웠으니까.

그렇게 모든 생명은 완강하게 자신을 보호하는가 봐.

그런데 너희는 왜 모두 죽음을 선택한 걸까.

가장 자신을 보호해야 할 때, 너희는 모두 약속이라도 한 듯 포기해 버렸지. 자신을 포기했을 뿐 아니라 아직 보지 못한 이 세계를 모두 포기해 버렸어.


2


하루하루 여름이 다가왔다.

상하이는 일찍 날이 밝았다. 여섯 시쯤이면 창밖으로 해가 비쳤다. 다섯 시면 이미 환하게 밝아지는 아침은 아마도 며칠이 더 지나야 올 것이다.


구썬시는 식탁에 앉아 아침밥을 먹었다.

엄마는 여전히 구썬상이 평상시에 앉던 자리에 죽 한 그릇을 두었다. 구썬시는 김이 모락모락 피어오르는 죽을 힐끗 쳐다보고는 아무 말도 하지 않았다. 그저 고개를 숙이고 밥을 후후 불어 가며 입 안으로 밀어 넣을 뿐이었다.

TV 소리가 아주 작게 흘러나왔다. 요즘 주식 시장 상황과 집값 변동에 관한 내용이라는 것만 어렴풋이 알아들을 수 있을 정도였다.

엄마는 소파에 멍하니 앉아 있었다. 시선은 TV와 소파 사이 어디쯤에 고정된 것 같았다. 뭘 보고 있는지도 알 수가 없었다. 잠시 후면 가슴속 깊은 곳에서 격렬하면서도 무거운 한숨이 터져 나올 것이다. 그대로 길게 늘리면 울음소리로 들릴 그런 한숨이었다.

구썬시는 애써 엄마를 외면한 채 밥을 먹었다.

바람에 쓸린 구름이 파도처럼 밀려왔다. 일렁이는 기류가 그대로 보이는 하늘이건만 집 안은 너무도 조용했다. 창문을 너무 꽉 닫아서일까. 마치 물속에 잠겨 있는 것 같았다.

구썬상이 자살한 지 28일째 되는 날이었다.

# 3

교실로 들어선 중위엔은 자기 의자가 바닥에 뒹굴고 있는 것을 발견했다. 주변을 둘러보니 다들 자기 일로 분주했다. 옆자리 친페이페이는 책상 위로 몸을 한껏 빼고 앞에 앉은 여학생과 잡담 중이었다. 의자에 관심을 기울이는 사람은 아무도 없었다. 그러니 당연히 이 일에 대해 책임질 사람도 없겠다.

중위엔은 입술을 깨물며 의자를 일으켰다. 자리에 앉으려고 보니 뚜렷하게 찍힌 발자국이 보였다. 크기로 보아 여자 운동화 자국이었다.

중위엔은 아무 말도 하지 않고 의자를 힘껏 내팽겨쳤다.

요란한 소리에 돌아본 친페이페이는 의자에 찍힌 발자국을 발견하고는 헉 소리를 냈다. 그러고는 얼른 서랍에서 흰 수건을 꺼내 들었다. "자, 자, 닦아 내면 되지. 누가 그랬는지 몰라도 참 못됐네."

그녀의 손수건은 얼룩 하나 없이 깨끗했다. 중위엔은 고개를 들어 주변 남학생들의 타오르는 듯한 눈빛을 둘러보았다. 구역질이 났다.

손수건을 외면하고 옷소매를 당겨 발자국을 지웠다. 친페이페이의 얼굴에 난처한 웃음이 떠올랐다.

구썬시가 등교한 첫날 아침, 그의 앞자리에 앉은 두 여학생에게 일어난 일이었다.

심장 속 탁 트인 곳에서 무언가가 폭발했다. 그저 아무 소리도 기척도 없이 저 깊고 먼 곳에서 폭발한 것이었다. 멀리지평선 위로 조용히 피어오르는 버섯구름이 부드러운 석양빛 속에 눈부시게 빛났다.

언젠가 경험해 본 적 있는 듯한 느낌이었다. 강둑에 생긴개미구멍 하나에서 균열이 시작되어 전기가 통하듯 눈 깜짝할 사이에 퍼져 나가는 느낌.

분명 어디선가 이런 일이 있었다.
분명 언젠가 같은 표정을 지었다.


4


"걔 셔츠 정말 깨끗하지. 우리 반 다른 남자애들보다 훨씬깨끗해."

"셔츠 칼라 세운 거 봤어? 교복도 그렇게 입으니까 괜찮더라."

"머리카락 염색한 거야? 햇빛 받으니까 조금 붉은 것 같던데."

"말이 별로 없나 봐. 아침부터 지금까지 한마디도 안 했어."

화제의 중심이 된 구쎤시는 갑자기 고개를 들어 앞에 앉은 중위엔의 어깨를 톡톡 두드렸다. "학교 식당이 어디 있는지 알려 줄래?"

중위엔은 눈을 질끈 감았다. 그리고 잠시 후 구쎤시 쪽으로 몸을 돌렸다. "2관 뒤에 있어."

보지 않아도 알 수 있었다. 지금 이 순간 주변 여학생들의 모든 시선이 뾰족한 가시처럼 그녀에게 쏟아질 것이다.

"아, 알았어. 고마워. 나는 구쎤시야."

중위엔은 대답 없이 몸을 돌리고 고개를 숙인 채 서랍을 정리했다.

구쎤시는 어깨를 으쓱하고는 머리를 긁적였다.

옆에 있는 친페이페이가 환한 미소와 함께 고개를 돌렸다. "점심에 같이 밥 먹자. 내가 같이 갈게. 나는 친페이페이라고 해."

"아니, 괜찮아. 혼자 가도 돼." 구쎤시는 싱긋 웃어 보이고 교실을 나갔다.

친페이페이의 미소가 굳어 버렸다. 구쎤시의 웃음이 아무리 멋지다고 해도 이건 있을 수 없는 일이었다.

중위엔은 저도 모르게 살짝 옆을 살폈다. 순간 자신을 노려보는 친페이페이의 눈빛과 마주쳤다.

상관없어.

처음도 아니잖아.


5


수업을 마치자 저녁이었다. 저녁놀에 물든 빨간 구름이 일
렁거렸다. 운동장을 한 바퀴 둘러싼 무성한 나무가 천천히 하
늘 위로 치솟고 있었다. 저 하늘이 노을빛에 모두 타 버리고
나면 무엇이 나타날지 궁금했다. 여름의 하늘은 하루가 다르
게 높아지고 멀어졌다.

하루 종일 불어 대던 바람이 마침내 잦아들고 쨍한 하늘
만 남았다.

구썬시는 자전거를 끌고 운동장 가장자리를 걸었다. 운동
장에는 열 명 남짓 남학생이 모여 축구를 하고 있었다.

전학 온 학교의 축구장은 이전보다 더 크고 시설도 좋았다.
그 옆에는 실내 수영장과 다이빙대도 있었다. 게다가 테니스
장이 네 개에 그중 하나는 클레이 코트였다.

예전 학교보다 진학률도 좋고 그만큼 경쟁도 치열했다. 특
히 문과 쪽이 강해 여학생이 많았다.

사시사철 향기를 잃지 않는 녹나무도 예전 학교의 앙상하
게 줄기만 남은 오동나무와 사뭇 달랐다.

학생 수가 5000명이 넘다 보니 전교 조회라도 할라치면 운동장이 온통 새까맣게 채워졌다.

하지만 구썬시는 이런 변화들이 자기와 상관없는 일처럼 느껴졌다. 어떤 외로움 같은 것이 주변이 소란스러운 순간마다 가슴을 뚫고 튀어나왔다. 그러다 조용해지면 거대한 관목이 되어 휘청거렸다.

도무지 이 새로운 환경에 스며들 수가 없었다. 같은 옷을 입고 있어도 뭔가 미묘한 가림막 같은 것이 자신을 싸매어 주변 모든 이의 밖으로 떨어뜨려 놓는 것 같았다.

교문을 나서는데 중위엔이 역시 자전거를 끌고 옆을 지나쳐 갔다. 바퀴에 바람이 빠졌는지 움푹 꺼져 있었다.

"왜 그런 거야?" 구썬시가 중위엔의 등 뒤에서 외쳤다.

중위엔은 고개를 돌렸다. 구썬시의 시선이 느슨한 타이어에 꽂혀 있는 것을 보았지만 대답할 말이 없었다. "아무것도 아니야." 그녀는 고개를 젓고 다시 돌아서서 자전거를 끌기 시작했다. 구썬시는 잠시 멍하니 서 있다가 자전거에 올라타 집으로 향했다.

자기와는 상관없는 세상 같지만 모두가 자궁 속 태아처럼 이 세계 속에서 태동하고 있다. 실타래처럼 얽힌 채.

어느 날 탯줄을 자르고 양수를 빼 버리면, 그래서 자궁과

연결된 모든 매개물을 걷어 내 버리면 어떻게 될까? 고요하
면서도 거대한, 자신과는 아무 관계 없다고 생각한 이 세상은
어떻게 되는 걸까?


6


집에 도착해 문을 밀었지만 열리지 않았다. 몇 차례 문을
두드려도 안에서는 인기척이 없었다. 가방을 내려놓고 한참
을 뒤적이고 나서야 열쇠를 찾을 수 있었다.

엄마는 식탁에 앉아 멍하니 TV를 바라보고 있었다. 아빠
는 신문을 펼쳐 든 채 소파에 앉아 있었다.

만일 돌아온 사람이 구썬상이었다면 어땠을까. 생각하지
않으려 해도 그럴 수가 없었다. 아마도 엘리베이터가 땡 하고
열리는 순간 엄마는 손을 문지르며 문 앞으로 달려 나왔겠지.
물론 이미 세상을 떠난 누나와 비교하려는 것은 아니었다.

말없이 열쇠를 가방에 집어넣으며 슬리퍼로 갈아 신고 집
안으로 들어섰다.

문소리에 아빠가 신문을 내려놓았다. 돋보기 너머의 시선
이 구썬시에게 와 닿았다.

"아, 썬시 왔구나. 밥 먹어야지."

구썬시의 옆자리는 여전히 비어 있었다. 하지만 그 자리에

는 숟가락 젓가락이 나란히 놓이고 밥도 한 그릇 놓여 있었다. 구썬시는 못 본 척 고개를 숙이고 밥을 먹으며 이따금 TV로 시선을 던졌다.

TV에서는 새로운 전쟁 무기의 개발과 제한에 대한 프로그램이 나오고 있었다. 남학생이라면 흥미로워할 만한 주제였다. 구썬시는 밥 한 그릇을 다 비우고 TV에 시선을 고정한 채 누나 자리에 놓인 밥그릇을 집어 들었다.

"뭐 하는 짓이야!" 옆에 앉아 말 한마디 없던 엄마가 갑자기 정신이 돌아온 듯 구썬시를 쏘아보았다.

"밥 먹잖아요." 담담한 목소리로 대답했다. 눈길조차 돌리지 않았다.

"그거 당장 내려놔!" 갑작스럽게 높아진 목소리에 구썬시는 흠칫 놀랐다. 하지만 동시에 마음속에 압정을 뿌려 놓은 것처럼 반감이 치솟았다.

"여기 뒤 봤자 먹는 사람도 없는데, 어차피 그냥 버리잖아요." 구썬시는 참지 못하고 대답했다.

"버리더라도 딴 사람은 못 줘!"

"그러세요. 버리면 쥐가 먹겠죠!"

"이 빌어먹을 놈!" 엄마는 반찬 접시에 높인 국자를 들어 구썬시를 향해 휘둘렀다. 고개를 틀어 국자를 피했지만 머리 위로 기름이 이리저리 튀었다.

구썬시는 자리에서 벌떡 일어났다. 그 서슬에 의자가 뒤로 쾅 쓰러졌다. "나도 나가 죽어야 좋으시겠어요. 그러면 기분이 좀⋯⋯."

말이 끝나기도 전에 옆에 있는 아빠의 손이 날아들었다. 따귀 소리와 함께 말소리가 끊겼다.


## 7
## 구썬시의 일기


사실 사람들은 모두 과거, 현재, 미래 중에 과거에서 살기를 바랄 거야. 현재는 온갖 고통을 겪고 있으니까. 그리고 미래는 어떤 고통을 겪게 될지 몰라서 불안하니까. 이런 것들이 우리의 본능을 건드리는 것이겠지. 해가 되는 것을 피하고 좋은 것을 찾아가는 생물의 본능처럼, 우리는 현재를 원하지 않고, 또 미래를 기대하지도 않는 거지.

하지만 과거의 것들은 대부분 미화되잖아. 고통은 잊고 좋은 기억만 남게 되지.

그래서 과거는 모두 허위로 느껴질 만큼 아름다운 모습을 하고 우리 앞에 나타나곤 하는 것 같아. 그렇게 하여 고치로 둘러싸인 유충처럼 이미 지나간 허구의 공간 속에서 기꺼이 머물게 만드는 거지.

나 역시 아빠 엄마의 심정을 이해해.

나도 누나가 너무나 보고 싶으니까.

8

새 학교의 교복은 흰색이었다. 좋은 점도 있고 나쁜 점도 있었다.

좋은 점은 여학생들이 더 순수하고 귀엽게 보이고 남학생들은 왕자라도 된 듯 당당해 보이는 것이었다. 물론 교복을 입은 사람의 외모에 따라 그 느낌이 조금씩 달랐지만.

나쁜 점이라면 위생에 신경 쓰지 않으면 그 자체로 악몽이 될 수 있다는 점이었다. 평상시에 아무리 깔끔한 사람이라도 이따금 부딪칠 수밖에 없는 문제들이 있었다.

체육 수업을 마치자마자 중위엔은 교실로 뛰어 들어갔다. 자리에 앉는 순간 엉덩이에 축축한 한기가 느껴졌다. '이런, 하필이면 지금 시작한담?' 하지만 이 축축함은 바깥에서부터 스며드는 것이었다. 중위엔은 자리에서 일어나 의자를 살폈다. 빨간 잉크의 얇은 막이 의자 위에 분명히 남아 있었다.

중위엔은 황급히 뒤를 돌아보았다. 치마 뒤쪽에 빨간 잉크 자국이 선명하게 드러났다. 와락 눈물이 솟구쳤다.

수업이 이미 시작되어 화장실에는 아무도 없었다. 중위엔은 치마를 벗고 속옷 차림으로 다리를 드러낸 채 세면대에 서서 치마를 빨기 시작했다.

주위는 조용했다. 쏴아쏴아 수도꼭지에서 물 쏟아지는 소리만 울렸다.

장난을 친 사람은 빨간 잉크에 일부러 검은 잉크를 조금 섞어 대부분이 그다지 떠올리고 싶어 하지 않는 색을 만들어 냈다.

중위엔은 치마를 빨면서 연신 손을 들어 눈물을 훔쳤다.

여학생 하나가 화장실에 들어왔다가 치마를 벗은 중위엔과 세면대에 번진 붉은색을 보고는 곧바로 돌아서서 나가 버렸다.

중위엔은 수도꼭지를 잠갔다. 줄곧 굳게 오므렸던 입술에서 힘이 빠지자 뜨거운 눈물이 쏟아져 내렸다.

주변은 유난히 조용했다. 남은 물방울이 수도꼭지에서 한 방울 한 방울 떨어지는 소리까지 선명하게 들렸다. 창밖으로 여름의 공기가 은근하게 흐르고 있었다.


9


다시 교실로 돌아오니 물리 수업이 한창이었다.

중위엔은 아무 말 없이 교실에 들어와 자리로 향했다.

물리 선생님은 이 버릇없는 학생을 불러 세우려 했지만, 마침 강단 아래를 지나는 학생의 물이 뚝뚝 떨어지는 치맛자락과 붉은 얼굴을 보고는 입을 다물었다.

중위엔이 자리에 앉자 옆자리 친페이페이가 가만히 책상 아래로 생리대 하나를 건넸다. 중위엔은 잠시 그녀를 노려보다가 친페이페이의 손을 쳐 냈다. 너무 힘이 들어갔는지 찰싹, 하는 소리가 교실에 울렸다.

"왜 그래?" 친페이페이가 원망하는 듯한 목소리로 물었다.

"내가 묻고 싶은 말이야. 왜 그랬어?" 중위엔은 반쯤 마른 눈물을 마저 닦고 침착하게 친페이페이를 응시했다.


10


수업이 모두 끝나고 중위엔은 치마를 돌려 얼룩이 앞으로 오게 한 후 큼직한 책으로 얼룩을 가린 채 집으로 향했다.

구썬시는 멀리서 그녀를 발견하고 페달을 밟아 다가갔다.

"자전거 어쩌고?"

"고장 났어." 그녀는 고개를 돌려 구썬시인 걸 확인하고 담담하게 대답했다.

구썬시는 자전거에서 내려 그녀 옆에서 함께 걸었다. "걔들이 항상 그렇게 괴롭혀?"

"무슨 소리야. 그런 일 없어." 갑작스러운 물음에 중위엔이 고개를 번쩍 들었다.

석양을 받은 중위엔의 얼굴이 한없이 투명해 보였다. 슬퍼 보이던 어떤 표정이 기억 속에서 천천히 되살아나 구썬시의 가슴을 때렸다. "타. 태워다 줄게."

중위엔은 생각지도 못한 상황이었다. 이제 막 전학 온 남학생 아닌가.

"타. 그렇게 하고 어떻게 집까지 가려고 그래." 구썬시는 조금 앞으로 당겨 앉으며 뒷자리를 두드렸다.

중위엔은 고개를 숙인 채 잠시 생각에 잠겼다가 곧 옆으로 올라탔다.

그리고 모든 드라마가 그렇듯 교문을 빠져나가려는 순간 친페이페이와 맞닥뜨렸다.

구썬시를 발견한 친페이페이는 환하게 웃으며 인사를 건넸다. 자전거로 다가와 구썬시 뒤에 앉아 고개를 숙이고 있는 중위엔을 보고는 미소가 더욱 환해졌다. "어머, 이렇게 차별하기야? 다음에는 나도 태워 줘."

중위엔은 얼른 자전거에서 내려 앞으로 달려갔다. 구썬시는 그녀 때문에 휘청거리는 자전거를 붙잡았다. "중위엔!" 아무리 불러도 그녀는 대답이 없었다.

구썬시는 고개를 돌려 친페이페이를 바라보았다. "너 그거 알아? 내가 아는 어떤 여학생이랑 너랑 많이 닮았어."

친페이페이는 눈에 익은 미소를 지어 보였다. "정말? 예전 친구야, 아니면 여자친구?."

구썬시는 고개를 저었다. "아니, 굉장히 싫어하던 애야."


11


집에 오자마자 에어컨을 세게 틀었다. 샤워를 마치고 웃옷을 벗은 채 앉아 있자니 조금 추웠다. 에어컨을 끄기 위해 몸을 일으켰다. 리모컨을 집으려다 유리창을 보니 바깥의 뜨거운 공기와 만나 물기가 잔뜩 서려 있었다.

책상 앞으로 가서 스탠드를 켜고 흰색 일기장을 펼쳤다. 이야오가 자살하고 일주일 뒤 우체국을 통해 배달된 것이었다. 우편물 봉투를 찢다가 첫 장 오른쪽 아래의 '이야오'라는 이름을 발견하고 눈물이 주르륵 흘러 배달원이 놀라기도 했다.

구썬시는 이 일기장을 반쯤 읽었다. 아마도 이야오의 여러 일기장 가운데 한 권일 것이다.

펼쳐진 페이지에는 이렇게 쓰여 있었다.


오늘 웬 남학생이 나에게 100위안을 줬다. 무슨 생각인지 나는 알고 있다. 분명 탕샤오미가 뭐라고 수군거렸겠지. 도대체 언제쯤 이딴 짓을 그만둘까. 이제 정말 견딜 수가 없다.

그런데 그 남학생이 나 대신 연못에 빠진 가방을 꺼내 주었다. 이 추운 날씨에 맨발로 연못에 들어가는 것을 보자니 너무너무 미안했다. 고맙다는 인사를 했어야 하는데, 100위안을 주며 나를 창녀 취급한 게 떠올라 그냥 아무 말도 하지 않았다. 어쩌면 가방을 꺼내 준 게 내가 자 줄 거라고 생각해서인지도 모른다. 그 속을 누가 알겠어.


구썬시는 붉어진 눈가를 문질렀다. 바로 지난겨울의 일이다. 그런데도 이렇게 멀게만 느껴진다. 마치 지금과 그때 사이에, 하루에 한 장씩 간유리를 끼워 넣은 것처럼 멀게 느껴졌다. 200조각 간유리 너머의 그 일은 겨우내 바람이 불어도 흩어 버리지 못할 짙은 안개를 사이에 두고 있는 듯했다.


### 12


세상에는 많고 많은 어둠이 있다.

짙은 녹음. 달의 뒷면. 건물과 건물 사이의 틈새. 그리고 서늘한 새벽의 골목. 갑자기 꺼진 휴대폰의 화면. 깊은 밤 전원 버튼을 누른 TV. 갑자기 꺼진 등불.

그리고 마음 깊은 곳. 무수히 어둠을 묻어 둔 곳. 무수히 어둠을 내뿜는 샘.

그것 모두는 무궁무진한, 뭐라 이름 붙일 수 없는 감정을 품고서 폭풍처럼 작은 세계 하나하나를 휩쓸고 간다.


13


예전에 있었던 일들을 이야기한다면, 사춘기 여학생들 사이에서 일어나는 작은 소동쯤 될 것이다. 하지만 오늘 아침에 일어난 일은 그런 말로는 표현할 수 없는 것이었다. 적어도 이 일은 학교 교무실을 발칵 뒤집어 놓았다.

아침에 등교해 문을 열고 들어온 학생들은 칠판을 가득 채운 수많은 사진을 볼 수 있었다. 사진에 찍힌 것은 놀랍게도 같은 반 여학생의 나체였다. 다른 건 몰라도 이런 일에 대해서는 학교라는 시스템이 조용히 넘어갈 수가 없었다.

남학생이든 여학생이든 흥분과 기대, 경멸이 섞인 눈빛을 감추지 못했다. 사진 속 주인공인 중위엔을 제외하고는. 그리고 중위엔 뒤에서 한마디도 하지 않는 전학생 구쎤시도 여느 학생들과 다른 표정이었다.

사진은 분명 중위엔의 얼굴을 성인 영화 여배우의 몸에 합성해 붙인 것이었다. 하지만 기술이 좋아서인지 영락없이 중위엔 본인인 것처럼 보였다.

일찍 교실에 도착한 몇몇 남학생은 심지어 사진을 몇 장 찍어 가방에 챙겨 넣기까지 했다. 대부분의 학생들이 도착했을 때는 이미 몇 장 남지 않은 상태였다.

중위엔이 교실에 들어섰다. 아이들의 시선이 자신에게 꽂히는 것을 느낄 수 있었다. 여학생들은 고것 참 쌤통이다 하는 표정이었고, 남학생들은 복잡하면서도 뭔가 야릇한 의미를 담은 눈빛이었다.

중위엔이 의아한 표정으로 칠판 쪽을 향했을 때 교실은 물을 끼얹은 듯 조용해졌다.

바로 그 침묵을 깨고 구쎤시가 교실로 들어섰다. 그의 눈에 들어온 것은 꿀 먹은 벙어리처럼 입을 닫은 눈빛들 속에서 붉어진 눈으로 입술을 깨문 채 칠판에 붙은 종이들을 갈기갈기 찢고 있는 중위엔의 모습이었다.

중위엔은 칠판에 남은 종이를 모두 찢어 버리고서 자리로 돌아와 앉았다. 고개를 숙인 그녀의 어깨가 분노로 떨리고 있었다.

"친페이페이, 빨간 잉크 좀 빌려 줘!" 중위엔이 갑자기 고개를 돌렸다.

마침 메시지를 보내고 있던 친페이페이는 화들짝 놀랐다. "내가 빨간 잉크가 어디 있다고……." 웅얼거리는 목소리로 대답하는 그녀에게 중위엔은 히스테릭하게 고함을 쳤다. "네 서랍에 있잖아! 반 정도 쓴 그거!"

교실 안은 쥐 죽은 듯 조용했다.

친페이페이가 침착한 목소리로 입을 열었다. "안 그래도 물어보려던 참이야. 쓰다 만 빨간 잉크를 내 서랍 안에 넣어 둔 게 누군지."


14


중간 체조 시간에 중위엔은 교무실로 불려 갔다.

반듯한 줄 가운데 비어 있는 자리를 보면서 구쎤시는 초여름 상하이의 태풍처럼 어지러이 흩날리는 기분을 좀처럼 가라앉힐 수가 없었다.

앞에 선 몇몇 남학생은 아직도 합성된 사진 얘기를 하고 있었다. 간간이 지저분한 말이 흘러나왔다. 구쎤시는 주먹을 꽉 쥐었다. 관자놀이에서 혈관이 마구 날뛰기 시작했다.


15


수업이 끝나자 아이들은 금세 교실을 빠져나갔다. 남자아이들은 축구장이나 PC방으로 몰려가고, 여자아이들은 삼삼오오 쇼핑몰에서 만날 약속을 잡았다. 순식간에 텅 비어 버린 교실 안에서 중위엔은 책상에 엎드려 있었다. 간간이 어깨가 흔들렸다. 하지만 어스름한 황혼 빛 속에서 그 미세한 움직임을 알아차리기는 쉽지 않았다.

그녀 옆 커다란 창밖으로 석양이 아름답게 물들어 갔다.

한참 후 그녀는 자리에서 일어나 가방을 챙겨 들고 천천히 교실을 나섰다.

책상이 흥건히 젖어 있었다.


복도 끝에 서 있던 구쎤시는 중위엔이 교실을 나가는 걸 확인하고 교실로 돌아갔다. 밖은 진한 녹음이 가득했다.

그는 교실 뒤편 청소함에서 깨끗한 걸레를 꺼내 중위엔의 젖은 책상을 닦았다.

책상 닦는 소리가 공기 속으로 떠올라 천천히 책상 위를 채웠다.

소음은 모든 책상을 덮었지만, 이제 막 물기를 닦아 낸 자국이 있는 이 책상은 다른 책상들과 분명 다른 것이었다. 같은 교복을 입은 많은 학생 가운데 혼자 따로 떨어져 있는 자신 같았다.

구쎤시는 아무도 없는 교실에 한동안 서 있었다.

시간이 천천히 흘렀다.

## 16

　끝없이 솟아나는 어둠의 샘이 있다.

　그곳에서 솟아난 차갑고 새까만 샘물이 천천히 모든 이의
마음을 적신다.


## 17
### 구썬시의 일기

　왠지 이유는 알 수 없지만, 갑자기 네가 떠올랐어. 그동안
꽤 오랫동안 널 떠올리지 않았거든.

　일기에 '너'라는 글자를 쓰면 마치 너에게 편지를 쓰는 것
처럼 보이겠지. 그런데 정말 너에게 편지를 쓰고 싶어.

　TV에서 봤는데, 에베레스트산 연구소에도 편지를 보낼 수
있대. 우주에 떠 있는 우주정거장에도 편지를 보낼 수 있고.
이 세상에서는 하고 싶은 말이 있으면 얼마든지 상대에게 전
할 수 있는 거지.

　하지만 지금 너는 어떤 세상에 있는지 모르겠다.


　그래도 우리가 함께 있었던 이 세상보다 엉망은 아니겠지.
이 세상에는 진심으로 널 아껴 준 사람이 없었잖아. 나도 마

찬가지였고. 나도 널 아껴 주지 못했어.

"만일 그때 ……했다면, 아마도…….'나 "……하지 않았으면 좋았을 텐데." 같은 걸로 시작할 수 있는 말은 많겠지. 하지만 이런 말들이 이제 와서 무슨 소용이겠어.

TV에서 마지막으로 본 너의 얼굴 그리고 네 묘비에 있는 흑백사진은 정말 조용한 표정이었어. 요 며칠 사이에 나는 계속 그 얼굴을 떠올리고 있어.

마음이 정말 괴로워.


상하이에 여름이 왔어.

세상이 온통 초록색이야. 내 기억에 넌 이걸 참 좋아했던 것 같아.


18


중간 체조 시간에 구썬시는 허락을 구하고 양호실에 갔다. 아침에 계단을 올라오다가 삐끗해 발목을 삐었기 때문이다.

양호실에 갔다가 돌아올 때까지도 체조는 끝나지 않았다. 교실에는 아무도 없었다. 모두가 운동장을 새까맣게 채운 채 멋대로 팔을 휘두르고 있었다.

구썬시는 자리로 향했다. 발에 연고를 바르고 혈액순환을 도와준다는 약도 뿌렸지만 큰 도움은 되지 않았다. 여전히 힘을 주기가 쉽지 않았다.

아니나 다를까, 자리에 거의 다 왔을 때 갑자기 발에 통증이 와서 순간적으로 앞에 있는 책상을 짚었다. 그 바람에 친페이페이의 책상이 콰당 하고 쓰러지며 서랍에 있던 물건과 가방이 와르륵 쏟아졌다. 얼른 가방을 집어 드는 순간 이번에는 가방에서 종이 뭉치가 쏟아져 나왔다. 종이에는 중위엔의 얼굴과 성인 영화 여배우의 적나라한 나체가 찍혀 있었다.

구썬시는 종이 뭉치를 집어 천천히 친페이페이의 가방에 넣었다.


19


어떤 통증은 근육에서 느껴진다. 계단에서 발을 헛디뎌 무릎과 발목에 부상을 입는다면 하루 종일 분명한 통증이 계속 전해질 것이다. 자리에서 일어날 때, 걸을 때, 쭈그리고 앉을 때, 계단을 내려갈 때 등 모든 움직임에 이 분명한 통증이 동반될 것이다.

그런데 어떤 통증은 도무지 알 수 없는 곳에서 전해진다. 가볍게 심장 깊은 곳을 좀 건드려 봤을 뿐인데 이 통증은 대뇌로 전달된다. 통증이 어디에서 왔는지, 어떻게 나타나는지 알 수 없다. 게다가 이것은 분명 생리적인 현상 같지 않다.

복사된 사진 뭉치가 친페이페이의 가방에서 쏟아져 나온 그 장면이 하루 종일 구썬시의 몸속에서 도무지 끝날 줄 모르는 통증을 일으켰다. 어떤 영구 기관이 몸속에 설치되어 계속해서 통증을 만들어 내는 것 같았다. 그런데 어디서 오는 것인지 알 수가 없었다.

갖은 애를 써서 겨우 잊은 일이 어느 순간 다시 불을 밝히자, 사진 속 무표정한 중위엔의 창백한 얼굴이 기억 속의 어떤 표정과 겹쳐졌다.

네 마음속은 너무나도 고통스럽겠지? 창백한 그 얼굴은 어떤 표정도 짓지 않지만 말이야.

## 20
### 구썬시의 일기

새로운 학교는 많은 부분이 예전 학교와 달라.

수업 시간, 체육 수업 운동장 사용, 수영장 개장 시간, 심지어 식당 음식까지도. 모든 곳에 '이곳은 새로운 환경입니다'라고 적혀 있어서 매시간 매분 매초, 나에게 확인시켜 주는 것 같아. 다른 별에서 여행 와 이 새로운 세상에 도무지 녹아 들지 못하는 듯한 느낌이 들 때도 있어.

이 학교 나무는 대부분 녹나무야. 우리가 전에 다닌 학교와 달리 높이 치솟은 오동나무는 거의 보이지 않아. 그래서 하늘을 향해 제멋대로 뻗어 나가는 날카로운 가지도 찾아볼 수 없어.

같은 반에 중위엔이라는 여자애가 있는데 너랑 많이 닮았어. 얼굴이 닮았다는 게 아니라 작은 몸 안에 숨긴, 흔히 영혼이라고 부르는 그게 닮았어. 이런 식으로 말하는 게 되게 느끼하고 가식적이라는 걸 알아. 하지만 정말 그렇게 느껴져.

나도 모르게 계속 일기를 편지처럼 쓰고 있네. 너는, 네가, 너를, 이렇게 부르는 말투로 일기를 쓰니까 기분이 이상하다. 정말 너한테 편지를 쓸 수 있다면 좋을 텐데. 지금 어떻게 지내는지 물어보고 싶어.

창밖은 숨소리조차 들리지 않는 깊은 밤이야. 가끔씩 택시가 '빈 차'라고 적힌 등을 밝히고 지나가곤 해.

잠이 오지 않아.

눈을 감지 못하고 네 마지막 모습을 보고 있어.

2교시 수업을 마치고 반 학생들은 체육관 탈의실로 향했다. 삼삼오오 짝을 지어 움직이는 여학생들 뒤로 중위엔은 혼자 뒤처져 걸었다. 중위엔은 그런 무리에 끼어 본 적이 없었다. 여학생들이 그녀를 따돌리는 건지, 아니면 그녀 스스로 다가가기를 꺼리는 건지 알 수 없었다. 언제나 혼자였다. 그렇다고 해서 소위 고독이라든지 하는 감정을 느끼지는 않았다. 중위엔은 오히려 그쪽이 홀가분했다.

중위엔은 체육복으로 갈아입고 운동화를 꺼내기 위해 사물함 앞에 섰다. 사물함 자물쇠가 망가져 있었다. 누가 그랬는지 걸쇠가 사물함에서 떨어져 덜렁거렸다.

그녀 주변에서는 이런 일이 늘 일어났다. 교과서는 항상 없어지고, 자전거 바퀴는 수시로 바람이 빠졌으며, 책상 서랍에 넣어 둔 과일은 누군가에 의해 쓰레기통에 처박히기 일쑤였다.

중위엔은 이미 습관이 된 것처럼 보였다. 걸쇠도 그저 무심히 대충 걸어 두었다. 제대로 고친다고 해도 며칠 후면 또 떨어질 것이 뻔했다. 안에 넣어 두는 것도 값나가는 게 아니라 신발과 교복 정도라 상관없었다.

중위엔이 운동화에 한쪽 발을 넣는 순간, 친페이페이와 몇몇 여학생이 옆에 서서 귓속말을 하며 눈으로는 자신을 훑어

보는 것이 보였다. 중위엔과 눈이 마주치자 얼른 시선을 돌렸다.

중위엔도 고개를 돌렸다. 상관하고 싶지 않았다. 자기 얘기를 하고 있겠지. 이것도 이미 익숙해진 일이었다. 발을 신발에 넣고 힘껏 밀어넣는 순간, 중위엔은 바닥에 쓰러지고 말았다.

양말에 붉는 점이 여기저기 번지기 시작했다. 신발을 기울여 털자 압정이 쏟아졌다.

친페이페이는 아무것도 모르는 듯 눈을 크게 뜨고 손으로 입을 가렸다. 지나치게 놀라는 모습이었다.

그녀는 중위엔에게 다가가 쪼그리고 앉더니 손으로 중위엔의 발을 감쌌다. "괜찮아? 너한테 조심하라고 얘기해 주려고 했는데. 나도 아까 내 신발 속에서 이런 걸 봤거든."

자신의 운동화를 뒤집어 보이자 마찬가지로 압정이 바닥에 떨어졌다.

중위엔은 너무 아파 온 얼굴에 땀이 배어 나왔다. 고개를 들어 잡티 하나 없는 친페이페이의 반짝이는 얼굴을 한 번 쳐다보고는 힘껏 팔을 휘둘렀다.

그러나 그녀를 쓰러뜨릴 수는 없었다. 친페이페이는 중위엔이 이렇게 나올 줄 알았다는 듯 고개를 옆으로 틀어 손을 피했다. 그녀는 중위엔의 발을 한쪽으로 팽개치고 벌떡 일어났다. 바닥에 쓰러진 중위엔을 노려보는 그녀의 표정에는 분노와 의혹이 뒤섞여 있었다. 하지만 목소리에서는 어떤 감정도 느껴지지 않았다. "너 어디가 어떻게 된 거 아니니?"


## 22


중위엔은 절뚝거리며 양호실을 찾았다. 문을 열자 의자에 앉아 약을 바르는 구쩐시가 눈에 들어왔다.

구쩐시는 양말만 신고 들어서는 중위엔의 발로 시선이 갔다. "무슨 일이야?"

중위엔은 대답 없이 양호 선생님 앞에 앉으며 작은 소리로 말했다. "선생님, 발을 다쳤어요."

양호 선생님은 양말을 벗어 보라고 한 뒤 촘촘히 찍힌 바늘 자국을 보고 의아한 듯 물었다. "어쩌다 이랬어?"

"신발 속에 압정이 있었어요."

"뭐라고?" 양호 선생님은 마스크를 벗고 놀라움을 감추지 못했다.

옆에 앉은 구쩐시는 말이 없었다. 그저 고개 숙인 중위엔을 바라볼 뿐이었다.

창밖으로 체육 선생님의 호루라기 소리가 청량하게 울렸고, 여름의 작열하는 태양이 운동장을 뜨겁게 달궜다.

## 23

오전 수업이 끝나고 학생들은 식당으로 줄지어 몰려갔다. 배고픔은 가장 좋은 채찍이었다. 학생들은 경주라도 하듯 쏜살같이 식당으로 내달렸다. 교실은 어느새 텅 비었다.

중위엔은 그대로 자리를 지켰다. 압정이 박혔던 곳에서 여전히 통증이 전해졌다. 두피의 어느 한 곳을 마구 당기는 듯한 통증이었다.

구썬시는 자리에 앉아 있는 중위엔을 보고 곁으로 다가갔다. "뭐 먹을래? 내가 식당에 가서 사다 줄게."

중위엔은 구썬시의 발을 쳐다보았다. "너도 발을 다쳤잖아. 그럴 것 없어. 안 먹어도 돼."

"괜찮아. 어쨌거나 나는 갈 거니까. 난 배고픈 건 못 참거든. 말해 봐, 내가 오는 길에 사 오면 되니까."

중위엔은 고개를 들어 자기 앞에 단단하게 버티고 선 소년을 바라보았다. 잠시 우물거리다 결국 대답했다. "그럼 아무거나 사다 줘. 식당 음식이 다 비슷하지 뭐."

"응."

구썬시의 뒷모습이 복도 끝에서 사라졌다.

중위엔은 책상에 엎드려 텅 빈 복도를 바라보았다. 정오의 햇빛이 유리창을 통해 비스듬히 들어왔다. 남학생들이 축구를 하면서 피어오른 먼지가 그 속에서 천천히 떠다녔다.

중위엔은 팔로 머리를 감쌌다. 눈가가 천천히 붉어져 왔다.


24


구썬시가 식당에 도착했을 때는 대부분의 학생들이 이미 자리를 잡고 앉아 식사 중이었고, 배식대에서는 구썬시처럼 늦게 온 학생들이 남은 음식에 대해 불평하고 있었다.

구썬시는 음식을 싸 갈 일회용기 두 개를 들고 배식대에 섰다. 조금도 먹음직스럽지 않은 채소볶음 몇 가지와 기름이 잔뜩 낀 돼지고기가 보였다. 한숨을 푹 쉬고 배식대 안쪽을 향해 외쳤다. "삶은 달걀 있나요?"


친페이페이 앞에는 학교에서 공통으로 사용하는 알루미늄 도시락이 놓여 있었다. 하지만 쌀밥 외에는 아무것도 들어 있지 않았다. 그녀는 학교 식당에서 파는 음식을 먹지 않고 집에서 만든 온갖 반찬을 보온 도시락에 싸 와서 주변에 있는 몇몇 여학생과 함께 먹었다. "나 좀 도와줘. 혼자 다 못 먹고 버리면 아깝잖아."

구썬시는 그녀 뒤에서 미간을 찌푸렸다.

친페이페이의 어깨를 톡톡 쳤다. 친페이페이는 고개를 돌려 요즘 여학생들 사이에서 가장 화제가 되고 있는 전학생이

자기 뒤에 서 있는 것을 보고는 눈이 반짝 빛났다. 환한 미소
가 예쁜 얼굴이었다. "어머, 여기 웬일이야?"

"중위엔 신발 속의 압정은 뭐야?"

"응?" 친페이페이의 얼굴에서 미소가 사라지더니 사뭇 섬
뜩하게 느낄 만한 표정으로 바뀌었다. "그게 무슨 말이야?"

"그러니까……." 구썬시는 고개를 숙여 친페이페이의 얼굴
을 똑바로 바라보았다. "중위엔 신발 속에 압정을 넣은 사람
이 너 아니냐고."


25


구썬시는 일회용 도시락을 중위엔 앞에 놓았다. 그리고 뒷
자리에 앉아 밥을 먹기 시작했다.

중위엔이 뒤돌아보며 작은 목소리로 말했다. "고마워." 그
리고 잠시 후 "얼마야?" 하고 물었다.

구썬시는 고개를 숙인 채 입 안의 음식을 씹으며 웅얼거렸
다. "괜찮아. 얼마 안 했어."

더 이상 대답이 없었다. 구썬시가 고개를 들었다 자신을 노
려보는 중위엔과 눈이 마주쳤다. "왜 그래?"

중위엔이 입술을 깨물었다. "네가 사 줄 필요 없어. 내가 돈
이 없는 것도 아니고."

구썬시는 뭐라고 하려다 말고 대답했다. "4위안 5마오."

구썬시는 주머니를 뒤적거리는 그녀의 정수리를 가만히 바라보았다. 부드러운 머리카락 사이로 하얀 두피가 보였다. 구썬시는 그녀의 침묵을 보면서 마음이 조금씩 구겨지는 것을 느꼈다. 젖은 종이가 천천히 바람에 말라 수많은 주름이 남아 있는 것 같았다.

"고마워." 중위엔은 동전 몇 개를 찾아 구썬시의 책상에 올려놓고는 돌아앉아 고개를 숙이고 조용히 밥을 먹었다.


학생들이 하나둘 식사를 마치고 교실로 돌아왔다.

남학생 한 명이 농구공을 끼고 돌아와 중위엔 앞 빈 공간에서 탁탁 공을 튀겼다. 순식간에 먼지가 일었다. 중위엔은 여전히 고개를 숙인 채였다.

구썬시가 일어났다. "공놀이를 하려면 나가서 해. 밥 먹고 있잖아."

남학생이 고개를 들었다. 눈앞에 선 키 큰 전학생을 향해 입을 비죽거리며 말없이 공을 가지고 나갔다.

창밖 공기 속으로 오후의 나른한 방송이 들렸다. 여자아이의 달콤한 목소리에 이어 유행하는 노래가 흘러나왔다. 예전 학교와 유일하게 비슷한 점이라면 이거였다. 같은 나이에는 언제나 같은 노래를 좋아하는 걸까.

노래가 녹나무 사이를 타고 빠져나가 학생 한 명 한 명의 귀로 들어갔다. 약간의 잡음과 전류 튀는 소리가 은은한 선율 속에 섞여 있었다. 순옌즈의 〈비 오는 날〉이었다.

넌 이해할 수 있을까. 나의 비 오는 날을.

## 26

친페이페이가 교실로 돌아올 때까지도 중위옌은 여전히 식사 중이었다.

자리로 돌아와 앉은 그녀는 고개를 돌려 중위옌을 노려보았다. 중위옌은 고개를 숙인 채 전혀 반응하지 않았다.

뒤에 앉은 구썬시는 두 여학생을 가만히 바라보았다. 뒤로 고개를 돌리던 친페이페이는 구썬시와 눈이 마주쳤다. 친페이페이는 다시 중위옌을 향해 고개를 돌리며 크지도 작지도 않은, 마침 주변에 앉은 세 사람 정도만 들릴 만큼 작은 목소리로 속삭였다. "입 함부로 놀리면 밥 먹다 목이 막혀 죽을 수도 있어."

중위옌은 젓가락질을 멈췄다. 천천히 자리에서 일어나 도시락을 정리해 교실 밖으로 나갔다.

## 27

오후가 되자 시간은 더 빨리 지나갔다.

여름 해의 열기에 여학생들은 목이 드러나도록 머리를 높이 묶고, 남학생들은 셔츠를 풀어헤쳤다. 이런 더위에 머리 위에서 돌아가는 선풍기는 별 도움이 되지 못했고, 창밖 매미 소리로 청각은 점점 더 둔감해져 갔다.

몇몇 학생은 아예 책상에 엎드려 잠을 자고 일부 학생은 노트 필기에 열중했다. 그 외에 대부분은 어떻게든 정신을 차리려 애를 쓰며 눈가에 눈물이 맺히도록 하품을 해댔다.

오후 내내 구썬시와 중위엔은 자리를 떠나지 않았다. 가끔 발에 통증이 느껴지면 구썬시는 저도 모르게 앞자리의 중위엔을 살폈다. 길게 묶은 머리 아래로 목이 보일 뿐이었다. 여름의 강렬한 햇살 아래 유난히 창백해 보였다.

태양은 창밖에서 천천히 아래로 향하고 낙조의 붉은빛이 칠판에 은은하게 번졌다.

칠판 구석에 오늘 당번의 이름이 적혀 있었다. 친페이페이.

## 28

마지막 수업인 지리 수업이 늦어졌다. 수업이 끝나는 종은 이미 15분 전에 울렸다. 창밖 복도에서 학생들이 시끌벅적하게 지나가고 있었다. 여학생들의 째질 듯한 목소리가 남학생들의 알 수 없는 외침과 뒤섞여 교실 안에 남아 있는 학생들의 짜증을 돋웠다.

칠판 앞에 선 선생님은 열정적이었다. 하지만 이미 하교종이 울린 이상 극히 일부 학생 외에는 그 내용을 듣는 학생이 아무도 없었다.

"제기랄, 도대체 언제 끝나는 거야." 반항적인 학생의 욕지거리가 분명히 들렸지만 선생님은 여전히 못 들은 척 수업을 계속했다.


마침내 꽃무늬 원피스를 입은 지리 선생님이 교실을 나서자, 학생들은 일제히 서랍에서 가방을 꺼내 들었다. 그리고 마치 물고기 떼처럼 교실 밖으로 몰려갔다.

중위엔은 자리에서 기다렸다. 다친 발로 아이들이 붐비는 곳으로 가고 싶지 않았다. 구썬시는 일어났다가 가만히 앉아 있는 그녀를 보고 자리에 다시 앉았다.

몇 분 후 따뜻한 붉은 빛줄기 아래로 구썬시와 중위엔 두 사람만 남았다. 그리고 교실 문 앞에 선 당번 친페이페이가 있었다. 그녀는 짜증스러운 목소리로 물었다. "너희 안 갈 거야? 나 문 잠가야 해!"

중위엔은 절뚝거리며 가방을 들고 교실을 나섰다. 구썬시가 그 뒤를 따랐다.

등 뒤로 친페이페이가 힘껏 문을 닫는 소리가 들렸다. 텅
빈 복도로 유난히 크게 울렸다.


## 29


"데려다 줄게." 구썬시가 앞서 걷는 중위엔 앞으로 나섰다.

"뭐라고?"

"데려다 준다고." 그녀의 발을 가리키며 말했다. "너 이래
서는 자전거 못 탈 거 아냐. 나도 자전거 안 타고 왔거든. 가는
길에 데려다 줄게."

"우리 집이 어딘 줄도 모르면서 무슨 가는 길이야." 중위엔
은 고개를 가로저으며 억지로 웃어 보였다. "난 버스 타고 가.
학교 후문에서 바로 우리 집에 가는 버스가 있거든."

"그래, 그럼." 구썬시는 가방을 어깨에 둘러메고 고개를 숙
였다. 더 이상 아무 말도 하지 않았다.

건물을 나오자 중위엔이 작은 목소리로 잘 가라고 인사했
다. 그리고 후문 쪽으로 향했다.

구썬시는 절뚝이며 걷는 그녀의 뒷모습이 학생들 사이로
사라지는 것을 지켜보았다.

석양은 젓가락으로 휘저은 노른자처럼 하늘 위로 아무렇

게나 번져 갔다. 지평선 가까운 곳에는 이미 마천루 불빛이 하나둘 밝혀졌다.

구썬시는 교문에 다 와서야 학생카드를 서랍에 두고 온 것을 깨달았다. 학생카드가 없으면 내일 등교할 때 교문을 지키는 선도주임 선생님에게 길고 긴 심문을 당해야 한다.

구썬시는 여전히 통증이 느껴지는 발을 신경질적으로 내디뎠다. 다시 계단을 올라 교실로 향했다. 그러고 보니 아까 당번이 문을 잠근다고 한 말이 생각났다. 휴대폰을 뒤져 봤지만 친페이페이의 번호가 있을 리 없었다.

복도에서 멍하니 서 있던 구썬시는 그래도 교실에 가 보기로 했다. 기왕에 여기까지 올라왔으니 창문이라도 열려 있으면 들어가 볼 생각이었다.

교실 문을 밀어 보니 역시 잠겨 있었다. 구썬시는 창가로 다가갔다. 창문을 열어 보려는 순간 교실 안에서 누군가 칠판에 글씨를 쓰는 것이 희미하게 보였다. 구썬시는 미간을 찌푸린 채 아무 말 없이 복도 구석으로 가 벽에 붙어 몸을 숨겼다.

잠시 후 쿵 하는 소리가 들렸다. 교실에 있던 사람이 창문을 통해 복도로 뛰어내린 것 같았다. 구썬시가 고개를 내밀자 절뚝이며 복도 끝으로 멀어지는 중위엔의 뒷모습이 보였다.

희미한 불빛 아래 그녀가 천천히 어둠 속으로 들어갔다.

## 30

뿜어져 나오는 어둠의 샘. 차가운 샘물이 끓어오르는 세상의 소음을 씻어 내자 이제 아무 소리도 들리지 않는다. 온도도 없고 빛도 없는 세상이다.

세상은 이렇게 차가운 좌표 위에 걸린 채 외로운 그림자가 사람들의 얼굴 하나하나를 쓸고 지나간다.

뜨거운 소란 혹은 어두운 냉기.

세상은 그렇게 양극을 향해 내달린다.


교탁에 놓인 출석부가 펼쳐져 있었다. 중위엔의 이름이 있는 페이지다. 출석부에 이름을 쓴 사람은 생활위원인 친페이페이다.

칠판에는 출석부와 비슷한 글씨체로 이름이 적혀 있다.

중위엔.

그리고 이름 뒤에 두 글자가 더 붙었다.

걸레.


## 31

구썬시는 칠판지우개를 들어 큼직하게 적힌 글씨를 천천

히 지우기 시작했다.

쓱싹쓱싹 소리가 귓가에 울렸다. 라디오가 주파수를 맞추지 못했을 때 내는 잡음처럼 들렸다.

구썬시는 조용히 창가에 앉았다. 콧속에는 아직도 분필 가루 냄새가 남아 있었다.

창밖으로 제멋대로 번진 달빛이 조용히 떠올랐다.

귓가에는 물소리가 들렸다. 세차게 흐르는 수많은 물살이 혼탁한 거품을 만들어 내며 강가를 헤치고 있었다. 그렇게 돌과 수초를 뒤덮인 모든 것을 씻어 내며 흘렀다. 각양각색의 물소리였다.

지금 눈앞에 떠오른 것은 바로 그 슬픔과 정적을 싣고 흐르는 거대한 강이었다.


## 32
### 구썬시의 일기

왜 세상은 내가 상상한 것과 다를까?
왜 그 애들은 그때의 너와 다를까?

## 33

다음 날 아침 중위엔은 교실에 들어섰다. 그런데 아이들의 모습이 여느 때와 다르지 않았다.

고개를 들어 보니 칠판은 깨끗이 닦여 있었다. 친페이페이는 자기 자리에서 거울을 들여다보며 머리를 묶고 있었다. 중위엔은 가볍게 입술을 깨물고 아무 말 없이 자리에 가 앉았다.

구썬시 또한 그녀를 지켜볼 뿐 역시 말이 없었다.

중위엔은 식당 구석 아무도 없는 테이블에서 밥을 먹었다. 고개를 숙인 채 음식을 입 안으로 옮기고 있는데 누군가 옆에 와 앉는 것이 보였다.

"발은 좀 어때?" 구썬시가 도시락을 내려놓으며 물었다.

"많이 나아졌어." 중위엔은 젓가락을 내려놓고 가볍게 웃어 보였다.

"왜 그런 거야?" 구썬시는 그녀를 보지 않고 고개를 숙였다.

"뭘?" 중위엔은 영문을 모르겠다는 듯 눈썹을 치켜올렸다.

"칠판에 쓴 거 내가 지웠어." 구썬시는 고개를 들었다. "네가 어제저녁에 칠판에 쓴 거 말이야."

중위엔의 얼굴이 창백해지며 표정이 사라지더니 도시락 뚜껑을 닫고 손을 그 위에 올려놓았다.

"왜 그런 거야?" 구썬시가 다시 물었다.

중위엔은 여전히 대답이 없었다. 두 손을 도시락 위에 둔 채 고개를 숙여 표정도 볼 수가 없었다.

"말해 봐." 구썬시는 조금 화가 났다.

"너랑 상관없잖아." 중위엔이 벌떡 일어나 의자를 뒤로 밀며 걸음을 옮겼다.

"서랍 속 빨간 잉크, 네 의자에 뿌린 것도 너지?"

"그것도 너랑 상관없어." 중위엔은 고개조차 돌리지 않고 식당 문 쪽으로 천천히 걸어갔다.

"신발 속 압정, 바람 빠진 타이어, 그 더러운 사진들, 잃어버린 교과서, 다 네가 그런 거 아니야?" 구썬시도 자리에서 일어나 중위엔의 뒤통수를 향해 물었다.

중위엔은 걸음을 멈추고 구썬시를 돌아보았다. 눈시울이 붉어지고 있었다. "전부 네가 상관할 바 아냐."


35


평범하고 착한 신데렐라는 어쩌면 착한 게 아닐 수도 있다.

그저 평범할 뿐.

오만하고 악독한 언니는 어쩌면 악독한 게 아닐 수도 있다.
그저 오만할 뿐.

신데렐라는 영리한 머리로 스스로를 착하고 가련한 아이
로 만들고 언니를 악독한 사람으로 만들어 사람들의 미움을
받게 만든 게 아닐까.

빛은 1억 광년 밖에서부터 쏟아져 따뜻하고 떠들썩한 지구
의 반을 비춘다. 그동안 지구의 다른 반쪽은 침묵의 어둠 속
에 빠져 있다.

36

컴퓨터실의 에어컨이 웅웅 소리를 내며 돌아가고 있었다.

하교종이 울리자 학생들은 실내화를 벗어던지고 가방을
들쳐 메고 집으로 향했다.

당번인 구썬시는 문 앞에 서서 학생들이 제멋대로 내던진
실내화를 주워 신발장에 넣었다.

친페이페이는 교실 문을 지나다가 고개를 숙인 채 실내화
를 정리하는 구썬시가 낮은 목소리로 말하는 것을 들었다. "미

안해." 그녀는 고개를 돌려 그를 잠시 바라보다가 어깨를 으쓱하고는 그의 어깨를 가볍게 두드렸다. "괜찮아." 그리고 복도로 뛰어갔다.

뒤로 묶은 친페이페이의 머리가 가볍게 흔들렸다. 구썬시는 고개를 숙인 채 피식 웃었다.

모두 컴퓨터실을 떠난 뒤 구썬시는 아이들이 켜 둔 채 가버린 컴퓨터를 하나씩 껐다.

누가 잊고 갔는지 한 컴퓨터에 USB 메모리가 꽂혀 있었다. 구썬시는 무심코 폴더를 열었다. 그리고 화면에 시선이 고정된 채 온몸이 얼어붙고 말았다.

'재료' 폴더 안에는 수많은 성인 영화 여배우의 나체 사진이 들어 있었다.

'쌤통' 폴더 안에는 학교 사이트에 올라온 중위엔의 얼굴 사진이 있었다.

마지막 '완성' 폴더 안에는 지난번 칠판에 나붙은 합성 사진과 같은 중위엔의 나체 사진이 들어 있었다. 모두 지난번과는 다른 사진들이었다.

구썬시는 조용히 폴더를 닫고 컴퓨터를 껐다.

자리에서 막 일어나려는데 복도에서 급하게 다가오는 발자국 소리가 들렸다.

친페이페이가 잰걸음으로 컴퓨터실에 들어왔다. 구썬시 앞 컴퓨터로 다가와서는 여전히 컴퓨터에 꽂혀 있는 USB 메모리를 뽑았다. "세상에, 이걸 잊었네. 내가 이렇게 정신이 없다니까." 말을 마치고 USB 메모리를 주머니에 넣은 뒤 구쎤시를 향해 웃어 보였다.

돌아서서 입구까지 갔던 친페이페이가 고개를 돌렸다. 형광등 아래서 한마디도 하지 않는 구쎤시를 보며 손에 쥔 USB 메모리를 흔들었다. 눈썹도 살짝 치켜 올라갔다.

"봤어?"

불빛 아래 창백해 보이는 구쎤시는 굳은 채 말이 없었다.

친페이페이의 얼굴에 또다시 예의 완벽한 미소가 천천히 떠올랐다.


37


어둠 속 거대한 하얀 꽃송이.

서늘한 샘물에 씻긴 뒤 더욱 하얗게 빛나며 청량한 향기를 풍긴다.

# 서평
## 슬픔을 이길 수 없다면

이 친구가 또 독자들의 눈물을 쏙 빼놓으려고 하는구나. 스포일러를 하려는 것이 아니라《슬픔이 역류하여 강이 되다》라는 제목을 보면 누구나 상상할 수 있는 결말이리라. 다른 점이 있다면 순수한 독자인 우리의 추측이 모호한 큰 줄기일 뿐이라면, 한 글자 한 글자 절실하게 와 닿는 결말은 오로지 그의 처분에 따른 결과라는 것이다.

작가는 또 한번 그의 능력을 펼쳐 보였다. 초기 작품인《환성(幻城)》에서 최근작《하지미지(夏至未至)》그리고 바로 이《슬픔이 역류하여 강이 되다》에 이르기까지, 그는 끊임없이 변화하는 필치를 통해 고정된 이미지를 뒤집곤 했다. 환상이 가득한 세상을 통해 현실을 풍자하는가 하면, 따뜻한 시선에서 지금 같은 숨 막히는 세밀함까지 표현해 냈다.

이 친구는 3년 전 그를 처음 알았을 때부터 지금까지 많은 것을 바꾸어 냈다. 그를 더 일찍부터 알고 있던 독자라면 글자 하나, 문장 한 줄을 통해 그의 변화를 읽어 낼 수 있는 것이 바로《슬픔이 역류하여 강이 되다》이다.

왜 아직도 시장에서는 젊은이가 쓰는 젊은이에 관한 이야기를 '청춘소설'이라는 말로 대충 포괄하는 것인지 모르겠다. 같은 연배라고 해도 보는 것, 생각하는 것이 완전히 다를 수 있는데 말이다.《슬픔이 역류하여 강이 되다》를 '청춘소설'로 분류하는 사람이라면 이 작품을 다른 '청춘소설'들과 비교해 봐도 좋겠다. 깊은 의미는 세심히 읽어 본 후라야 이해한다고 해도, 글자를 다듬어 문장을 만들어 내는 힘이나 담백한 서술 방식 등은 일부만 읽어도 느낄 수 있을 것이다.

백마 탄 왕자 같은 남학생과 신데렐라형 여학생 조합은 다른 작품에서도 흔히 볼 수 있다. 하지만 같은 제재라 해도 결국은 이야기하는 사람의 능력을 빌려 힘을 발휘하게 마련이다.《슬픔이 역류하여 강이 되다》에서 읽어 낼 수 있는 것은 이미 수면으로 떠오른 어둠이다. 이것은 왕자가 공주를 구하는 판에 박은 스토리에서 멀리 벗어나 있다. 좀 더 성숙하고 어른스러운 줄거리가 우리 앞에 펼쳐지면서 때로는 상상조차 하지 못한 장면으로 나타나기도 한다. 가장 화가 나는 것은 거대한 냉혹함 속에서도 시시때때로 소중한 한 줄기 따스함을 흘려보내 그것을 복선으로 삼고는 어느 순간 때가 무르익었다 싶으면 어김없이 눈물콧물을 빼놓고 마는 것이다.

잔인한 묘사도 적지 않았다. 인간의 어두운 일면을 엄혹하게 드러내 보여 주었다. 《슬픔이 역류하여 강이 되다》는 시작하자마자 전체를 관통하는 색감을 드러냈다. 납과도 같은 회색, 어두운 파란색 그리고 검은색. 간혹 틈을 타고 나오는 흰색마저 몹시도 차가웠다. 이런 분위기 속에서 눈앞에 펼쳐진 상하이의 골목골목은 마치 그 사이를 걷고 있는 것처럼 생동감이 넘쳤고, 골목 양쪽에서 들려오는 서로 다른 소리들, 거친 욕설과 뭔가 깨지는 소리의 뒤를 잇는 절망에 찬 흐느낌은 다른 한쪽에서 들리는 따뜻한 위로를 너무나도 터무니없는 헛소리로 만들어 버렸다.

한쪽의 이야오와 또 다른 한쪽의 치밍은 같은 골목길을 걷고 있지만 한 명이 햇빛 아래로 나아가는 동안 또 한 명은 어두운 그늘을 벗어나지 못한 채 남아 있다.

이야오라는 인물을 만든 것이 가장 돋보이는 부분이다. 그녀는 왕자인 치밍조차 연약하고 무력하게 만들 수 있다. 이 소녀의 환경이 그녀의 개성을 만들어 냈지만, 바로 이 개성이 그녀의 남은 여정을 순탄치 않게 만든다. 비꼬는 듯한 말투와 무엇이든 대수롭지 않게 여기는 듯한 심드렁한 태도 뒤에는 이미 커다란 슬픔이 자라나고 있었다. 타인 앞에서 허리를 꼿꼿이 세워 볼수록, 밤이 되어 잠이 들면 더 큰 울음을 터뜨리는 꿈을 꾸는 것이다.

희망 없는 어둠에서 그녀를 구해 낼 수 있을까. 치밍의 일거수일투족은 애초의 의도와 다른 결과를 가져온다. 어찌되었든 '슬픔'이라는 두 글자로 시작하는 이야기 아닌가. 그의 친절함, 그의 도움은 단지 흑과 백의 대비를, 갈수록 멀어지는 거리를 더욱 선명하게 만들 뿐인 것처럼 보인다. 이렇게 소년의 발걸음은 종착역에서 더 멀어질 뿐 아니라 이야오는 약간의 온기를 느낄 때마다 하릴없이 더욱더 차가운 곤경에 빠지는 것이다.

이로써 아름다운 소년의 친절과 도움에 비해 그의 멀어짐 이야말로 더더욱 강한 압박으로 다가온다. 예상치 못하게도 계획에 없던 새로운 클라이맥스로 나아간다. 이야오는 신데렐라식의 광휘에 둘러싸이지 않았다. 그녀에 관한 이야기는 '재투성이'에서만 맴돈다. 자신의 굳은 결심으로는 점점 커지는 어둠에 맞서기 부족해졌을 때, 인내심이 점차 한계를 넘어섰을 때, 고개를 돌려 보고서야 이미 탁하디탁한 모래 강물에 서 있음을 알게 되었다. 이 여학생 내면의 고단함, 억압, 고독, 외로움. 그리고 이런 것들에 맞서기 위해 어쩔 수 없이 선택한 고집스러움, 분노, 완강함, 때로는 매몰차고 영악하기까지 한 모습을 분명히 볼 수 있었다.

넓은 마음으로도 여기저기서 떠도는 소문과 비방을 막을 수 없다면, 그리고 오히려 그것들이 점점 더 거리낌 없이 날뛴다면, 이러한 악에 맞설 수 있는 길은 똑같이 독해지는 것뿐이리라. 여학생은 바로 이런 반격을 선택했다. 세 번의 타격을 참아 낸 뒤 한 차례 반격하던 것에서 한 번의 인내 뒤에 세 차례 반격을 가하기로 했다. 원래의 모든 것을 버리고 너 죽고 나 죽자 식의 태도를 취했다. 단지 웃는 듯 마는 듯 한 이야오의 자조 섞인 얼굴 뒤에 실망이 더해 가는 치밍의 망연자실한 얼굴이 있었던 것이다.

뭔가를 계속해 나가기 위해 뭔가를 버려야 하는 것. 이러한 고통은 당사자만 분명하게 알 수 있다. 하지만 줄곧 이야오 곁을 지켜 온 치밍이 목도한 것은 여학생에게서 버려진, 원래는 깨끗하고 순수한 어떤 것이었다. 그녀는 이제 눈에 익지 않은 검은 옷을 입고 있다. 그 모습에 손을 뻗어 안아 주고 싶은 마음마저 온데간데없이 사라져 버린 것이다.

사람의 마음이란 노력으로 얼마만큼까지 바뀔 수 있을까. 또 사람의 마음은 어디까지 무너져 내릴 수 있을까.《슬픔이 역류하여 강이 되다》는 계속해서 이런 결과를 보여 주려는 것 같다. 우리가 이야기 속에서 이미 답을 얻었다고 생각할 때마다 곧바로 새로운 전개를 만나고, 이미 거듭 낮춰 온 방어선은 다시 한번 깨어지고 만다.

구썬시는 더욱 반길 만한 성격으로 등장했다. 새로운 희망으로 비추어졌고, 좀 더 평온한 결말로 이끌어 주리라 기대되었다. 그러나 《슬픔이 역류하여 강이 되다》라는 제목을 달고 있는 이상, 이 보이지 않는 길은 함께 무너지고 마는 결말을 벗어날 희망이 없음을 보여 주기에 충분했다. 생활 속 어디든 나쁜 식물이 기생하고 있다. 부모의 무관심, 친구들의 시기와 놀림 등. 아름다운 것들이 자신의 줄기와 잎을 키워 올리려 하지만 그것을 휘감은 넝쿨의 속도를 따라가지 못한다. 구썬시와 쌍둥이 누나 구썬샹이 가진 애초의 순수와 아름다움은 결국 모든 어둠을 도드라지게 하며 철저하게 창백해졌다. 어차피 이 이야기의 주제는 '슬픔'이니까.

작가와 그의 이야기에 대한 마음 아픈 서평은 적지 않는다. 그는 다양한 방식으로 분노할 만한 결말을 만들어 내는 데 뛰어나다. 단지 몇 년 전만 해도 직접적인 슬픔이었다면, 이제는 좀 더 숙련된 솜씨로 독자의 눈을 가리기도 한다. 그래서 결코 아름다운 낙원으로 결말을 이끌어 가지 않으리라는 걸 알면서도 독자들은 잠시 잠깐의 부드러움에 취해 굴러떨어진 실타래처럼 계속해서 가는 것이다. 아름다움이 없는 것도 아니고 낭만이 없는 것도 아니다. 이런 것들은 명백한 의도를 가지고 여기저기에 산재해 독자를 노린다. 혹여 어느 한 순간이라도 이런 것들에 속아 더 나아질 거라는 믿음과 마음을 품었다면, 결과는 의심할 것도 없다. 높이 올라갈수록 더 아프게 떨어질 테니까. 우리는 결국 슬픔을 이겨 낼 방법이 없으니까.

뤄뤄(落落)

# 작가 후기
## 그에게 하는 말

사실 처음에는 이런 이야기를 쓰겠다는 생각을 해 본 적이 없다. 어둡고 복잡하고 무겁고 답답하고 세밀하고 절망적이면서 날카로운 소년 소녀의 이야기라니.

그때는 지금과 스타일이 완전히 다른 어두운 이야기를 구상했다. 하하. 마침 《최소설(最小說)》을 창간한 터라 커아이(柯艾, 上海柯艾文化传播有限公司/CASTOR, 궈징밍이 설립한 문화 미디어 회사-옮긴이) 편집자들의 의견도 있었다. "커아이의 큰형이 도와주지 않으면 누가 해 주겠어요." 그래서 생각을 바꾸었다. "그래, 상하로 된 연재물을 하나 쓰지. 아니면 상중하로."

이런 마음으로 《슬픔이 역류하여 강이 되다》의 집필이 시작되었지만, 당초 생각한 것과 달리 글쓰기를 멈출 수 없었다. 이야기는 점점 많아지고 무엇보다 나 스스로도 예전과는 다른 창작 모드로 점점 더 깊이 빠져들었다. 그 결과 6기 연속 《최소설》 랭킹 순위 1위를 차지했다……

……말이 딴 데로 샜다. 이 이야기를 하려던 게 아니다.

나와 함께 자라 온 독자가 있다면, 내 책을 읽어 보았다면, 최근에 나온 이 소설에서 나의 글에 변화가 생겼음을 알아챘을 것이다.

여전히 화려한 감정 표현과 묘사가 남아 있지만, 되도록 격렬한 토로나 노골적인 외침보다는 담백한 묘사를 통해 줄거리를 이끌고자 했다. 많은 경우 대화, 전개가 일정한 지점에 이르면 딱 멈췄다.

아마도 나 자신이 한 살 한 살 나이를 먹어 가면서 감정을 숨기지 않던 어린 시절을 낯설게 느끼기 때문일 것이다. 사실 생활이란 너무도 솔직하고 전혀 낭만적이지 않은 일들로 가득 차 있지 않은가. 수많은 사정이 가장 평범한 형태로 쌓이고 쌓이다 어떤 틈새로 당신의 마음을 비집고 들어가 눈시울을 붉히게 하고 마는 것이다.

세상은 사실 그렇게 화려하지도 자극적이지도 않다. 세상은 언제나 그렇듯 차가운 얼굴을 하고 있다. 가장 단순하고 가장 잔혹하게 매분 매초 끊임없이 돌아간다.

창작에 대한 소감은 아니다. 긴 소설을 쓰고 난 뒤 왜 이 소설을 썼는지, 쓰면서 어떤 생각을 했는지를 밝히는 것은 참 의미 없고 지루한 일이라는 생각이 든다. 기자 회견이라도 하는 것처럼 말이다.

반드시 뭔가 이야기를 해야 한다면, 아마도 전에 비해 글이 좀 더 성숙해지고 함축적이면서 더 어두워졌다고 해야 할 것 같다.

실제로 내용 중에는 사람들이 '피비린내가 난다'거나 '심하다'고 느낄 만한 묘사가 있다. 하지만 나보다 어린 친구들에게 이런 일들이 우리가 생각하는 것보다 훨씬 심각하다는 것을 알리고 싶었다.

어려서부터 함께 자라 온 친구 잉잉(盈盈)과 시제(西姐)에게 특히 감사의 인사를 전하고 싶다. 여자아이에 관한 문제는 그녀들에게 많은 도움을 받았다. 시시때때로 전화를 걸어 이것저것 물어보곤 했다. 그녀들은 후기에 두 사람의 이름을 쓰지 말라고 신신당부하며, 어길 경우 나를 죽이겠다고도 했다.

가장 재미있는 일은 통화를 하던 잉잉이 한참을 얼버무리다 결국 한마디를 던진 거였다. "옆에 아빠가 계시는데 이런 얘기를 어떻게 하라는 거야!"

이야기를 마쳤을 때가 월요일 새벽이었다.
창밖 하늘이 이제 막 회색이 섞인 푸른빛을 띠기 시작했다.

거의 50시간 동안 깨어 있었기 때문에 커튼을 젖히면서도 저녁인지 아침인지 알 수 없었다. 컴퓨터에 표시된 시간을 보고서야 월요일 새벽임을 알았다.

기억 속 그날 새벽은 옅은 안개가 강 위로 천천히 흐르고 있었다. 동방명주(상하이를 상징하는 랜드마크-옮긴이)는 안개 속에서도 참으로 또렷했다. 그보다 낮은 건물은 잘 보이지 않았다. 안개 속으로 뱃고동 소리가 아득하게 울렸다.

또 어떤 배가 항구를 떠나는 것이겠지.
무거운 화물을 가득 싣고 다음 항구로 나아가는 것이겠지.

거리에서 사람들의 소리가 다시 북적대기 시작했다. 한 차례 어둠에 뒤덮였던 도시가 다시 성장과 활력을 회복하는 것이다.

나는 이불을 당겨 깊은 잠에 빠져들었다.

가장 기억에 남는 부분은 11장 마지막과 12장 앞부분이다.
이야오는 어둠 속에서 구쎤시의 자전거 뒷자리에 앉아 있다. 그리고 저녁 빛이 깔리는 어두운 학교에 치밍을 남겨 두고 멀어진다. 원치 않지만 포기할 수밖에 없는 그 느낌을 나는 지금까지도 뚜렷하게 기억한다. 고등학교 시절 체육 시간에 있었던 장거리 달리기 시험처럼, 마지막에 가서 기진맥진한 나머지 골인 지점을 코앞에 두고도 천천히 속도를 줄일 수밖에 없는 것이다.

자기의 세계를 포기하는 것은 분명 더욱 고통스러운 느낌일 것이다. 너무너무 아쉽지만 그럼에도 불구하고 그것을 붙잡을 힘이 남지 않았다면, 그렇게 그 세계가 나를 포기할 때, 나 역시 천천히 손을 놓고 만다.

이런 느낌은 우리의 인생에서 누구나 느낀 적이 있을 것이다. 아쉽고 영 내키지 않는 실망스러움, 실망을 넘어선 비애와 고통을.

결말의 참혹함에 대해서는 이미 주변의 모든 이에게 눈물어린 호소와 하소연을 들었다.

12장까지 폭풍처럼 전개된 후 잠잠해지길래 그렇게 담담하게 마무리될 줄 알았더니 마지막 몇 페이지를 남겨 두고 모든 게 달라져 버렸다는 원망도 있었다.

함정이었던 건가? 그랬을지도. 가만히 웃으며 몇 마디 대답하는 것 외에는 더 할 말이 없었다. 하하.

이게 몇 번째 책이지? 책을 쓴 지 몇 년이 되었지?

종종 스스로 묻곤 한다. 열일곱 살에 쓴《사랑과 아픔의 경계(愛與痛的邊緣)》에서 이제 스물네 살을 두 달 남기고 쓴《슬픔이 역류하여 강이 되다》까지. 와, 곧 7년이 된다!

7년은 어떤 시간일까.

아무것도 모르는 초등학교 졸업생이 대학생이 되는 것도 7년이라는 시간이다. 7년 동안 할 수 있는 일은 많다. 바뀌는 것도 많다. 너무나도 많기 때문에 무대 위에 서서 스포트라이트를 받는 동안 나는 뭐라 말을 할 수가 없었다. 그저 흔해 빠진 "감사합니다."를 건네고 미소를 지을 뿐이었다.

여러분이 있어 줘서, 나와 함께 해 줘서 다행이다.

내 주변의 친구들 외에도 이런 헛소리 같은 글을 읽어 주는 여러분이 있다.

이러면 또 어쭙잖은 감성팔이처럼 들리겠지.

모든 것이 점점 더 좋은 방향으로 나아가는 것 같다.

한동안 나의 성장이 영화《트루먼 쇼》처럼 모든 이의 눈앞에 펼쳐져 있는 듯 느껴졌다. 내가 리얼리티 쇼의 출연자라도 된 것처럼 모두가 나의 성장과 성공, 좌절, 용기, 의지, 실패,

피로, 영광, 어둠을 지켜보고 있었다. 이리저리 부딪치고 넘어지며 걸어온 것을, 그 어떤 아이보다 조마조마했을 성장 과정을 지켜보았다.

이러한 나의 모습에 리모컨을 가져다 전원 버튼을 누르고 싶었던 적이 한두 번이 아니다.

아무도 찾지 못할 구석 어딘가로 숨고 싶었다.

이건 진실이 아니야, 진실이 아니라고. 강렬하고 거대한 비현실감이 항상 나를 에워싸고 있었다.

하지만 매일 아침 눈을 뜰 때면 나를 지켜 주는 행운을 실감하는 것이었다.


더 무슨 이야기를 해야 할까.

청춘? 젊음? 머리 위의 고독한 푸른 하늘?

이런 말들은 사실 내가 시작한 말이 아니다. 매일매일 우리의 삶 속에서 생생하게 보여지는 것들이다.


우리는 성장할수록 지난날을 그리워하는 것 같다. 자랄수록 자라는 것을 두려워한다.

이제는 우리가 눈물을 흘릴 만한 가치가 있는 것, 또 기념할 만한 가치가 있는 것이 없는 듯하다. 우리는 이미 흘러간 세월을 되돌아보는 것 외에는 할 수 있는 게 없다.

같은 연배의 동창들은 정장을 입고 출근한다. 머릿속에는 온통 집과 차, 노후 자금과 의료보험 등이 가득 차 있다. 나는 외로이 남아 나의 어린 시절 이야기를 돌아보곤 한다. 소년들이 뛰놀던 운동장, 작열하는 태양이 창을 통해 책상에 쏟아내던 빛. 오후의 교실을 채운 공기는 무색무취의 촉매제가 되어 청춘의 날들을 잘 섞어 주었다.

이렇게 쌓인 이야기가 매일매일 머릿속에서 터져 나오며 버섯구름을 만들어 냈다.

마음속으로 매일같이 한 송이 꽃을 피워 냈다.

나이가 들어 갈수록 무슨 이야기를 해야 할지 모르는 것 같다. 줄거리? 창작 후기? 독자의 성원? 물론 성원이 필요하다!

다만 무슨 이야기를 해야 할지 모르겠다는 것이다. 할 말은 모두 책 속에서 한 것 같다. 완벽하게 이해하는 사람이 있을지, 혹은 나조차 생각해 본 적 없는 것이 있을지 모르겠다.

어찌되었든 일정 기간 가장 좋고 가장 아끼는 말들을 모두 《슬픔이 역류하여 강이 되다》에 쏟아 부은 것 같다.

여기서 뭔가를 더 쓴다면 초등학생의 작문처럼 유치해져

버릴 것이다.

그렇다면 역시 세상의 틀을 벗어나지 못한 채 "여러분의 성원에 감사드립니다."라고 할밖에.

여러분의 사랑이 나에게는 가장 큰 동력이다. 또한 나에게 괴로움과 우울함이 닥쳤을 때 계속해서 앞으로 나아가게 하는 용기이기도 하다.

가장 단순한 생각이라면, 더 많은 이야기를 들려주고 싶은 것이다. 정말로 정말로 더 많은 이야기를 하고 여러분과 더 많은 마음을 나누고 싶다.

많은 시간이 흘렀다. 많은 이가 떠났다. 많은 것이 바뀌었다. 많은 꿈이 사라졌다.
하지만 나는 여전히 처음 시작했을 때와 똑같다.
그것이 여러분에게도 보이는지 궁금하다.

상하이에서 궈징밍

# 슬픔이 역류하여 강이 되다

초판 1쇄 발행 | 2022년 4월 25일

지은이 | 궈징밍
옮긴이 | 김남희
펴낸이 | 이정헌, 손형석
편집 | 이정헌
교정 | 노경수
디자인 | 이정헌
인쇄 | 공간코퍼레이션

펴낸곳 | 도서출판 잔
출판등록 | 2017년 3월 22일 · 제409-251002017000113호
주소 | 경기도 김포시 김포한강3로 432 502호
팩스 | 070-7611-2413
전자우편 | zhanpublishing@gmail.com
웹사이트 | www.zhanpublishing.com

일러스트 ⓒ 이정헌

ISBN 979-11-90234-22-1 03820